AF276408

Newton Compton Editores

Título original: *Trap Door*

© 2020, Dreda Say Mitchell
© 2025, de la traducción por Marta Rivilla Moguel
© 2025, de esta edición por Antonio Vallardi Editore S.u.r.l., Milán

Todos los derechos reservados

Primera edición: junio de 2025

Newton Compton Editores es un sello de Antonio Vallardi Editore S.u.r.l.
Pl. Urquinaona, 11, 3.º 1.ª izq. Barcelona, 08010 (España)
www.newtoncomptoneditores.com

Gruppo editoriale Mauri Spagnol S.p.A.
www.maurispagnol.it

ISBN: 978-84-10359-45-1
Código IBIC: FA
DL: B 3.871-2025

Diseño de interiores:
David Pablo

Composición:
Javier Sánchez Meco

Impreso en junio de 2025 en Puntoweb s.r.l., Ariccia (Roma), en Italia.

Queda rigurosamente prohibida, sin la autorización por escrito de los titulares del copyright, la reproducción total o parcial de esta obra por cualquier medio o procedimiento mecánico, telemático o electrónico –incluyendo las fotocopias y la difusión a través de Internet– y la distribución de ejemplares de este libro mediante alquiler o préstamos públicos.

Dreda Say Mitchell

La habitación
de las voces

Traducción de Marta Rivilla

Newton Compton Editores
Barcelona, 2025

Y aun así la muerte nunca es una invitada
a la que se espera con ganas.

GOETHE, *Fausto*

Prólogo

«¿Qué haces para no dejar rastro después de haber matado a alguien?».

Esa fue la pregunta que se hizo el asesino mientras apartaba la mirada del cuerpo y, acto seguido, se estremeció debido al *shock*, el micdo y la terrible angustia de lo que acababa de ocurrir.

Habían transcurrido treinta minutos desde el momento en que había atravesado la cortina de fuego que dividía el mundo entre las personas que habían arrebatado una vida y aquellas que no lo habían hecho. Sin embargo, en ese breve lapso de tiempo, ya había descubierto que no importaba si la muerte había sido un accidente, cuál había sido tu intención inicial o lo mucho que lamentaras lo sucedido después. Daba igual cuántas veces le dieras vueltas a lo que había pasado, deseando con desesperación y suplicando en tu cabeza «Ojalá…» o «Si hubiera…».

Era demasiado tarde para arrepentimientos; ya le era imposible volver atrás y quedarse al otro lado de la cortina.

El cuerpo yacía inerte en el asiento del conductor de un coche alemán, un Nash Saloon modelo 29. Este era solo uno de la serie de coches clásicos que había aparcados en el garaje. Las exmujeres y las novias de la víctima afirmaban que le importaban más sus juguetitos con ruedas que las personas, y sin duda no había reparado en gastos para mantenerlos a buen recaudo.

Los engranajes de la mente del asesino por fin comenzaron a girar y dieron respuesta a la horripilante duda que le había surgido. Resultaba irónico que fuera justamente la obsesión de la víctima la que le diera la clave para resolver su dilema y enmascarar su temible equivocación.

La víctima había instalado tanques sellados de gasolina especialmente elaborados para repostar sus adorados vehículos, lo que significaba que, si aquel lugar echaba a arder, en algún punto erupcionaría como un volcán y destruiría todo a su alrededor. Pero ¿cómo sabría cuándo iba a llegar ese momento? Porque él necesitaba tiempo para salir corriendo de allí sin que el fuego y la explosión lo devoraran también.

El asesino se giró para mirar el coche y clavó la mirada en su interior. El muerto tenía un semblante sereno y sin marcas ni golpes a la vista, lo que ayudaba a crear la ilusión de que simplemente se había quedado dormido allí, con la cabeza recostada. Entremezclado con la sangre que le salía de la herida letal que tenía en la sien, le supuraba algo desagradable. Si el golpe hubiese sido en cualquier otra parte del cuerpo, aquel hombre aún seguiría vivo, seguramente enfurecido y chillando como un energúmeno, pero la sien es la parte más fina y vulnerable de la cabeza, por lo que solo se necesita un golpe seco para romperla.

El asesino vertió la gasolina sobre el cadáver hasta que las ropas de la víctima quedaron totalmente empapadas e hizo lo mismo con el interior y el exterior del coche. Desparramó litros y litros por el suelo, por el mobiliario y por todo lo que había en aquel espacio. Había gasolina por todas partes, la nave apestaba a combustible. El asesino también roció una de las muchas señales que indicaban que estaba prohibido fumar allí con el líquido que llevaba en el bidón. Evidentemente, no se podía fumar en el garaje, así que… ¿cómo explicaría el infierno que se iba a desatar allí? Dejó el bidón en el suelo y volvió corriendo a la casa.

Había tantas cosas de las que debía acordarse y tantos detalles que podía olvidar…

En uno de los escritorios de la oficina encontró lo que estaba buscando: una caja de puros habanos. Sacó uno, encendió el mechero y lo acercó a uno de los extremos, pero no prendió por lo mucho que le temblaban los dedos. Volvió a intentarlo una y otra vez. Temblaba con tal intensidad que sabía que le faltaba muy poco para perder los nervios completamente. Al fin, se oyó un ligero chisporroteo y la punta del puro se encendió con unos toques naranjas y rojos. Se acercó el puro a los labios e inhaló, lo que le hizo toser con fuerza cuando el humo le llegó a los pulmones, y es que la vida no vuelve a ser la misma después de abrirle la cabeza a una persona.

El asesino fumó ávidamente el puro hasta que consumió la mitad. Una vez fuera, lanzó el habano no muy lejos de una de las ventanas abiertas del garaje. Los investigadores lo encontrarían y el asesino ya tenía pensada una explicación para ello: el fallecido era quien había estado fumando y luego lo tiró por la ventana. Menudo idiota… Caso cerrado.

O quizá no cerraban el caso tan pronto. Quizá debería haber colocado con cuidado un pañuelo en el extremo del puro antes de metérselo en la boca para fumarlo. Había visto los documentales de la televisión y las series morbosas sobre crímenes reales donde los análisis de la ciencia forense parecían tener visión de rayos X.

Había tantas cosas de las que debía acordarse y tantos detalles que podía olvidar…

De pie junto a la puerta, encontró un folleto de una exposición de coches antiguos. Lo cogió, lo enrolló y también lo bañó en gasolina. Acto seguido, sacó el mechero que tenía en el bolsillo, echó un último vistazo a su alrededor para cerciorarse de que no había nadie en la nave, le prendió fuego al folleto y lo lanzó al suelo, que previamente había rociado de combustible. Las llamas se extendieron rápidamente y bailaron hasta llegar al Nash saloon como si fueran un niño corriendo feliz en la playa, loco por meterse en el agua. Pronto, el fuego empezó a devorar el coche, haciendo que al cadáver le salieran ampollas y arrugas en la cara al quemarle la piel. Era hora de desaparecer de allí antes de que todo aquello estallara por los aires.

Salió por la puerta corriendo, atravesó el extenso terreno e inspiró con avaricia el aire fresco del campo mientras pensaba en lo que le diría a la policía cuando llegara el momento.

«Cuando olí el humo, salí corriendo a la entrada principal de la casa y vi que el garaje estaba en llamas. Intenté entrar para sacarlo de allí, pero el fuego y el calor eran tan intensos que me fue imposible. Por eso tengo los cortes y los golpes en la cara. Le dije mil veces que no fumara estando allí dentro, pero es que nunca hacía caso, nunca».

De pronto, se detuvo en seco y empezó a palparse los bolsillos, histérico. ¿Dónde había metido el mechero? A sus espaldas, las ventanas del garaje dejaban entrever el baile de llamas naranjas y amarillas que estaba teniendo lugar en el interior. En su cabeza, escuchó a un agente de policía diciendo: «Hemos encontrado los restos carbonizados de un mechero de metal en el lugar. Además, hemos conseguido averiguar que tenía su nombre grabado y las palabras "Las Vegas". Al parecer, pasó las fiestas allí el año pasado. ¿Podría decirnos cómo dicho artefacto fue a parar al garaje?».

Dio media vuelta para desandar sus pasos y evitar aquel presagio. Abrió de par en par la puerta, pero la oleada de calor y las llamas lo embistieron y lo hicieron retroceder de inmediato. Aun así, sacó fuerzas para recuperar el equilibrio y enderezarse, se cubrió la cabeza con la chaqueta y se sumergió en aquel infierno que apestaba a combustible en busca del punto exacto donde había iniciado el fuego. No le costó mucho tiempo encontrar el mechero. La camisa que llevaba puesta se había empapado en sudor, lo que hizo que viera con claridad el bulto que llevaba en el bolsillo delantero: no se le había caído en ningún momento, sino que lo había tenido encima desde el principio.

Ni siquiera llegó a oír la explosión. Solo vio un destello azul y una luz blanca cegadora que se extendió por toda la nave de un extremo al otro. Salió despedido por los aires, como si su cuerpo no fuese más que una hoja a la que el viento azota y mueve a su voluntad, se estampó contra una de las paredes en llamas y cayó al suelo. Del impacto, cayeron sobre él trozos de la estructura fundidos y ardientes y le agujerearon la ropa y le abrasaron el cuerpo. Sin embargo, el hombre no sintió ningún dolor, ya que, a nivel físico, a pesar de ver que su piel echaba humo y estaba quemándose, se había desconectado ante tal inverosímil desenlace. Se encontraba a escasos centímetros de la puerta, pero el golpe la había bloqueado por completo. Sin saber muy bien cómo, fue capaz de alzar el brazo, acercar la mano al pomo y colocarla encima. Desgraciadamente, no le quedaban fuerzas en los dedos para tirar, abrir la puerta y salir de allí, aunque fuera arrastrándose. Mientras aceptaba aquella realidad, dejó caer lentamente el brazo hasta que volvió a tenerlo derrotado junto a su torso.

En un momento de punzante lucidez antes de que la muerte se lo llevara, sintió un inmensurable alivio al ser consciente de lo que estaba pasando; era justo que las cosas hubiesen acabado así. Sabía que, a la larga, no habría sido capaz de vivir después de haber cometido aquel error, como parte del club de las personas que habían matado a alguien.

Sabía que, una vez muerto, no tendría que preocuparse de recordar nada ni sufrir por si se olvidaba algo.

Capítulo 1

Haré lo que sea, lo que haga falta. Estoy al borde del precipicio y no tengo otra alternativa, por eso estoy aquí sentada, paralizada y muerta por la ansiedad, en esta cafetería moderna que para mí ahora mismo se ha convertido en una isla de quietud entre la imparable procesión de londinenses que van y vienen a mi alrededor. Aquí estoy, esperando a un completo desconocido, quien al parecer tiene en sus manos el poder de ayudarme a recuperar la seguridad y estabilidad que tanto necesito o, por el contrario, de hacer que mi vida se convierta en un pozo aún más hondo y oscuro.

–¿Rachel?

Una voz dubitativa me pilla desprevenida, a pesar de que esperaba su llegada. Me bajo de la silla de un salto y me pongo en pie con tal ímpetu que la espuma del *latte* que me estoy tomando se desborda de la taza y mancha toda la mesa. ¡Ay, qué torpe, por favor! Vaya manera de empezar una entrevista de trabajo…

Alargo el brazo como puedo para coger la servilleta solitaria que hay encima, pero él se me adelanta y lo limpia todo con un movimiento rápido y eficiente de muñeca. Me siento como si fuera mi primer día de colegio. Lo más sensato ahora mismo creo que sería que cogiera mis cosas y me fuera por donde he venido. Aun así, teniendo en cuenta la situación en la que estoy ahora mismo, no me puedo permitir el lujo de intentar luchar por conceptos como mi dignidad o la sensatez. Los ideales aquí ya no tienen lugar, solo los hechos; y los hechos me dejan muy claro que necesito este trabajo y cuanto antes.

–Lo siento muchísimo –le digo con un tono de voz demasiado agudo y tan acelerada que parece que me falta el aire.

¿Dónde ha quedado esa aparente seguridad que he estado practicando de mil maneras distintas frente al espejo durante una hora antes de salir de casa? Parece que ha saltado por la borda como la espuma de mi *latte*, sin avisar y dejándome en ridículo.

–No, mujer, el que te tiene que pedir disculpas soy yo –repuso él con una sonrisa– por pedirte que nos reuniéramos en una cafetería. No quería que vinieses a la oficina porque ahora mismo está el fontanero arreglando unas fugas. Lo último que quiero es que creas que vas a trabajar para una empresa con problemas.

Michael Barrington alarga el brazo y me extiende la mano para estrechármela, cosa que hago rápidamente y rezo para que no se dé cuenta de lo sudada que la tengo. El CEO de la pequeña consultoría para la que quiero trabajar desprende un aire a Steve Jobs con el polo de cuello vuelto y los pantalones negros que lleva. Viendo cómo se ha repeinado el pelo hacia atrás, está claro que sabe lo que se hace, y también se nota que se cuida la piel, porque tiene la cara muy tersa y brillante. Intuyo que se acerca más a los treinta y cinco que a mis veintiocho, pero la verdad es que no los aparenta.

Aun así, su físico, la ropa y sus cuidados no son lo que importa, mi máxima prioridad ahora mismo es conseguir sea como sea el puesto para el que me va a entrevistar. Tiene que ser mío. Si no logro que me lo dé, me voy al abismo de cabeza. Mi vida ahora mismo es un frágil castillo de naipes que amenaza con desmoronarse. «Ayúdame, por lo que más quieras», le pido desde mis adentros a este hombre que parece sacado de una revista y que tiene mi salvación en sus manos.

Cuando acabamos con las formalidades, mis nervios pasan al siguiente nivel y de pronto me sientan en una máquina de tortura medieval mientras veo que Michael saca mi currículum del maletín y se pone a estudiarlo con detenimiento. ¿Le gusta? ¿Le parece decente? No tengo ni idea, porque pone cara de póker y sus facciones no muestran ningún tipo de emoción. A decir verdad, he recortado y decorado mi experiencia profesional un poquito, como hacemos todos, supongo. Hacemos ver que aquella vez que ayudamos a nuestra madre a limpiar y organizar el cobertizo del jardín fue nuestro primer intento de emprendimiento. Y ya que estamos, me voy a sincerar un poco más: la verdad es que no estoy cualificada del todo para ser consultora. Bueno, he dicho que me iba a sincerar, así que aseguro que no estoy cualificada para ser consultora. Y no es que esté intentando ser modesta, como nos enseñan a la mayoría de las mujeres a mostrarnos ante el mundo, no, lo digo totalmente en serio: nunca he estado en un puesto similar. He alargado mi experiencia profesional todo lo que he podido con la esperanza de que se canse de leer antes de darse cuenta de que mi carrera en el mundo laboral se limita básicamente a trabajar en bares y restaurantes como camarera, repartiendo pizzas y en centros de atención al cliente donde preguntaba con voz robótica: «¿Me podría explicar con más detalle el incidente?».

Michael me pregunta sin levantar los ojos del papel:

—Y cuéntame, Rachel, ¿quién es Jed?

Me ha pillado totalmente por sorpresa y se nota, porque lo último que pensaba que podía preguntarme Michael. ¿No se suponía que ahora debería hacerme mil preguntas para que pudiera demostrarle mis capacidades?

«¿Por qué te interesa este trabajo?».

«¿Qué experiencia tienes?».

«¿Qué sabes de nuestra empresa?».

Aunque es cierto que, si no llega a ser por Jed, no estaría teniendo la entrevista ahora mismo. De todos los amigos a los que les he pedido ayuda para encontrar un trabajo en el que me pagaran un sueldo decente, Jed estaba en mi lista de personas con las que creía no poder contar. Por eso, cuando Michael Barrington me llamó y me dijo que Jed había hablado con él, lo primero que pensé fue que me estaba tomando el pelo, pero Michael me dijo de ir a tomar un café para que hablásemos.

Saco una de mis mejores sonrisas forzadas y cruzo los dedos para no parecer un payaso malrollero. Inhalo hondo y exhalo.

—Jed es buena persona, un chico increíble. Ya quedan pocas personas como él.

Michael sigue leyendo el documento que tiene entre las manos y me pregunta:

—¿Sigue tocando en aquel grupo de música *indie*?

—Me han dicho que son bastante buenos, sí —contesto con voz temblorosa, lo que me hace perder la poca confianza que me quedaba.

La carcajada que suelta Michael en ese momento me sorprende totalmente y me hace erguirme en mi asiento. La pareja que tenemos en la mesa de al lado se gira para mirarnos, como si la risa les pareciese una especie de droga milagrosa y quisieran que la compartiésemos con ellos.

—Estás de broma, ¿no? A mí la verdad es que me parece que no tienen ni idea de lo que están haciendo. Fui a verlos un día a un local de mala muerte y, en vez de música, parecía que estaban matando a alguien. La bajista era una chica medio adormilada con mechas azules y no acertó ni una nota, y eso que Jed le había señalado con colores las cuerdas para que supiera dónde tenía que tocar…

Quiero reírme con él, pero mi intento suena bastante forzado. Por supuesto, no le digo que yo era la torpe de las mechas azules y que fui para echarle una mano a Jed porque su bajista tenía gastroenteritis aquel día.

Ya no queda ni rastro de las mechas y ahora llevo puesto uno de los dos trajes formales que tengo. Lo malo es que he perdido tanto peso que parece que alguien me lo ha prestado o que he querido disfrazarme, pero sin demostrar mucha originalidad por mi parte. Me he arremangado los puños de la blusa para que Michael no pueda ver que están desgastados y bastante feos, aunque para ser justos son una fiel representación de mi estado emocional ahora mismo.

Michael deja escapar un suspiro, dobla por la mitad las páginas de mi currículum y sigue repitiendo el movimiento hasta que las hojas quedan reducidas al tamaño de una pequeña postal. Finalmente lo deja caer en el maletín que había dejado abierto en el suelo y mi corazón, que aún guardaba alguna esperanza, se derrumba totalmente.

De repente me mira a los ojos directamente, con una fuerza magnética.

—Bueno, no creo que necesitemos prestarle más atención a todo eso.

Pues ya está, se acabó. Ojalá pudiera ponerme a llorar aquí mismo. Esta era mi última esperanza y la he tirado por la borda. Mi vida a la basura. No hay nada que hacer.

Michael parece sorprendido cuando me pregunta:

—Pero ¿adónde vas?

Yo ya estoy de pie y bastante convencida de que me voy a caer redonda al suelo. Sabía que esto era una esperanza muy remota, pero al fin y al cabo era una esperanza, y cuando estás en una situación como la mía ahora mismo, la esperanza es lo único que te mantiene en pie.

Michael me hace un gesto con el dedo para que me vuelva a sentar en la silla, pero yo ya no aguanto más la tensión. Quiero salir de aquí. Estoy harta de todo esto. Si aún tuviese mi coche, que vendí hace unos meses, le haría un favor al mundo, me subiría, aceleraría a tope hasta ponerme a ciento cincuenta por la carretera y me estamparía contra un muro.

El CEO vuelve a repetir el gesto y, mal que me pese, al final le hago caso. Michael se acomoda en su asiento y me dice:

—Rachel, es hora de que hablemos con sinceridad.

¿Con sinceridad? Si él supiera lo que conlleva mi sinceridad en este momento, me parece a mí que me pediría que saliera de allí por la ventana mismo.

—No me importan los estudios y la experiencia de la gente —sigue diciendo, con un tono tranquilo y neutro—. Cualquiera puede inventarse lo que quiere y ponerlo en el currículum. No sería la primera vez que contrato a alguien con muchísima formación y luego resulta que no sabe atarse los cordones. Y, sin embargo, otras veces he contratado a personas jóvenes que no tenían experiencia pero que han cogido el ritmo en la consultoría en un par de días. Por eso me he dado cuenta de que en realidad esto es como una especie de apuesta, ¿no?

De repente aprieta los dedos en la mesa mientras se reclina un poco más y me mira fijamente a los ojos.

—¿Puedo confiar en ti? ¿Eres una persona leal? Porque eso es lo que de verdad me importa. En mi empresa tratamos muchos temas delicados y confidenciales con nuestros clientes y, como entenderás, no me gustaría contratar a alguien que pueda poner en riesgo mi reputación.

—Para mí la confianza y la lealtad son muy importantes —le aseguro rápidamente, porque es la verdad, aunque no toda la verdad, porque hubo un verano en el que…

Pero no hace falta recordar aquello, así que dejo ese maldito recuerdo atrás.

A Michael le brillan los ojos, lo cual ayuda a suavizar la intensidad de su mirada.

—A ver, para que nos entendamos, la filosofía principal de la empresa es la honestidad, pero se puede jugar con ella un poco. Soy muy consciente de que tengo un negocio, no un ejército de santos —ríe—. Y a veces hay que saltarse un poco las normas si quieres conseguir algo, ¿o no? —me pregunta con una sonrisa asomándole en los labios, que hace que le aparezcan dos hoyuelos en las mejillas.

Aprovecho la pausa para darle un buen sorbo al café, que ya se ha quedado medio frío, porque la garganta se me ha secado por completo.

Michael se me queda mirando unos segundos.

—Me alegro de que Jed me haya pasado tu contacto. Me caes bien, Rachel. La intuición me dice que eres tú y normalmente no me suele fallar, así que vamos a hacer lo siguiente. Te voy a ofrecer un contrato temporal de un mes. Ven a la oficina mañana por la mañana y, si eres capaz de desenvolverte con lo básico en las próximas cuatro semanas, hablaremos para hacerte infedinida. Y si vemos que la cosa no funciona, pues te habrás sacado unas dos mil libras con un finiquito generoso al final. ¿Qué te parece?

No me lo puedo creer y, de la sorpresa, no soy capaz de responder. ¿Acaba de decir unas dos mil libras? Michael de repente se ha convertido en un árbol con hojas de diferentes colores: billetes marrones de diez, otros lilas de veinte y otros rojos de cincuenta que se mueven con la brisa que se cuela entre sus ramas. Pues me parece estupendo, genial, maravilloso, claro. Ahora mismo podría darlo todo y ponerme a bailar de felicidad por las mesas porque no me puedo creer lo que está pasando.

Sin embargo, en este momento, noto que aparece una vocecilla en el fondo de mi mente que me dice que es demasiado bueno para ser verdad…

Por eso, le digo apesadumbrada:

—Pero en realidad la experiencia que tengo no encaja con el perfil que buscas para el puesto. —Trago saliva, no sin esfuerzo, porque ahora mismo tengo un nudo enorme en la garganta—. No quiero decepcionarte.

En respuesta, el empresario no aparta sus ojos de los míos, lo que me tensa aún más y hace que quiera desdecir mis últimas palabras, por muy ciertas que sean. Quiero rebobinar y empezar de nuevo.

—Pues no estoy de acuerdo contigo —repone Michael por fin—. Has trabajado en centros de atención al cliente, lo que me dice que sabes cómo hablar con la gente por teléfono. Y no solo eso, sino que también habrás ganado experiencia en el complicado arte de la persuasión, por no hablar de la presión bajo la que se trabaja en un bar… Eso te ha tenido que curtir, seguro —añade y me mira aún con más intensidad—. Esas son las habilidades que necesito que tengan los miembros del equipo de mi empresa y, si te ves con ganas de aceptar el reto, me gustaría ofrecerte el trabajo.

De repente, siento cómo una agradable sensación de agradecimiento se extiende por mi cuerpo y me embriaga. Rachel Jordan, quien creía que se iba a comer el mundo a los dieciocho años pero acabó convirtiéndose en una don nadie como tantos otros, ha conseguido por fin que le den otra oportunidad. Este trabajo no solo me va a ayudar a salir de la peliaguda situación en la que me encuentro, sino que también me permitirá redimirme. Mato dos pájaros de un tiro.

Así pues, le digo resuelta:

—Me encantaría formar parte de la empresa.

Michael asiente con la cabeza, satisfecho con la respuesta, saca de la bolsa un montón de papeles grapados y me los entrega.

—Es un contrato temporal con las condiciones básicas. Llévatelo y léetelo con calma, no quiero que te quedes con la sensación de que estás vendiendo tu alma o algo así.

¿Vendiendo mi alma? Este contrato me la está devolviendo.

Sin más dilación, el hombre se levanta, dándome a entender que ha dado por concluida nuestra entrevista.

—Pues entonces te veo mañana por la mañana a primera hora en la oficina y, con un poco de suerte, vendrás con el contrato firmado.

Dicho esto, se cuelga el asa del maletín al hombro y da media vuelta, pero antes de marcharse parece que duda unos segundos. Ay, mierda, quizá debería haberle preguntado si quería tomarse un café. Abro la boca para disculparme (de nuevo), pero cuando le veo la cara decido callarme; sus atractivos rasgos ahora mismo me transmiten una intensidad que me hace saber que va a decir algo importante.

—La empresa es mi familia.

Y ya está. No añade nada más, sino que se va y me deja allí con los papeles que van a solucionar todos mis problemas aún en la mano. Despacio y con una tranquilidad que hace mucho que no sentía, sonrío.

He conseguido el trabajo. A partir de ahora ya nada puede salir mal.

Capítulo 2

En cuanto entro en la habitación, la ventana me llama con un susurro silencioso como de costumbre y empiezo el ritual: me acerco allí a grandes pasos, observo la melena alocada que luce el césped del jardín trasero y agacho ligeramente la barbilla para ver mejor lo que tengo justo debajo, un patio de cemento desaliñado que las malas hierbas han atacado y agrietado, y que nadie ha intentado cuidar ni retocar. De la ventana al suelo habrá unos nueve metros, seguramente me mataría si me cayese y mi cuerpo se quedaría allí, hecho un amasijo de carnes inertes ensuciando de sangre el suelo de cemento. Una vez completado el ritual, me doy la vuelta.

Al acabar la entrevista, he venido directamente aquí, a la casa que comparto con otras seis personas, aún con la cabeza llena de energía y felicidad por haber conseguido el trabajo que tanto necesito. Sin embargo, en cuanto he cerrado la puerta principal y he visto el pasillo asqueroso y descuidado, he sentido cómo toda esa felicidad se evaporaba irremediablemente y abandonaba mi cuerpo. Odio esta casa y, además, la mayoría de la gente que vive aquí no me cae bien. La chica que estaba en la cocina se ha dado cuenta de que había llegado y ha hecho un movimiento rápido con la cabeza en mi dirección, cual buitre oliendo a su presa. Me ha mirado un segundo y ha arrugado el gesto para hacerme saber lo importuna y molesta que le parece mi presencia; la hostilidad que rezumaba es el olor que ha llegado a mi nariz y no el de la comida que se estaba preparando, aunque he de admitir que era bastante potente. No es nada nuevo, la verdad, a la mayoría de las personas que viven aquí no les importo en absoluto. «Tampoco es la ilusión de mi vida estar en este cuchitril de mala muerte», he estado tentada de espetarle. Le habría retado a un duelo para ver quién se rendía y pestañeaba antes, pero me he contenido. La verdad es que, aunque me duela, no tengo otro sitio al que ir.

Así pues, he aceptado de mala gana su actitud desdeñosa y me he agarrado con fuerza a la raquítica e inestable barandilla para subir las escaleras. En algún momento, tengo bastante claro que un desgraciado de los que pagamos el alquiler en esta casa va a subirlas corriendo y se va a partir el cuello. Esta casa es así, se cae a pedazos… Nadie sabe quién es el casero, así que los inquilinos se pasan el día llamando a la agencia inmobiliaria y van dando parte de la interminable lista de todo lo que se tiene que arreglar y de la que rara vez se tacha nada. Por eso, los arrendatarios acabamos haciendo apaños improvisados; como el radiador picado y oxidado del pasillo del primer piso, al que han añadido un trozo de madera debajo, o las tablas del parqué por las que tengo que pasar para llegar a mi habitación, que están podridas y que podrían ser fatales, pero que ya conozco bien y evito pisarlas en según qué puntos.

Pero por fin ya estoy en mi zona de confort. Sin dejar de controlar la respiración, aunque un tanto superficial, observo detenidamente la habitación que se ha convertido en mi hogar. No es muy grande ni muy pequeña, me ofrece el espacio suficiente para mí y el mundo material del que dispongo. En una de las esquinas hay una cama estrecha contra la pared blanca; mi ropa y mis otras pertenencias las guardo en una mochila bastante funcional que tengo tirada encima de una alfombra, supongo que en su día color crema, pero que ahora mismo ha perdido su fuerza, quizá por la dilatación excesiva de su vida útil.

Fue Jed quien me echó un cable cuando me echaron del piso en el que vivía antes. Una amiga me había dejado quedarme en su sofá un par de semanas, pero, cuando las semanas se convirtieron en meses, su paciencia se agotó hasta que finalmente su irritabilidad y mal humor me dejaron claro que había llegado el momento de recoger mis bártulos e irme de allí. Otra amistad destruida. Jed me salvó la vida y me ayudó para que pudiera quedarme aquí durante un tiempo, donde él también vive. De nuevo, he vuelto a caer en la trampa de que la idea de un par de semanas se ha alargado y se ha convertido en unos cuantos meses.

Lo peor es que todos mis problemas se solucionarían con una llamada. Podría hacerla y todo esto desaparecería, pero nunca lo haré… No puedo. Mi móvil se ha dado cuenta de que estoy pensando en él, porque de repente suena. Es mi padre, lo que hace que mi corazón dé un salto de alegría y luego se desplome, como un baile aprendido que ya hace sin esfuerzo.

—Hola, papá.

—Hola, cariño –me dice y, al escucharlo, no me hace falta verlo para saber que me lo dice con una amplia sonrisa en la cara–. ¿Cómo está mi princesa? Llamaba para preguntar por qué mi querida Rachel ya no llama nunca a su pobre padre.

Respiro hondo antes de contestarle:

—Ya lo sé, ya… Lo siento, soy horrible, pero es que ahora mismo voy a mil, no tengo tiempo casi ni para respirar.

Como siempre, mi padre lo entiende perfectamente; nunca me hace sentir mal por mis periodos de silencio.

—No tienes que pedirme perdón, cariño. Sé los sacrificios que se tienen que hacer para perseguir los sueños y llegar a lo más alto.

Siento un incómodo escalofrío al notar que sus palabras intentan esconder en vano la espinita que tiene clavada en su corazón por el pasado. Aun así, yo nunca le echaría en cara todas las veces que no estuvo conmigo cuando era pequeña porque se dejaba la piel en el trabajo para asegurarse de que a mi madre y a mí no nos faltaba de nada.

—Pero, bueno —sigue diciendo—, si consigues sacar unos minutos en tu apretada agenda para hablar un rato con tu padre, ya sabes que me darás una alegría.

Me siento fatal porque sé con creces lo feliz que le hace ese pequeño gesto. Mi padre no solo me ha dado todo lo que podría desear cualquier hija, sino que, además y por encima de todo, me ha hecho sentir querida y especial. Con el móvil aún pegado a la oreja, me acerco a la foto enmarcada que nos hicimos estando de vacaciones, el único detalle personal que decora mi estantería. Ahí estamos, él y yo. Mi padre, con una sonrisa de oreja a oreja a pesar de que el sol del Mediterráneo le cegara por completo, me echaba el brazo por encima como si no estuviera dispuesto a soltarme en la vida. Mi sonrisa denota más incomodidad que felicidad, la verdad, pero es una buena representación de las emociones de una adolescente. No tengo ninguna foto de mi madre; aunque ya han pasado muchos años, me sigue doliendo demasiado.

Me doy la vuelta y le contesto:

—Llevo días queriendo llamarte, de verdad, pero es que justo acabo de cambiar de trabajo. Me han contratado en una consultoría y por eso voy tan a tope últimamente.

—¡Anda, qué bien! Es un sector muy bueno para trabajar, sin duda —me responde, y se muerde la lengua para no decirme lo que opina realmente de este tipo de compañías. En su opinión, en lo que se refiere a los negocios, no hay nada que consultar, sino que uno se arremanga y lo da todo para llegar hasta la meta–. ¿Y qué empresa es? Seguramente la conozco.

–No creo, no se dedican a la construcción –le contesto y siento un gran alivio cuando oigo que alguien me llama con suavidad a la puerta. Debe de ser Jed, porque los demás pasan de mí–. Oye, papá, te tengo que dejar, viene alguien…

–¿Te has echado otro novio? –me pregunta de broma para molestarme.

La alegría de haber conseguido el puesto gracias a la entrevista en la cafetería vuelve a aparecer y le digo:

–El día no tiene suficientes horas para que encima me eche más obligaciones. Venga, va, papá, hablamos en otro momento. ¡Te quiero!

–¡Y yo más!

Odio fingir que tengo una vida frenética y estupenda por teléfono y engañar a la única persona que me quiere incondicionalmente. Soy un fraude de persona, pero quizá tenga suerte y deje de serlo pronto con el nuevo trabajo que he conseguido.

Cuando Jed entra en la habitación, sé que ha pasado algo y que no es bueno. Lo primero que me llama la atención al verlo son los rizos de esa rebelde melena que tiene y su nariz, porque es bastante grande y la tiene un poco torcida. A veces pienso que Jed es un perro atrapado en un cuerpo humano y que su pelo lanudo, su energía inagotable y esos ojos llenos de inocencia con los que explora feliz el mundo son pistas que nos da para que descubramos su verdadera identidad. No, hablando en serio, lo quiero un montón; nunca había conocido a nadie con un corazón tan grande. Por lo general, suele llevar una sonrisa de oreja a oreja. Sin embargo, hoy parece ser la excepción… Por cómo mueve los labios a modo de sierra y no acaba de mirarme a los ojos, me queda claro que hay algo que lo hace sentir muy incómodo.

De repente, mientras mi amigo se abre paso hasta llegar a donde estoy yo, me doy cuenta del desastre que estoy a punto de presenciar. Abro la boca para avisarlo, pero ya es demasiado tarde… Jed le da una patada al cubo de agua fría que tengo guardado debajo de la cama.

¡Mierda! El agua se filtra y se esparce por toda la mugrienta alfombra y deja un evidente rastro a su paso. Jed se queda de piedra allí, sin poder dejar de mirar el cubo tirado en el suelo; sus ojos, abiertos de par en par, van del cubo a mí y de mí al cubo.

Aprovecho su estupefacción para explicarle la situación:

–Supongo que te parecerá raro que tenga un cubo de agua aquí metido, pero es para regar las plantas. Es más fácil así, ¿sabes?

La única maceta que tengo en la cornisa con un cactus mustio no acaba de encajar con mi argumentación, pero Jed asiente como si entendiera la situación perfectamente, se agacha para recoger el cubo y lo deja de pie junto a la pared.

Yo también me levanto rápidamente, dispuesta a recoger el estropicio:

–Dame un segundo que limpie todo esto…

–Tranquila, ¿para qué? Ya se secará –me dice y tose para aclararse un poco la garganta, un sonido que hace que el estómago se me contraiga de los nervios–. Tengo que hablar contigo.

Me dejo caer en el taburete en forma de camello, un vívido recuerdo de cuando la vida me iba mucho mejor, de unas vacaciones que hicimos a El Cairo, y mi amigo se sienta en el borde de la cama. Aunque Jed es una de esas personas que desprende mucha energía cuando habla y que gesticula muchísimo con los brazos y las manos, ahora mismo no se mueve, sino que tiene las manos inertes, una al lado de la otra.

–¿Qué? ¿Cómo te va la vida, amor?

Llevo siendo su «amor» desde que íbamos al colegio juntos. A pesar de que nuestros caminos se separaron después de acabar la secundaria, siempre hemos estado muy unidos. La mayoría de las chicas dirían que Jed es un tío bueno, pero la verdad es que nunca ha habido nada romántico entre nosotros. Bueno, vale, una vez él intentó besarme después de una reunión del cole cuando teníamos diez años y lo que se llevó fue un puñetazo con muy mala leche en la tripa, así que su gesto romántico no le acabó de salir demasiado bien. Somos Rachel y Jed, amigos que están siempre ahí el uno para el otro.

Cuando estoy a punto de responderle, me acuerdo y le digo:

–He conseguido el trabajo en la empresa de tu amigo Michael. No sabes lo mucho que te agradezco que me hayas recomendado. Con el primer sueldo que gane te llevo a comer por ahí para celebrarlo.

Mi voz y mi expresión están llenas de energía y alegría, pero Jed no ha escuchado ni una palabra de lo que le he dicho, sino que sigue con la mirada fija en el cubo con el ceño fruncido. Parece muy concentrado, como si esperara que el cubo de repente empezara a hablar y le contara el motivo por el que cada noche lo traigo a mi habitación y lo escondo debajo de la cama.

Intenta disimular su desinterés sobre las noticias que le acabo de dar sobre Michael Barrington con un simple:

–Ah, qué bien, me alegro… Oye, mira, Rachel, esto es lo que pasa –me dice entonces y levanta la mirada, lo que hace que sus ojos se encuentren con los míos durante unos breves segundos y luego vuelva a apartarlos hacia otro lado y continúe–: A ver, que tampoco es que haya ningún tipo de prisa, pero te quería preguntar si en algún momento pensabas buscar otro sitio y mudarte. Es que... –empieza a decir arrastrando las palabras, hasta que por fin me mira fijamente y aguanta ahí la mirada– te dije que solo podías quedarte aquí un mes y ya han pasado dos, ¿sabes?

Jed se encoge de hombros y ya no necesita decirme nada más. He captado el mensaje. El corazón se me ha acelerado al ritmo de la cinta de correr en la que me han vuelto a subir sin avisar, pero no quiero alargar la agonía por la que está pasando ahora mismo mi amigo y que me tenga que dar las razones por las que los otros compañeros de piso quieren que me vaya de una vez. Uno de ellos dice que soy «rara» y otro «rara de narices».

–No te preocupes –le respondo. Me sabe fatal que se sienta mal por todo esto–. Me has echado una mano cuando la necesitaba y otra gente me ha ignorado. Ahora que voy a volver a cobrar, seguro que me apaño y encuentro algo. Dame una semana y te dejaré en paz de una vez por todas.

La cara de Jed por fin se transforma y parece que le han encendido una bombilla de Navidad de la felicidad que desprende.

–¿Estás segura? Tampoco es que haya prisa, ¿eh? Tú a tu ritmo.

Satisfecho y feliz de haber cumplido con su deber, por fin se levanta, pasa por encima de la alfombra empapada de agua, pero, cuando está a punto de salir por la puerta, se gira y, para mi sorpresa, veo que vuelve a tener el ceño fruncido.

–¿Puedo preguntarte una cosa?

A lo que le contesto burlona:

–Como si tú hubieses necesitado mi permiso para preguntarme algo en tu vida, Jed Harris...

Pero mi intento de quitarle hierro al asunto parece no surtir el efecto deseado.

–Tu… –empieza a decirme, pero duda y, sin darse cuenta, la mano se le va a la nariz– tu padre está forrado, ¿no? ¿Por qué no lo llamas y le pides que te preste algo de dinero? Seguro que te lo manda enseguida si se lo pides.

Inmediatamente, un frío me recorre el cuerpo y me pongo a la defensiva.

–No tiene tanto dinero.

Jed sacude la cabeza y rebate:

–Es millonario, Rachel.

Cuando ve que no respondo, mi amigo deja escapar un suspiro, se encoge de hombros y vuelve a mirar de soslayo el cubo antes de cerrar la puerta tras él.

Segundos después, oigo que alguien se pone a hablar con él justo al otro lado de la puerta, en el pasillo. Es la buitre de la cocina… La tiparraca seguro que estaba esperando ahí fuera a que Jed saliera. Sin darle mucho tiempo a reaccionar, le pregunta subiendo la voz para asegurarse de que yo también la escucho:

–¿Le has dicho ya a la loca esa que se tiene que largar de aquí de una vez?

Capítulo 3

Al ver el edificio, dudo si me he equivocado de dirección; no es lo que esperaba. Una brisa helada se me cuela por el cuello de la camisa y me lo congela cuando alzo la vista para mirar mi futuro lugar de trabajo. Algo me dice que esto al principio fue un bloque de pisos de alquiler, parte de una serie de edificios todos seguidos y construidos en la misma calle, como si fueran una familia victoriana. A los otros les habían dado un lavado de cara para modernizarlos y adaptarlos al siglo XXI, y habían resaltado las paredes enladrilladas de color rosa.

El edificio en el que voy a trabajar yo es diferente. La fachada está ennegrecida por los años, está bastante destrozada y ha perdido su color, como si hiciera siglos que nadie la hubiese limpiado. Con ese aspecto demacrado, sin duda es la oveja negra en esta calle, y la verdad es que no parece presagiar un buen futuro, lo que me deja bastante preocupada. Como si no tuviera suficiente con lo que tengo.

Esta parte de Londres está en la frontera entre East End y el centro financiero. Hace veinte años esta zona estaba en ruinas, era inhóspita, una muestra de la pobreza y la desesperación que había en la ciudad; en cambio, ahora era la cara de los negocios innovadores y emergentes, donde todos los bares, cafeterías y restaurantes modernos servían tostadas de masa madre con aguacate.

Aun así, tengo muy presente que en su día fue el terreno favorito de Jack el Destripador.

Hago todo lo posible por quitarme esas grotescas y sanguinolentas ideas de la cabeza mientras me acerco a la puerta arqueada de madera y llamo al timbre. Oigo un ruido al otro lado y anuncio:

–Soy Rachel, Rachel Jordan.

No veo nada que me haga pensar que hay una cámara de seguridad instalada, pero igualmente me da la impresión de que alguien me observa.

–Ah, sí, Rachel –me contesta una voz femenina resuelta, a la que parece que le falta un poco el aire–. Ahora mismo bajo.

Solo he oído su voz, pero ya me cae bien. Parece una persona agradable, así que los músculos de mi estómago se relajan y la nuca recupera una temperatura más agradable. Mientras la espero, veo algo por el rabillo del ojo que capta mi atención; está justo al lado de una pared, cerca de una ventana a la izquierda de la puerta, y me despierta tal curiosidad que no puedo hacer otra cosa que acercarme hasta allí para verlo mejor. Es una placa, pero no es de esas azules con las esquinas redondeadas que se ven en los edificios de Londres, esta es cuadrada. Si no me equivoco, de latón, pero le han dado una capa de pintura blanca y la inscripción es prácticamente ilegible. Me pongo de puntillas para poder leerla bien:

En homenaje
a las 22 trabajadoras textiles
que perdieron la vida en el incendio
del sótano de este edificio el 29 de abril de 1908
Descansad en paz

Consejo Municipal de Londres, 1958

Un escalofrío me recorre el cuerpo en ese momento. Qué horrible. Esta zona de Londres en otra época estaba llena de fábricas clandestinas, naves que llenaban hasta los topes de trabajadores donde la gente sin medios se dejaba la piel para poderse ganar el pan de cada día y se sometía a esas terribles condiciones.

−¿Señorita Jordan?

Al escuchar mi nombre, vuelvo inmediatamente al presente y me encuentro a una mujer que me mira desde la puerta. Ay, por favor, lo último que quiero es que se crea que ya estoy intentando escaquearme el primer día de trabajo, así que me acerco y le doy la mano con energía y entusiasmo como muestra de mi implicación. Tal es mi efusividad que espero no haberme pasado y haberle hecho daño.

−Me llamo Joan Connor, aunque casi todo el mundo me llama Joanie. Soy la asistente personal del señor Barrington.

Cuando escucho el nombre «Joanie» me imagino a una chica joven, como la hija pecosa y roquera de Cunningham de la mítica serie *Viviendo a tope*, pero esta Joanie es una mujer de mediana edad, pequeñita y la anchura de sus caderas me hace pensar que, a estas alturas de la vida, no acaba de sentirse muy cómoda en su piel. A pesar de las arrugas que adornan su cara, me da la sensación de que tiene la piel suave, va vestida con un traje de falda muy formal, pero, en cambio, los zapatos planos negros con lacitos que lleva parecen zapatillas de estar por casa. Un *look* profesional pero hogareño, quizá es un estilo que desconozco…

Entramos en el edificio y pasamos por la recepción, que me llama la atención con esas paredes tan blancas y el suelo de parqué que aturde mis sentidos. Las escaleras también son de madera y las han rematado con mucho gusto gracias a una barandilla cromada reluciente. La imagen que me transmite esta estampa es la de orden y pulcritud.

Mientras Joanie me guía al piso superior, empieza a explicarme:

—El señor Barrington está encantado de que te hayas unido al equipo. —Se gira para mirarme con ojos brillantes—. Espero que te guste trabajar con nosotros.

—Seguro que sí —le contesto con una gran sonrisa que no acabo de sentir.

La verdad es que, hasta que no consiga sobrevivir a este primer día, no voy a dar nada por sentado.

La mujer sigue hablando de todo y de nada hasta que llegamos al despacho de Michael, que me espera al otro lado de un imponente escritorio en un espacio moderno de paredes blancas. El suelo está cubierto con una alfombra tan espesa que, si te descalzas, serías incapaz de verte los dedos de los pies y, para poder ver bien el techo, tendrías que estirar el cuello casi por completo. Los enormes ventanales que mi nuevo jefe tiene a sus espaldas y que dejan ver las luces y el bullicio de la ciudad confirman su posición de CEO imparable. Por un momento, me quedo totalmente ensimismada contemplando aquellas ventanas hasta que Michael se me acerca y me coge la mano para darme un fuerte apretón.

—Me alegro muchísimo de que hayas decidido aceptar mi oferta.

Como respuesta, me limito a entregarle el contrato firmado. Pasado el trámite formal, Michael se anima a darme el *tour* oficial por la primera planta. Si fuera una agente inmobiliaria perspicaz y creativa, diría que es un espacio «con muchas posibilidades» o «con mucha personalidad». Es una mezcla bastante ecléctica de decoración y detalles modernos y antiguos; por un lado, parece que el edificio está exactamente igual que cuando la reina Victoria estaba en el trono. De hecho, mi cerebro no se sorprendería si de repente apareciera Oliver Twist y me pidiera un bol de gachas. Las puertas de madera maciza parecen paneles que se integran en la propia pared, mientras que algunos trozos de la pared me confunden haciéndome creer que son puertas. En cambio, las escaleras, el mobiliario y los otros detalles son todos nuevos. Pero bueno, mírame, «el mobiliario y los otros detalles», ¿me ha poseído un agente inmobiliario o qué? Parece que estuviera intentando vender el edificio. Cerca del despacho de Michael me fijo en que hay una puerta y me imagino que da a una escalera que lleva al piso superior. Para quitarle la idea a posibles curiosos, hay una cuerda trenzada color púrpura con un cartel en el que se lee PRIVADO.

—Deja que te enseñe tu despacho —anuncia el CEO, que vuelve a reclamar mi atención.

Su afirmación me pilla tan desprevenida que contesto con total incredulidad:

—Ah, pero ¿que tengo mi propio despacho?

Nunca he tenido uno para mí sola, siempre he trabajado en espacios abiertos con la excusa de «así podemos hablar los unos con los otros con mayor facilidad», en vez de decirnos la verdad: «No queremos gastarnos más de lo necesario en el bienestar de los trabajadores, porque eso no es lo que nos interesa».

Michael sonríe con tanta alegría mientras me lleva a mi nuevo lugar de trabajo que vuelven a hacer aparición sus hoyuelos. No me lo creo, me muero de felicidad, pero intento que no se me note demasiado. La estancia que me han asignado está al otro lado del despacho de Joanie, es pequeña, muy normalita, la verdad, las paredes son blancas y lisas, el suelo es de parqué, y en su interior hay un escritorio, una silla y un ordenador.

Michael echa un vistazo al espacio y su funcionalidad.

–Quizá te vendría bien ponerte un calendario en algún sitio para darle un toque un poco más personal.

Pero la verdad es que no le hago ni caso porque estoy totalmente absorta en las ventanas. Y ahí empieza mi ritual: me acerco y veo que dan a una calle trasera, esta está más descuidada, nada que ver con la modernidad que se veía en la parte delantera del edificio. Solo nos separa un piso del suelo. ¿Es demasiado para saltar? Intento abrir la ventana de acero forjado, pero la cobertura de pintura que le han dado por encima hace que sea imposible, está atascada.

–¿Tenéis la llave para abrir la ventana? –pregunto.

Al ver la expresión de sorpresa y desconcierto de Michael me doy cuenta de que he sido demasiado directa. Tendría que haberlo dejado caer en la conversación como quien no quiere la cosa.

Por suerte, Joanie aparece de repente en la puerta y me salva diciendo con alegría:

–A mí me pasa lo mismo. El termostato interno me tiene loca, la verdad…

No tengo ni idea de lo que me está queriendo decir y debo de poner un gesto de extrañeza.

Ahora la mujer baja el tono considerablemente y continúa:

–Es la menopausia… «Torturapausia» la deberían llamar, ¡porque me tiene frita! Tan pronto me entra un frío helado horrible como me muero de calor… Bueno, que me lío… Ahora mismo te traigo la llave.

–No le hagas mucho caso a Joanie, a veces no sabe qué información es relevante y qué más vale reservarse para uno mismo… –me dice mi nuevo jefe cuando su asistenta ya no está presente.

–Es un encanto de mujer –le contesto, aunque mi mente sigue anclada en la ventana.

Michael me vuelve a sonreír con intensidad y hace que

una corriente eléctrica me recorra entera, parece que está encantado con la situación.

—Bienvenida al equipo, Rachel. Me alegro muchísimo de que te hayas unido a la familia.

Todavía no me entra en la cabeza cómo he conseguido este trabajo. ¿Cómo he podido tener tanta suerte?

Capítulo 4

**¡ESTAS SON LAS 10 CASAS
MÁS TERRORÍFICAS DE LONDRES!**

(...)

En octavo lugar...

(...)

Un perro callejero intentó salvarlas, pero fue demasiado tarde.

Eso es lo que leo en la pantalla del ordenador. He entrado en una página web en la que espero obtener más información sobre el incendio que hubo en la antigua fábrica hace más de un siglo. No me he podido quitar de la cabeza la placa conmemorativa que he visto en la entrada y sé que tengo que investigar para descubrir y entender bien lo que sucedió. Así pues, decido hacer una pequeña pausa y dejar para más tarde el resumen del informe de restructuración que Michael me ha pedido que haga para un cliente.

No lo hubiese dicho, pero el trabajo de consultora es bastante fácil. En mi cabeza me iba a pasar el día intentando vender cosas por teléfono y sellando una pila interminable de papeles antes de poder salir de la oficina. Quién me iba a decir que iba a copiar un informe con toda la calma del mundo... ¿Por esto me va a pagar Michael un sueldo que me hace salivar? Bueno, lo que tengo claro es que yo no voy a cuestionarlo, para una vez que la suerte llama a mi puerta.

Vuelvo a dirigir mi atención a los ocho edificios más terroríficos de Londres, y me parece bastante curioso que solo haya podido encontrar información sobre el incendio en esta página. Supongo que las muertes de la gente pobre no suelen ocupar mucho espacio dentro de la memoria colectiva. La página está llena de las típicas historias de miedo sobre monarcas decapitados y mujeres sin rostro que habitan en las paredes de casas antiguas. Sin embargo, en el número ocho de la lista encuentro el relato del incendio que tuvo lugar en este edificio en 1908 y las consecuencias que tuvo. Dice así:

Encerradas en un taller clandestino en un callejón en el sótano de un bloque de edificios de la zona de East End, ganando una miseria al día por coser ropa, unas niñas salvaron a un perro callejero para que no muriera de hambre en la calle. A escondidas del propietario, lo cuidaban en el sótano en el que trabajaban y lo ocultaban entre los bancos y las máquinas de coser. Aunque ellas también pasaban hambre, se aseguraban de cuidarlo y darle de comer las sobras, lo que acabó dándole nombre a la mascota. Sobras, agradecido por la amabilidad con la que lo trataban, jugaba con ellas y ladraba para avisarlas cuando el encargado se acercaba para comprobar cómo trabajaban.

Junto al texto aparece un dibujo hecho a mano de unas niñas muy delgadas sentadas y trabajando sin descanso. También hay otro dibujo del dueño del taller, pero algo me dice que no es muy fiable, sino que más bien parece una caricatura del típico personaje malvado de la época victoriana con un sombrero de copa, panzudo, monóculo y polainas. Lo único que le falta a este tal Jasper Corazón de Piedra es jugar con las puntas de su largo bigote.

¡Sobras ladró para avisarlas! Una noche fría de 1908 en la que caía una horrible tormenta, las niñas se dieron cuenta de que el perro corría de un lado a otro en el sótano. El animal no dejaba de ladrar, de morderles los vestidos con nerviosismo y de tirar de ellas. ¿Qué pasa? ¿Qué quería decirles? ¿Las estaba avisando del peligro que corrían porque lo sentía gracias a su sexto sentido? Aun así, las niñas sabían que, si dejaban su puesto de trabajo, no les pagarían el sueldo y sus familias se morirían de hambre; así pues, ajenas a lo que iba a suceder, ¡¡continuaron pegadas a sus máquinas de coser!!

Lo que tengo claro es que a la persona que ha escrito el texto le encantan los signos de exclamación.

¡Las devoraron las llamas del infierno! ¡De repente olieron el humo! ¡El sótano estaba ardiendo! ¡Las chicas estaban atrapadas! ¡Los avisos desesperados de Sobras no habían servido de nada! Cuando las luces se apagaron y se quedaron totalmente a oscuras, ¡las niñas empezaron a chillar y a desgarrarse la voz pidiendo auxilio! ¡Sobras salió en su ayuda!

Mientras las niñas lo único que hacían era correr en círculos y morirse de miedo, el perro mantuvo la cabeza fría. Empezó a ladrar a las niñas para que lo siguieran y las condujo por unos pasadizos secretos que había bajo el edificio para intentar sacarlas de allí, pero ¡sus esfuerzos fueron en vano! El propietario había cerrado y sellado las puertas. A medida que las llamas crecían, el humo asfixiante las envolvía y las pobres niñas no hacían más que rezar entre sollozos para que ocurriera un milagro que las sacara de allí. El valiente perro que las había guiado hasta allí se tiró al suelo, frustrado sin saber qué hacer. Las veintidós niñas fallecieron aquella noche. ¡Solo Sobras consiguió escapar de allí!

Me parece un poco extraño o curioso que, si todas esas niñas murieron en el incendio, la persona que escribe sobre lo sucedido sepa exactamente lo que pasó aquella noche de 1908. Pero, bueno, quizá se lo explicó todo Sobras, ¿no?

Después del incendio, Sobras se pasó años sentado delante del bloque de pisos, llorando y aullando por las amigas que perdió. Los residentes y vecinos de la zona aseguran que las noches de tormenta todavía oyen sus pasos mientras hace guardia en la oscuridad, además de los ruidos de las máquinas de coser de las niñas y sus lamentos y plegarias desesperadas. Todo sale de entre los muros del edificio.

Y, por supuesto, la historia no podía acabar sin una moraleja.

¿Y qué pasó con el propietario? Pues que años después, en 1940, mientras él vivía plácidamente en su mansión de lujo en Kensington, las Fuerzas Aéreas Alemanas lanzaron una bomba incendiaria en su casa ¡y él también acabó quemado! ¡Nadie encontró sus restos jamás! ¡Por fin se hizo justicia en nombre de Sobras y las niñas del taller clandestino!

A mí todo esto me suena bastante a bulo para entretener a la audiencia, sobre todo viendo la cantidad ingente de mensajes que te lanza la página para que le des a «Me gusta». Aun así, no puedo negar que leer la historia me ha dejado bastante removida y con mal cuerpo. La ventana vuelve a llamarme, así que me levanto de la silla, me quedo allí de pie a observar el exterior y vuelvo a comprobar la distancia que me separa del suelo, como de costumbre. Desgraciadamente, las niñas del taller no tenían ventanas por las que escapar en el sótano.

De pronto, me parece que no puedo respirar en el despacho, me sofoca, así que salgo de allí y me dirijo a la cocina, justo delante del despacho de Joanie. La mujer nota mi presencia al instante, levanta la cabeza y me sonríe con cariño con las gafas puestas. Yo le devuelvo la sonrisa y entro en la estancia que podría salir perfectamente en un programa de cocina de la tele. Es un espacio agradable, reducido pero funcional, cada cosa tiene su lugar, todo está inmaculado y muy pensado. Tanto el frigorífico como el microondas y la tetera son de color rojo brillante; en las estanterías hay recipientes de plástico transparentes llenos de productos saludables: frutos secos, semillas, bayas deshidratadas, cereales e incluso avena ecológica. También tienen allí dispuestos diferentes tipos de té y café de especialidad. La verdad es que ahora mismo me siento como una niña en una tienda de chucherías. Sí, ya lo sé, es un cliché, pero no puedo negar que la cocina me ha dejado con los ojos como platos y una placentera sensación de felicidad. Al ver todo esto, se me ocurre que, si madrugo lo suficiente para llegar antes, podría desayunar aquí; así no tendría que volver a pasar un mal rato en el piso compartido, y lo más importante es que me ahorraría un montón de pasta.

Las tazas que cuelgan de los ganchos rojos brillan anunciando que están recién estrenadas. Yo decido coger una amarilla, enciendo la tetera y le pongo una bolsa de té dentro. Cuando todo está listo y han pasado los minutos correspondientes, le echo la leche, como debe ser. Habrá mucha gente que no esté de acuerdo con mi método, pero así es como se hace una buena taza de té y quien crea lo contrario debería tomar café y punto. Para ello, abro el frigorífico y el aire fresco me acaricia la piel mientras saco el cartón de leche semidesnatada que hay abierto en una de las baldas. Me echo un poco en la taza y vuelvo a guardar el recipiente.

Me apoyo en la encimera, cerquita del microondas, calentándome las manos con la taza y respiro hondo el humito que sale de ella. Qué suerte la mía… Este momento me parece un verdadero regalo. Satisfecha, le doy el primer sorbo al té.

De repente siento cómo me sube una arcada desagradable que parece recorrerme todo el cuerpo. Seguidamente, me da un espasmo en el estómago e intento por todos los medios cerrar la garganta. Noto un sabor agrio, asqueroso, horrible… Una mezcla repulsiva me inunda la boca y se me inflan las mejillas al intentar retener la arcada. Abro los ojos como platos, el corazón se me pone a mil por hora, los orificios de la nariz se me abren mucho y empiezo a respirar como si me hubiese convertido en un caballo desbocado.

«Voy a vomitar, voy a vomitar, voy a…».

La taza se me cae de las manos y se hace añicos en el suelo. Salgo corriendo hacia el fregadero y llego a mi destino por los pelos antes de ponerme a vomitar. No puedo pararlo. Ahora mismo, una ola de frío y de calor me recorre entera y no para de moverse en mi interior, lo que me deja aún más desorientada de lo que ya estoy.

Ya no me queda nada dentro y me acaricio la barriga con cuidado mientras aún siento cómo se queja. Aturdida, me giro hacia el grifo, abro la boca y trago un poco de agua para enjuagarme, escupo y vuelvo a tragar un poco más y a volver a escupir… Así hasta que el repugnante sabor pasa a ser nada más que un recuerdo para mi nariz. Poco a poco, parece que mi respiración se va estabilizando.

Aún estoy procesando lo que acaba de pasar, levanto la cabeza y me agarro con fuerza a los dos lados del fregadero, ya que el contacto con el frío material me ayuda a despertarme un poco. ¿Qué leches ha pasado? ¿Ha sido el agua? ¿El té? Pero entonces me viene de golpe el culpable. Sigo temblando, pero me acerco al frigorífico, abro la puerta y saco la leche. Al olerla, aparto la cara rápidamente del asco que me da. Efectivamente, está pasada, pero no lo suficiente para que los típicos grumos desagradables me lo advirtieran.

–¡Madre mía, Rachel! Pero ¿qué ha pasado aquí?

Joanie entra en la cocina con los ojos desorbitados, que saltan de mi cara a la taza destrozada que hay en el suelo.

–Ha sido por mi culpa –afirma Joanie por decimocuarta vez, y ahora parece que está a punto de llorar mientras las dos estamos sentadas en la oficina de mi nuevo jefe–. Se me olvidó mirar la fecha de caducidad y se me habrá pasado pedirle a Keats que comprara más leche.

¿Keats? ¿Quién es ese? Pero no pregunto, no es el momento para que me ponga a hacer preguntas. Ahora mismo me siento una imbécil, he montado un espectáculo y todo por un poco de leche pasada… ¿Por qué no habré podido escupirla sin más, enjuagarme la boca y dejarle una nota a Joanie en la mesa antes de volver a mi despacho? Mira que era fácil, ¿eh? Pero no, yo esas cosas no las hago, prefiero montar un numerito digno de telenovela mala, y, además, a poder ser, en mi primer día de trabajo, claro que sí.

Tengo que hacer algo para que Michael no crea que ha contratado a alguien que es capaz de cualquier cosa para llamar la atención.

–No te preocupes, Joanie. Estas cosas pasan y ya está.

La pobre mujer está tensa y su cara es un poema:

–Es que había bajado a por el correo, si no, me hubiese dado cuenta de que estabas en la cocina.

–No le des más vueltas, de verdad –le dice Michael con un tono amable, pero en el que se denota un matiz de insistencia–. Como bien ha dicho Rachel, estas cosas pasan. Eso sí, Joanie, cuando puedas, hazme el favor de recoger la cocina.

Cuando la mujer se va, intento salvar como puedo la situación:

—No quería liar todo este follón...

Pero el CEO de la empresa me interrumpe:

—No pasa nada, le podría haber pasado a cualquiera...

—No creo que le pase en su primer día de trabajo, pero bueno...

Michael se reclina un poco más en su silla y en sus labios asoma una pequeña sonrisa.

—Comparado con lo que me pasó a mí, esto no es nada. Yo le di un golpe al Ferrari de mi jefe el primer día.

—¡Anda ya!

—Me pasé tres meses comiendo sopa y pan para no gastar y poder devolverle lo que le costó la reparación.

Los dos nos echamos a reír. Cualquier otro jefe me estaría echando la bronca por la que había montado en la cocina, pero Michael evidentemente no era así. No sé qué tiene este hombre, pero me transmite calma y confianza; algo me dice que voy a trabajar muy a gusto en esta empresa.

De repente, su cara cambia por completo porque hay algo por encima de mi cabeza que capta su atención, así que me giro y veo que su asistente está en la puerta esperando allí plantada. En la mano tiene el cartón de leche y se dicen algo con la mirada, como si hubiesen desarrollado un sexto sentido por llevar tanto trabajando juntos.

Sin apartar la mirada de la mujer, me dice:

—Dame un segundo.

Y me deja allí sola sin más explicaciones.

Pasa algo, lo sé. Oigo sus murmullos, hablan rápido, entre susurros, ella con su tono agudo y él con su voz profunda, pero no entiendo nada de lo que dicen. Quiero levantarme para poder enterarme, pero parece que alguien me ha cosido concienzudamente al cojín de la silla porque estoy atrapada y soy incapaz de liberarme y moverme. Entonces, llega a mis oídos una palabra de la boca de Michael.

«Rachel».

¿Por qué está hablando de mí? Parece que la silla se hace un poco más dura, más incómoda. Aguzo el oído, pero lo único que sigo oyendo son sus intensos murmullos.

«Rachel».

Ahora la que me ha nombrado ha sido Joanie. ¿Qué está pasando? El corazón me empieza a latir rápidamente en el pecho y una capa de sudor me recubre desde la base de la nariz al labio superior. Ellos no dejan de hablar y lo hacen animadamente salpicando de vez en cuando otro «Rachel».

Es como si estuvieran componiendo una canción y la única parte de la letra que consigo entender es mi nombre. «Rachel, Rachel, Rachel».

Cuando por fin Michael vuelve a la mesa a mi lado, yo estoy hecha un manojo de nervios. Para mi sorpresa, no ha vuelto con las manos vacías, sino que ha traído el cartón de leche.

—Michael, ¿qué pasa? —le pregunto sin poder esperar ni un segundo más.

Mientras él rodea con parsimonia el escritorio para sentarse en su silla, yo observo el cartón de leche. Por fin, lo coloca en la mesa, pero no lo suelta.

Sus labios dibujan una sonrisa, pero él no aparta los ojos de mí en ningún momento.

—Nada. Anda, vuelve a tu puesto y acaba el trabajo. Ya hablamos luego, antes de que salgas a las cinco.

Estoy a punto de ponerme en pie. «Venga, sal de aquí corriendo, Rachel, como hiciste en verano», me pincha la voz de mi otra yo. Pues no, esta vez no pienso hacerlo, así que miro a mi nuevo jefe y le digo:

—No estaba intentando escucharos, pero no he podido evitar oír mi nombre mientras hablabas con Joanie. ¿He hecho algo mal?

Michael sonríe, pero también aprieta con más fuerza el cartón de leche.

—No te preocupes, de verdad. Ya hablamos luego.

Su respuesta no me da otra opción, así que la silla por fin me suelta, me pongo en pie y salgo del despacho.

Cuando entro en mi nueva oficina, cierro la puerta y acerco la oreja para intentar descubrir qué pasa fuera. Lo oigo, oigo sus pasos firmes en el pasillo. No lo puedo saber con seguridad, pero me parece que va a la cocina y, cuando oigo el golpe del frigorífico al cerrarse, confirmo la hipótesis.

Dejo que pase media horita antes de volver a salir y dirigirme hacia allí. Por suerte, Joanie tiene la puerta de su despacho cerrada. Rápida y con decisión, abro la nevera y veo que han vuelto a poner la leche en su sitio. La cojo para olerla y doy un paso hacia atrás, estupefacta. No huele a agrio. Cojo una de las tazas que están colgadas en los ganchos de la pared y me sirvo un poco, cierro los ojos y la pruebo. Trago y, sin poder creérmelo, compruebo que el sabor está bien, es agradable. La leche no está pasada.

Me quiero morir de la vergüenza. No me extraña que Joanie y él salieran para hablar de mí. Supongo que Michael me ha pedido que volviera al trabajo para ahorrarme este momento de «tierra trágame». Madre mía, espero que no crean que estoy loca ni que soy rara de narices, como los compañeros de piso de Jed.

Aun así, el sabor a agrio de la leche pasada no se me va de la lengua en todo el día, como si me hubiese infectado.

Capítulo 5

Después del trabajo, llego al lugar que debería ser mi casa, mi refugio, mi hogar. Sin embargo, al verlo lo único que siento es una vergüenza desmedida. Es mi mayor suerte y, al mismo tiempo, el error más grande que he cometido nunca. Era una maravilla de cara a galería, pero por dentro estaba podrida. Me parece que han pasado siglos desde que tenía veintitrés años, cuando decidí con la energía e ilusión propia de la juventud que ya era hora de buscar mi lugar en el mundo y salir a explorar. A mi padre no le hizo mucha gracia, supongo que no quería que su única hija volara del nido familiar, sobre todo en ese momento, aunque ya hacía cinco años que mamá había muerto.

Al final cedió y, no solo eso, sino que también me ayudó a buscar pisos e iba conmigo a verlos. Discutíamos las diferentes posibilidades con calma; era un tira y afloja, yo le decía que prefería un piso a las afueras, y él estaba convencido por su experiencia laboral de que la mejor opción era una casa cerca de una estación de metro. Al final fue mi padre quien lo solucionó todo y me dijo que un amigo suyo estaba bajando los precios de las propiedades con las que trabajaba, y entre ellas había una casita interesante.

En cuanto la vi, supe que era lo que buscaba. No era nada ostentoso, un dúplex pequeñito, perfecto para una pareja que empezaba a convivir. Mi padre, mi maravilloso y generoso padre, había pagado la entrada y los gastos del primer año de hipoteca. Después de una ayuda así, lo demás tendría que haber sido coser y cantar… Por eso mismo no me acabo de explicar cómo pudo girarse tanto la cosa para acabar así.

Abro la puerta y me niego a bajar la mirada y hacerle frente a la montaña de cartas que tengo que esquivar para poder entrar. Me quedo parada en mitad del pasillo, con los brazos cruzados debajo del pecho. Debería ser un hogar acogedor, pero no lo es. El frío se ha filtrado en lo más profundo de las paredes, del suelo e incluso del techo, y eso hace que la piel se me hiele y me den escalofríos. Hace meses que cortaron la luz, el gas y el agua, y un impulso electrizante me recorre el cuerpo para que salga de allí lo antes posible. «Eso es lo que haces siempre –me reprende la voz de mi cabeza–. Siempre echas a correr, huyes y decepcionas a la gente, a tu padre».

Me muevo para intentar quitarme de encima las ganas de salir de allí y me acerco al salón, pero me quedo dudando en el umbral. Madre mía, esto se me hace un mundo, todo un mundo… En ese momento detecto el sabor ácido de la bilis al final de la garganta y no me abandona mientras me fuerzo a hacerle frente al campo de batalla en el que se ha convertido la que en su día fue mi estancia favorita.

Han arrancado el radiador de la pared, la cornisa florida que decora las paredes del techo está hecha añicos, hay partes de la tarima que están rotas y sacadas, se han llevado las luces, no hay muebles ni televisión. El mismo caos se repite en cada una de las habitaciones de la casa: ahora solo quedan los despojos de lo que fue algo muy especial para una joven de veintitrés años. Incluso se han llevado hasta los tapones de los fregaderos y los grifos de la cocina y el baño. Ya no queda nada. Nada.

Derrotada, me dejo caer en el suelo, y me abrazo las rodillas, acercándolas al pecho, como si intentara protegerme de todo aquello. Miro al lugar donde antes había una chimenea de hierro fundido y ahora solo queda un agujero grotesco, como si fuera el grito de la pared que protesta por haberle arrebatado tan cruelmente a su compañero de vida. Siendo sincera, yo también me pondría a chillar ahora mismo, incluso a darme cabezazos contra la pared. ¿Cómo he podido ser tan tonta?

Supongo que, cuando las deudas se empiezan a acumular, la gente hace tonterías. Tendría que haber resistido la tentación de lanzarme y seguir esa flecha luminosa que me decía «Opción fácil». La idea era alquilarle mi casa a un par de amigos para conseguir un poco de dinero y rellenar un poco las arcas que tenía vacías mientras yo me quedaba un tiempo en el sofá de alguien. Era el plan perfecto. ¿Qué podía salir mal? Pues resulta que esas personas que se suponía que eran mis amigos decidieron aprovechar mi casa para sus propios planes de especulación, mira tú por dónde. Si no me hubiese plantado aquí un jueves por la tarde sin avisar, nunca me habría enterado de que estaban subalquilando el espacio por el triple de lo que me estaban pagando a mí.

Ese jueves que no olvidaré en la vida, me abrió la puerta (la puerta de mi casa) un tío que podría haber llevado una camiseta que pusiera MATÓN N.º 1 perfectamente. Las caras que vi detrás de él parecían pertenecer a los miembros fieles de un club de lucha callejera. Menuda noche… Ahí sí que pasé miedo de verdad. Jed habló con algunos de los que había allí porque los conocía del local donde había tocado con su grupo y pudo deshacerse de unos cuantos. Eso sí, antes de irse, se aseguraron de llevarse todo lo que tenía de valor y de destrozarme la casa.

Me volví a mudar allí, pero me habían ido quitando los suministros uno a uno. Juro que intenté dormir en el suelo, en aquella tarima de la que había sido la casa de mis sueños y que había pasado a ser un conjunto de cuatro paredes de cemento heladas. La mayoría de las mañanas me despertaba tiritando, castañeando los dientes, sin agua para ducharme ni gas para prepararme algo caliente. Aguanté así dos semanas, me negaba a rendirme, pero un día me levanté con una tos muy fuerte, una pesadez y un dolor en el pecho y supe que tenía que salir de allí. Cogí las pocas cosas que me quedaban en el piso y salí huyendo a casa de Annabelle, una amiga que hice en el bar en el que trabajaba y que fue muy amable de acogerme, y después acabé en casa de Jed.

Sí, sí, si ya lo sé… Ya me lo había preguntado mi amigo: ¿por qué no le pedía ayuda a mi padre, no? El pobre hombre ya me había dado dinero para ayudarme a coger las riendas de mi vida y había pagado parte de la hipoteca para quitarme preocupaciones. El problema era que mi padre no tenía ni un pelo de tonto y, si le contaba esto, acabaría haciéndome preguntas hasta enterarse de toda la historia y me haría explicarle lo que había pasado antes. Además de que no quiero ponerlo de mala leche, juro que no es nada agradable.

No pienso hacerlo, ni quedarme aquí. Son dos cosas que tengo muy claras. Solo he venido a este sitio para una cosa. Sacudo y muevo un poco el cuerpo para soltar la tensión que llevo dentro, vuelvo al pasillo y clavo la mirada en la pila de cartas que hay en el suelo. No quiero hacerlo, pero no me queda otra alternativa: abro la mochila y saco el enorme bulto que llevo siempre conmigo. La herida autoinfligida que escuece y rezuma más veneno cada vez que vuelvo aquí.

Poco después, me marcho y soy muy consciente de que lo que llevo conmigo ahora es incluso más grande y el veneno es más peligroso que nunca.

Antes de que el débil velo de coraje que me he echado encima salga volando, lo saco. Ahora mismo estoy mirando de frente al amigo tóxico y molesto que no quiero conmigo, la bolsa que siempre llevo encima. Le doy la vuelta y vuelco lo que hay dentro encima de la mesa.

Ahí lo tengo, ya está hecho. Ahora sí que tengo delante el problema real.

Hago frente a la intensa mirada de la nueva asesora financiera y de resolución de deudas que me han asignado. Es la primera cita que tengo con ella y Polly parece que ni pestañea, supongo que la mujer ya habrá visto de todo.

—Pues sin duda tenemos trabajo que hacer —afirma con rotundidad.

Tenemos la atención totalmente puesta en la montaña de cartas que he volcado sobre la mesa. Le acabo de sacar mis trapos sucios y se los he dejado como si nada en su impoluto escritorio: hay cartas rojas, avisos, cartas con amenazas con detalles exactos de la cantidad que debo y a quién se la debo. Vamos, que estoy #Arruinada #Endeudada #NoTengoDondeCaermeMuerta.

Mi asesora es uno de esos seres de luz y magia de unicornio que están llenos de optimismo. Supongo que ya los preparan en la formación para que estén siempre con energía y esperanza con el fin de que sus clientes no se sientan peor con la que ya tienen encima.

Yo, por mi parte, le agradezco muchísimo que no me pida explicaciones de cómo he llegado hasta este punto. En realidad, ¿qué le pasa a toda la gente que acaba endeudada? En mi defensa diré que yo era una persona que llevaba mis cuentas y que intentaba no vivir por encima de mis posibilidades, quizá viendo el panorama actual no parezca que las haya llevado muy bien, pero en realidad no iba por ahí dándome lujos y comprándome lo que quería. Lo único que he hecho ha sido intentar mantenerme a flote mientras no encontraba trabajo: tenía que pagar las facturas, comprar lo necesario para comer y el transporte para moverme. Al final acabas pidiéndole dinero a Peter para pagar a Paul y a otro Paul, y luego a otro… Niego con la cabeza y me desplomo en el sillón que hay enfrente de Polly. Menudo desastre he montado… El asunto ha adquirido dimensiones catastróficas en este punto.

Polly se pone en pie y eso me hace cambiar la primera impresión que me he llevado de ella: esta mujer parece la líder del grupo chicas en acción. Ahora me cae mejor, necesito a alguien a mi lado que me ayude a solucionar todo esto.

–De acuerdo –me dice, apoyándose en la mesa–. Lo primero que tenemos que hacer es separar las cartas para que tengan algún tipo de orden que nos funcione.

Media hora después, hemos hecho tres pilas diferentes: una con los últimos avisos sobre las tarjetas de crédito que han excedido su límite, otra con los pagos pendientes de la hipoteca y la última la hemos dejado aparte.

Polly vuelve a su asiento y baja la barbilla para decirme:

–Puedo llamar a los bancos de las tarjetas de crédito para intentar que no tomen acción judicial, pero no va a ser tan fácil negociar con la empresa que lleva los pagos de la hipoteca. Tenemos que demostrarles que tenemos credibilidad y que queremos pagar el importe que debemos, por lo que necesito que empieces a devolverles el dinero de manera casi inmediata. Lo último que queremos es que te quedes sin casa.

Mi casa, las deudas… Me siento como si el lobo estuviera en la puerta, amenazando con soplar con todas sus fuerzas para tirarla abajo. ¿Cómo he podido poner en peligro la casa que mi padre me ayudó a comprar con toda la generosidad del mundo?

Polly sigue diciéndome:

–Me sería más fácil ponerme en contacto con las empresas pertinentes si me dejas aquí todas las cartas.

Asiento. No tengo ningún problema en que se quede la bolsa que ha protagonizado mis pesadillas todo este tiempo. Cuanto antes la pierda de vista, mejor.

–Rachel, has llegado hasta aquí, así que no voy a hablarte como si fueras un bebé ni a decirte que el proceso va a ser fácil. Lo que sí te puedo asegurar es que, si nos esforzamos juntas, conseguiremos resolverlo –me dice y, al reclinar la espalda un poco en el respaldo, la silla cruje bajo su peso–. ¿Tienes algún familiar que pueda echarte una mano?

Los músculos de la garganta se constriñen y mis ojos, avergonzados y azorados por la pregunta, rehúyen la mirada de la amable mujer que tengo delante. Solo de pensar que mi padre podría enterarse de todo esto me pone enferma; si se lo cuento, lo decepcionaré otra vez.

–No, no tengo a nadie.

Esa voz no ha podido salir de mí, ha tenido que salir de alguien a quien le han propinado una buena paliza alguna vez.

–Bueno, no pasa nada –contesta la mujer, intentando sonar alegre y resolutiva a pesar de mi respuesta–. Resolveremos la situación de la mejor manera que podamos, ya verás.

En ese momento, desliza un dedo por la primera carta que hay en la pila y compruebo que no puedo apartar los ojos, como si estuviera presenciando el momento en el que el Titanic se acerca inexorablemente hacia el iceberg. Le da un golpecito y me pregunta:

–¿Por qué no la has abierto?

Trago saliva y me digo a mí misma: «Dile la verdad».

–Me da vergüenza admitirlo, pero simplemente no podía afrontar lo que había dentro.

Entierro la cabeza en el pecho; últimamente me paso

tanto rato con la mirada clavada en el suelo que a veces ya no sé si me acuerdo de cómo es el cielo.

Al ver mi postura de abatimiento, Polly me pregunta con ternura y calma:

—¿Estás deprimida? Te puedo recomendar para que te asignen y te ofrezcan otros servicios que te pueden ir bien.

Si me preguntara «¿Eres feliz?», creo que conseguiría información más interesante, la verdad. ¿Cómo reaccionaría si le dijera que no he vuelto a conectar con la felicidad desde aquel verano, cuando tenía dieciocho años?

Hago caso omiso a su pregunta, aunque la haya hecho con buena intención, y levanto la barbilla, resuelta:

—¿La abres tú por mí? —le pido.

Por eso aún no he podido hacerlo yo misma, no sé lo que hay dentro, pero tengo claro que, sea lo que sea, no es nada bueno.

El sonido que hace al rasgar el papel mientras desliza el dedo por debajo del sello me deja la piel de gallina. Quiero desaparecer de aquí ahora mismo. «No puedes pasarte la vida huyendo, Rachel», me susurra la voz racional de mi cabeza. En ese momento, Polly saca del sobre una hoja blanca y la lee en silencio.

Una vez que acaba, la coloca con cuidado encima de la mesa y la plancha un poco con los dedos, como si fuera la cosa más delicada del mundo.

—En esta carta se te informa de que, dado que el tribunal del condado ha emitido una sentencia para tu caso por los impagos de una de tus deudas, se te ha inscrito en un registro…

—¿Cómo? —le pregunto. No puedo creerme lo que me está diciendo—. ¿Qué tipo de registro? ¿Como si fuera un agresor sexual o algo así?

Por fin la mujer suelta la carta, pero el papel no se mueve ni un ápice.

–Déjame que te lo explique bien. El registro no es algo que se haga público. Cuando añaden tu nombre a la lista, tienes un mes para pagar el monto de dinero que debes –me dice. Entonces tose con cuidado y añade–: Pero, si no lo pagas, te dejarán en ese registro seis años.

La tensión se me acumula alrededor de los ojos, siento como si me fueran a estallar y la necesidad de taparme las orejas. No quiero escuchar más. «Cerrar los ojos para no ver lo malo, ignorarlo todo y meter los problemas en una bolsa de plástico. Sí, hasta ahora te ha ido de maravilla, ¿verdad, Rachel?». No he podido ser más tonta.

–¿Tienes trabajo actualmente?

Asiento con la cabeza.

Por primera vez, veo que endurece su expresión.

–Tengo que decirte la verdad porque, si no, no estaría haciendo bien mi trabajo. Si no quieres perder la casa, necesitas dinero para pagar los atrasos de la hipoteca –me dice, y su voz se me clava con fuerza como si fuera un tornillo adentrándose en mi cabeza–. Si al final tu nombre queda reflejado en el registro, podría afectarte en tus próximas oportunidades laborales. Se sabe que las empresas consultan esa lista para asegurarse de las nuevas contrataciones, así que sería algo que marcaría tu futuro durante seis largos años.

–Pero…

Me mira fijamente, no hay excusas. En ese instante me doy cuenta de que Polly no solo es una mujer llena de alegría y optimismo, sino que tiene otra cara dura y recia como el cuero de unas botas de vaquero.

–No estás en una situación en la que puedas permitirte el lujo de poner trabas a las cosas, así que más vale que gustes en este trabajo para seguir en plantilla. Tener un sueldo fijo es lo único que va a jugar a nuestro favor, así que haz todo lo posible para no perder el trabajo.

Polly tiene razón, cuando se tienen deudas no está la

cosa para ponerse quisquillosa. El trabajo que he conseguido es mi salvavidas en este momento y es mi única oportunidad de salir de esta situación en la que me he metido. Qué suerte tengo de tener a Michael como jefe, se ve que es un hombre generoso y que se preocupa de verdad por su equipo.

Capítulo 6

Por fin entiendo lo que Katrina And The Waves querían decir cuando cantaban «I'm Walking on Sunshine» porque me siento como un pájaro en libertad mientras subo (me atrevería a decir incluso que con soltura y alegría) las escaleras hacia mi despacho el siguiente lunes por la mañana. Ando con paso ligero y llevo el pelo suelto, algo bastante insólito. Y, además, mi corazón… Noto que está cantando en mi pecho. Incluso me he puesto el otro traje elegante que tengo, mi americana de raya diplomática Stella McCartney y los pantalones de corte ancho que me compré hace unos años. Así de feliz estoy, en serio.

Si alguien me hubiese dicho que iba a superar mi segunda semana como consultora, le habría dicho que se equivocaba y que debía de estar hablando de otra Rachel en un universo paralelo.

Después del incidente de la leche agria, no ha habido ningún otro altercado, sino que el trabajo se ha calmado. Debido al revuelo del primer día, Michael se pasaba mucho por mi despacho para preguntar qué tal iban las cosas; era muy amable por su parte, pero, si tengo que ser sincera, lo hacía tan a menudo que al final me estaba poniendo hasta un poco nerviosa, sobre todo porque las tareas que me mandaba no eran nada del otro mundo. De todas maneras, es de bien nacido ser agradecido, así que me alegra ver que se preocupa por mí y mi adaptación al trabajo. Por otro lado, Joanie (qué maja es, de verdad…) ha empezado a escribir bien grande la fecha de caducidad en los cartones de leche que ponemos en la nevera con un rotulador negro.

Ya he sufrido bastante con los contratos temporales, así que ahora mismo este trabajo me parece un regalo caído del cielo. Aquí no hay ningún jefe que se ponga a chillar como un energúmeno, no se envían avisos por escrito, nadie sufre porque lo vayan a despedir de un día para otro y las políticas de la oficina no son horribles para el equipo. Simplemente me dedico a trabajar en el ordenador y, de vez en cuando, me pongo a navegar por internet y a contestar algún que otro correo personal. Si las próximas tres semanas de prueba siguen así y Michael me ofrece un contrato indefinido, sin duda me ha tocado el premio gordo.

Una vez que llego arriba de las escaleras, me dirijo a mi despacho y saludo a Joanie cuando pasa por mi lado con un «Buenos días por la mañana»; sin embargo, cuando abro la puerta, doy un paso atrás por el impacto que me causa ver lo que encuentro al otro lado: la habitación está vacía, mi escritorio no está, tampoco mi silla, y no hay ni rastro del ordenador. Lo único que queda allí son el suelo, las cuatro paredes y mi querida ventana con los edificios de Londres de fondo en el horizonte. En esa habitación no hay nada que indique que aquello es mi despacho.

Me quedo allí, plantada en el umbral de la puerta, frotando mi bolso con la palma de la mano, nerviosa, sin saber qué hacer.

Frunzo el ceño y me viene un pensamiento a la cabeza. ¿Puede que Michael me haya dicho que me iban a trasladar a otro sitio y que se me haya olvidado? O puede que no esté haciendo mi trabajo como esperaban y me vaya a dar la patada. Sin dinero no podré pagar las deudas, lo que significa que perderé mi casa y eso hará que me inscriban en la lista de morosos, con lo que finalmente mi querido padre se acabará enterando de todo. Siento mariposas aletear en mi estómago con fuerza, y no son de las que se sienten en el enamoramiento, no, son las que te invaden antes de desplomarte al suelo de rodillas y empezar a vomitar.

Con la ansiedad por las nubes, llamo suavemente con los nudillos a la puerta de Michael, de mi jefe, sí, mi jefe, me digo para convencerme de que eso no va a cambiar. Sin embargo, no obtengo respuesta. Lo vuelvo a intentar, pero sigo recibiendo silencio. Algo dentro de mí me grita que tire la puerta abajo.

De pronto, escucho la voz de Joanie a mis espaldas, lo que me salva del colapso mental.

–El señor Barrington no ha llegado todavía. –No la miro a la cara y me concentro al máximo para intentar controlar la respiración superficial y acelerada que se ha apoderado de mí–. ¿Pasa algo?

Por fin me giro para mirarla. Hoy lleva otro de sus vestidos de mamá con un diseño floral muy veraniego, lo que contrasta mucho con el ceño tan fruncido que luce por la preocupación.

–Los muebles y el equipo de trabajo han desaparecido de mi despacho –le digo muy deprisa, como si no hubiese necesitado tomar aire entre palabra y palabra.

Al escucharme, Joanie se acerca sorprendida con los ojos muy abiertos.

–¿Cómo que han desaparecido?

Me digo que no tiene sentido seguir esta conversación de besugos, que es más fácil llevarla allí para que vea el truco de magia que acaban de hacer ante mis ojos. Joanie no abre la boca mientras inspecciona el espacio, después estira la espalda, reajusta su postura y recoloca los hombros mejor para que encajen correctamente en su vestido a modo de hombreras. Ya se lo he visto hacer otras veces, supongo que es un tic que ha desarrollado cuando intenta parecer ultraprofesional.

—Aunque he de admitir que el señor Barrington no me ha dicho nada al respecto, debe haber una razón para este cambio.

—¿Y qué razón podría ser? —le pregunto con cierta exigencia. «Cálmate, Rachel. Respira y usa los pulmones como Dios manda, mujer». Me concentro para profundizar y relajar la respiración, y no vuelvo a hablar hasta que noto que logro sosegarla un poco—. Vamos, lo que quiero decir es que creo que, si hubiese un motivo, me lo hubiese comentado el viernes, ¿no?

A la mano derecha de Michael se le ilumina la cara al decirme:

—Tú no te preocupes, voy a llamarlo. Seguro que ha salido y estará comprando nuevos muebles para la oficina. Para el señor Barrington es muy importante que su equipo se sienta a gusto en el lugar de trabajo. ¿Por qué no lo esperas en su despacho, Rach? Yo me encargo, ya verás.

No puedo evitar rechinar las muelas… No me gusta que me llame así, la verdad, «Rach». No es que no me guste el diminutivo, pero salieron de otros labios en otro momento… Otro verano.

Intento volver al presente y me dirijo al despacho de mi jefe como me ha sugerido Joanie, aunque ya no me deslizo feliz como antes, sino que más bien arrastro los pies al andar. Alargo el brazo y coloco la mano en el pomo de estilo victoriano, pero no lo giro. No me siento cómoda entrando en su despacho sabiendo que no está, es su espacio, un lugar privado, es como si estuviera deambulando por su mente sin que él lo supiera. De todas maneras, tampoco me puedo quedar aquí fuera como si me hubiese portado mal en clase y estuviera esperando a que llegue el director para que me amoneste por mi comportamiento.

En cuanto entro, los ventanales me llaman una vez más. La atracción magnética, aunque antinatural, que siento me lleva irremediablemente a cruzar el despacho como una autómata. Una vez allí, bajo la vista para observar la vertiginosa caída. Habrá unos ocho o nueve metros. Nadie sobreviviría a una caída así.

—¿Qué haces fisgoneando en el despacho del jefe? —escucho que me dice una voz. Mierda, es Michael. El corazón me da un vuelco y me doy media vuelta rápidamente. Por suerte, me relajo en cuanto le veo la sonrisa pícara que tiene en la cara—. ¿No estarás intentando entrar en mi cuenta bancaria, no? Espero que no, porque estarías perdiendo el tiempo… Tengo todo el dinero en las islas Caimán.

El CEO se echa a reír y yo intento responder a su broma, pero no puedo. Camino hasta el otro lado del escritorio, el que me pertenece como empleada, mientras él se quita la chaqueta y la coloca con cuidado en el respaldo de la silla. Aun así, no se sienta, sino que se queda de pie a un lado de la mesa, lo que me hace sentir extremadamente incómoda y nerviosa sin entender muy bien por qué.

—Parece que hay un problema en mi despacho —le digo.

He dicho «parece», pero no «parece» nada: hay un problema, claramente. A los británicos nos encantan los eufemismos y andarnos por las ramas para no decir las cosas claras y directas.

A Michael se le cambia el gesto, parece sorprendido de verdad.

—¿Un problema? Eso no suena muy bien…

Sin decir nada más, sale del despacho y me apresuro a seguirlo hasta el mío. Nuestro reflejo nos devuelve la mirada, siluetas difuminadas de nuestros fantasmas reflejados en la ventana. Michael se frota las sienes con las yemas de los pulgares, con la boca torcida mientras estudia la estancia con la mirada hasta que, de repente, se gira y me mira con tanta intensidad que incluso me hace dar un paso atrás.

—Me acabo de acordar, te debo una disculpa. Le pedí a los chicos que vaciaran este despacho.

Pero ¿qué chicos? En este edificio solo estamos nosotros tres... Mi jefe vuelve a echar a andar para volver a su despacho y yo lo sigo, haciendo un esfuerzo para seguirle el paso.

—Te lo debería haber dicho el viernes. Es que voy a asignarte otro nuevo proyecto en el que tendrás que resumir informes. Te unirás a un nuevo equipo liderado por la persona más brillante con la que cuenta la empresa.

El cerebro me va a mil por hora intentando procesar toda la información que me está lanzando. ¿Quién es la persona más brillante de la empresa? ¿De qué equipo habla? Antes de que pueda hacerle todas las preguntas que me están surgiendo, Michael ha vuelto a colocarse detrás de su escritorio, como dueño de la empresa y de la situación, y coge el teléfono.

—Keats, ¿puedes venir a mi despacho un momento, por favor? Quiero presentarte a alguien.

Pero ¿es que hay más gente en el edificio? ¿Han estado aquí siempre y no me he enterado? Sé la respuesta a ambas preguntas y una sensación incómoda hace que se me erice la piel y un escalofrío me recorra la espalda.

Michael se inclina un poco sobre la mesa para acercarse a mí cuando cuelga y me mira fijamente antes de explicarme:

—Hay algo que tienes que saber de Keats y es que es un poco especial y quizá necesites un rato para acostumbrarte. Tiene un don para el *software* y esta gente no trabaja una jornada completa, ¿eh? No te creas. Además, la negociación del contrato me ha salido por una fortuna y me costó lo mío que dejara de trabajar para la competencia. Pero bueno… la verdad es que la gente que trabaja en estos puestos es una especie de artista, así que a veces hay que hacer excepciones. En resumen, que intentes seguirle un poco el rollito, ¿vale?

¿Qué quiere decir con «un poco especial»? La verdad es que no me lo ha pintado demasiado bien… Ya tengo suficientes cosas raras en mi vida. Me parece que pasan horas hasta que noto la presencia de alguien en la puerta. Lo tengo que mirar dos veces y casi doy un respingo al ver al hombre que hay ahí plantado.

Al parecer, ya no controlo mi lengua y no puedo cerrar la boca de la impresión. Estoy quedando fatal y lo sé, pero no puedo hacer otra cosa. Más o menos medimos lo mismo, también me parece que tendrá unos veintipico, lleva puesta ropa militar y unas botas. No me parece que encaje mucho con el código de vestimenta de una empresa como esta, pero en realidad no es eso lo que me molesta, sino su cara. Va vestido con una sudadera con capucha y la lleva de tal manera que le tapa la mitad de la cara. Lleva puestas unas gafas de sol enormes que le cubren totalmente los ojos y buena parte de las mejillas. Pero es que aún hay otra capa y me está costando asimilar lo que veo… Diría que es un pañuelo negro como el azabache. Vamos, que, exceptuando la pequeña franja que deja ver el puente de su imponente nariz, este hombre no tiene cara.

La verdad es que creo que nunca entenderé cómo, a pesar de lo que lleva puesto, el tío puede estar tan tranquilo y entrar en el despacho con tanta naturalidad. Parece como si hubiera salido de una peli de vaqueros antigua y fuese un forajido, incluso lleva un móvil de esos tochos colgado a un lado de la cadera y al otro una botella de agua. Aún no me queda muy claro si es un terrorista comprometido con su misión o un bandolero a punto de asaltar un carruaje.

Estoy estupefacta y a la vez horrorizada con la visión que tengo ante mí. Esto debe de ser una broma, ¿no? ¿Estaré siendo víctima de una broma pesada por ser la novata en el trabajo y esto es una especie de ritual de iniciación para entrar en el equipo?

Pero al segundo me queda claro que no es el caso, ya que el jefe nos presenta:

–Keats, te presento a Rachel. Rachel, Keats.

Levanto el brazo para darle la mano, aunque lo hago con cierta reticencia y me fuerzo a decir como buenamente puedo:

–Encantada de conocerte.

El tal Keats ignora el gesto, es más, esconde la suya detrás de la espalda. Deseando que me trague la tierra en ese instante, dejo caer el brazo como si aquello nunca hubiera pasado. Madre del amor hermoso, pero ¿dónde me he metido sin saberlo? De pronto, mi cerebro me sugiere una posibilidad que me ayuda a encajar la situación con más calma y tranquilidad; quizá esta persona sufre una enfermedad de esas que atacan al sistema inmune y, para evitar el exceso de gérmenes, lo único que puede hacer es protegerse la boca y los ojos, y limitar el contacto con los demás al máximo. O quizá tiene la cara desfigurada o es su manera de protegerse contra la contaminación de Londres. Sean cuales sean sus motivos, lo que veo no puedo negar que me tiene desconcertada. Este encuentro me ha descolocado por completo.

–Keats, acompaña a Rachel a la sala de sistemas y muéstrale su nuevo lugar de trabajo con su ordenador y demás. Ah, y vigílala bien –y un brillo le ilumina los ojos al decir esto–, porque como la dejes sola mucho rato lo mismo *hackea* el Pentágono, como tú…

Sí, ja, ja, ja, qué gracioso… No, la verdad es que no, pero le sigo el juego al jefe y me río con él.

Keats se da media vuelta y se dispone a salir del despacho cuando me hace un gesto con la mano para indicarme que lo acompañe. Michael me dice moviendo la boca pero sin mediar palabra: «Especial, pero increíble».

Justo cuando empezamos a bajar las escaleras, me surge una pregunta que me inquieta:

—¿Y esta sala de sistemas está en el sótano?

No me contesta, sino que continúa avanzando y yo lo sigo. Mientras caminamos, no puedo evitar estudiar con detenimiento el espacio. Sí, es como si hubiésemos entrado en un plató de rodaje de una serie dramática de la época victoriana o en la guarida de Fagin, pero he de admitir que aquí hay luz y parece un espacio agradable. Miro a mi alrededor perpleja; no entiendo por qué nos hemos parado, a nuestro alrededor no hay nada que me haga pensar que estamos en otra oficina ni veo ninguna puerta. De repente, el hombre se agacha para coger una anilla de madera en la que acabo de reparar en el suelo. El estómago se me encoge y la respiración se me acelera en el pecho cuando veo que Keats tira de ella y abre una trampilla en el suelo de madera.

Esto tiene que ser una broma, ¿no? Ahora ya me queda claro hacia dónde nos dirigimos: al mismo lugar en el que veintidós niñas perdieron la vida de una manera atroz en un incendio hace más de cien años y del que un perro heroico intentó avisarlas en vano.

Vamos al sótano.

Capítulo 7

Seguimos bajando.

Y bajamos un poco más.

El hombre enmascarado me adentra con él en las profundidades del edificio. Empiezo a ponerme nerviosa y el miedo se apodera de mí. No puedo seguir, me es imposible, me da verdadero pavor quedarme encerrada ahí abajo. Pero, aun así, mientras pienso todo esto, seguimos bajando y por el camino no veo ni una sola ventana.

Mis ojos, asustados, buscan la entrada del edificio que ya queda a mis espaldas y que parece llamarme con desesperación; me susurra, me avisa de que salga corriendo de allí lo antes posible y sin mirar atrás. Sé que solo son imaginaciones mías, un rayo de oscuridad fruto de la paranoia y la desorientación que ahora ya me son muy conocidas porque llevan tiempo atrincheradas en mi mente y en mi cuerpo.

«Recuerda que necesitas este trabajo, Rachel. Es tu salvavidas, no tienes opción».

¿Y qué hago? ¿Sigo bajando y dejo que me encierren aquí? Me obligo a clavar los ojos en la espalda de Keats, que sigue caminando ajeno al drama que se ha desatado detrás de él. Hago todo lo posible para que no vea lo que voy a hacer: me presiono con la yema de los dedos índice y corazón justo arriba del ojo derecho. Sí, ya lo sé, parece que estoy loca, pero no es eso, lo que hago es estimular un punto de presión que me ayuda a relajarme porque es lo que necesito ahora mismo: calmarme. Y mientras tanto, seguimos bajando y bajando.

Keats avanza hacia la luz ambarina que se extiende delante de nosotros mientras baja por unas escaleras. El pasadizo por el que pasamos está recubierto de ladrillos antiquísimos y bastante destrozados; las paredes a ambos lados parecen tener una relación un tanto desigual y complicada, como si fueran dientes amarillentos e imperfectos que no acaban de encajar en la misma boca. Sé que puedo hacerlo, puedo y debo.

Después de volver a presionarme la ceja con los dedos y de lanzar una plegaria al cielo, lo sigo e instintivamente mis ojos buscan la luz.

Y la encuentro en una bombilla llena de polvo y prácticamente sin vida que cuelga del techo sin nada que la cubra. Fijar la vista en ella es como concentrar mi atención en el aire, me da la sensación de que los pulmones se me llenan de oxígeno y me ayuda a que mi estómago se relaje y saque el aire con más calma y naturalidad.

Empiezo a bajar y compruebo que aquí nadie ha pulido los escalones, sino que están marcados y deformados por las pisadas y zapatos de las personas que cada día los usan y los usaban hace muchísimos años. Aprovecho la barandilla vieja y oxidada que tengo para avanzar y, con mucho cuidado, voy buscando la manera de que mis zapatos planos y negros encajen en estos escalones que se diseñaron para unos pies mucho más pequeños que los míos. Esta escalera es de esas que sabes perfectamente que, si das un paso donde no toca y te resbalas, te partes la crisma.

Noto cómo cada célula de mi cuerpo se resiste y lucha para que no siga bajando, que el estómago se revuelve y me amenaza con hacer un nuevo estucado en las paredes y que me tiemblan hasta los huesos de las rodillas. El sudor frío que me cubre la frente empieza a gotear y a caerme en los ojos, lo que hace reaccionar a mi garganta y me aprieta para hacerme saber la sed que tiene. Sé que la escalera no tiene más de veinte escalones, pero la bajada se me está haciendo eterna, como si estuviera haciendo un maratón.

«Sigue, no te rindas. Baja un poco más…».

Por fin (diría incluso gracias a Dios si fuese creyente) llego abajo y veo que las diminutas partículas de polvo que impregnan el aire vuelan y se mueven como si fueran pequeñas haditas embriagadas de algún licor de los bosques. Me tapo la boca con la mano y toso por lo cargado que está el ambiente, y, justo en ese momento, me doy cuenta de que nos encontramos en un pasillo, un túnel tan estrecho que podría estar perfectamente en una mina de carbón. «Anda, una mina de carbón –me dice la voz de mi cabeza con tono jocoso y un tanto histérico–. Estamos bajo tierra, en las profundidades».

El miedo vuelve a apoderarse de mí, los sentidos se activan en estado de alerta y mis alarmas se disparan. Ahora mi nariz detecta olores que ni siquiera están aquí, el olor nauseabundo de la muerte empieza a brotar del suelo, me engrilleta los tobillos y me inmoviliza. La humedad que rezuman estas viejas paredes carcomidas me impregna la garganta y hace que se me cierre. Al parecer, también oigo cosas que no son reales: de repente me llega al oído el goteo del agua helada cayendo… Ploc, ploc, ploc… Y que curiosamente coincide con el latido acelerado de mi encogido corazón. Veo cosas que sé que tampoco están aquí, como el túnel de oscuridad que se abre frente a mí y que no conduce a ninguna parte o el cambio de tamaño hipnotizante y preocupante de las manchas y desperfectos de los ladrillos de la pared, como si fueran tumores voluptuosos y pegadizos que amenazan con atraparme desde ambos lados.

Aun así, lo que más me aterroriza y me hiela la sangre, haciendo que me quede anclada al suelo, petrificada, son los gritos, los gritos de las veintidós trabajadoras que murieron devoradas por las llamas en el taller clandestino. Son ensordecedores. Todos se acaban uniendo hasta convertirse en el estridente ruido de las ruedas furiosas de un tren con destino a la muerte y que viene directo hacia mí.

El dedo me sale disparado al punto encima del ojo. Tic, tic, tic. «Nada de esto es real, está todo en tu cabeza». Los ojos, desesperados, se aferran a la débil luz que proyectan las lámparas amarillentas que penden del techo.

Aire, aire, necesito aire. Respira, inhala, exhala.

Keats avanza con paso firme y seguro, no me cabe ninguna duda de que ha recorrido este camino miles de veces, pero yo no. Aun así, no cedo y sigo tras él, y empiezo a respirar mejor en cuanto veo que hay un portal hacia la salida un poco más adelante, una puerta de acero. Sin embargo, de camino, casi me caigo cuando piso algo que me hace dar un patinazo. De forma instintiva, para evitar el golpe, apoyo la mano en la pared, pero me arrepiento al segundo porque la humedad pegajosa de los ladrillos se cuela ávida y ágil en mi cuerpo. Aparto la mano rápidamente y bajo la vista para ver con qué me he chocado, con lo que descubro una serie de barriles apilados contra la pared. Una patosa que se choca contra una barricada de barriles, si ahora mismo no quisiera arrancarme la piel a tiras, hasta me reiría.

Keats se queda quieto junto a la puerta de acero esperándome y me hace señas para que lo siga. Aún con el rostro tapado y la penumbra, ahora su aspecto parece incluso más siniestro. Vuelvo la vista atrás, hacia la oscuridad que conduce a la escalera por la que acabamos de bajar, mi única salida, pero no huyo porque recuerdo que, al otro lado, en el mundo exterior, también me esperan otros males y pesadillas. Con esa certeza, mi cuerpo, hasta ahora pesado e inerte, deja de protestar y sigue a Keats para finalmente entrar al sótano.

El sótano es un lugar cavernoso. Bueno, no, no debería describir así los espacios oscuros y cerrados, los que están bajo tierra. Es un espacio rectangular y grande, seguramente es incluso más grande que la planta del edificio principal y abarca parte de la calle también. Las paredes están pintadas de blanco, aunque en algunas zonas me fijo en que sobresalen ladrillos antiguos. Me parece ver marcas negras del horrible incendio que tuvo lugar aquí hace tantísimos años, pero es evidente que mi mente me engaña y se esfuerza en recrear escenarios dramáticos para perturbarme aún más. La luz ambiental es una combinación entre las luces de neón azul que hay en el techo, el incesante parpadeo de las pantallas y el temblor de las luces rojas que salen de los servidores y rúteres. En otras zonas de la extensa estancia, la luz es sencillamente gris y lúgubre y el techo conseguiría hacer sentir como un verdadero gigante a cualquier persona de estatura media, ya que es tan bajo que, si me pongo de puntillas, puedo tocarlo. Tengo la sensación de que de un momento a otro me aplastará y, para colmo, el aire viciado y sobrecalentado que se respira en el ambiente me empieza a envolver por completo. Tac, tac, tac. Tres golpecitos más en otro punto de presión, esta vez en la doblez del brazo, y lo hago por detrás de la espalda para que Keats no vea mis peculiares rituales.

Ahora mis oídos detectan otro tipo de golpeteo, el que los dedos hacen al chocar contra el teclado a toda prisa. Ante mí tengo unas cuantas filas de escritorios a modo de clase escolar en las que, según el recuento rápido que hago, debe de haber una docena de personas. Algunos llevan traje y corbata, y otros van con tales pintas que decir que se han puesto ropa de calle sería bastante generoso; ninguno levanta la cabeza para hacerme saber que se ha dado cuenta de que estoy allí, así que me limito a caminar por la sala como si fuese un fantasma. En ese momento, me doy cuenta de que son todos hombres, de que allí no hay ni una sola mujer, lo que implica que voy a ser la única persona del otro sexo que trabaje aquí. De repente, la incomodidad se cuela peligrosamente en mi piel y después en mi flujo sanguíneo.

Keats no me presenta a nadie.

Un hombre sin rostro, compañeros que me ignoran por completo, un lugar de trabajo que está estrechamente relacionado con la muerte… Menudo cambio de emociones comparado con las que sentía esta mañana al entrar a trabajar. Los rayitos de luz y felicidad se han acabado.

Keats me acompaña hasta un escritorio en mitad de la última fila y enciende el ordenador. Mientras la máquina arranca, me hace gestos con la mano para que tome asiento y él hace lo mismo en el escritorio que hay justo al lado, así que asumo que es su sitio de trabajo. Keats agacha la cabeza y el pañuelo que lleva para cubrirse la cara de nariz para abajo ondea un poco. ¿De verdad estoy sentada al lado de un hombre con la cara prácticamente tapada? Todo esto me parece muy surrealista.

Empieza a escribir en su teclado con cierta rapidez y el zumbido alegre que emite mi pantalla me sorprende. Lo miro y descubro una ventana de chat con un mensaje. Es de Keats.

El señor Barrington quiere que acabes el informe que hay en la carpeta «Proyecto» que verás en el escritorio. Tiene que estar listo

para hoy antes de salir. Si tienes cualquier pregunta, no dudes en escribirme por aquí.

Me giro con el ceño fruncido para mirar a Keats, aunque él no me mira en ningún momento, por supuesto. ¿Por qué no me dice eso mismo usando la conocida y práctica comunicación verbal, mediante la que uno mueve los labios y la lengua? Vamos, hablar como el resto de los mortales... Y ahí es cuando me doy cuenta: Keats no se ha dirigido a mí en ningún momento, ni para decirme «buenos días» ni un «¿qué tal?», ni siquiera un «hola». No tiene ni rostro ni voz... Pero ¿qué leches pasa aquí?

De repente siento un arrebato de culpabilidad. Quizá estoy siendo injusta con él, incluso cruel. Puede que el pobre hombre tenga una enfermedad y por eso no puede hablar, o quizá está dentro del espectro autista. Podría tratarse de un genio con la tecnología, pero con dificultades graves de socialización, ¿no? Sea por el motivo que sea, la verdad es que esta situación me acaba de arrebatar la poca sensación de control que había ganado en esta empresa. Trago saliva y le contesto:

Gracias. Perfecto, así lo haré.

Me planteo si añadir un emoji con una carita sonriente, uno de esos que tienen la boca bien abierta y enseñan todos los dientes como si se acabara de meter una pastillita de la felicidad, pero decido que no es el público adecuado.

Keats no contesta y sigue trabajando a lo suyo, así que lo imito. En ese momento me doy cuenta del sutil pero constante zumbido que sale de las paredes; las manos me empiezan a sudar mientras sigo trabajando en el informe y escribiendo al ritmo del latido de un corazón de piedra que no puedo ver.

Tengo la clara sensación de que el muro de ladrillos que me rodea respira como lo hace el resto de los trabajadores que me acompañan en el sótano.

Capítulo 8

Estoy montando a caballo por la orilla en una playa desierta, la arena centellea con los rayos de sol y el agua, lo que hace que coja un intenso color dorado. El sol me calienta los brazos mientras sujeto con fuerza las riendas, una suave y fresca brisa me acaricia la cara mientras el olor a salitre me invade las fosas nasales. Nunca había visto un azul tan intenso como el de este mar y las olas ondean silenciosas y en armonía hacia el horizonte. No tengo ningún sitio al que ir ni nada que hacer, el animal fuerte y sabio sobre el que estoy montada hace todo el trabajo por mí, no necesita que lo guíe ni que lo corrija, sabe perfectamente hacia dónde va y yo no tengo por qué saberlo. Mi única misión es dejarme llevar, relajarme, respirar y...

«Rach», me dice la voz de Philip, que se cuela entre los recuerdos de aquel verano ya tan lejano.

De repente, abro los ojos como si hubiese visto un tigre. Casi me quedo sin respiración al oír su voz porque no me lo esperaba, e intento volver a concentrarme para seguir trabajando en las profundidades del edificio. Philip nunca había aparecido en las imágenes que proyecto en mi cabeza mientras hago *mindfulness,* una práctica que me ha enseñado mi amigo internet. Quizá este trabajo me esté recordando demasiado a ese otro que tuve hace años.

Llevo poco más de dos horas en el sótano y, en los últimos diez minutos, siento como si la cabeza me fuera a estallar de lo mucho que me duele… La agacho y me tapo los ojos con las manos como si fuese un caballo de carreras. De vez en cuando oigo el latido de mi corazón como cuando estás a punto de coger un resfriado y te notas algo en el pecho; también siento que los gemelos se me tensan y se encogen. Poco a poco se me va revolviendo el estómago. Inhalo profundamente y exhalo y vuelvo a repetir el proceso. Cierro los párpados con fuerza y parece que el dolor remite, al menos un rato.

Miro de reojo al hombre enmascarado que tengo a mi lado.

A pesar de que cualquier persona con ojos en la cara se daría cuenta de que no estoy bien y de que Michael le ha pedido explícitamente que me vigile, Keats pasa de mí y de mi situación; parece totalmente concentrado en su trabajo. Sé que me está oyendo sofocarme, mi respiración entrecortada no es sutil. ¿Qué cree que estoy haciendo, tener un orgasmo aquí, en mitad de la oficina? No me cabe ninguna duda de que el tío está ignorándome adrede, lo sé y me siento como una idiota por intentar excusar su comportamiento hasta ahora. Está claro que es un ser incapaz de entender lo que es la empatía hacia los demás, ni siquiera si le diese todos los detalles del mundo. Quizá es tan fácil como que no le gustan las mujeres y ya está.

Me giro hacia él y le pregunto con un tono brusco e incisivo:

—¿El baño de mujeres?

Keats no se gira para mirarme ni me responde, sino que escribe algo con el teclado y en mi pantalla aparece un nuevo mensaje.

¿Qué?

En lugar de continuar la conversación por el método digital, le suelto con un tono más bajo:

—Que dónde está el servicio, el lavabo donde van las mujeres para hacer sus cosas. Normalmente, suele haber otro para que los tíos también meen y eso, ¿te suena?

Sí, soy consciente de que estoy siendo bastante borde y basta, pero es que este tío me está poniendo de muy mala leche.

Aquí no hay de eso.

Me vuelvo a girar hacia él y le digo:

—¿Te piensas comunicar así conmigo? ¿Por mensajitos de chat?

Sí.

Resoplo diciendo:

—Eres insoportable.

La verdad es que cabrearme y soltar mi frustración contra Keats me está viniendo bien y ahora me siento mejor.

Puedes ir al de hombres. Está ahí detrás.

Lo busco con la mirada y lo veo: una puerta bastante maltrecha al fondo con el cartel de la figura de un hombre, un detalle bastante innecesario viendo a los miembros de la plantilla. Intento aguantar la respiración mientras me acerco a mi destino porque se nota desde lejos que es un lavabo de tíos.

Cuando por fin estoy dentro, me siento en el lavabo y me lamo las heridas emocionales que se han abierto en estas horas. El pestillo es de esos antiguos en los que tienes que deslizar la barrita para atrancar la puerta, el retrete es de los que ahora ya solo se ven en los jardines como maceteros alternativos y la cisterna es una cadena de latón barato con un mango de porcelana al final. Si quitas los escritorios, los móviles y los ordenadores, este sitio se puede considerar una cápsula del tiempo.

Intento concentrarme y visualizar las dos mil libras que Michael me ha prometido para final de mes, pienso en las deudas que podré pagar con eso, en que podré pasar de números rojos a una cuenta normal. Intento controlar la respiración mientras me masajeo las sienes con calma, pero ninguno de mis trucos parece funcionar. Me han encerrado aquí abajo y me siento como un animal enjaulado, como una pobre niña asustada en un taller clandestino.

Sé que mi cerebro no está en su mejor momento para pensar más allá de lo que siento ahora, pero también sé que no voy a ser capaz de seguir trabajando aquí si eso implica tener que quedarme en el sótano. Y, entonces, una tristeza absoluta cae sobre mí: ¿qué voy a hacer entonces para pagar las deudas? Es bastante improbable que pueda encontrar otro trabajo con un salario tan generoso y, además, que tenga un jefe tan majo como Michael. Y si finalmente decidiera irme, ¿qué otra opción me quedaría? Pues hacer la dichosa llamada...

No, no voy a hacerlo. Me niego en rotundo.

Repito el mismo patrón durante lo que queda de mañana: trabajo un cuarto de hora más o menos delante del ordenador y, cuando no puedo más y la ansiedad me borbotea por todas partes como si fuera una cañería averiada, huyo al lavabo. Allí hago mis cosas de *minfulness* para calmarme, aunque no me sirven de nada y vuelvo a mi puesto de trabajo. Y así una y otra vez.

Ya casi es la hora de comer y, mientras estoy en el lavabo dentro de mi bucle infinito, oigo que la puerta de acero del sótano se abre. De repente, la brisa fresca del pasillo se cuela por debajo de la puerta del baño, se queda a la altura de mi espinilla y se mete en los poros de mi piel hasta llegarme a los huesos.

Es Michael.

—¿Dónde está Rachel?

Cuando salgo de mi improvisado refugio, sin duda con el aspecto de una de las actrices que te esperan al final del túnel del tren de la bruja de la feria, Michael se me queda mirando y frunce el ceño con verdadera preocupación.

—¿Estás bien? Tienes muy mala cara.

Para ser justos, todo el mundo que trabaja aquí tiene muy mala cara bajo esta luz azulina, pero tampoco me voy a poner a pelear porque sé que me llevo la palma en la plantilla y que me podrían dar el premio a la empleada con peor aspecto del mes.

—Pues no, la verdad. No me encuentro muy bien.

Mi jefe asiente, relaja un poco la expresión y pestañea antes de decir:

—Bueno, pues entonces quizá lo mejor es que te vayas a casa, ¿no? ¿Quieres marcharte?

Sé lo mal que voy a quedar cogiéndome un día libre cuando solo llevo dos semanas trabajando aquí, pero no puedo aguantar más y le respondo:

—Pues quizá sí me vendría bien. —En su rostro detecto un gesto de desaprobación que intenta reprimir lo antes posible, así que añado rápidamente—: Pero seguro que mañana estoy como nueva.

Vuelvo a ver en su cara que está preocupado por mí, pero ahora siento que se ha levantado un muro entre los dos que antes no había. Quizá para él encontrarse mal en el trabajo demuestra una actitud desleal o una falta de compromiso, como me comentó en la entrevista que hicimos en la cafetería. Michael me acompaña por el túnel (porque ya he dejado de intentar autoengañarme diciendo que es un pasillo) a paso ligero, lo cual agradezco porque quiero salir de estas catacumbas lo más rápido posible.

Subo las escaleras a trompicones y llego hasta la trampilla del suelo. Al salir y ver la luz del sol que llega al vestíbulo tengo que entrecerrar los ojos, lo que me hace ser consciente de todo el tiempo que he pasado metida en el submundo. Han sido horas. La luz baña mi cuerpo, como una especie de bautismo que me hace sentir que he vuelto a nacer. Inspiro con urgencia, intentando llenar los pulmones y recuperar el aire que me ha faltado. Michael no media palabra, seguramente cree que todo es debido al estado en el que me encuentro.

Una vez arriba, en la puerta del despacho de la asistente de dirección, el CEO la avisa:

—Rachel no se encuentra bien y se va a ir a casa.

Joanie se levanta como un resorte con una expresión propia de una madre preocupada. Al menos alguien en esta empresa no cree que encontrarse mal es un defecto personal. ¿Estoy siendo demasiado cruel e injusta con Michael? Al fin y al cabo, tiene un negocio que debe sacar adelante y la nueva chica que ha contratado para el departamento de consultoría ya está diciendo que está mala para escaquearse.

—Sí que tienes mal color —comenta Joanie con el gesto torcido—. Espero que no sea por nada que te hayan dicho los hombres de allí abajo.

¿Por algo que me hayan dicho? Casi me río con amargura al escuchar su inocente comentario. Para eso tendrían que usar las cuerdas vocales. Incluido el tipo que me había presentado Michael, ese tal Keats. Esa verdad se me queda atravesada en la garganta, pero me la trago y miento:

—Me han tratado estupendamente. Lo que pasa es que se me ha girado el estómago.

–Tendrías que ir al médico, Rach, y no vuelvas hasta que no te sientas tan estupenda como siempre. ¿O no, señor Barrington?

Los labios del señor Barrington parecen estar sellados por completo.

Joanie me acompaña hasta la puerta principal del vestíbulo y, mientras tanto, me habla con muchísima dulzura y atención, como si fuera una mamá osa preocupada por su osezna.

Antes de irme, se acerca un poco más a mí para decirme al oído y que nadie más escuche nuestro secreto:

–No te preocupes por Michael, es que está muy emocionado con el proyecto que os ha asignado a ti y al resto del equipo y se pone un poco nervioso. –Entonces la mujer vuelve a enderezarse, poniéndole fin a nuestro momento de confidencias–. A ver si nos podemos ver mañana.

Salgo con cuidado pero con verdadera ansia a la calle e intento inspirar todo el aire que puedo. Nunca me hubiese imaginado que el aire contaminado de Londres me pudiese parecer tan fresco y reparador; cualquier cosa sabe mejor que el aire fétido y cargado que se respira en el sótano. Observo a la gente que me pasa por la calle y me pregunto si alguna vez se han cuestionado qué mundo se esconde bajo sus pies, si han pensado en un mundo sin ventanas, de paredes claustrofóbicas enladrilladas en el que reina la oscuridad. Mientras avanzo a trompicones por la callejuela con la frente mirando al cielo para que me dé el sol y absorber toda la vitamina D que pueda, me vienen a la cabeza las últimas palabras que me ha dicho Joanie, en especial una de ellas.

«Mañana».

Para mí no puede haber un mañana aquí. No puedo trabajar bajo tierra, no puedo estar encerrada en las tripas oscuras de ese edificio, sin ventanas y sabiendo que ese lugar en su día fue un taller clandestino devorado por las llamas.

Mi única escapatoria es hacer la llamada que más quiero evitar, así que, con todo el dolor de mi corazón y con manos temblorosas, saco el móvil.

Capítulo 9

«Voy a ser totalmente sincera con él y voy a contárselo todo», me repito una vez más cuando el taxi me deja en la calle donde vive mi padre. Es una casa enorme del siglo XVIII donde dejé de ser una adolescente y viví los primeros años de la adultez. Esa época en la que se suponía que me iba a convertir en un cisne, pero al final la cosa no ha cuajado del todo...

Estoy hecha un amasijo de nervios cuando introduzco la llave en la cerradura. Hoy se va a enterar de todo porque ya estoy harta de fingir, estoy agotada de huir y él me va a ayudar porque es un hombre amable y generoso, un buen padre que me quiere. Aunque esa palabra no me gusta, nunca lo llamaría así, sino que para mí siempre será «papá». Si cuando te diriges a tu padre, le llamas así tal cual, «padre», usas una palabra formal que además denota que entre ese hombre y su hijo o hija hay cierta distancia, o al menos yo lo veo así. En cambio, si lo llamas «papá», transmites que es una persona que baña a su descendencia con un amor incondicional. Yo soy lo único que le queda a mi padre desde que murió mi madre y hacerme feliz es lo que le da alegría ahora mismo.

Lo que nunca le voy a contar es el motivo real que originó todo esto y por el que me he desviado tanto del camino trazado y he acabado en esta situación tan lamentable. De eso nunca se enterará, al menos por mí.

El corazón se me encoge cuando lo veo ahí, en el amplio pasillo de láminas de madera que ahora mismo queda bañado por la luz. Al observar con detenimiento su cara, me fijo en que se le han formado nuevas arrugas alrededor de los ojos y la boca, seguramente de pura preocupación. Desprende una energía intensa y un tanto agitada, y algo me dice que no ha parado desde que lo he llamado. Frank Jordan es un hombre que impone, con esos hombros, esas manos, su altura y su risa. También por su cabeza, dirían las personas que lo envidian por el éxito que ha cosechado en los negocios. Ha sabido combinar la fuerza y la maña en su vida, ya que, después de muchos años de duro trabajo en la obra, consiguió erigir su propio imperio de construcción. Sigue luciendo una buena cabellera sobre los hombros, y la vanidad hace que también mantenga el color de pelo de antaño. Y a pesar de todos sus logros, en realidad, lo que siempre me ha fascinado de mi padre es el trocito de diente que le falta; al hombre le sobra el dinero para arreglárselo y que le dejen una dentadura digna de un anuncio de Colgate, pero ni se lo plantea. Es como si ese diente fuera un recordatorio del arduo trabajo que vivió en las minas de Yorkshire, de sus orígenes, y no quiere cambiarlo.

Es él quien se acerca a mí primero con paso firme y me abraza como si hiciera mucho que no me viera. Hay muchos hombres a los que les cuesta demostrar afecto físico, pero mi padre no es uno de ellos, más bien le encanta.

—¿Estás bien, cariño? No tienes muy buena cara —me dice y da un paso atrás para mirarme bien sin esconder la preocupación que siente.

—Pues la verdad es que no mucho —le contesto y añado con cierta reticencia—: Me he dejado el monedero en casa. ¿Puedes pagarle al taxista? Está fuera esperando.

Sé que empezar mintiendo en la visita en la que se supone que le voy a contar todo a mi padre no es muy esperanzador, pero necesito calentar motores antes de soltar lo que llevo dentro.

–Pues claro, cariño –me dice con una musicalidad que aún denota sus raíces.

Mi padre se siente orgulloso de sus orígenes y de haber llegado hasta donde está.

Cuando sale a la calle, paseo la vista por el pasillo y veo las fotos que tiene de él y mamá colgadas con orgullo en la pared. Hay imágenes de cuando eran jóvenes y empezaron a salir juntos: Frank y Carole.

En esos primeros años, su vida de casados también me incluía a mí y los tres vivíamos en una casa adosada en una zona residencial en la periferia del sur de Londres. Papá trabajaba en la obra hasta que decidió que la única manera de conseguir el trabajo que quería de verdad era creándolo él mismo, así que montó su propia empresa de construcción por la que tuvo que dejarse la piel trabajando día y noche. El pobre solía llegar a casa destrozado y sin fuerzas después de una larga jornada y de llevar a sus obreros a casa en la furgoneta por la noche. A medida que crecían sus ganancias, nos mudábamos a casas cada vez más grandes que solía construir él mismo con sus equipos.

Me vienen recuerdos a la cabeza donde lo veo caminando con las botas y el peto sucio de trabajo por toda la casa, dejándolo todo lleno de barro, y mi madre yendo detrás de él con un bote de limpieza y un paño para limpiar el caos que creaba. Mi padre ya no usa botas ni peto, sino que ahora lleva trajes de marca hechos a medida. Aun así, me siento tremendamente orgullosa de que su frase continúe siendo la misma de siempre: «Sigo siendo el mismo, un trabajador». Vuelvo a echarle un vistazo a las fotos de cuando eran novios; parecen muy felices, sobre todo mi madre. Me parezco mucho a ella, con la diferencia de que, al mirar a mi madre de joven, ves a una mujer sana y feliz con una sonrisa divertida. En los últimos momentos de su vida, esa sonrisa había desaparecido por completo hasta el día que nos dejó para siempre.

—Yo también la echo de menos.

La tristeza que impregna la voz de mi padre a mis espaldas hace que se me forme un nudo en la garganta mientras me giro para mirarlo a la cara. Creo que no suele hablar de mamá porque no quiere hacerme daño o ponerme triste; fue una época muy dura. Contrajo una enfermedad que atacó a su sistema inmunológico y que ninguno de los cientos de doctores que la vieron supo curar, justo cuando yo estaba a punto de entrar en mi etapa adulta, con dieciocho años... Aún no estaba preparada para perder a mi madre. Cada día que pasaba perdía más fuerza, más peso y desaparecía un poco más de mi vida, hasta que un día lo único que me quedó fue su ausencia.

El año que mi madre falleció, mi padre intentó animarme y envolverme con un derroche total de cariño y bondad, pero él aún no sabe lo mal que salió aquello. Podría intentar explicarlo con un montón de palabras y adjetivos pomposos y precisos en un intento de que la historia suene mejor, pero la verdad es que, después de lo que sucedió, siento que he traicionado a mi padre y todo lo que ha hecho por mí. Lo he decepcionado. Y desde ese momento no he podido levantar cabeza.

Mientras lucho por saber qué decir, nos sentamos en la mesa alta de aquella enorme cocina con unas vistas impresionantes a la naturaleza de las zonas de North Downs y Kent. En verano es una mezcla de colinas de un verde intenso, campos dorados de trigo, flores silvestres y abejas que revolotean en mitad de la cálida brisa. En invierno, un manto de nieve cubre todo aquello y refleja la pálida y brillante luz de la luna en las noches en las que no hay ni una nube en el cielo. Sin embargo, hoy me cuesta encontrar en el horizonte algún detalle que me parezca hermoso.

Mi padre no se anda por las ramas, porque para él es importante hablar claro; como aprendió de pequeño en una comunidad minera del norte, la franqueza es una virtud.

—Venga, suéltalo ya, niña. ¿Qué pasa?

Me muerdo el labio inferior de los nervios, la sangre me sube a la cara, aparto la mirada, recelosa e inquieta por el momento. Mis ojos buscan algo en la habitación con lo que distraerse y no se detienen hasta que encuentran una foto en el frigorífico, en ella aparece mi madre cuando estaba embarazada de mí. Tiene las manos sobre la barrigota y una mirada pícara que dedica al hombre que hay detrás de la cámara. ¿Qué diría ahora del desastre de persona en el que se ha convertido la bebé que ella alimentó, crio y quiso?

La calidez que desprende la mano de mi padre sobre la mía hace que vuelva al presente junto a él.

—Sea lo que sea, seguro que encontramos una solución, hija mía. Juntos. Estoy aquí para ayudarte y eso no va a cambiar nunca.

Lo miro a los ojos, esos ojos que me transmiten fuerza y me reconfortan tanto. De repente, su expresión cambia y veo ira en ellos. Ya la conozco, mi padre se ha puesto la armadura de batalla y me pregunta:

—¿Es por un chico? Porque si es así, va a tener que vérselas conmigo. Se va a enterar de lo que le pasa a la gente que le hace daño a mi Rachel. Lo va a aprender por las malas. Si tienes algún problema…

Ojalá fuera tan sencillo como eso.

—No, papá, no vengo aquí a decirte que vas a ser abuelo ni nada de eso. No son problemas con ningún hombre…

—Entonces, debe de ser por el trabajo nuevo este del que

me hablaste, ¿no? ¿Se están aprovechando de ti? Si es así, ya sabes mi respuesta: vente a trabajar a la empresa.

Desde que dejé la universidad a mitad del primer año, mi padre empezó una campaña sutil pero persistente para convencerme de que sería buena idea trabajar con él en la empresa para aprender las riendas del negocio y así prepararme para el día que se jubile y yo tenga que heredar su imperio en la construcción. Sin embargo, yo he decidido combatir su campaña con otra iniciativa que tiene por lema «Rachel vive su vida a su manera». ¿Me veo yo con un casco para ir a trabajar? Pues no, no es el uniforme que me gustaría llevar, la verdad. Eso es lo que le digo a mi padre, pero mis motivos van mucho más allá, son más profundos y oscuros porque en realidad lo que me da miedo es que, si trabajo para él, sé que no tardará mucho en descubrir que estoy tan destrozada como la casa que él mismo me ayudó a comprar. Y no quiero que empiece a hacerse preguntas y a investigar por qué estoy así.

Me acuerdo del primer día en el que llegué a la conclusión de que contarle la verdad a mi padre no era siempre la mejor opción. Un día, un profesor hizo una broma sobre mi aspecto en el colegio, una broma sin malicia y muy inofensiva, pero a mí me afectó en su momento. Total, que cuando llegué a casa mi padre me empezó a preguntar qué me pasaba y no me dejó en paz hasta que se lo conté. Su respuesta fue salir disparado hacia el colegio en su Range Rover y allí amenazó con fuertes consecuencias al profesor si volvía a hacerle algo así a su hija. En el patio no se habló de otra cosa durante días y yo me quise morir de la vergüenza, así que desde entonces decidí que quizá había cosas que era mejor callarme.

Y todo eso fue antes de que pasara lo que ocurrió cuando tenía dieciocho años, lo que me dio aún más razones para no contarle la verdad a mi padre.

–Cariño –me dice y escucho toda la emoción que hay en esa sola palabra, aunque intenta reprimirla.

También noto el sufrimiento, su dolor.

–Papá…

Odio verlo así y más aún traerle esta situación a casa. He escuchado a la gente hablar de lo fiero y tajante que es en el trabajo, pero lo que quieren decir realmente es que es imparable, impresionante. Un niño que sale de una comunidad llena de pobreza tiene que hacer las cosas muy bien para llegar hasta donde él ha llegado en el mundo de los negocios. Ojalá pudieran verlo como está delante de mí, con esa vulnerabilidad y devoción infinitas.

–¿Sabes lo último que me dijo tu madre? –Me vuelve a coger de la mano y entrelaza sus dedos con los míos para unirnos aún más–. Haz todo lo posible para que nuestra hija se convierta en alguien como tú: una persona independiente, una luchadora, la mejor. Y eso es lo que has hecho y estoy muy orgulloso de ti. Sé que las cosas no salieron como esperabas en la universidad, pero qué más da, ¿no? Yo nunca he ido a un sitio de esos para sacarme un título y mírame. Tienes la fuerza y la energía de tu madre –me asegura, plantando con decisión el dedo índice en la mesa–. Creo en ti con todo mi corazón, y tu madre también creía en ti con la misma fuerza, y nada de lo que esté pasando va a cambiarlo.

La convicción que tiene sobre quién soy y mis capacidades derrumba la determinación con la que venía aquí a contarle por fin todos mis problemas. Me es imposible mirarlo a la cara y explicarle la situación en la que estoy sabiendo que eso va a acabar con esa fe inquebrantable que tiene en mí. Soy incapaz de mirarlo a los ojos y ver en ellos la absoluta y dolorosa decepción que intentará ocultar con el resto de su expresión. ¿Por qué no habrá una ley que prohíba poner a las personas en un pedestal? Al final, todo el mundo se acaba cayendo. De nuevo, siento cómo el pesado manto de la tristeza vuelve a cubrirme.

Estrecho con fuerza la mano de mi padre y, al hacerlo, siento las arrugas y los callos que se extienden por su palma y abro la boca para decirle una verdad a medias:

—Quería pedirte consejo para saber cómo tratar al nuevo supervisor que me han puesto en el trabajo, porque es todo un personaje.

Paso a relatarle con todo lujo de detalles mi encuentro con Keats, su manera de vestir y su comportamiento, a lo que mi padre contesta:

—Mantén las distancias con él siempre que puedas. Yo una vez tuve un cliente que venía siempre con su mujer y todos los viernes los dos se disfrazaban de Batman y Robin. ¿Cómo se te queda el cuerpo?

—Anda ya, me estás tomando el pelo –le digo, y sorprendentemente lo hago con una amplia sonrisa en la cara.

—Te lo juro por Dios –me responde mientras me guiña el ojo–. El tío me insistía en que lo llamara Bruce Wayne y los dos iban de un lado para otro de la casa cantando la cancioncita. –Y entonces, de repente, mi padre empieza a tararear la famosa canción y la acompaña con movimientos divertidos para acabar abriendo mucho los ojos y chillando al son de la música–: ¡Batman!

Me doblo de la risa y le doy un golpe en el brazo mientras los dos nos echamos a reír como locos. Eso es lo que consigue mi padre cuando estoy con él, que el mundo vuelva a parecerme un lugar agradable y estupendo. Pero esta vez incluso me ha regalado algo más, porque ahora tengo las últimas palabras de mi madre para ayudarme a seguir adelante.

«Haz todo lo posible para que nuestra hija sea una luchadora, la mejor».

Los mejores no se quedan de rodillas en el suelo cuando

aún pueden levantarse y ponerse en pie. Voy a solucionar mis problemas financieros, voy a darlo todo para conseguirlo, así que voy a volver al trabajo, aunque eso implique que tenga que bajar por esa maldita trampilla y trabajar encerrada en un sótano.

Capítulo 10

Para mi desayuno de hoy opto por unos cuantos BB, también conocidos como betabloqueantes, y un poco de aceite de cannabis. No pienso volver a bajar por esa trampilla y trabajar en ese sótano cavernoso y asfixiante sin la ayuda de los fármacos. Ya sé qué dirían las voces de las personas que viven en mundos perfectos y maravillosos: «Yo nunca volvería a un trabajo así, ni por todo el dinero del mundo». Pero ya me gustaría ver a mí si tendrían tanto orgullo y dignidad si estuvieran en mi lugar, sabiendo que las deudas no hacen más que aumentar cada día y que mi difunta madre solo quería que su hija se convirtiera en su mejor versión. Hay que ponerse en mi piel y sufrir este peso que llevo encima antes de hacer semejantes afirmaciones.

Calma. Me enraízo en la tierra con decisión mientras me encamino hacia el edificio en el que trabajo. Antes de llamar al timbre de la entrada, miro de reojo la placa recordando a las trabajadoras fallecidas, las niñas que murieron quemadas, las veintidós. Así las voy a llamar. Agacho la cabeza en su dirección a modo de señal de respeto antes de llamar al timbre para avisar a Joanie de que estoy aquí.

La mujer baja desde su puesto para abrirme y darme los buenos días, aunque en su cara me parece detectar una pizca de preocupación. Una vez que entramos al vestíbulo, noto que le da un pequeño espasmo en el brazo y espero de todo corazón que no sea un aviso de que va a abrazarme contra su pecho e intentar calmarme con un «ea, ea, ea…». Doy un pequeño paso atrás y me aparto un poco de ella para que entienda que mejor se guarde sus muestras de cariño para las personas que se las pidan. A ver, no quiero que se me malinterprete, las muestras de cariño físicas son un gesto muy bonito, sin duda, pero esta mañana algo me dice que, si me abrazan, lo único que van a conseguir es que meta el rabo entre las patas y salga corriendo de aquí.

Joanie se conforma con darme una palmadita sentida en el hombro y chasquea la lengua, haciéndome saber que no está conforme con lo que ve.

—Rach…, a mí me parece que no deberías haber vuelto aún, sino que tendrías que haberte quedado en casa con las piernas en alto, ¿no? ¿En qué estabas pensando para venir así?

—Estoy bien, de verdad.

La asistente del CEO vuelve a mirarme de arriba abajo con una expresión que deja bien claro que no me cree en absoluto.

—A mí me sigue pareciendo que no tienes buen color de cara.

Antes de que pueda negarme o decir nada al respecto, Joanie me obliga a subir al piso de arriba y me pone una taza de té calentito en las manos para aprovechar los diez minutos que tenemos antes de empezar a trabajar. Formamos una pareja curiosa Joanie y yo. Ella no hace más que ofrecerme galletitas de chocolate mientras se queja agitada y me recomienda unas hierbas estupendas que se supone que son el remedio milagroso que acaba en un santiamén con el resfriado, mientras que yo me quedo allí sentada intentando fingir mi mejor sonrisa. Aun así, todo lo que me ayude a retrasar el momento en el que tenga que bajar a las profundidades del edificio ya me viene bien.

–¿Ya estás haciendo una pausa antes de empezar, Rachel? Ojalá pudiera hacer yo lo mismo… –me suelta de pronto Michael y, de la sorpresa, me tiemblan las manos y la taza que sujeto, y me acaba salpicando un poco de té.

Empezamos bien… No tengo ganas de enfrentarme a él de nuevo, así que me tomo todo el tiempo del mundo en girarme mientras mi cerebro se encarga de recordarme el gesto de desaprobación y decepción que vi en sus ojos cuando ayer me fui a casa porque no me encontraba bien. No sé muy bien qué expresión tiene ahora, ¿es una cara neutra? ¿Está intentando ocultar su enfado? No lo conozco lo suficiente para saberlo con certeza.

Vuelvo a respirar con más tranquilidad cuando veo que aparecen sus famosos hoyuelos en mitad de las mejillas.

–Perdona que ayer no fuese muy empático contigo. Estoy bastante estresado con el trabajo ahora mismo y por eso tengo que salir pitando al despacho –me dice mientras se da media vuelta, pero de camino añade por encima del hombro–: Me alegro de que hayas vuelto a la familia, Rachel.

Joanie de repente parece triunfante con esta pequeña interacción y da unas pequeñas palmaditas con la punta de los dedos de la alegría que siente.

–Ya te dije que ayer estaba nervioso y estresado. Tú no te preocupes por él; perro ladrador, poco mordedor.

Se ha acabado mi tiempo de descanso, así que me pongo en pie y esta vez sí que sonrío de corazón cuando le digo:

–Muchas gracias por cuidarme este ratito, de verdad.

La mujer me acompaña hasta la puerta.

–¿Seguro que estás bien para trabajar?

A mí me gustaría responderle con otra pregunta, si me haría el favor de venir conmigo hasta la trampilla y acompañarme hasta mi puesto de trabajo. Sé que debo parecer una gata asustadiza, pero es que hay algo dentro de mí que me dice a gritos que corro un peligro real.

–¿Trabajas a gusto ahí abajo con el equipo de chicos en la sala de sistemas? –me pregunta.

Quizá nota mi reticencia y mis pocas ganas de marcharme de allí.

¿La sala de sistemas? Supongo que será el eufemismo que usan para referirse al sótano.

–La verdad es que me gustaba más trabajar aquí arriba, donde veía la luz y tenía más espacio.

Y, al decirlo, no puedo evitar que los ojos se me vayan a la ventana que tiene en su despacho.

–Tú no les hagas caso a los compañeros –responde Joanie y mueve la mano como para quitarle importancia al asunto–. Son inofensivos, de verdad. Lo sé muy bien.

¿Y por qué me dice eso ahora? Pero no me da tiempo a responder porque la mujer me cierra la puerta del despacho en las narices.

En menos de un minuto estoy cara a cara con la trampilla del suelo. Esta será la primera vez que baje al sótano sola. La saliva que intento tragar parece negarse a bajar por la garganta. Ahora me doy cuenta de algo en lo que no me fijé ayer, y es que la puerta de la trampilla tiene una capa extra de pulido que contrasta con el resto del suelo; tiene un aspecto suave, deslumbrante. Una apariencia brillante y atractiva que intenta engañarme para infundirme una falsa sensación de seguridad que me haga olvidar todos los horrores que voy a encontrarme una vez que me adentre en el interior del túnel.

Los bloqueantes y el aceite de CBD ya hace tiempo que me han hecho efecto, pero aun así su ayuda no consigue acallar esa pequeña voz de mi interior que está empecinada en seguir chillando llena de angustia. Esa voz está en una parte de mi cerebro que trabaja de forma frenética, que tiembla y se estremece mientras se encarga de imaginar y lanzarme mil posibilidades, cada cual más horrible, de lo que voy a encontrarme una vez que abra la trampilla. Sombras, muros asfixiantes y techos bajos que parecen amenazarme con aplastarme. «Ya está bien de exagerar con tanta histeria y tanto drama. ¡Basta! Es un pasadizo y no un túnel, y lo único que se va a mover ahí abajo eres tú mientras te diriges a tu puesto de trabajo».

Antes de que las fuerzas me vuelvan a abandonar, me agacho, reúno todo el valor que puedo, cojo la dura manilla y la abro. Miro hacia el interior y busco la luz de la bombilla desnuda que pende del techo para ayudarme a recuperar la respiración. Eso es, Rachel: respira, respira, respira. Doy dos pasos más y levanto el brazo para sentir que una parte de mí está en el mundo real mientras mi otra mitad baja al inframundo. Sé que tengo que hacerlo, así que agarro la manilla interior de la trampilla. «Venga, hazlo».

Por fin cierro la trampilla detrás de mí.

Quiero bajar las escaleras corriendo, pero sé que eso sería una tontería, seguro que encima acabaría tropezándome y cayéndome y a saber qué pasaría entonces. Así pues, recuerdo que arriba tengo la bombilla y me concentro en eso para poder respirar y seguir avanzando hacia el sótano.

—Rachel, Rachel, Rachel…

El eco de los susurros de Michael y Joanie diciendo mi nombre como hicieron el primer día de repente se une a este viaje. De nuevo, mis oídos vuelven a hacer de las suyas y me lanzan estímulos que realmente no están aquí. Acelero el paso y me concentro en mirar solo lo que tengo delante, obligándome a llegar como sea y lo antes posible a la puerta de acero.

—Rachel, Rachel, Rachel…

«¡Salid de mi cabeza de una vez!». Me tapo los oídos con las manos y fijo toda mi atención en la luz: respira, respira, respira… ¡Ya estoy! ¡Lo he conseguido! ¡Lo he conseguido, joder! Coloco la palma de la mano sobre el frío acero de la puerta para confirmarme a mí misma que he llegado a mi destino. Me detengo unos segundos para recuperar el aliento. Ahora solo queda averiguar qué puedo hacer para lograr sobrevivir a una jornada completa metida en el sótano. Una cosa que tengo clara es que voy a meterme en el bolsillo al raro de Keats escribiéndole por el chat para intentar sacarle conversación y así no sentirme tan sola. Otro recurso que tengo pensado utilizar es el de los alpinistas, y no voy a mirar al techo ni al suelo ni a las paredes, sino que me voy a concentrar únicamente en la pantalla de mi ordenador para intentar olvidar dónde estoy.

Cuando entro, compruebo que nada ha cambiado en esta estancia bajo tierra en la que no hay ni una sola ventana. Todo el equipo está sentado en sus sillas, repartido en filas; una horda de zombis que hacen lo que se les pide. ¿Zombis? Pues sí, eso es lo que parecen. No me sorprende en absoluto que ninguno de ellos levante la cabeza ni haga ninguna señal para darme a entender que saben que he llegado, un buenos días o una sonrisa que me dé la bienvenida al nuevo club. Podría ser perfectamente el alma fantasmal de una de las niñas que trabajaban en el taller clandestino.

Solo Keats me dedica un tiempo mínimo al mirarme y hacer un rápido movimiento con la cabeza. El pañuelo que lleva hoy para taparse la cara es verde caqui. Me gustaría saber qué expresarán sus ojos detrás de los cristales de las gafas de sol mientras me mira. ¿Estará sonriendo? ¿Los pondrá en blanco, molesto? ¿Los tendrá entrecerrados, juzgándome? O quizá no expresan absolutamente nada… ¿Quién fue el que dijo «Los ojos son la ventana del alma»? Pues está claro que este hombre ha hecho todo lo posible por encerrar la suya a cal y canto. A veces, lo que más nos asusta es lo que no podemos ver.

Después de pasarme un buen rato trabajando en un informe de gestión en el que aparecen expresiones con palabras bonitas que realmente no dicen nada, como «nuevas perspectivas», activo la estrategia ofensiva para encandilar a Keats y ganármelo de una vez. Le escribo:

Hola, Keats. ¿Qué tal? ¿Cómo vas?

Con un movimiento de ratón y un giro rápido de muñeca, selecciona el mensaje, lo elimina y sigue trabajando. Vaya, que además a este hombre tampoco le gusta la charleta de oficina... Pero no pienso rendirme tan fácilmente; la idea de no poder hablar con nadie mientras estoy aquí abajo es insoportable. No quiero que sea mi amigo, solo necesito conectar de vez en cuando con otra persona de carne y hueso.

Me espero cinco minutos y luego vuelvo a abrir el chat y le envío otro mensaje:

¿Hiciste algo interesante anoche? Yo me quedé en casa y vi La isla de las tentaciones. No sé por qué, la verdad, lo único que conseguí fue darle un mazazo a mi autoestima viendo los cuerpazos que tenían todas...

A ver si con un poco de humor consigo que se quite la armadura. Nada, que no hay manera, maldita sea. Insisto en hablarle.

Joanie es un poco sensible, ¿no? Está preocupada porque cree que no me encuentro bien. Esta mañana me ha metido en su despacho y casi

me obliga a pasarme allí el día tapadita con una
manta bebiendo té con jengibre, miel y limón.

Keats se deja caer en su silla. ¿Qué cara tendrá debajo de todo lo que lleva encima? Algo me dice que tiene el gesto torcido, harto de mis comentarios, y el mensaje que recibo confirma mis sospechas.

Esto es un lugar de trabajo, no un club para
compartir nuestras vidas y tribulaciones. Cierra el
pico y ponte a trabajar, que para eso te pagan.

Su respuesta me deja con la boca abierta, como un pez derrotado por el anzuelo. Qué maleducado y qué aires de superioridad se gasta este tío. No sé por qué le caigo tan mal, no le he hecho nada. Lo más probable es que tenga razón y en realidad sea un misógino sin más. Lo miro de reojo llena de rabia y deseando que mi energía pudiera convertir su silla en una eléctrica. Bueno, no, eso sería pasarse… Yo lo único que quiero es tener a alguien aquí con el que poder hablar, pero está claro que esa persona no va a ser Keats.

Qué tipo tan desagradable.

Capítulo 11

Es la hora del almuerzo y sucede algo extraño. De repente, Keats se pone en pie y el resto del equipo hace lo mismo. Me siento como si fuera su público, aquí sola, viendo a una fila de trabajadores hacer su rutina sincronizada. Antes había intentado hablar con otro compañero y pasó de mi cara totalmente; le estaba haciendo una pregunta sobre su puesto y ni me dio tiempo a que la acabase, porque salió despavorido de allí como si le hubiese pedido salir o algo por el estilo. Sin darme cuenta, me empiezo a morder el labio, este cambio repentino y colectivo me llena de dudas y confusión. ¿Se supone que yo también me tengo que levantar? Cuando entras a un nuevo trabajo, al principio te sientes fuera de lugar porque hay miles de normas y pautas no escritas que nadie se molesta en explicarte… Antes de decidirme, la puerta de la entrada al sótano se abre de par en par y allí está Michael, feliz y resplandeciente.

El CEO se frota las manos antes de decir:

—¿A quién le apetece pizza?

¡Anda! Así que esto es lo que les ha hecho levantarse… En mi cabeza me imagino que quizá es una costumbre de la empresa, los martes pizzeros para que el equipo se sienta más unido mientras come y bebe. Me parece una idea genial, así que me levanto y cojo la chaqueta mientras veo que Michael se da media vuelta y desaparece por el pasillo. Cuando me dispongo a salir, Keats me pone la mano en el hombro y todo mi cuerpo se tensa por el contacto físico inesperado, hasta este momento nunca había notado su piel contra la mía. Me había imaginado que su tacto sería frío como un témpano de hielo, pero su mano emana calidez. Qué raro, eso sí que no me lo esperaba, que un tío tan frío como él tenga la sangre tan caliente. Entonces se acerca a su mesa y escribe algo en el ordenador. Cuando me agacho para comprobar mi pantalla, veo un mensaje que dice:

Tú no. Es solo para los empleados fijos.

Al leerlo, me invade la horrible sensación de la soledad y el rechazo. Nunca es agradable sentir que los demás se van sin ti y me recuerda a la muerte de mi madre. Mientras el equipo va saliendo en procesión y me deja aquí sola, intento animarme pensando que en realidad no me da tanta pena porque tampoco me hacía especial ilusión comer con una horda de zombis y mucho menos con Keats. Me encantaría ser una mosca y revolotear por la pizzería para ver la cara que pone el camarero cuando Keats le pida su pizza hawaiana con la cara tapada y el uniforme militar. ¿Le gustará la piña con el jamón cocido? No, hombre, no. Keats seguro que se pide peperoni con extra de aceite picante, claramente le va lo fuerte.

Entonces oigo la puerta cerrarse y dejo escapar un leve suspiro. Al cabo de unos segundos, me digo que yo también debería salir para comer algo, así que me dirijo a la puerta y, cuando tiro de ella para abrirla, veo que no se mueve ni un milímetro. Lo vuelvo a intentar con más fuerza esta vez, pero no hay manera de moverla y la mano se me escurre del pomo cuando me doy cuenta de lo que está pasando: me han encerrado aquí abajo.

Estoy aquí sola sin poder salir.

Todo el esfuerzo que he hecho durante la mañana para mantener la calma acaba de salir disparado por la ventana. ¡Ja! ¿Por la ventana? ¿Qué ventana? Si aquí no hay ninguna… No entra ni un rayito de luz natural. Rebusco en el bolso para coger mi móvil y llamar a Michael, pero no tengo cobertura. La recepción de mi compañía telefónica no debe llegar hasta aquí abajo y encima, con lo torpe que soy, se me ha olvidado pedir la contraseña del wifi, así que ni siquiera le puedo mandar un correo. Me doy la vuelta y escaneo la estancia de un lado a otro, muy agitada. De repente, empiezo a notar cómo se me oprime el pecho y se me humedecen los ojos.

Las paredes empiezan a acercarse para aplastarme, lo sé, lo siento… El techo también comienza a bajar milímetro a milímetro, las luces parecen cobrar vida y me atraviesan con su brillo hostil. Estoy encerrada en un ataúd y oigo los golpes mientras martillean los clavos para que no pueda salir nunca más de aquí. Como una corriente de agua fría, el recuerdo de las niñas que murieron aquí encerradas hace más de cien años acude a mi mente junto con las palabras que leí en aquella web para atormentarme.

A medida que las llamas crecían, el humo asfixiante las envolvía y las pobres niñas no hacían más que rezar entre sollozos para que ocurriera un milagro que las sacara de allí. El valiente perro que las había guiado hasta allí se tiró al suelo, frustrado sin saber qué hacer. Las veintidós niñas fallecieron.

Pierdo los nervios y golpeo la puerta con fuerza con el puño cerrado y chillo, pero nadie acude a salvarme. Me apoyo de espaldas contra la puerta, rendida, y acerco las palmas de las manos al metal de la puerta. «Que no cunda el pánico». ¿No era lo que siempre decía el personaje de una película de risa? Sí, era en *Dad's Army: el pelotón rechazado*, que se pasaba el día diciéndolo mientras hacía lo contrario intentando salvar a Inglaterra.

No pasa nada, seguro que no tardan en volver, ¿no? Las pizzas se comen en nada.

Me voy corriendo al fondo del sótano con la esperanza de encontrar otra salida. La pared está ensombrecida y tapada con paneles de madera antigua, pero hay algo que me llama la atención: un pomo de madera semicircular. Estudio el panel con más detenimiento y me fijo en las líneas rectas que tiene en su superficie; creo que es una puerta, así que vuelvo a mirar bien el mango. Maldita sea… Lo han cubierto de pintura con tan mala pata que ahora está pegado al resto de la puerta. De todas maneras, me concentro hasta tensar todos los músculos de la cara, decidida a conseguirlo, saco las uñas para cogerlo bien y tiro de él. Desgraciadamente, lo único que logro es soltar un bramido de dolor y salir impulsada hacia atrás; el tirador no se ha movido ni un ápice.

«Piensa, Rachel, piensa».

Vuelvo a inspeccionar la parte de atrás del sótano y rebusco en todos los cajones que hay por aquí hasta que doy con una regla metálica. Me cuesta sudor y lágrimas, pero, con mucho esfuerzo y determinación, por fin consigo liberar el asa de la puerta y tiro de ella con desesperación.

Nada. Utilizo la regla para rascar y quitar la pintura de lo que creo que es el marco de la puerta y coloco el pie en la pared para apoyarme y coger más fuerza para tirar. En ese momento, oigo el crujido de las bisagras oxidadas que sujetan una gruesa puerta de roble macizo y que, antes de abrirse apenas unos centímetros, emite un chillido agonizante propio de alguien al borde de la muerte. Aun así, tengo espacio suficiente para colarme dentro.

Creo que estoy en otra habitación, totalmente a oscuras e impregnada de un fuerte olor a humedad. Palpo las paredes con las manos para inspeccionar el espacio y encuentro algo parecido a la mitad de una pelota de tenis que sobresale de la pared; es un interruptor antiguo. Jugueteo con los dedos hasta que encuentro el botón. Pim. De repente, una luz pálida y triste entre un tono amarillento y marronoso ilumina mínimamente lo que parece ser un almacén vacío. No sé muy bien cómo esa maltrecha bombilla aún sigue colgada del techo, viendo lo deshilachado y retorcido que está el cable que la sujeta. En ese momento veo que hay otra puerta al fondo de esta habitación, pero también está cerrada con unas cerraduras oxidadas que parecen no haberse movido durante décadas y décadas. Aun así, no tengo la más mínima intención de rendirme. Me muerdo el labio y me resisto a caer ante el dolor punzante que siento en las manos mientras lucho por abrir los antiguos cerrojos hasta que por fin consigo descorrerlos y abrir la puerta.

Aire fresco y rayos de luz natural. Echo la cabeza hacia atrás todo lo que puedo como si acabara de renacer ahora mismo y abro la boca. Esto es un milagro. Me quedo así un rato, sin moverme, llenando los pulmones del oxígeno que me revitaliza y que hasta ahora no había apreciado como se merecía. Cuando por fin miro a mi alrededor, me doy cuenta de que no estoy en el exterior, o al menos no del todo, sino que se trata de una especie de patio un tanto estrecho y funcional que, a excepción del suelo adoquinado, no tiene nada más de bonito. En mitad de la estancia hay un antiguo desagüe para filtrar el agua de la lluvia que puede caer desde la enorme rejilla de acero que hay justo arriba y que une el patio con el mundo exterior. Dos bultos negruzcos aparecen de repente sobre la rejilla y me hacen dar un respingo; me da asco pensar que puedan ser dos ratas que han salido a buscar comida. Sin embargo, cuando vuelve a pasar lo mismo a los pocos segundos, me doy cuenta de lo que estoy viendo: son los pies de los peatones que pasean por la calle sobre mi cabeza.

Respiro aliviada, sabiendo que puedo chillar a la gente que pasa por aquí en caso de necesidad. Además, por suerte, aquí sí que tengo cobertura en el móvil gracias a la rejilla. Ahora que sé que este espacio existe, ya no me agobia tanto pensar en volver a mi puesto de trabajo.

Cierro la puerta que conduce al estrecho pasadizo y vuelvo a asegurar los cerrojos, aunque, con lo viejos que son y lo oxidados que están, ya casi ni se aguantan. Empujo con ganas para que la puerta del fondo del sótano vuelva a encajar en el marco pintado e intento difuminar un poco la pintura para que no se note tanto los sitios en los que he rascado la pared con la regla.

Ahora que estoy sola aquí, me vienen ideas no muy honestas a la cabeza. Hay que aprovechar que el enemigo no está, así que me siento en la silla de Keats y empiezo a dar vueltas. No puedo evitar sonreír como una niña. Muevo el ratón de su ordenador para que desaparezca el salvapantallas verde que tiene y poder ver lo que ha estado haciendo toda la mañana. Sin duda, está muy ocupado, no para quieto. Cuando hago clic en la opción de archivos abiertos recientemente, veo que solo por la mañana ya ha abierto doce. Uno es una política de empresa que explica cómo construir un equipo integrado y feliz (lo cual me hace reírme en voz alta), pero me callo de golpe cuando mis ojos se fijan en otro documento que despierta mi curiosidad: un gráfico con el título «Funeral P.». Me parece bastante extraño que un consultor se encargue de un proyecto así, o quizá es que le ha puesto ese título para despistar, así que lo abro.

Pues no, cuando veo la primera página del documento descubro que, en efecto, se trata del programa del funeral de alguien. Allí aparece la foto del difunto, un chico joven, y la imagen me impacta, lo que afecta directamente a mi respiración y a mi ritmo cardíaco y hace que ambos se disparen como locos. No sé cómo, pero me parece que mis deseos de que el asiento de Keats se convirtiera en una silla eléctrica se han hecho realidad, porque ahora mismo me parece que me están recorriendo el cuerpo con descargas eléctricas de alto voltaje. Lo que pasa es que yo conocía al atractivo joven que veo en la foto, pero no estoy paralizada por saber que está muerto, eso ya lo sabía. La pregunta que surge en mi cabeza es por qué Keats está trabajando en el programa de su funeral ahora precisamente. Esta persona no ha muerto ahora ni hace poco.

Philip murió aquel verano hace ya diez años.

Philip no puede haberse muerto dos veces.

La cabeza, el cerebro y todo en mi interior está temblando, negando lo que veo ante mí. Este no puede ser Philip, al menos no mi Philip. ¡No! Tiene que ser un error… Estar aquí abajo sola, encerrada en esta maldita cripta, me ha debido de freír las pocas neuronas que me quedaban. Me acerco un poco más a la pantalla para mirarlo una vez más, pero de repente oigo a la horda de zombis avisándome de su vuelta por el pasillo. El repiqueteo de sus pasos haciéndose eco por el túnel. Keats.

El miedo vuelve a aparecer a mi lado y una capa de sudor me recubre la frente mientras me apresuro con manos temblorosas a cerrar el documento. Los pasos cada vez retumban con más fuerza y no hay manera de que aparezca el salvapantallas de Keats, mierda. «Venga, venga». Los pasos ya suenan con la intensidad de los golpes de un tambor mientras se acercan inexorablemente a la puerta de acero, pero yo no consigo dar con el salvapantallas. De pronto, se hace un silencio ensordecedor fuera y el corazón me da un vuelco. Vuelvo a sentarme en mi silla de un salto, agacho la cabeza y hago ver que tecleo algo en mi ordenador cuando la puerta se abre.

Me limpio el sudor que empapa mis cejas y miro de reojo a Keats, sonriendo con toda la inocencia de la que soy capaz, a pesar de que estoy bastante segura de que me ha encerrado aquí adrede. Los zombis lo siguen y vuelven parsimoniosamente a sus puestos de trabajo. Keats toma asiento y se queda mirando la pantalla un segundo, después, mueve el brazo para deslizar el ratón. Entonces gira la cabeza para mirarme y se detiene un segundo. ¿Qué estará pasando ahora mismo bajo ese pañuelo? ¿Estará confuso? ¿Me estará mirando fijamente con ojos asesinos? ¿Estará entreabriendo los labios, preparado para decirme de todo menos bonita?

Sin embargo, vuelve a girarse lentamente y sigue con su trabajo como si no hubiera pasado nada.

No me lo puedo creer. Lo único que se oye en la sala son los sonidos de los dispositivos digitales, la extraña respiración de las paredes y el fuerte latido de mi asustado corazón.

Nada de lo que he hecho en mi vida hasta el momento podía prepararme para esto. Mis ojos me han dado una información, pero mi aguda e imborrable memoria me cuenta una historia totalmente distinta. Philip murió y lo enterraron, y de eso ya hace diez años. Eso no es algo que vaya a olvidar así como así, sino que es lo que ha definido a la persona en la que me he convertido, más que cualquier otra cosa que haya vivido. Y ahora me encuentro un documento, un programa de un funeral, en el ordenador de Keats, que me dice que Philip acaba de fallecer y que pronto se celebrará el funeral para despedirse de él y enterrarlo.

Esas dos realidades no pueden existir a la vez. En

el fondo de mi alma, alguien o algo está gritándome para que haga lo que sea necesario para conseguir una fotocopia de ese documento. Escucho perfectamente el grito en mi cabeza, pero mi cuerpo está rígido, paralizado por un frío que me recorre entera mientras mi mente me lleva a un pasado que preferiría con todas mis ganas olvidar.

Capítulo 12

Aquel verano

—He encontrado un trabajo de verano para ti, Rachel. Ya sé que no necesitas el dinero, pero también sabes de sobra que creo que los adolescentes tienen que aprender a buscarse la vida. Cuando yo tenía tu edad, ya estaba dejándome la piel en la obra y trabajando mil horas, así que quería darte algo que hacer antes de que empieces la universidad. Además —dijo su padre con voz titubeante—, te vendrá bien trabajar y no pasarte el día encerrada en casa, tirada en el sofá pensando en tu madre.

Hacía tres meses que la madre de Rachel había muerto y desde entonces su padre, Frank, no había vuelto a pronunciar las palabras «madre», «mujer» o «esposa». A decir verdad, Rachel tampoco. La niña quería evitarle sufrimiento a su padre y no recordarle a su difunta mujer, y ella también era consciente de que su padre tampoco quería recordarle el hecho de que su madre había muerto. Los dos se habían convertido en cómplices en un silencioso acuerdo para intentar encubrir un crimen llamado «duelo». En aquella casa de campo llena de confusión no se oían llantos ni lamentos, solo retumbaba el silencio, el silencio propio de los cementerios.

Rachel se esforzó por fingir su mejor sonrisa y remató su interpretación con un:

—Genial.

—Ayer me encontré en el club con un viejo amigo —le

explicó su padre mientras se sentaban en su sitio favorito, en la mesa de la cocina–. Creo que tú no conoces a Danny. Tiene un caserón a unos ocho kilómetros de aquí. También se dedica al mundo de la construcción, tiene su propio negocio. Bueno, el caso es que estuvimos hablando y me ha dicho que puede darte trabajo en su casa para que le ordenes papeleo, lo ayudes a recopilar información o algo por el estilo. Puedes ir en bici hasta allí. Le he dicho que podías empezar mañana y que estarías allí a las nueve en punto, así que no llegues tarde y esfuérzate en lo que haces.

Eso fue todo lo que le dijo su padre antes de que el silencio volviese a apoderarse de la casa.

Rachel no encontró ni rastro de Danny a la mañana siguiente después de pedalear con su bici y llegar a la calle de la casa de campo. La chica llamó al timbre y golpeó el picaporte de la puerta, pero nadie le abrió. En la casa reinaba el más puro silencio, pero de los increíbles jardines que rodeaban la casa sí que salía un sonido: había alguien allí cantando y tocando la guitarra, y de corista parecía tener a un perro que no dejaba de ladrar al compás de la música. La joven se alejó de la puerta principal y se dirigió hacia allí siguiendo la melodía. Detrás de una glorieta, encontró a un chico al que sus amigas habrían descrito como un «tío bueno» apoyado en la estructura cantando la canción «Eighteen» de Alice Cooper y a un cachorrito saltando a su alrededor aullando con gracia.

El joven levantó la vista y la miró con una sonrisa.

–¿Has venido a robar? La caja fuerte está detrás del cuadro de un gran paisaje que hay en el salón principal.

El chico tenía un humor peculiar, sin duda, aunque ella no pudo negar que le gustó el brillo que vio en sus ojos.

–Me llamo Rachel. Se supone que hoy es mi primer día de trabajo aquí en casa de Danny, pero no sé dónde está.

El joven asintió con la cabeza.

–Seguramente haya salido y esté vendiendo pisos mal hechos por un pastizal, de esos que no hace falta que el lobo sople mucho para que se derrumben. Es lo que suele hacer. Ay, perdona, soy Philip, que no me había presentado. ¿Qué te parece si te sientas aquí conmigo y nos fumamos un piti mientras esperamos a que aparezca el rancio ese?

–No fumo, es malo para la salud.

Philip se estaba riendo de ella.

–Ya, así que entiendo que tampoco te querrás meter un poco de heroína que tengo por aquí, ¿no?

Rachel no se podía creer lo que estaba escuchando.

–¿Perdona?

–Estoy de broma. Sabes lo que son las bromas, ¿no? Si vas a trabajar aquí, mejor que tengas sentido del humor.

–Ya veo…

Muerta de la vergüenza, Rachel se sentó al lado del muchacho y le gustó comprobar que el cachorro se alegraba de verla.

–Hola, bonito. ¿Y tú cómo te llamas?

–Todavía no tiene nombre. Me lo encontré cerca del río hace un par de semanas de camino al trabajo. Creo que alguien intentó ahogarlo –le explicó Philip mientras se daba golpecitos en la nariz con el dedo índice–. Ah, y por cierto, no le digas a Danny que estoy cuidando de este pequeñín porque no le gustan los perros y ya me dijo el otro día que me deshiciera de él.

En cuanto oyó unos pasos acercándose a la glorieta, Rachel se puso de pie apresuradamente y se quedó allí quieta un tanto incómoda y expectante, mientras que Philip se recostó aún más en su sitio. Un hombre corpulento y rechoncho con el rostro un tanto tosco se acercó y miró primero a Rachel, luego a Philip y luego a Rachel de nuevo.

Se dirigió a esta última:

–Hola, tú debes de ser la hija de Frank. Ven conmigo, entremos en casa y te buscaré algo que hacer. –Entonces se giró hacia Philip y añadió–: ¿Y tú qué? ¿Qué crees que estás haciendo?

El chico, que Rachel ya sabía que era bastante caradura, se encogió de hombros y respondió:

–Estoy haciendo una pausa. Estoy en mi derecho, lo dice la ley.

–¿Y qué hace esa bola de pelo aún aquí? Creí haberte dicho que no lo quería ver más por aquí. Te pago para que cuides el jardín y te encargues del mantenimiento de la casa, no para que te entretengas con un perro que ni siquiera es mío. ¿Por qué no podas las rosas, por ejemplo?

Sin ningún tipo de prisa, con la insolencia propia de la juventud, Philip se puso en pie sin soltar la guitarra y repuso:

–Sí, eso haré, es verdad que no les iría mal un buen corte. Ya nos veremos, Rach.

Mientras Danny y su nueva empleada se dirigían hacia la puerta principal de la casa, Philip le chilló desde el jardín:

–Oye, Rach, ya se me ha ocurrido un nombre para el perro. Lo voy a llamar Ray, así seréis Ray y Rachel, y podréis hacer un espectáculo juntos como un dúo sin par.

Por primera vez desde la muerte de su madre, los músculos de la cara de Rachel se movieron para sonreír sin esfuerzo.

Rachel era hija única y, durante las siguientes semanas, Philip se convirtió en el hermano que siempre había querido. Los dos tenían dieciocho años. Cuando Danny no estaba en casa (e incluso a veces cuando sí estaba), su nuevo amigo parecía estar en un perpetuo descanso. En dichas pausas, que parecían interminables, el muchacho la enseñó a hacer malabares con las manzanas del vergel de Danny, a tocar la canción de Alice Cooper con la guitarra y a hacer el caballito con la bici en el camino de gravilla de la entrada de la casa. También le enseñó todos los nombres de las plantas, los árboles y los pájaros que se detenían allí; le hacía preguntas que nadie le había planteado nunca y, cuando la chica le dijo que en otoño se iría a una universidad muy buena, Philip se quedó muy parado y le preguntó: «¿Y eso por qué?».

Nadie en el instituto le había preguntado eso, ni siquiera ninguno de sus amigos, porque así eran las cosas, los adolescentes estudiaban y luego iban a la universidad.

–Pues para encontrar un trabajo.

El chico dejó escapar una risotada y dijo sin ningún tipo de convicción:

–Ya, claro, qué planazo.

Cuando Rachel le contó que su madre había muerto aquella primavera y que los doctores no supieron decirles por qué, su amigo no reaccionó como el resto y no le dijo «Bueno, al menos ahora descansa en paz» o «El tiempo todo lo cura» ni tampoco «Al menos aún tienes a tu padre».

Philip no dijo nada, solo le ofreció su mano y, cuando Rachel se la cogió, la sostuvo con cariño y delicadeza hasta que ella decidió que era suficiente. El joven siempre hacía y decía justo lo que necesitaba, siempre la hacía reír y siempre cuidaba de ella.

Solo hubo una vez en esas primeras semanas de verano en la que Philip se puso serio y fue cuando le preguntó qué trabajo le había dado Danny. Rachel le explicó que estaba limpiando su colección de coches antiguos en el garaje anexo que había hecho construir solo para ese fin.

Philip hizo una mueca al escuchar su respuesta y dijo:

–Ah, sí, claro, sus coches… Es lo único por lo que se preocupa. Eso y sus múltiples exmujeres, por supuesto.

Pero después la chica le explicó:

–Aunque, bueno, a partir de mañana me ha pedido que baje a la bodega y haga una lista con los diferentes vinos que tiene en una libreta que me ha dado.

Al escuchar su respuesta, a Philip le dio una especie de espasmo.

–¿A la bodega?

–Sí, está bien, ¿no?

Pasó un buen rato hasta que Philip le contestó:

–Sí, supongo que sí.

–¿Qué problema va a haber?

Esta vez, el chico incluso tardó más en responder y lo hizo con un hilo de voz:

–Ninguno.

Capítulo 13

–¿Cuándo vas a hacer las maletas e irte de aquí?

Así es como me reciben en cuanto cierro la puerta de la casa compartida al entrar, echándome un jarro de agua fría encima. Ha sido esa buitre, que me ha lanzado la pregunta desde la cocina con los brazos en jarras, plantada allí, bloqueándome el paso como si fuera una nueva pared del piso. Es una de esas personas que se pasa la vida enfadada con el mundo, siempre de morros para demostrar su disgusto, con la mirada severa que nunca se relaja y el cuerpo en una posición que da la sensación de que está a punto de abalanzarse sobre cualquier víctima que la moleste. Pues lo último que necesito es que me toque la moral esta tía, y mucho menos después de haber visto a Philip… Si es que era su cara la que he visto realmente. ¿Pararé de temblar algún día? ¿Desaparecerá este dolor? ¿Me dejará de una vez por todas el pasado que quiero olvidar pero que se empeña en perseguirme adonde voy? «Sabes que nunca desapareció. Siempre ha jugado contigo de una manera cruel y siniestra, asomando la cabeza entre las manos de tanto en tanto para sorprenderte como si fueras un bebé».

El camino del trabajo hasta aquí ha sido una agonía, como si el suelo estuviera lleno de cristales rotos. Como si mi existencia dependiera de una moneda que no deja de girar y girar y que amenazase con caerse en cualquier momento y derrumbarme. Me he quedado paralizada sin poder hacer nada en la calle solo porque una niña pequeña se ha puesto a llorar y su madre la ha regañado y la ha sentado a la fuerza en el carrito. Eso es lo que me pasa cuando veo a otra persona que sufre o lo está pasando mal, da igual la edad que tenga, su dolor me trae a la mente la imagen de la cara de sufrimiento de Philip, como si aún estuviera aquí entre los que seguimos padeciendo con el corazón maltrecho.

¿He visto lo que creo haber visto en el ordenador de Keats? ¿O es que las cosas en mi cabeza se han ido tanto de madre que mi imaginación ha cogido las riendas y ha empezado a jugar con la realidad?

—Te he hecho una pregunta.

Lo que está claro es que esta mujer se me está encarando de malas maneras. El tono tan desagradable con el que pronuncia esas palabras más que las palabras en sí mismas es lo que, por suerte, me ayuda a regresar al presente.

—Ahora mismo no estoy para ponerme a resolver problemas contigo. Estoy liada.

Intento escabullirme de allí, pero la tipa se mueve y serpentea llena de rabia para no dejarme pasar. Pero ¿quién cojones se cree esta tía que es? ¿Mi ángel caído de la guarda? No, gracias. Su cara, como un libro abierto, flota por la neblina que inunda mi mente, pero luego se contrae hasta cerrarse, como el objetivo de una cámara que va cambiando y me va mostrando diferentes fotos suyas. Philip hablando, después lo veo con la cabeza inclinada hacia un lado, en otra riéndose y llenando el mundo con esa risa ronca y entrecortada tan característica suya. En otra, tarareando la canción de Alice Cooper… ¡No! ¡Basta! ¡No quiero! No voy a volver ahí.

Tiene que dejarme pasar. ¿Esta tía pedante y cruel no se da cuenta de que estoy a punto de perder los papeles? ¿Que voy a desintegrarme de un momento a otro? Su actitud me cabrea tanto y me llena de tanta rabia que le suelto:

—¡Apártate de una vez!

Aunque no sé muy bien si se lo digo a ella o al fantasma de Philip.

Aun así, esta mujer solo se preocupa de mirarse el ombligo y no está dispuesta a soltar el hueso.

—Te tendrías que haber pirado hace un mes ya y mi amiga lleva esperando desde entonces para alquilar la habitación.

—Pues tu amiga se va a tener que esperar, así que déjame pasar. Toma, un pareado, para que te lo repitas por las noches cuando no puedas dormir.

Sí, lo sé, no debería hablarle así, no está el horno para bollos y que encima me echen a la calle por ponerme chula. Tengo que intentar solucionar esto y rebajar tensiones, suavizar el tono, pero es que ya me tenía hasta las narices controlándome cada paso y cada cosa que hago y hablándole mal de mí a Jed cada vez que me doy la vuelta.

De repente, empieza a respirar con tanta fuerza y rapidez en mi cara que parece que me ha puesto una bolsa de plástico en la cabeza para ahogarme y me espeta:

—Tú te crees que puedes hacer lo que quieras con él, ¿no?

—¿Qué?

Al fruncir el ceño, le demuestro mi total confusión ante su acusación. ¿Qué está pasando aquí? ¿Eso que le brilla en los ojos son lágrimas?

—Con Jed —repone y traga saliva—. Se merece a alguien mejor que tú, alguien que no solo se quiera aprovechar de él.

El aire que ahora me tira en la cara es diferente, tiene otra consistencia; ahora me llega un ciclón de emociones y por fin entiendo lo que pasa. La señorita buitre está celosa. Estaba equivocada, nunca ha sido un buitre, sino una tortolita perdidamente enamorada que cree que soy la última conquista de Jed. Cree que estoy aquí para quitárselo en su propio terreno. Menuda tontería. Jed y yo somos amigos y la cosa nunca pasará de ahí. ¿Por qué le cuesta tanto a la gente entender que una chica y un chico también pueden ser buenos amigos? Que sí, que Jed siempre ha tenido su grupo de admiradoras, incluso ya cuando íbamos al colegio juntos. La mayoría de las chicas se mueren por acariciarle el pelo y desenredarlo para intentar domarlo y arrebatarle esa característica tan suya. ¿Por qué la gente no puede querer a los demás tal y como son y no intentar cambiarlos para que encajen con sus expectativas y deseos? «Tú, Rachel, evitas a toda costa el momento de decirle la verdad a tu padre y contarle lo que está pasando en tu vida. Tampoco le has hablado de Philip. ¿Temes que deje de quererte por cómo eres?». Me recorre un escalofrío y me estremezco por el ataque que acabo de hacerme a mí misma y vuelvo a enfocarme en mi némesis:

—Jed es mi amigo y me está haciendo un favor justo por eso, porque soy su amiga, ya está. No te montes películas raras.

Pero no me va a dejar en paz y suelta más veneno por el pequeño espacio que le separa las paletas:

—Ya me conozco a las de tu calaña. Cogéis a los buenos tíos y les absorbéis todo lo que podéis hasta dejarlos secos, y luego los desecháis como si nada.

A la que le voy a absorber el alma va a ser a ella como siga así. Está claro que quiere que vayamos por las malas, ¿no? Pues yo me debo a mi público, así que me acerco un poco más a ella y le susurro con descaro:

—Es un amante de primera en la cama, chica, insaciable. Me da por la mañana, por la tarde y por la noche hasta tres veces.

La tortolita empieza a abalanzarse sobre mí.

—Chicas, chicas, ¿qué pasa aquí?

La voz nerviosa de Jed desde arriba de las escaleras hace que la chica no me ataque, pero la verdad es que no estaba asustada; desde los siete años mi padre me ha enseñado que hay tres cosas que necesito saber como la palma de mi mano: el abecedario, las tablas de multiplicar y la técnica para dar un buen puñetazo. Se esforzó para enseñarme las tres cosas.

Mi némesis se gira, mira la cara de su enamorado y, al darse cuenta de que seguramente ha escuchado todo lo que ha dicho, sale pitando hacia la cocina con el rabo entre las patas. En cuanto desaparece, exhalo lentamente porque ya no me quedan fuerzas en el cuerpo y subo como puedo las escaleras con mis pesarosas y débiles piernas, que lo único que quieren es descansar de una vez. En vez de pedirle a Jed que entre en la habitación, lo llevo junto al radiador mellado del pasillo, porque la verdad es que, en cuanto me meta en la habitación y cierre la puerta, quiero intimidad y estar solo conmigo, sola completamente.

—¿A qué ha venido eso? —me pregunta con los ojos como platos, el pelo más alborotado incluso que de costumbre y su nariz rota más desviada.

—Hijo, tienes un don para elegir novias, ¿eh?

Me contesta con un rugido:

—No es mi… —Pero de repente baja la voz hasta hablarme en un susurro, como si le diera miedo que los demás compañeros lo escuchasen— compañera principal.

—Pues a lo mejor deberías asegurarte de que ella lo sabe.

De repente, mi amigo cambia de postura, se mete las manos en los bolsillos de sus tejanos clásicos Levi's y empieza a mover los pies. Después, me mira fijamente y añade:

—Pero la verdad, Rachel, es que Sonia —dice, y así aprendo el nombre de la tiparraca– tiene razón. Cuando te mudaste, te dije que una amiga de otra compañera había reservado la habitación y que se mudaría pronto.

Supongo que será esto de lo que habla la gente cuando dice que lleva el peso de una vida a las espaldas, aunque yo la verdad más bien siento una presión horrible en la cabeza y parece que no deja de crecer. Cada vez se hace más intensa, me presiona con más fuerza y me hace creer que me va a estallar en cualquier momento. Ver la foto de Philip (o sea lo que sea lo que he visto) y tener que pensar ahora en mudarme de esta casa es más de lo que puedo soportar en estos momentos. Quiero pedirle a Jed que me entienda y me ayude… Una vez más.

Lo que me detiene es la cara de angustia que tiene mi amigo y que seguramente ni siquiera sabe que está poniendo. Parece alterado y triste, como si quisiera abrazarme con fuerza contra su pecho. Ojalá pudiese reconfortarlo y decirle lo que quiere escuchar, pero es que no me quedan fuerzas para hacerlo. Llámame egoísta, puedes creer que solo me preocupo por mí o pensar lo que quieras, pero lo que tengo claro es que no me voy a ir de aquí hasta que me echen.

Por fin saco la energía de alguna parte para decir:

–Estoy haciendo todo lo que puedo para encontrar otro sitio. Sabes que voy a conseguir la pasta con el trabajo nuevo. Vale, que sí, que tengo que trabajar en lo que en su día fue un taller clandestino en el que un montón de niñas murieron en un incendio…

A Jed parece que se le van a salir los ojos al escucharme.

–¿Qué?

–Estoy contenta trabajando allí. Es una empresa genial.

Mi amigo vuelve a mover los pies de un lado a otro, incómodo y nervioso:

–Vas a tener que buscarte otro sitio pronto o volver a casa y afrontar la situación.

Me giro y le digo por encima del hombro con una voz que denota que ya no me importa nada en esta vida:

—Estoy esforzándome al máximo. No puedo hacer más.

Estoy de nuevo en mi habitación. La puerta se convierte en el muro que me separa de un mundo que claramente está en contra de mi existencia. Pero no estoy sola, aquí también me acompaña Philip. Está a mi lado mientras procedo a hacer mi ritual junto a la ventana: me acerco y miro la caída, sopesando el impacto que tendría en mi cuerpo. Y entonces me viene lo que la gente llama un momento de iluminación y se me ocurre lo que puedo hacer para averiguar si Philip ha muerto ahora y no hace diez años.

Saco el móvil, entro en el buscador y escribo «Philip». Los dedos se me quedan en el aire, inmóviles… Joder, no me sé su apellido. Siempre fuimos «Philip» y «Rachel», sin más.

Durante las siguientes horas intento con todas mis fuerzas bloquear mi pasado viendo las series más vistas y recomendadas en *streaming* en el móvil, pero no funciona, por supuesto. Así que me meto una pastilla en la boca y me echo un chorrito espeso de aceite debajo de la lengua. Por fin las drogas y el cansancio empiezan a hacer su efecto…

Me despierto con la cabeza embotada, con restos de saliva seca en la comisura de la boca, en una habitación en la que hace horas que no entra la luz; estoy muerta de frío. Podría quedarme aquí para siempre, resguardada en un espacio perdido en la nada. Aquí nadie me obliga a hacer pagos pendientes ni a afrontar los malos actos que he cometido en el pasado.

Aquí no está Philip.

Abro mis pesados párpados y me presiono con la yema

del dedo la ceja derecha hasta que la imagen que vi en aquel sótano cavernoso en el ordenador de Keats desaparece, al menos durante un rato. Después, me quedo allí callada, como suelo hacer casi todas las noches, y aguzo el oído. No se oye ningún ruido; los demás compañeros están ya encerrados cada uno en su habitación, así que determino que es un buen momento para llevar a cabo mi ritual nocturno. Antes de moverme, compruebo la hora en el móvil: media hora antes de la hora de las brujas.

Salgo de la habitación casi sin rozar el suelo para que los otros no me oigan y me dirijo al lavabo. Abro la puerta y veo cómo se salta alguna muesca de pintura cuando la cierro con un pequeño clic, nada grave, así que no me sobresalto. Hay una ducha sin cortinilla ni mampara; la horrible bañera de plástico color aguacate se lleva toda mi atención. Pongo el tapón y abro el grifo, que emite un corto gruñido antes de que empiece a brotar el agua, que baila de lado a lado mientras cae por la boquilla del grifo y que salpica y golpea sobre el agua que ya se ha formado abajo, creando burbujitas que estallan y desaparecen en pocos segundos.

No he venido aquí para darme un baño, no me voy a meter cuando esté llena, nunca lo hago. Solo tengo que acordarme de volver al lavabo a las seis, antes de que nadie se despierte, y vaciarla.

De repente, el móvil me empieza a sonar y me distrae del agua de la bañera. Sorprendida, lo saco del bolsillo de atrás y el brillo de la pantalla en mitad de tanta oscuridad me ciega al intentar ver quién me llama. Es Michael. Me pongo en modo alerta y el agua y todo lo demás quedan en segundo plano.

—Rachel, espero no haberte molestado mientras dormías —me dice con un tono de voz tan frío como el agua que cae a la bañera.

Cierro la puerta del baño y salgo corriendo con mucho cuidado hacia mi habitación.

—No, no, estaba despierta, tranquilo —le respondo en voz baja.

Lo último que quiero es que los demás compañeros se despierten y descubran que voy caminando a oscuras y sin hacer ruido por la casa como un alma en pena que ya no es capaz de dormir por las noches. Tampoco me haría mucha gracia que descubrieran que me levanto cada noche para llenar de agua la bañera. Miro la hora en el móvil, es la una menos cuarto. Qué raro, menudas horas para llamarme.

—Menos mal. Por supuesto, no te hubiese llamado si no fuera urgente.

Por fin llego a mi habitación y paso junto al cubo de agua que tengo al lado de la cama, donde me siento con cierta agitación.

Con una voz controlada, me explica y va directo al grano:

—Mira, le pedí a Keats que me enviara un informe con tus progresos en el trabajo hasta la fecha. Me lo ha enviado esta tarde antes de salir y, si te soy sincero, no es una lectura muy agradable. Realmente, Keats cree que no estás preparada en absoluto para el puesto. Según su opinión, eres descuidada, poco profesional y no tienes ni idea sobre estructura ni análisis de gestión, lo que me parece un problema bastante grave, teniendo en cuenta que trabajas en una consultoría.

Me imagino el discurso que le habrá dado Keats en su oficina, delatándome. Menudo capullo. Sin pensármelo dos veces, le contesto:

—Sí, bueno, quizá si Keats se molestara en hablar conmigo…

—Lo único que has hecho en los informes que has presentado ha sido regurgitar mis palabras —me dice y lo recibo como un bofetón en la cara–. No necesito un loro en el equipo, lo que busco es una persona capaz de analizar y sintetizar la información.

¿Analizar? ¿Sintetizar? Al escuchar esas palabras, el corazón se me desboca.

–Bueno… A ver… –empiezo a balbucear.

No sé qué decirle ni cómo defenderme. Michael me corta antes de que lo averigüe:

–Mira, Rachel, tenemos que buscar una solución porque si no…, lamentándolo mucho, me temo que vamos a tener que prescindir de tus servicios. Mañana quiero que vengas a mi despacho a primera hora para que hablemos de nuestras opciones.

¿Opciones? El malestar que sentía en el estómago hace un rato vuelve con más fuerza.

Cuando quiero contestarle, me tropiezo con mis propias palabras porque la cabeza me va a mil por hora:

–Sí, pero…

Demasiado tarde, porque Michael ya ha colgado.

Me desplomo en el colchón. Esta misma mañana había vuelto al trabajo porque lo necesitaba desesperadamente para salir de la bancarrota y ahora mismo no me importan en absoluto ni el dinero ni las deudas. Quiero ir al trabajo solo para conseguir como sea ese programa del funeral y me da igual lo que tenga que hacer para lograr mi objetivo. Lo único que me importa es descubrir si la cara que he visto en la foto es la de Philip.

La adrenalina corre por mis venas como una droga potente en el cuerpo de una yonqui. Me agacho para coger mi bolso y saco la cuerda que siempre llevo conmigo, menos por la noche y las primeras horas de la mañana. Deslizo la mano por el material negro, trenzado, fuerte y largo, con nudos en diferentes puntos como si fueran joyas intercaladas en un collar de nailon. Acto seguido me acerco a la ventana, como hago cada noche, la abro, ato un extremo al radiador que hay justo debajo y el resto de la cuerda la tiro al exterior. De repente, me detengo, completamente petrificada; algo interrumpe mi otro ritual nocturno, un movimiento en el jardín, una figura que me mira desde las sombras. No necesito preguntarme quién es, sé que es la tortolita enamorada de Jed, Sonia.

Me mira con los ojos desorbitados, y luego a la cuerda que cuelga de la ventana de mi habitación.

Capítulo 14

Algo me desvela. No sé decir muy bien el qué, pero me quedo de lado, hecha un ovillo, intentando protegerme en la cama en un estado de semiterror, percibiendo un halo de tensión, como si una parte de mí esperase que unas manos enormes aparecieran de golpe y me agarraran por los tobillos para arrastrarme y sacarme de la cama a la fuerza. Noto que una energía de hiperalerta invade la casa, lo que me activa un zumbido en los oídos.

Y, en ese momento, los oigo. Son ellos y se están peleando a gritos en el piso de abajo. A pesar de que entre estas paredes convivimos siete personas con personalidades todas muy peculiares y distintas, siempre ha sido una casa bastante tranquila, así que los gritos me sorprenden, y más a esta hora…, la 01:53 h. Las voces suben de volumen y me sacan de la cama, me pongo unos vaqueros y una chaqueta encima del pijama y me dirijo a la puerta con un gran bostezo. Estoy agotada, con la cabeza embotada y los músculos de las piernas tensos y cansados por el maratón infinito en el que se ha convertido mi vida. Lo último que necesito ahora mismo es tener problemas en casa.

El pasillo me parece especialmente inhóspito en mitad de la noche y la oscuridad, y, mientras lo cruzo, empiezo a temblar y aprieto más la chaqueta contra mi cuerpo para intentar entrar un poco en calor. El fulgor de una luz abajo ilumina levemente la pared de las escaleras; ¿saldrá de la habitación de alguien o de la cocina? Aunque no conozco a la mayoría de la gente que vive en esta casa, espero que nadie se haya puesto enfermo.

Bajo las escaleras con un ritmo más acelerado y las voces ganan fuerza. Me quedo anclada donde estoy cuando, al girar la esquina al llegar abajo, me encuentro con las espaldas de mis compañeros de piso y veo que están reunidos en la entrada de la cocina con las cabezas agachadas como si estuvieran mirando algo mientras discuten. Al fijarme bien, me doy cuenta de que es Jed quien está teniendo una discusión monumental con su admiradora. En ese instante, no sé muy bien cómo, entiendo que he debido de hacer algún tipo de ruido porque todo el mundo se gira como si fueran muñecos de cuerda a punto de hacer un macabro desfile. Si las miradas matasen, yo ya no estaría aquí; la única persona que me mira con otra expresión en la cara es Jed, con una mezcla de desesperanza y frustración. No sé qué ha pasado, pero tengo claro que no es nada bueno.

Me quedo donde estoy, justo al pie de las escaleras, porque ya lo he marcado como mi territorio y contengo las ganas de aferrarme al mango de la barandilla para conseguir el apoyo que algo me dice que voy a necesitar.

–¿Qué pasa? –les pregunto como a cámara lenta, como si así pudiera retrasar lo que está por venir.

La tortolita es la que decide hablar, con los ojos desorbitados y de malas maneras:

–¡Quiero que te vayas de aquí ahora mismo!

–Eso ya lo hemos hablado –le contesto, pero lo hago con muchísima menos convicción de la que saqué en el encontronazo de por la tarde.

Jed, que es el mejor amigo del mundo, sale en mi defensa, pero noto que no puede mirarme a la cara, lo cual hace que se me hiele la sangre.

–Déjala en paz, Sonia –le suelta y me recuerda de nuevo que la chica tiene otro nombre y que no tiene nada que ver con las aves–. Estás sacando conclusiones sin saber…

Pero la chica lo interrumpe:

–Me estás tomando el pelo, ¿no? Deja que vea lo que ha hecho la guarra esta.

Jed la apunta con el dedo lleno de rabia y le dice:

–Ni se te ocurra hablar de mi amiga así.

–¿Tu amiga? –le escupe Sonia, soltando un resuello lleno de sarcasmo con los puños apretados–. ¡Esta pava lo único que quiere es aprovecharse de ti!

–Oye, tú…

–Basta.

Pauline, que duerme en la habitación del ático, los para con un tono de voz autoritario que sin duda ha aprendido a dominar gracias a su trabajo como profesora de primaria. Es una mujer muy guapa con una melena afro muy cuidada que suele mantenerse al margen de todo y quedarse en su habitación.

–Entiendo lo que dices, Jed, estamos hablando de tu amiga, pero Sonia tiene razón –dice y los demás asienten. Sigo sin tener muy claro qué está pasando, pero de lo que no me cabe la menor duda es de que tengo las de perder–. Rachel tiene que ver lo que ha pasado.

De repente veo que el grupo se divide en dos y se separa como el mar Rojo para dejarme pasar, aunque yo creo que no siento la misma emoción que debió de invadir a Moisés en esos momentos. Entonces, empiezo a acercarme muy lentamente con el corazón desbocado y mis compañeros observan cada paso que doy. No me hace falta entrar en la cocina para ver el problema y se me escapa un grito ahogado que rompe el silencio que reina ahora mismo en la casa.

Lo que tengo ante mí es la descripción gráfica de lo que es un destrozo absoluto: se ha abierto un boquete gigante y horrible en el techo, donde la pared de yeso se ha venido abajo y ahora se ve la madera y la espuma de aislamiento de la habitación del piso superior. Justo debajo están los restos del techo sumergidos en agua, lo que hace que ahora el suelo de la cocina parezca más bien una especie de lago. El agua sigue chorreando por las paredes y da la impresión de que alguien acaba de pintarlas de blanco y que por eso aún están húmedas.

Abro la boca, pero no sale nada. Lo intento de nuevo, todavía esforzándome para que los engranajes de mi cerebro giren más rápido y me ayuden a entender qué tiene que ver todo esto conmigo. Entonces me giro y digo:

—No entiendo nada…

Evidentemente, es Sonia quien decide ayudarme a atar los cabos:

—Has dejado el grifo de la bañera abierto esta noche.

El lavabo… La bañera… El agua… Mi mente retrocede en el tiempo. Maldita sea. Seguro que me distraje con la llamada de Michael y se me olvidó cerrar el grifo, y eso que siempre tengo mucho cuidado y no me voy hasta que aprieto tanto la maneta que me hago daño en la mano para asegurarme de que está bien cerrado. Tanto es así que cada noche salgo del lavabo con la mano congelada por el frío metálico del grifo; ahora me doy cuenta de que, efectivamente, esta noche no tengo ese recuerdo en la cabeza.

Jed se mete en el papel de caballero andante, decidido a salvar a la dama en apuros y contraataca diciendo:

—Le podría haber pasado a cualquiera…

—Pero le ha pasado a ella —le corta de nuevo Sonia, sin piedad.

—A ver, a todos nos ha pasado alguna vez —sigue diciendo mi amigo, ignorando a su compañera de piso y usando un tono de voz que intenta quitarle hierro al asunto y destensar la situación.

–Puede que sí, pero ninguno tenemos la costumbre de llenar la bañera de agua cada noche cuando pensamos que los demás ya están dormidos –interviene esta vez Pauline, que vuelve a hablar con su voz clara y pausada, y consigue captar la atención del resto–. Porque eso es lo que haces, ¿verdad, Rachel? Te vi haciéndolo una noche cuando llegué tarde después de haber estado con amigos por ahí.

¡Y ahí estaba por fin! Flotando entre nosotros, como el agua que inunda la cocina ahora mismo: habían destapado mi secreto. Una de mis pesadillas quedaba expuesta en medio para que la viesen todos. Mi cara ahora mismo debe transmitir la humillación que siento, por lo que me giro lo más rápido que puedo, no quiero que el resto vea cómo me han afectado sus palabras, que ahora mismo siento que me han caído como un mazo.

–¿Por qué lo haces? –la pregunta vuelve a venir de Pauline, y su tono de voz es amable, como si estuviera preguntándole a una niña de su clase por qué le ha dado un guantazo a otro compañero.

–Ya te lo digo yo –arremete de nuevo Sonia–, porque está chalada, por eso. Y por lo visto, otra costumbre que tiene por las noches es tirar una cuerda desde la ventana de su habitación.

Con este nuevo comentario todos se giran a mirarme, todos menos Jed, que sigue sin encontrar las fuerzas, haciéndome sentir como una asesina en serie en potencia.

–Tiene que irse de aquí.

Jed vuelve a defenderme:

–¿Por qué? Siempre paga a tiempo el alquiler.

Esta vez habla una nueva voz, el chico que duerme en la habitación de al lado, cuyo nombre ahora mismo no recuerdo:

–Si nos ponemos serios y lo miramos desde un punto legal, no tiene contrato con la inmobiliaria…

–La cual sabemos perfectamente que no va a cubrir los gastos del destrozo…

–Lo pagaré yo…

–¿Con qué dinero? Si cobras una miseria con los conciertos…

Y siguen discutiendo, como si yo hubiera desaparecido de allí, como si fuera un fantasma muy molesto que hubiera decidido quedarse en su casa durante demasiado tiempo. Cinco contra mi querido amigo Jed, que aun así se niega a tirar la toalla. Las voces de Michael y Joanie que escuché mi primer día de trabajo con el caos que monté con la leche vuelven a apoderarse de mi mente.

«Rachel, Rachel, Rachel». La repetición odiosa de mi nombre salta y rebota en las paredes de mi cabeza sin descanso, hiriéndome y haciendo añicos la poca fuerza que me quedaba hasta que soy incapaz de encontrarme. Es la misma horrible sensación que me invadió cuando me di cuenta de todas las deudas que tenía pendientes. Cuando Philip…

–Basta –digo, pero continúan, no me han escuchado–. ¡Basta!

Sorprendida de mi propio chillido y el eco que nos envuelve, me giro hacia ellos y les digo:

–Ya está, no os preocupéis, me voy. De verdad que siento muchísimo el desastre de la cocina.

Jed alarga el brazo para cogerme, pero yo me escabullo y subo las escaleras a trompicones mientras lo escucho volver a discutir con Sonia.

–Tú eres la que está chalada, Sonia.

–Que te jodan, Jed.

–¿No querrás decir que te joda yo a ti? Porque, por lo que me han dicho, eso es lo que quieres que te haga…

Una vez en mi cuarto, cierro la puerta con mucho cuidado para poder sentir el dolor en soledad. No necesito a nadie ni tener espejo para saber que soy la representación misma del desastre del siglo. Ahora mismo podría tirarme al suelo y ponerme a sollozar desconsolada, pero ¿de qué me serviría? Además, ya he derramado y malgastado suficiente agua esta noche, y he comunicado la decisión que había tomado, así que me pongo en marcha y empiezo a meter mis cosas en la mochila.

Oigo un leve toque en la puerta y después una voz:

—Rachel, ¿puedo pasar? —me dice Jed y oigo incluso detrás de la puerta que respira agitadamente.

Pobrecillo... Parece que la cosa se ha liado más de la cuenta con su último rollete.

¿Lo dejo pasar o no? Me ofrecerá un hombro en el que llorar, pero eso no cambiará lo que ambos sabemos y es que tengo que marcharme. Le abro la puerta y, por primera vez, me fijo en lo cansado que parece estar mi amigo, con unas ojeras que le llegan al suelo.

—¿Adónde vas a ir? —me pregunta con una voz tan desmoralizada y derrotada que parece la mía.

Me encojo de hombros. Me gustaría poder forzar una sonrisa para liberar un poco la tensión del ambiente, pero no me quedan fuerzas.

—Ya encontraré algo. No te preocupes en absoluto. Esto no es tu culpa, has sido el mejor amigo que nadie pudiera desear.

Le doy un abrazo fuerte y noto su respiración a un lado del cuello mientras me pregunta con cierto reparo:

—¿Y por qué llenabas la bañera? ¿Qué pasa? ¿Por qué tienes un cubo de agua al lado de la cama?

Me separo de él como si de repente su piel me quemara, como si fuese lava. Mi amigo y yo nos quedamos mirándonos a los ojos hasta que me alejo y voy hacia la ventana. La abro y cojo la cuerda con dos dedos mientras contemplo el día gris que se abre ante mí.

Entonces le confieso lo que no he sido capaz de contarle a nadie:

–Tengo miedo de que haya un incendio. Sé que parece una locura, pero necesito estar preparada por si pasa algo antes de irme a dormir. Por eso me gusta tener un cubo de agua junto a la cama y llenar la bañera, por si necesito volver a rellenarlo. –Parece que he cogido carrerilla porque ahora no puedo parar de explicarle lo que llevo dentro–: Y también me dan miedo los sitios cerrados que están bajo tierra –digo mientras me enredo los dedos con la cuerda hasta hacerme daño–. Por eso siempre busco las ventanas, para saber dónde tengo la salida por si necesito escapar.

Por fin me callo y espero con el pecho y la garganta comprimidos y el corazón totalmente desbocado a que Jed me diga que estoy loca, que todo está en mi cabeza o que me pregunte qué me ha pasado para desencadenar todas estas compulsiones y miedos. Sin embargo, la respuesta de mi amigo es:

–A una ex le daban miedo los dedos de los pies y cuando nos acostábamos me pedía muy seriamente que no me quitara los calcetines.

Me lo quedo mirando unos segundos y abro y cierro los ojos un par de veces.

–Me tomas el pelo.

Jed levanta una mano solemne y me dice:

–A Dios pongo por testigo que un día me vio los dedos peludos y salió corriendo de la habitación y vomitó.

Hay un brillo en sus ojos y no sé si me lo dice en serio o se está quedando conmigo, pero creo que es más bien lo segundo. Es su manera de intentar animarme y la verdad es que le agradezco que no se ponga en plan profundo y no intente descubrir por qué estoy así de mal. Mejor así, porque no se lo habría explicado.

–Los demás me han dicho que no hace falta que te vayas esta noche –me explica Jed, aunque dudo que eso incluya a Sonia, que seguramente se ha hecho con una horca y me esté esperando en la puerta para ver cómo salgo de una vez por todas de esta casa. Ahora mi amigo suaviza la voz al decirme–: Mañana solucionaremos todo esto, ahora descansa un poco.

Cuando se va y oigo el eco de sus pasos alejándose de mi habitación en el silencio de la madrugada, me siento en la cama hasta que noto que la energía de la casa por fin recupera la normalidad y entiendo que todo el mundo se ha ido a dormir. Por última vez, hago el ritual de cada mañana y me voy a la ventana, la abro, recojo la cuerda y la guardo en mi bolso. Mañana, Jed y yo no nos veremos. Al menos, no en esta casa.

Bajo las escaleras de puntillas, abro y cierro la puerta principal con sumo cuidado y me voy con la mochila a cuestas y el cubo vacío en la mano; las sombras de la noche no tardan en engullirme mientras avanzo. Camino y camino sin saber hacia dónde ir, ya no me quedan más sitios en los que esconderme.

Capítulo 15

Dudo unos segundos antes de pulsar el botón del sistema de seguridad para entrar en el edificio al día siguiente. La placa de la pared no me parece una señal conmemorativa, sino la lápida olvidada de una fosa común. Les hago una pequeña reverencia a las veintidós y aparto la mirada lo antes posible. En ese momento la puerta se abre y entro al edificio.

Los pies me pesan como si llevase plomo en los zapatos mientras subo las escaleras. Me fijo en que hoy no las han pulido con tanto esmero, y la barandilla tampoco brilla como ayer. Pero bueno, ¿qué estoy pidiendo yo con la cara y las pintas que llevo? Después de pasar una noche en mi nueva casa, al menos durante un tiempo, sé muy bien qué impresión debo estar dándole al mundo: la de alguien destrozado, derrotado, confuso y con la ropa que pide un buen planchado a gritos… En resumen, una persona a la que dudo mucho que Michael quiera mantener en su plantilla. No me extrañaría nada que me echase.

De todas maneras, rezo para que no sea así, porque necesito descubrir si la cara que vi ayer en el ordenador de Keats era realmente la de Philip. Eso es lo que me importa ahora mismo y estoy dispuesta a arrastrarme, comer bichos o bailar como Dios me trajo al mundo para los zombis los martes de pizza si con eso me deja quedarme en el puesto.

El CEO me espera como siempre junto al escritorio de su despacho. La saliva se me seca en la boca, lo que me hace sentir que la lengua se me ha transformado en una ballena varada en la orilla de la playa. Michael me recibe con una cara que no sé leer, sin expresión alguna y, con ello, desintegra el último átomo de seguridad que me quedaba. Inspiro hondo con la poca energía que tengo e intento calmarme.

El hombre hace un gesto rápido de muñeca y me indica que me siente. En cuanto me coloco en la silla, empieza:

—Vamos a intentar hacer esto fácil y rápido. ¿Qué piensas hacer para cambiar la situación? Porque la verdad es que las cosas no están yendo como esperaba. —Tiene los dedos muy tensos, como torres que se erigen en la mesa, lo cual le da un aire incluso más contemplativo—. Tenemos que encontrar soluciones y lo haremos juntos.

Con dos dedos me doy un par de toques en la rodilla, pero no se ve porque la mesa me tapa, y me aprieto esperando que allí también haya puntos de presión y que eso me ayude a relajarme. Me aclaro la garganta; nadie puede negar que estoy hecha polvo, derrumbada, pero aun así no voy a tirar la toalla. Soy hija de mi padre, he hecho frente a todos los golpes que la vida me ha dado y, sí, es cierto que casi me rindo y cedo cuando el otro día fui a ver a mi padre, pero al final me repuse y aguanté. Y eso es lo que voy a hacer ahora también, aguantar.

Recupero la voz y transmito seguridad y calma.

—Evidentemente no me gusta escuchar que estás decepcionado —le digo.

Papá me enseñó esa frase hace mil años. «Y todos contentos», decía él. Con esta frase la otra persona cree que te estás disculpando, cuando en realidad no lo has hecho y no has admitido haber hecho nada mal, así que quedas estupendamente.

Una ola de calor me sube a la cara cuando veo la expresión condescendiente de Michael. Mierda, creo que mi jefe también se sabe todos los trucos de negocios de mi padre.

Entonces se reclina en su silla y se me queda mirando como si yo fuera una escultura en una galería de arte y estuviera intentando mirarme desde otra perspectiva para entenderme.

–Mira, eso me ha gustado. Hablas como alguien que sabe tratar situaciones complicadas. Eres lista. Ese fue uno de los motivos por los que te contraté, porque me pareciste una chica lista…

Lo interrumpo, aunque sé perfectamente que debería dejarlo hablar a él:

–Pero yo te dije en la entrevista que nunca había trabajado en un puesto así y me aseguraste que con la experiencia que tenía de mis otros trabajos sería suficiente para lo que necesitabas.

–¿Y qué experiencia es esa? Dime –me pide y veo cómo un músculo en la mejilla le palpita agitadamente–. No me toca a mí enseñarte a hacer tu trabajo. Keats, Joan y el resto del equipo ya saben lo que tienen que hacer y tú también deberías saberlo.

De pronto aprieta con fuerza los labios como si fuese un volcán a punto de entrar en erupción.

–Analicemos los hechos que tenemos: te pones mala prácticamente al llegar, alguien de prácticas haría mejores informes que tú y Keats dice que trabajas de una manera simplista y lenta, y el resultado final confirma sus palabras.

Dejo de buscar y jugar con los puntos de presión y aprieto los dedos en un puño lleno de rabia. Keats no se digna a abrir la boca para hablar conmigo, pero no ha tenido ningún problema en rajar para dejarme a la altura del betún. Si lo tuviera aquí delante, sí que le daría motivos para que se metiera conmigo, pero me contento con contraatacar delante de mi jefe diciéndole:

—La verdad es que yo también esperaba que Keats me ayudara de una manera más productiva. —Levanto las manos para colocarlas a la altura de la mesa y las aprieto para que lo vea. Acto seguido, cambio el tono de voz y paso al modo «chica en apuros» y me trago mis principios de mujer empoderada del siglo XXI porque necesito usar todas las armas que puedo y le digo—: Tampoco ha sido fácil para mí tener a un supervisor que directamente no me habla. —Y hago un gesto pesaroso para asegurarme de que transmito bien mi malestar—. Siempre está muy ocupado y no tiene tiempo para dedicarme. Justo el otro día…

—Sí, ya te he entendido —ataja Michael y se presiona las sienes con la yema de los pulgares—. ¿Y qué piensas hacer al respecto? —me pregunta esta vez con lo que parece ser un tono más suave, aunque aprecio cierta resignación.

Y ahí es cuando me doy cuenta de la verdad sobre Michael, y es que tiene dos caras y nunca sé con cuál se va a dirigir a mí: con la del jefe amable y compasivo de los hoyuelos que no se cansa de repetir que todos aquí somos una gran familia, como si su himno fuese la canción con el mismo título de las Sister Sledge, o con la otra, más sombría y severa, que transmite la convicción de que sonreír es malo para la salud.

Viendo el panorama, decido hablar con calma y dejar a un lado la actuación de chica perdida y confusa.

—Reconozco que sin duda puedo mejorar mi rendimiento y me comprometo a no ausentarme más por indisposiciones. Además, estoy esforzándome al máximo para construir una ética de trabajo en equipo con el resto de mis compañeros. No quiero que mi jefe tenga que preocuparse por estas cosas ni por el trabajo que hago.

Michael se queda sopesando mis palabras, deja escapar

un profundo suspiro y aparta unos cuantos papeles que tiene en la mesa.

—Tienes que ver estos vídeos y hacer estos cursos *online* porque creo que te irán bien para entender lo que hacemos en la empresa y coger el ritmo. Sobra decir que los tendrás que ver en tu tiempo libre y además quiero que te quedes en la sala de sistemas después de tu jornada para hacerlo. Tienes que ponerte las pilas, Rachel, ¿lo entiendes?

¿En mi tiempo libre y encima tengo que quedarme en la sala de sistemas?

—¿Quieres decir que tengo que hacer horas extras en el…? —Sin quererlo, se me atragantan las palabras y no puedo seguir. Carraspeo y lo vuelvo a intentar—: ¿En el sótano yo sola?

«Por la tarde y pasarme allí horas, sin nadie a mi alrededor, sin ventanas, solo con la compañía de las paredes que respiran y las tristes luces azules del techo». Joder, no puedo ni pensarlo… «¿Ni siquiera por Philip?». Esa pregunta hace que meta todos mis miedos y dudas en lo más profundo de mi mente.

Michael se pone en pie de repente, así que yo lo imito sin pensarlo. El CEO de la empresa comprueba el reloj como si tuviese prisa (y supongo que así será).

—Yo suelo quedarme a trabajar hasta tarde también, así que estaré por aquí mientras tú haces los cursos que te he recomendado para que puedas seguir en plantilla. Sé que no es mucho tiempo de antelación para adaptarte al cambio, pero me gustaría que empezases la semana que viene sin falta.

Espero que no oiga el golpe que le he dado al aire del alivio que he sentido al escuchar sus palabras.

Salgo del despacho y me permito sonreír tímidamente, al menos no me han echado a la calle. Esta victoria me da la confianza que necesito para pasar otro día encerrada en el sótano y urdir un buen plan para conseguir entrar otra vez en el ordenador de Keats.

Cierro la puerta de Michael y noto el pomo caliente en mi mano durante un milisegundo antes de soltarlo. Me sorprende encontrar a Joanie acechando en la puerta de su despacho, bueno…, usar la palabra «acechar» no sería muy justo. En realidad, tiene mucha cara de preocupación y angustia, veo que está arrugando el labio inferior, casi como haciendo pucheros, y tiene los dedos muy tensos y aferrados al marco de su puerta. No me dice nada, pero abre la puerta para invitarme a que pase. Una vez en el refugio que se ha convertido para mí este despacho, se acerca y cierra tras de sí. Supongo que a estas alturas ya no hace falta que diga que lo primero en lo que me fijo al llegar aquí es en la única ventana que hay en la estancia.

Sin embargo, al escuchar su voz acelerada y nerviosa, vuelvo a centrar mi foco de atención en ella:

—Me tendrían que haber cortado las orejas para no escuchar a Michael con ese tono de voz.

Lo último que necesito ahora mismo es que mi jefe se crea que lo voy criticando a sus espaldas y que eso le dé más motivos para darme la patada, así que le contesto:

—No ha sido para tanto, de verdad. Ahora ya nos hemos entendido y todo está bien.

Joanie me mira fijamente unos segundos y parpadea un par de veces mientras busca concienzudamente las palabras correctas que quiere decirme. Una vez satisfecha con su creación, asiente, aunque creo que lo hace más por ella que por mí.

—Tú coge una silla y siéntate, mientras yo nos preparo un té y traigo unas galletitas de chocolate.

No me da tiempo a decirle que no.

Joanie vuelve en menos de cinco minutos con dos tazas de las que sale un humo calentito y serpenteante que coloca con delicadeza en la mesa. Té y amabilidad: la típica respuesta inglesa para resolver cualquier problema. Si fuera tan fácil, la sanidad de la seguridad social tendría cajas y cajas preparadas.

–Es el estrés –afirma Joanie con convicción–. Eso es lo que le pasa a Michael, pobrecito mío. Ha tenido que negociar con uñas y dientes para conseguir el nuevo proyecto en el que estáis trabajando abajo ahora.

¿Se lo digo o no se lo digo? ¿De verdad quiero manchar su espacio seguro con mis mierdas? Y es que, siendo sinceras, además de hacer ruiditos para demostrar su simpatía y de ofrecerme su apoyo sincero con un golpecito en el hombro, realmente la mujer no tiene el poder necesario para cambiar nada de lo que está pasando en el inframundo en el que trabajo dos pisos más abajo. Aun así, de repente algo dentro de mí me posee y me hace querer sincerarme un poco con ella, quizá porque es la única otra mujer que trabaja aquí… No lo sé, la verdad.

–Keats le ha hablado fatal de mí a Michael y le ha dicho que no hago bien mi trabajo.

–La persona sin rostro dentro de la empresa Barrington –espeta Joanie con mucho desdén, el gesto torcido y sacudiendo la cabeza en señal de desagrado–. La primera vez que nos encontramos pensaba que había entrado a atracarnos –me explica y levanta los brazos y abre mucho la boca imitando a Mary Pickford en un momento de terror absoluto–: ¡No dispare, no dispare! Aquí tiene mi bolso y mis joyas.

Me tiembla la barriga de la risa que me da su respuesta. Esto sí que no me lo esperaba, qué alegría; después de vivir esa tensión insufrible en el despacho de Michael, no me imaginaba que me pudiera reír así. La verdad es que le agradezco mucho que esté sacando un rato de su agenda para hacerme sentir mejor y quitarme los nervios que llevo encima con un poco de humor.

–¿No te cae bien? –le pregunto, aunque no hace falta que me conteste.

Joanie arquea una ceja y me lo confirma, pero aun así decide explicitarlo verbalmente diciéndome:

–Venga ya, Rach. Que no estamos en *El fantasma de la ópera 2*, hombre ya… Con esas pintas, me da un repelús… Ya sé que a la juventud os gusta vestiros así, con ese tipo de cosas –sigue diciendo, pero se me acerca un poco más creando tensión y añade–: pero no me imagino esos modelitos que se saca en la *Fashion Week* de Nueva York, la verdad. –Me mira con complicidad y vuelve a erguirse–. Será que estoy desfasada y no entiendo estas cosas, pero a mí me gusta ver la cara de la gente con la que trabajo. Este personaje solo forma parte del equipo porque Michael dice que es insuperable, y eso es lo más importante para Michael, conseguir siempre lo mejor.

Me acerco la taza de té a los labios, sopesando lo que me ha dicho. Supongo que tiene razón en que Michael me ha dejado muy claro desde el principio que su prioridad número uno es hacer crecer la empresa para unirse al resto de la élite en este ámbito de los negocios. Aun así, todavía no me entra en la cabeza que Keats no me dijera absolutamente nada o me diera un toque de atención antes de ir echando pestes de mí al jefe. Tiene derecho a dar su opinión. «Pero si el tío no habla», me recuerda mi voz interna con sarcasmo. «Solo existe en el chat de tu ordenador».

Joanie reanuda su monólogo con alegría:

–Si eso es todo lo que te pasa, no me preocuparía mucho porque… –Pero se calla de golpe, supongo que porque me ha visto el letrero en la cara que dice con luces de neón «Tengo problemas mucho más gordos»–. ¿Qué está pasando ahí abajo?

Aprieto los labios, inquieta, intentando no dejar que se escapen las palabras que me muero por contarle a alguien, intentando no contarle lo de Philip, lo que creo que vi ayer. «Pero, a ver, Rachel, ¿tú crees que esta mujer va a entender que has visto que alguien ha muerto hace poco aunque tú crees (o sabes) que murió hace diez años?». La voz dentro de mi cabeza tiene razón; si se lo cuento, seguro que se creerá que se me ha ido la olla totalmente. Y puede que no haya nada que descubrir, porque quizá me esté equivocando y la foto que vi no es de quien yo creo.

Así pues, doy el último sorbo al té y me pongo en pie.

–Gracias, Joanie. Me ha venido estupendamente pasar este ratito contigo para tomar el té y charlar un poco.

Me doy media vuelta con una sonrisa en los labios, y esta es sincera, pero su voz me hace quedarme quieta donde estoy. Cuando me giro para mirarla, me doy cuenta de que ella no ha tocado su taza y se le ha hecho una fina capa pegajosa encima.

–Si en algún momento te pasa algo, no dudes en decírmelo, ¿de acuerdo?

Asiento y cierro la puerta tras de mí. La cara de Philip aparece enfrente por primera vez desde que me desperté, lo que hace que emprenda mi camino hacia el sótano con un temblor por todo el cuerpo. Lo noto tenso y agitado, nada que ver con la naturalidad y frescura con la que solía moverse antes por el mundo. Las gotitas de CBD que me tomo sin que nadie me vea me ayudan a que la imagen se desvanezca de mi angustiada mente, al menos durante un tiempo.

Capítulo 16

Oigo el repiqueteo del teclado de Keats mientras trabaja y mi cuerpo es muy consciente de que lo tengo muy cerca. Lo que querría es ser yo quien estuviera sentada enfrente de su ordenador, rebuscando entre los documentos hasta encontrar el programa del funeral. Supongo que también podría preguntarle sin tapujos, intentar mostrarme vulnerable y esperar que saque su parte humana, pero sinceramente dudo mucho que la tenga. «Le ha hablado mal de ti a Michael para intentar que te echara a la calle». Es una rata rastrera y traicionera.

Puede que para empezar no le haya gustado que me contrataran porque ahora le han fastidiado el equipo de tíos que se había montado o, a lo mejor, le pone asustar a las mujeres y por eso las encierra en el sótano. Me he fijado en cómo lo gestiona todo aquí abajo, cómo lleva la batuta; su equipo de zombis no deja de enviarle mensajes a los que responde raudo y veloz, vamos, una comunicación totalmente diferente a la que mantiene conmigo.

De vez en cuando, algún zombi se levanta y al pasar por su lado le dice algo al oído, a lo que él responde asintiendo o negando con la cabeza, o a veces escribe algo en una nota y se las entrega. Sin duda, Michael debe tener razón y Keats debe ser el mejor en lo que hace porque, si no, no se entiende cómo le ha permitido gestionar a todo este equipo. En lo que no estoy tan de acuerdo es en describirlo como una persona «especial», yo creo que «perversa» sería una palabra mucho más acertada, la verdad.

La única solución para volver a buscar en su ordenador es esperar a que se vaya. Esta mañana habría matado a Michael cuando me ha dicho que tenía que quedarme aquí después del trabajo, pero ahora le plantaría un beso en la frente: me ha dado el espacio y el tiempo para hacerlo mientras hago los cursos que me ha pedido en el sótano. Solo tengo que esperar al lunes que viene y me quedaré aquí sola para llevar a cabo mis pesquisas.

Mi alegría se evapora al segundo cuando veo de reojo la pantalla del zombi que tengo delante un poco más a la izquierda. ¿Está jugando a un videojuego, como el zombi que tengo al lado? Aunque no me encaja, sabiendo que Keats se toma tan en serio el trabajo y el compromiso profesional… No puedo evitar torcer el gesto pensando que quizá esas normas y exigencias solo me las aplica a mí.

Pero ¿qué cojones? Me concentro para ver mejor la pantalla del zombi y ahora entiendo lo que está viendo, cosa que hace que el corazón se me desboque totalmente. No está jugando a un videojuego, no: en la pantalla se ve a una mujer atada y llena de moratones sentada en un taburete en una habitación oscura mientras dos ríos de lágrimas le ruedan por las mejillas. Está aterrada.

En el vídeo también aparecen dos personas más, pero no se les ve la cara porque están de espaldas a la cámara. Le ha quitado el sonido, pero tal y como mueve la boca, no me cabe ninguna duda de que la pobre mujer está suplicando e implorando. Los tipos enmascarados que se esconden entre las sombras se acercan un poco más, rodeándola en una especie de baile amenazante, y la mujer abre la boca de par en par para dejar escapar un grito desconsolado que nunca llego a oír. Sin avisar, una mano sale disparada y le da un guantazo a la víctima y la tira al suelo; del impacto, me parece que siento la bofetada en mi cuerpo y sus gritos empiezan a retumbar en mi cabeza.

¿Qué mierda está pasando en este sitio? ¿De verdad existe este inframundo apartado del resto de la empresa? Pues esto ha superado mi límite, ya no puedo más. Llena de rabia e indignación, le mando un mensaje a Keats para que esta locura se acabe de una vez.

> ¿Has visto lo que está viendo el
> tío que tengo enfrente?

Mi supervisor borra la notificación y me ignora. No me lo puedo creer, pero no voy a parar.

> **HE DICHO QUE SI HAS VISTO LO QUE ESTÁ
> VIENDO EL TÍO QUE TENGO ENFRENTE.**

Esta vez no le doy la oportunidad de que borre mi mensaje porque me levanto de la silla y le señalo con el dedo mi mensaje en la pantalla. Oigo que emite una especie de gruñido bajo ese puñetero pañuelo que lleva y que juro por Dios que le arrancaría de golpe. Entonces me mira fijamente con las gafas de sol puestas, es decir que no sé si me mira o no, y luego se gira para comprobar la pantalla del compañero del que le hablo.

Segundos después escribe algo en el chat, así que miro mi pantalla con impaciencia para ver qué me contesta.

> Está viendo un vídeo, ¿qué problema hay?

Al final voy a ser yo la que acabe dándole un guantazo a alguien y tirándolo al suelo, verás…

Le respondo:

Y a ti te parece un comportamiento normal
ver algo así en el trabajo, ¿no? Que un tío
asqueroso se ponga a ver un vídeo de una
mujer a la que le están dando una paliza.

Me dice:

Pues no lo sé, no pone nada de eso
en las funciones de mi trabajo.

Yo:

Se supone que tú eres el jefe de equipo, ¿no?

Él:

No. Yo solo te superviso y te doy órdenes a ti.

Eso me cabrea, me cabrea mucho y me deja la sensación
de que me acaba de poner un collar de hierro al cuello
como si fuera su esclava. No puedo evitarlo insistir:

¿Qué piensas hacer al respecto?

Keats de pronto se gira para mirarme de arriba abajo.
No me hace falta verle los ojos ni la cara para saber que
me está mirando con odio, con desprecio y desdén, así
que yo le devuelvo lo mismo. Yo también puedo jugar
a este juego. Entonces, el tipo se gira como si nada y
escribe algo rápidamente en el ordenador.

Nada, y ahora déjame en paz.

De pronto, los susurros que se levantan delante de mí captan mi atención. El zombi que está viendo el vídeo le dice algo por lo bajo al otro zombi que estaba jugando a videojuegos y los dos se ponen a ver el vídeo. Ambos se quedan allí como si nada mientras ven cómo sus captores le pegan patadas y puñetazos a la mujer que sigue en el suelo.

El zombi que ha decidido mostrarle el vídeo a su compañero debe notar mi mirada sobre su cogote porque se gira hacia mí y se da cuenta de que lo estoy observando. Entonces mueve rápidamente el pulgar para avisar a su compañero de que los he pillado viendo ese tipo de entretenimiento y desplaza la silla para que no pueda seguir viendo la pantalla.

Las imágenes de la mujer en el suelo, siendo golpeada, atada, llena de morados e implorando por su vida inundan mi mente y pintan un cuadro grotesco que se niega a abandonarme.

La atacan, la atan, la pegan.

La atacan, la atan, la pegan.

La atacan, la atan, la pegan.

Empiezo a encontrarme fatal y sé que tengo que salir ahora mismo de aquí.

No me acuerdo de cómo he conseguido llegar a la puerta, pero gracias al frío que recorre el túnel que hay justo al otro lado vuelvo en mí como si me hubiesen tirado una jarra de agua fría a la cara. Salgo corriendo como alma que lleva el diablo hasta llegar a las escaleras, y nunca me he sentido tan feliz de ver la trampilla. La abro de golpe y casi me caigo de la urgencia con la que salgo de allí. Las emociones que hierven en mi interior hacen que me doble, apoyando las manos en los muslos y, de repente, oigo que un sonido propio de un animal malherido sale de mi garganta.

Ya está. Me rindo. No puedo más. Ni siquiera puedo hacerlo por Philip... De repente, noto una corriente de aire caliente a mi lado y, cuando levanto la cabeza aún resoplando para mirar qué es, lo veo allí, de pie junto a mí con una sonrisa. Sé que todo esto son imaginaciones mías, que Philip no está aquí conmigo, que en realidad está muerto, que hace... ¿diez años que pasó? ¿O solo hace cuatro semanas? No lo sé y lo que tengo claro es que no puedo morirme sin saberlo. Tengo que descubrir la verdad.

Y eso es lo que me hace erguirme de nuevo y prometerme a mí misma que no voy a dejar que los degenerados asquerosos que me esperan ahí abajo me hagan flaquear y olvidar mi objetivo.

«Si tienes problemas, no dudes en decírmelo». Joanie me lo había prometido justo esta mañana, así que salgo directa hacia su despacho con fuerzas renovadas.

No me da tiempo a acabar de contarle la historia cuando Joanie me asusta al levantarse enfurecida de la silla y al salir disparada hacia la puerta con los brazos tiesos y los puños cerrados de la rabia que parece haberla poseído.

De algún modo que todavía no logro entender, llego antes a la puerta que ella y le corto el paso.

–No me pongas las cosas más difíciles.

–¿Más difíciles? –gruñe Joanie, que ahora se ha convertido en una tigresa enfurecida para defender a su cría indefensa, y se golpea en las caderas con los puños–. Lo que están haciendo es horrible. Les voy a cantar las cuarenta y los voy a llevar al despacho de Michael de las orejas.

Joanie sabe que no voy a dejar que lo haga, así que retrocede con mucha frustración y se vuelve a sentar en su silla a regañadientes. Yo, aun así, me quedo cerca de la puerta porque la veo removerse inquieta en su asiento cuando masculla mirándome:

–Pensaba que todas las chicas jóvenes apoyabais el movimiento este del «Me one», para defender nuestros derechos y quemar los tangas de Victoria's Secret.

Prefiero no corregirla con lo del «Me too» porque la verdad es que la veo muy ofendida y dolida con la situación, frustrada sin poder hacer nada detrás de su escritorio. No me la imagino en sus días mozos como una de esas jóvenes que salieron de casa para quemar sus sujetadores, pero ahora sí que veo que tuvo que ser una mujer de armas tomar. Joanie la Arrolladora.

–Hablaré con Michael para contarle lo del vídeo…

Cuando niego con la cabeza, deja de hablar y la interrumpo para decirle:

–No, por favor. Solo te lo he contado porque necesitaba sacarlo y decírselo a otra mujer.

No le doy tiempo a que me responda y me voy del despacho. Ahora que he compartido mi malestar, me siento un poco mejor…

Pero las consecuencias de mi confesión tardan menos de veinte minutos en aparecer y me vienen de frente como un bumerán cuando la puerta de entrada al sótano se abre de golpe contra la pared. Michael entra y separa las piernas, como si hubiese venido a batallar una guerra. Las paredes de la sala tiemblan de una manera que nunca había visto, incluso me parece que hasta el latido de los muros se detiene del susto. Entonces me mira fijamente con los ojos llenos de ira y señala con el dedo a los dos zombis que habían estado viendo el vídeo, buscando mi confirmación. Me veo obligada a asentir con la cabeza, aunque en realidad no quería hacerlo. Ahora ya me queda claro que le había pedido demasiado a Joanie diciéndole que no se lo contara, o quizá fue a verla a su despacho y se la encontró todavía removida y enfadada por lo que le había contado. Sea lo que sea que haya pasado, lo que está claro es que se ha abierto la caja de Pandora.

La voz severa de Michael parece un latigazo cuando demanda:

—Vosotros dos, a mi despacho.

Los dos trabajadores se miran preocupados y yo me alegro, la verdad. A ver si así les entra en la mollera que ver vídeos en los que se abusa y se maltrata a una mujer para pasar el rato en el trabajo no es de buen gusto. Ambos se apresuran a seguir a Michael al piso superior y se crea un murmullo entre el resto de los zombis, ya que es evidente que pasa algo.

Minutos más tarde, el lejano eco de los gritos llega amortiguadamente al sótano, que parece haberse convertido en una caja de hojalata. Es Michael, les está cantando las cuarenta a los dos zombis por lo del vídeo. La reprimenda está teniendo lugar dos pisos más arriba, pero aquí la estamos escuchando perfectamente y el volumen no hace más que subir.

Y todo acaba con los gritos atronadores de Michael diciendo:

—Y si volvéis a ver ese tipo de porquerías y barbaridades en mi empresa, os prometo que yo voy a ser quien os saque de aquí a patadas, y la escena va a ser mucho peor que la de cualquier vídeo que hayáis visto. ¿Me habéis entendido? —Se hace una pausa y añade—: Este es el único y último aviso que os doy. Pues venga, salid de mi despacho ahora mismo.

Agacho la cabeza, pesarosa. Supongo que debería darle las gracias por haber tomado cartas en el asunto tan rápido y escarmentarlos, pero la verdad es que una parte de mí esperaba que los echase directamente.

Poco después, la puerta de acero vuelve a abrirse y los dos zombis entran de nuevo, pero esta vez con las cabezas gachas, espero que realmente avergonzados, y se va cada uno a su mesa arrastrando los pies.

Sin embargo, de camino a su escritorio, el que había empezado a ver el vídeo primero levanta la cabeza y me clava los ojos, llenos de una emoción que, por lo que intuyo, se parece bastante al odio.

Capítulo 17

Después de una extenuante jornada laboral, acabo dando un paseo a buen ritmo de unos veinte minutos hasta llegar a la estación de Liverpool Street y me siento en un banco. El agotamiento me intenta convencer para que me tumbe a descansar por la falta de sueño que llevo encima, pero no flaqueo y aguanto las ganas, y me distraigo observando a la gente pasar hasta que cada vez queda menos. El sol y la luz van desapareciendo y llega la helada brisa de la noche.

Una de las personas que trabajan allí en la estación me mira de reojo y sé lo que tiene en mente: que no tengo casa y que quiero quedarme en el banco para pasar la noche, pero se equivoca. Sí que tengo casa, he encontrado una nueva y será mía en cuanto caiga la noche; allí no hay propietario ni compañeros de piso ni vecinos, estaré completamente sola.

Espero una hora más en la estación y luego avanzo a paso ligero teniendo claro mi destino hasta que vuelvo a encontrarme frente al edificio en el que trabajo.

Se alza imponente sobre mí, como ese tío al que todo el mundo quiere en los cuentos. Un bloque dickensiano que ha sobrevivido a las bombas y a las constructoras, y que se presenta desafiante ante un mundo que intenta acabar con él. La luz que desprenden las farolas de la calle no ilumina lo suficiente para comprobarlo, pero está claro que ya no queda nadie dentro. Michael también se ha ido y han cerrado las oficinas por hoy. Ahora todo está oculto y a recaudo bajo el manto de la noche. Al llegar a la puerta, hago mi ya habitual reverencia a las veintidós.

Salgo de la calle, giro a la izquierda en la primera y la segunda calle hasta llegar a una callejuela que da detrás del edificio, y avanzo intentando cerciorarme de que nadie me ve ni me sigue. Lo último que necesito es que encima alguien me pille haciendo un allanamiento de morada. De pronto, detengo mis pasos encima de la rejilla que impide que los peatones se caigan al estrecho patio que hay justo debajo y que conduce a la habitación que descubrí el otro día, cuando me dio aquel arrebato por escapar del sótano después de ver que me habían encerrado allí a la hora de comer.

Cuando me fui de casa de Jed, valoré seriamente si volver a mi casa, pero tuve que aceptar que allí no iba a tener ni agua ni luz ni calefacción, que ahora mismo es un lugar inhabitable, un cascarón vacío que solo ahonda en la herida sangrante que ya tengo abierta en el corazón cada vez que pienso en los sueños y expectativas que tenía tanto para esa casa como para mí.

Echo una última mirada furtiva a mis espaldas antes de retirar la reja del suelo y atar mi cuerda a una de las barras. Me cuelgo de una mano y con la otra tiro para colocar la reja de vuelta en su lugar. La verdad es que tengo que hacer un poco de equilibrios, como si fuera un mono, para conseguir que la rejilla encaje bien en el suelo y volver al centro de una de las barras cuando logro mi objetivo. Una vez hecho este paso, me descuelgo sin problemas y piso por fin los pulidos adoquines victorianos que hay justo debajo. Esta noche, a diferencia de la primera que estuve aquí, el patio me hace sentir como si estuviera en una celda, como si me hubiesen encerrado en la antigua cárcel londinense de Newgate.

La puerta trasera que da al almacén está abierta. Al principio la dejé así para poder salir corriendo si me daba un ataque de pánico, pero ahora lo he hecho para poder entrar. En la más oscura penumbra, tanteo la pared hasta que encuentro el interruptor y enciendo la luz, lo que hace aparecer ante mí mi nuevo hogar en tonos marrones y sepia, como si se tratara de una foto antigua. Aquí soy libre, nadie me encontrará en esta pequeña habitación; de hecho, seguramente soy la única persona que sabe que está aquí.

Todo lo que me llevé conmigo cuando me fui de la casa de Jed ahora está aquí fuera, colocado en su sitio con mucho cuidado: hay una esterilla con un nórdico bastante cutrecillo; un jersey de Aran, que fue un regalo de mi madre cuando cumplí los dieciséis y que ahora me sirve de almohada; una bolsa llena de ropa; un reloj hecho polvo con las manillas iluminadas que están un poco tuertas; una bolsa de toallitas para limpiarme; un cepillo de dientes y una botella de agua de dos litros. Ah, sí, y por supuesto mi más fiel compañero, mi cubo lleno hasta el borde de agua.

Me tumbo en la esterilla y me envuelvo en la suavidad esponjosa del nórdico para intentar resguardarme del frío helado que desprende el suelo del almacén. Allí tumbada, le empiezo a dar vueltas a cómo puedo conseguir la contraseña del ordenador de Keats, pero el sueño que tengo no me deja pensar con claridad.

Me despierto un par de veces en mitad de la noche creyendo haber oído algún ruido, pero no es así, por supuesto, es solo mi imaginación intentando jugar conmigo una vez más.

De pronto me despierto de un salto, me incorporo en la esterilla, con la piel de gallina y los dientes a punto de ponerse a castañear del frío. ¿Qué ha sido eso? Estiro un poco el cuello para intentar aguzar el oído y espero.

Me calmo al comprobar que es solo un borracho de la calle que está pasando por encima de la rejilla. Mientras deambula por ahí, canta con un acento irlandés muy marcado: «Te llevaré otra vez a casa, Kathleen». Es una canción emotiva que tranquiliza y cautiva; quiero cantar con él, pero no me sé la letra. Me vuelvo a recostar en mi cama improvisada y dejo que la nana pesarosa de un hombre embriagado por el licor, la melodía más hermosa que he escuchado en mucho tiempo, me meza hasta que mis ojos vuelvan a rendirse.

Algo me vuelve a despertar y esta vez no es el canto de un hombre a su enamorada. El reloj me avisa de que son las cinco.

Oigo el sonido de nuevo. A ver, estoy dentro de un edificio en mitad de la ciudad, así que es normal que se oigan ruidos en mitad de la noche, pero aun así mi sistema nervioso se dispara bastante y entra en estado de alerta cuando mis oídos vuelven a detectarlo. Parece que no se acaba, es débil y agudo. ¿Alguien está llorando? ¿Lamentándose? Me recorre el cuerpo como si fueran las puntas heladas de unos dedos invisibles. Por primera vez desde que estoy aquí, no me siento ni tan libre ni tan segura en mi nuevo refugio de descanso.

Pasados unos minutos, mi mente descifra el sonido.

Es un perro.

Llorisquea sin mucha fuerza, como si estuviera junto al cuerpo de la persona que lo cuida y, de repente, desaparece. No oigo nada, hasta que vuelve a aparecer. Mis oídos lo perciben, pero se oye a lo lejos. Este sonido no es una nana agradable, sino un llanto amargo que anuncia la muerte de alguien. Las palabras que leí aquel día en la página web vuelven a mi mente como un fogonazo.

Después del incendio, Sobras se pasó años sentado delante del bloque de pisos, llorando y aullando por las amigas que perdió. Los residentes y vecinos de la zona aseguran que las noches de tormenta todavía oyen sus pasos mientras hace guardia en la oscuridad.

¿Eso es lo que estoy oyendo? ¿Estoy siendo testigo del lamento de un perro que se ha levantado de su propia tumba? Aparto con pocas ganas el nórdico y, tiritando, me levanto para encender la luz marronosa del almacén. Hago todo lo posible por sacarme de la cabeza la idea de que hay un perro fantasma cerca porque lo que oigo es real, tiene que serlo. «Sí, tan real como todas las veces que te ha parecido escuchar los susurros que repetían tu nombre en el túnel para llegar al sótano, ¿no? Tampoco son reales, es la paranoia que se está desatando en tu cabeza».

Sea lo que sea lo que esté pasando aquí, me dirijo a la puerta de atrás, pego la oreja a la madera y escucho con atención. El lamento que anuncia la muerte vuelve a resurgir en la noche, lo que me hace levantar la vista y me acelera el corazón. No veo ningún perro callejero fuera, pero viene de arriba. Los músculos se me tensan y la piel de los brazos se me eriza con un frío más helado que el que se respira en el ambiente cuando pienso en el pobre Sobras intentando salvar a las niñas del taller clandestino mientras trabajaban en el sótano que hay justo al lado. No me cabe ninguna duda de que hay un perro en el edificio; no sé si es real o no, pero está aquí conmigo.

Arriba se oye movimiento, pero es demasiado pesado para que lo haga un animal, así que, asustada, me alejo de la puerta trasera y me oculto al fondo del almacén. La madera cruje sobre mi cabeza y me deja muy claro que ese no es el peso de un perro. Decido salir del almacén y, cuando abro la puerta que conecta con el sótano, me encuentro con que la sala es una especie de lienzo extraño pintado de negro con puntos de color producidos por las luces de los rúteres y los servidores. Mis oídos, más alerta que nunca, se sintonizan con el zumbido infernal que parece formar parte de la pared de ladrillos.

Salgo corriendo hacia la puerta de acero de la salida y, de las prisas, me choco con algunas mesas en el camino. Cuando llego al fin, pego la oreja y no solo oigo el amortiguado aullido de un perro gimoteando, sino que hay otros animales con él. Este nuevo sonido es más agudo, duele incluso oírlo. Es horrible. No me extrañaría si las paredes empezasen a llorar. ¿Es un gato asustado sufriendo? ¿Estarán matando a un gato y un perro en el piso de arriba? El perro repite su llanto lastimero. La otra voz que rompe el silencio en mitad de la noche no es la de un gato ni la de cualquier otro animal que llora la muerte de alguien querido junto al perro. Es una voz humana, y es de mujer. Está llorando y lo hace con un desconsuelo que me hace querer esconderme. Estos sollozos se me cuelan dentro como si fueran una corriente de electricidad helada, sobrenatural, de otro mundo.

¡Las chicas estaban atrapadas! ¡Los avisos desesperados de Sobras no habían servido de nada! Cuando las luces se apagaron y se quedaron totalmente a oscuras, ¡las niñas empezaron a chillar y a desgarrarse la voz pidiendo auxilio!

¿Son las niñas del taller clandestino las que lloran? Esto tiene que ser un truco de mi mente o quizá estoy soñando. La línea que separa la cordura de la locura es muy fina y me parece que yo la he cruzado en algún momento sin darme cuenta; me han pasado demasiadas cosas malas en estos años, he sufrido demasiado estrés, demasiada presión, he vivido demasiada culpa y demasiado dolor. Ha habido demasiado de todo, más de lo que mi cuerpo y mi mente han podido sobrellevar, he ido avanzando hasta el límite poco a poco sin apenas notarlo. O quizá he llegado a ese punto en el que las cosas son verdad sin ser reales.

Pero lo que sí tengo claro es que ahora mismo oigo los sollozos, que se cuelan por los poros del edificio, de una mujer en el piso de arriba. Me llega el llanto desesperado de una mujer (o quizá de una niña) que también ha sufrido demasiado en su vida.

De repente todo el ruido desaparece y lo único que rompe el silencio en la penumbra es la respiración agitada que sale desbocada de mis fosas nasales.

Espero aún pegada a la puerta de acero un buen rato antes de volver de puntillas al almacén. Una vez dentro, cierro bien la puerta y me envuelvo de nuevo de pies a cabeza con el nórdico. Me vine justamente aquí porque sabía que no iba a haber absolutamente nadie por la noche y comprobé las ventanas desde fuera para asegurarme de que no había luces y que todo el mundo había desalojado sus puestos de trabajo.

Sin embargo, ahora he descubierto que hay alguien aquí conmigo.

O al menos su espíritu.

Capítulo 18

«Rarodenarices».

Esa es la tercera contraseña que pruebo en el ordenador de Keats para intentar abrir el documento «Funeral P.». Nada, que no hay manera. Ya casi son las ocho de la noche, es lunes y la semana acaba de empezar. Estoy en el sótano sola, cumpliendo las condiciones para conseguir la absolución de Michael con su particular versión de rezos de avemarías tras la confesión del otro día, en un intento de compensar el pecado laboral que he cometido al hacer un trabajo deprimente, según el criterio de Keats. Después de que el resto del equipo se marchara, me pasé una hora más o menos viendo los vídeos de formación *online* que me pidió, tratando de transformar el barro de Rachel en el oro de Michael.

Pasado ese tiempo, me concentré en encontrar a Philip. Se me encoge el corazón solo de pensar en su nombre, aunque hago todo lo posible por evitarlo; quedarme en el trauma del pasado no me va a ayudar a encontrarlo, y eso si es que está aquí. Así pues, me obligo a encerrar todas las emociones bajo llave y entrar en modo acción. Me ha resultado bastante fácil entrar en el ordenador de Keats porque resulta que no tiene una contraseña de acceso, pero el problema es que los documentos sí que tienen claves personalizadas para poder abrirlos. Es un tío listo, aunque espero que no lo sea tanto como yo.

A decir verdad, estoy bastante sorprendida al ver que no me he vuelto completamente loca pasando tanto tiempo aquí abajo y además estando sola. El ambiente está cargado, como si la luz se hubiera espesado por la oscuridad que se filtra entre las grietas de las paredes, del techo e incluso del suelo, acercándome a la noche que cubre las calles en el mundo exterior. Sin embargo, ahora mismo no tengo esa desagradable sensación de estar atrapada, aunque seguramente también me ayude saber que Michael está arriba y que, por lo tanto, no estoy del todo sola en el edificio. Escribo otra contraseña que se me ocurre.

«Raro».

El ordenador vuelve a mandarme a navegar por otro rincón digital. Mis dedos se vuelven locos en el teclado y luego se contraen apretando la palma de mi mano con tanta fuerza y ahínco que me dejan la forma de las uñas marcadas en la piel. Estiro los labios para retener los insultos e improperios que quieren salir de mi boca, que ahora mismo está llena de rabia. Quiero chillar, pero en vez de eso, dejo caer la cabeza hacia atrás, relajo la mandíbula abriendo la boca y aspiro el aire estancado del ambiente para intentar regularizar el ritmo de mi respiración. En este punto supongo que es cuando la mayoría de la gente se echaría las manos a la cabeza y se rendiría, pero yo no soy así. Yo voy a seguir aquí probando una y otra vez hasta que consiga mi objetivo.

Pero estoy cansada, exhausta. Agotada de… ¿de qué? ¿De ser yo misma? Dejo caer la cabeza hacia el pecho como si el peso de la pregunta me hundiese con la dureza con la que está hecha. ¿Por qué no puedo ser como el resto? ¿Olvidarme del pasado o esconderlo debajo de la alfombra? ¿Puede ser que yo sea la única que afronta este tipo de situaciones con honestidad y que el resto simplemente finja que puede apartar los problemas del pasado moviendo la mano sin más? Philip vuelve a mi lado aprovechando mi momento de flaqueza y me mira con una sonrisa que parece hablar del mejor día de su vida y el pelo se le mueve por el viento que corre en el jardín que cuidaba con tanto esmero.

Mi mente sale de ahí y saca el ánimo necesario para volver a afrontar su objetivo con renovada determinación. Me tomo una pastilla de betabloqueantes y unas gotitas de aceite de CBD. Estas me cuesta un poco más tragarlas, a diferencia de las que me ayudaron a bajar por la trampilla, tanto por el sabor como por la viscosidad, y se me hace más larga la espera desde que me las meto en la boca hasta que llegan a mi flujo sanguíneo. Noto un pequeño atolondramiento en la cabeza, pero me siento más tranquila, quizá incluso demasiado, mientras intento encontrar una vía más lógica para alcanzar la meta de descifrar la contraseña de Keats. Pienso en las cosas que sé de él.

Pañuelo.

Gafas de sol (siempre de DKNY).

Capucha.

Botella de agua.

Pruebo suerte escribiendo tres de mis ideas, una detrás de la otra, cuando de repente el ordenador de Keats me dice que ya he gastado todos mis intentos. Cierro la mano en un puño y se lo enseño a la pantalla como si fuera mi archienemiga y quisiera hacerle saber mi frustración. Con el movimiento, toco el ratón sin querer y esto hace que abra la carpeta de fotos de mi supervisor. De repente, me convierto en un bloque de hielo. Como si hubiese vuelto a aquel verano de mi vida, la fotografía de Philip me mira fijamente a los ojos.

—¿Me ayudas a conseguir los tesoros que hay en este archivo? ¿O conoces a alguien que me pueda ayudar?

Le pregunto a Jed mientras le pongo en la cara la memoria USB con el archivo del funeral. Keats ha sido muy inteligente al proteger el archivo con una contraseña, pero eso no me ha impedido descárgamelo, así que llevo la foto impresa de Philip en mi bolsa, una foto que demuestra que es su cara la que aparece en el programa del funeral que he guardado en la memoria. ¿Cómo es posible que Philip haya muerto hace poco? No entiendo nada, pero me he propuesto llegar hasta donde haga falta para desentrañar los secretos del pasado.

Mi amigo da un paso atrás para apartarse un poco, sorprendido de encontrarme en su puerta, cosa que entiendo perfectamente porque, primero, ya no vivo aquí y, segundo, es muy tarde. Me abre con los ojos medio entornados, el pelo alborotado como siempre, en calzoncillos, con una camiseta de Prodigy y desprendiendo el inconfundible aroma a maría, pero su expresión no tarda en demostrarme la confusión ante mi pregunta.

Con una voz ronca me dice:

—Si no lo puedo comer, beber o esnifar, la verdad es que no me interesa.

En ese momento se me ocurre que quizá no está solo y me acerco para decirle:

—Perdona si te he interrumpido, pero es que de verdad necesito tu ayuda con esto.

Jed deja escapar un bostezo y cierra la puerta.

—Ahora mismo no tengo ningún rollo. He decidido hacer un parón con las tías. Mi última novia me dejó hace un par de semanas, según ella porque no dejaba de hacerle ojitos a su mejor amiga y nunca pensó que quizá el problema estaba en que su amiga me hacía ojitos a mí.

Toso para expulsar de mis fosas nasales y mi garganta el olor a tierra del cannabis que impregna toda la habitación. La culpable es una cachimba rechoncha y bajita con una cara sonriente amarilla y una boquilla que le sale de la frente. Para mi sorpresa, tiene la habitación bastante limpia y ordenada, aunque es pequeñita.

Cuando nos sentamos juntos en el desgastado sofá, le explico la encrucijada en la que me encuentro.

—¿Sabes qué es esto, Jed? —le pregunto sacando de nuevo la memoria USB.

En vez de responderme, me mira lleno de duda y curiosidad:

—¿Cómo has entrado en casa?

—Todavía tengo las llaves.

A lo que mi amigo responde levantando la palma de la mano y, con cierta resignación y un resuello, se las devuelvo.

—No quiero más problemas por aquí —me dice. Ahora que el tema de las llaves ya está resuelto, sí que centra su atención en la memoria USB y la mira con tanta intensidad que por un momento me hace creer que tiene poderes psíquicos y lo va a poder desconfigurar sin esfuerzo—. ¿Estamos jugando a algo?

Esta vez resuello, pero con impaciencia, aunque en realidad ya me esperaba algo así. Nunca he visto a Jed con un ordenador ni cualquier otro dispositivo electrónico en mi vida, exceptuando su móvil y sus aparatos e instrumentos de música.

—Es una memoria USB para el ordenador, guardas cosas dentro y luego lo metes en el ordenador para verlas. Tú conoces a un montón de gente, por eso había pensado que quizá sabías de alguien que me pudiera ayudar a conseguir la información.

La naturalidad y el buenrollismo de mi amigo lo han convertido en un tío bastante popular en la ciudad. También ayuda el hecho de que sea músico, no sé por qué. A la gente le mola su rollo. Los músicos tienen algo que atrae y que hace que quieras conocerlos.

Jed se queda pensando unos segundos y me dice:

—Alguien que sepa de ordenadores y eso, ¿no? —Asiento y vuelve a darle una vuelta a su lista de contactos—. Podría avisar a Bonnie, pero ya no me habla… No desde lo que pasó en el supermercado… —Mejor no le pregunto qué pasó y le dejo que siga haciendo el repaso en voz alta—. Rick está de vacaciones, John y James, los gemelos, tienen su propia tienda de electrónica —y al escuchar esto siento que un rayo de esperanza brota en mi interior—, pero están en prisión provisional por haber *hackeado* una agencia del gobierno. Presuntamente, por supuesto.

Tan rápido como apareció, mi esperanza volvió a evaporarse. Los hombros se me hunden completamente y no es hasta ese momento que me doy cuenta de lo destrozada que estoy. No estoy cansada, triste o exhausta, no, soy una hoja de vidrio de una ventana que ha quedado totalmente hecha añicos. Supongo que habré soltado un ruido que ha delatado el estrés y la presión que siento porque, cuando quiero darme cuenta, Jed está arrodillado a mi lado cogiéndome la mano, el único apoyo que tengo ahora mismo.

—¿Qué hay en la memoria, cariño?

Demasiada gente cree que es un tío grandullón y alegre con la cabeza hueca, pero no lo conocen como yo, que sé perfectamente que tiene un don para saber cuándo los demás estamos sufriendo.

Se lo quiero contar, de verdad que quiero hacerlo, pero tengo que aceptar que ahora mismo todavía no soy capaz de hablar de Philip ni del pasado. Por ahora, solo consigo que la historia tenga un orden y un sentido lógico en mi cabeza. De pronto me surge una pregunta que no me había hecho hasta ahora: ¿cómo conoce Jed a Michael? Al fin y al cabo, conseguí el trabajo gracias a que mi amigo me recomendó al que hoy es mi jefe, pero supongo que ahora no es el mejor momento para preguntárselo.

Así pues, modulo la voz con una ternura que en realidad no siento y le contesto:

—No puedo decírtelo, al menos, de momento.

Al escuchar mi respuesta, aprieta con más fuerza su mano alrededor de la mía. Duda por un momento, lo veo en su mirada hasta que la aparta y entonces me dice con una lentitud parsimoniosa, como si fuera una puerta vieja abriéndose a cámara lenta:

—Conozco a otra persona.

La esperanza vuelve a revivir en mí.

—¿A quién?

Se encoge de hombros y añade:

—No te va a hacer ni puñetera gracia…

Los dos nos plantamos frente a la puerta de la habitación del tercer piso y no tengo claro quién está más nervioso, si Jed o yo.

Y entonces le susurro:

—Tú saca todo tu encanto, ¿eh? ¡Dalo todo! Mueve esa nariz que tienes como un conejillo si hace falta.

Mi amigo me fulmina con la mirada y repone:

—No sé por qué no has venido tú sola.

Me acerco un poco más a él y le rebato:

—Sabes tan bien como yo por qué te necesito aquí.

Jed masculla algo, se recoloca la camiseta y el pelo, llama a la puerta y nos quedamos allí esperando.

Pasados unos segundos, mi archienemiga, Sonia, nos abre. Nos recibe con una de las sonrisas más amplias que he visto porque ha visto solo a Jed en su puerta, pero casi le da un patatús cuando me ve a mí a su lado.

De repente, parece que Sonia se ha vuelto a poner su armadura de combate:

—¿Qué leches haces tú aquí otra vez?

—¿Me lo dices a mí? —sale en mi defensa Jed, haciéndose el ofendido.

Es que no me merezco a un amigo tan estupendo.

Sonia se queda preocupada y abre la boca y titubea para finalmente decir:

—No, tú no, Jed, ya sabes que…

Él se acerca un poco más a ella, lo que hace que la chica deje la frase a medias y suelte un suspiro. A Jed se le da muy bien todo esto y Sonia no puede dejar de mirarlo.

—Mira, guapísima, vengo porque he pensado que quizá me puedas echar una mano con una cosilla. Tú eres informática, ¿no?

Sonia yergue el cuello un poco con orgullo y le corrige:

—Trabajo con *software* y tengo bastante experiencia en el tema, sí.

—¿Y podrías abrir un archivo con clave que hay aquí?

Si se acerca un poco más a ella, se le va a caer directamente en la cara y los dos van a acabar en el suelo. Cosa que tampoco creo que le fuese a molestar mucho a la muchacha, de eso estoy bastante segura.

Jed mueve la memoria USB delante de ella como si fuera un anillo de compromiso.

De repente, el cuello de Sonia, como un látigo, retrocede para protegerse y alejarse del encantador de serpientes que tiene delante y sus ojos pasan de él a mí hasta que le pregunta:

—¿Es para ella?

—No, es para mí —contesta y, por el tono que usa, sé que Jed ya se ha cansado de la táctica de ligoteo—. ¿Me puedes ayudar?

Sonia me mira de arriba abajo; ha llegado el momento de la verdad: ¿qué le pesará más? ¿Su odio hacia mí o las ganas que le tiene a Jed? Después de unos segundos de dudas, su deseo gana la partida y nos deja pasar. No sé qué me esperaba, pero lo que encuentro aquí dentro me deja con la boca abierta: tiene la habitación hecha un completo desastre. Hay ropa y zapatos desperdigados por el suelo, los cajones están abiertos y veo libros y papeles por todas partes. Además, la cama tampoco está para echarse a dormir precisamente. Sonia encuentra el portátil entre el caos, cruza las piernas al sentarse en el suelo y alarga el brazo para que le pase la memoria.

Cada uno nos ponemos a un lado y la miramos mientras lo inserta en la ranura, escribe algo en el teclado y se pone a hacer cosas que supongo que serán trucos increíbles de informática profesional. Así se pasa cinco minutos, que se convierten en diez y luego en veinte.

De repente alza la vista y nos pregunta:

–¿De quién es el archivo?

–De un amigo. –Eso es todo lo que le digo.

–Pues está claro que es un genio. No había visto una codificación así en mi vida.

Frunzo el ceño y le pregunto:

–¿Y eso qué significa?

Antes de responder veo que me mira con cierta petulancia:

–Pues que no puedo abrirlo, solo puede hacerlo la persona que lo ha configurado.

Bajo la luz de tonos amarillentos y marronosos de la bombilla con más años que matusalén, cuelgo la foto de Philip en la pared de mi nueva habitación. Doy un paso atrás y observo con detenimiento las facciones de su cara: los ojos, la nariz, la boca, los labios y su marcada mandíbula.

Con un hilo de voz anuncio:

–Te prometo que voy a descubrir qué te pasó. Lo que sucedió realmente aquel verano.

Capítulo 19

Ya es de día y empiezo a trepar por la cuerda que cuelgo de la reja de la calle. Cuando por fin mis manos llegan a una de las barras, un temblor me recorre el brazo al notar el frío del metal contra mi piel. La mochila me golpea la espalda cuando planto la suela de mis zapatos en la pared con la maestría propia de una acróbata dispuesta a deleitar a su público. Aprieto la mandíbula y aprovecho la fuerza de mis pies para desplazar la rejilla a un lado, saco una mano para aferrarme a la acera y después la otra, y acto seguido me impulso con más fuerza para incorporarme y salir del todo. Una vez fuera, vuelvo a poner en su sitio la reja, salgo a paso muy ligero del callejón trasero y aparezco en la entrada frontal del edificio. Saludo a las veintidós con mi habitual reverencia y entro cuando me abren la puerta principal.

Mientras recorro a toda prisa el túnel después de pasar la trampilla, mi mente vuelve a pensar en el perro y la mujer (o niña) que oí por la noche. Los gimoteos y lamentos venían del piso de arriba, ¿sería un réquiem por las trabajadoras textiles que fallecieron aquí? No es un pensamiento muy agradable, así que lo alejo de mi mente sacudiendo el cuerpo entero. Al llegar a la puerta de acero, tiro de ella y entro en la sala.

Las luces en arco azuladas y las sombras que proyectan a su alrededor hoy son incluso más exageradas, al igual

171

que el zumbido de las paredes, que hoy me parece un poco más intenso. Nadie se fija en mi llegada como de costumbre, exceptuando el zombi que vio el vídeo horrible del maltrato a aquella mujer; él me mira lleno de rabia y desprecio, pero que le den, que me mire como le dé la gana, que me odie si quiere.

Cuando me siento en mi silla, Keats deja caer la cabeza hacia un lado para mirarme a través de sus gafas de sol y yo lo miro con el mismo descaro. ¿Sospechará que ayer estuve toqueteándole el ordenador cuando se fue? ¿Sabrá que imprimí la foto de Philip? Me imagino la sorpresa y el impacto en su cara, los gestos que haría, la tensión que se veía en sus labios debajo de ese pañuelo que lo tapa como un bandolero. Hoy lo lleva de un rojo intenso, un rojo sangre, ¿quizá es un aviso para que me mantenga a raya? Pues le voy a chafar los planes porque no tengo ninguna intención de hacerlo. Hoy no, tengo algo pensado para él.

«No puedo abrirlo, solo puede hacerlo la persona que lo ha configurado».

La conclusión de Sonia, por mucho que me frustre, me recuerda mi prioridad número uno: persuadir a Keats para que me abra el archivo y poder examinarlo o para que me dé la contraseña. Sí, un objetivo difícil teniendo en cuenta que creo que este hombre me la tiene jurada, a mí y al resto de las mujeres, pero necesito pensar que me va a ayudar. Porque, así en frío, ¿qué más le dará a él que vea el archivo o no? La imagen de la foto de Philip colgada en la pared del almacén me viene a la cabeza, lo cual me da fuerzas para afrontarme a Keats. «Poquito a poco, Rachel, con paciencia».

Empiezo suave, con algo inofensivo, y le escribo un mensaje por el chat.

¿Cuánto tiempo llevas trabajando aquí?

Veo que lee el mensaje y duda unos segundos.

«Venga, contéstame».

Cuando veo que escribe algo en su teclado no puedo evitar sonreír con disimulo, pero la alegría me llega hasta los ojos.

¿Por qué lo preguntas?

Le escribo:

Solo quiero saber un poco más de ti. Está claro que sabes mucho de lo tuyo.

Evidentemente no me hace ninguna gracia tener que decirle eso, pero sé muy bien que a muchos hombres les encanta que les hagan la pelota. Aunque no me responde cuando veo por el rabillo del ojo que sus dedos flotan encima del teclado, receloso con su siguiente paso.

«Venga, contéstame. Por favor».

Los dedos aterrizan en el teclado.

Pero ¿esto qué es? ¿Estás intentando construir una relación conmigo o qué? ¿Quieres que nos hagamos promesas y demos palmaditas? Mira, te lo voy a dejar claro, yo no quiero construir nada contigo, ¿de acuerdo? No me gustan los parásitos.

Creo que nunca en la vida me habían cerrado la puerta en las narices con tanta rotundidad y tanto desprecio, pero la cara de Philip vuelve a aparecer en mi cabeza y sé que no puedo tirar la toalla:

Quizá podríamos ir a tomar un café o algo algún día para conocernos mejor.

Su respuesta es cortante:

Si me estás pidiendo una cita, la
respuesta es no. No me gustas.

Yo:

¿Y qué te gusta?

Él:

Pues alguien que no tenga la lengua tan larga.

Yo:

Solo lo decía para hacer algo un poco más social
y poder mejorar nuestra relación profesional
para que trabajar aquí sea un poco más fácil.

Este tío es como un robot, no tiene emociones ni habilidades sociales. Pues parece que no me queda otra solución: voy a tener que ir a matar. Le digo:

Tengo que pedirte disculpas.

Él me responde:

¿Por qué?

Debo ir con cuidado.

Necesito confesarte algo... El otro día estuve
cotilleando un poco tu ordenador.

Oigo un resoplido lleno de desdén que sale de debajo del pañuelo.

> Ya lo sé, no te preocupes. Es mi culpa por no activar la contraseña principal antes de irme. No intentes hacerlo la próxima vez, ya lo he dejado todo preparado para que no entre nadie.

Voy a por todas:

> Una de las cosas que vi fue el programa del funeral que estás preparando. Es muy triste cuando alguien a quien quieres fallece. ¿Estás trabajando en ese proyecto para alguien o tienes alguna relación con la familia?

Keats se recuesta en la silla y supongo que bajo toda la ropa que oculta su rostro habrá un hombre lleno de dudas al que le suben los rubores a las mejillas. Por fin se vuelve hacia el teclado y me contesta:

> ¿Quieres que te dé un consejo?

A ver…

> Por supuesto.

Es increíble cuánta información puedes conseguir de una persona cuando esta cree que ha escondido bien las emociones que revela su cara porque el resto del cuerpo también dice muchísimo y veo que pulsa las teclas con dureza.

> Métete en tus asuntos.

Su mala educación y sequedad no me desaniman, pero no le contesto. Tengo todo el día y no tengo prisa. Puedo esperar a que se vaya a las cinco y seguirlo, quizá consiga convencerlo cuando salgamos de su cueva.

El latido que palpita detrás de las paredes de la sala parece estar en sintonía con el mío mientras pasan los minutos y las horas.

Por fin. Por fin, cuando el reloj marca las cinco, Keats se va de la oficina. Cuento hasta diez antes de seguirlo, abro la puerta de acero y se me escapa un chillido por el susto cuando veo un cuerpo peludo y con cola, una mancha marrón que sale escopeteada subiendo las escaleras. ¿O solo ha sido una sombra? No, he visto algo moverse. Mi cuerpo empieza a balancearse lentamente, no puedo seguir adelante. Cuando oigo una pequeña riña y un ladrido, se me escapa otro grito. Alimañas. Y solo de pensarlo me estremezco. Me las imagino en las paredes, dentro de los diminutos agujeros que perforan toda la pared, con sus ojos pequeños y brillantes, sus colas peludas, sus cuerpos mugrientos esperando a que salga, preparados para abalanzarse sobre mí. No debería sorprenderme descubrir que hay ratas aquí abajo, siendo este el refugio de sus sueños. A ver, no es que me den miedo las ratas, sino más bien las enfermedades que pueden transmitir y de las que prefiero alejarme todo lo que pueda.

Pero ¿qué estoy diciendo? Las ratas, hasta dónde yo sé, no ladran. Frunzo el ceño mientras siento que mi corazón retumba con demasiada fuerza dentro de mi pecho. Mi cerebro vuelve a recordarme lo que he visto hace tan solo unos segundos: para ser una rata, el tamaño también era bastante desproporcionado, aunque también hay mitos urbanos que dicen que, en las cloacas de Londres, hay ratas tan grandes como gatos. Aun así, algo dentro de mí me dice que este no es el caso. El lamento triste del perro que oí en mitad de la noche vuelve a resonar en mi cabeza, como la marcha fúnebre de un funeral.

Empiezo a correr por el túnel hasta llegar a las escaleras y levanto la vista, pero no encuentro nada. Presiono la trampilla con la palma de la mano para abrirla y miro a mi alrededor, pero sigo sin encontrar respuestas. Me vuelven a la cabeza las palabras del artículo sobre el fantasma de Sobras. «El valiente perro que las había guiado hasta allí se tiró al suelo, frustrado sin saber qué hacer».

Despavorida, salgo como puedo de la trampilla, la cierro de golpe y salgo a la calle en tres segundos. No me da ninguna vergüenza admitir que estoy aterrorizada.

Me nutro y vuelvo a la vida insuflando el aire fresco de la calle, pero respiro con dificultad, sin ser aún muy dueña de mi cuerpo. Por primera vez, me pregunto en serio si vale la pena esta misión que me he propuesto para descubrir la verdad sobre Philip, si merece la pena profundizar en nuestro oscuro pasado. Doy un paso atrás y observo con los ojos muy abiertos el edificio victoriano que tengo delante de mí y, por un momento, me parece que él me mira con la misma intensidad y atención, con los hombros relajados. Mi cerebro contraataca mostrándome la imagen que tengo colgada de Philip en la pared del almacén. No, no puedo, me niego a decepcionarlo. Esta vez no voy a salir corriendo, no voy a huir.

La bocina malcarada y potente de un coche que pasa por la calle me vuelve a recordar dónde estoy y solo entonces recuerdo mi objetivo: seguir a Keats, pero no lo veo por ningún lado.

—Maldita sea, joder —mascullo y sigo soltando otras palabras malsonantes que me ayudan a soltar el estrés y la frustración.

No voy a rendirme, así que echo a andar a paso ligero

para ver si consigo encontrarlo. En ese momento, me suena el móvil y sacudo la cabeza, molesta por la nueva interrupción.

Es mi padre. ¿Se lo cojo o no? Al final decido cogerle la llamada.

—Rachel, estoy en tu casa.

De pronto, toda mi preocupación por encontrar y seguir a Keats desaparece de golpe de mi mente.

Capítulo 20

El pulso se me acelera, se pone a mil por hora y parece que respirar es lo más duro que he hecho en toda mi vida. Me paro enfrente de casa y empiezo a jadear; me duelen los brazos y las piernas como si hubiese venido hasta aquí corriendo desde el momento en el que abandoné la persecución de Keats. En realidad, es mi mente la que no ha parado quieta y se ha puesto como una moto pensando en mil maneras para entretener a mi padre y evitar que entre en casa, ya que, cuando descubra todo el pastel, sé que empezará a bombardearme con las mil preguntas.

He entrado en un bucle que me desestabiliza por completo, tanto que incluso me cuesta mantenerme en pie, y lo busco desesperada con la mirada. ¿Dónde está? ¿Dónde está mi padre? No lo veo por ningún lado y no entiendo nada. Hasta que, de repente, lo entiendo y me tenso como si mi cuerpo hubiera llegado al *rigor mortis*, esperando a que lo embalsamen: él tenía su propia copia de las llaves.

Trago saliva con dificultad porque ahora soy plenamente consciente de que ya no tengo escapatoria. Bueno, a ver, claro que la hay; la solución a esta situación es contarle la verdad. Me echo unas gotitas de aceite de CBD en la lengua, no debajo, y la esparzo un poco por las encías, tanto en la de arriba como en la de abajo, antes de entrar.

Cuando paso, lo veo en la estancia principal, sentado

con las piernas cruzadas en el suelo, apoyado contra la pared, justo donde antes había tenido una hermosa y gigantesca *Maranta leuconeura* que me regaló en su momento, una compra impulsiva para darme el gusto. Su cara ahora mismo es la viva imagen de un niño al que le acaban de destrozar sus juguetes favoritos. Ninguno de los dos dice nada, pero no usaría la palabra «silencio» para describir lo que se ha creado entre nosotros; no hay espacio para el silencio en esta bulliciosa vida que me he esforzado tanto por ocultarle durante todo este tiempo. Ha colocado una lámpara LED en un trípode que siempre lleva en su furgoneta, una reliquia que guarda de sus días como jefe de obra.

–¿Papá? –le digo, pero los nervios se me han acumulado todos en la garganta, lo que hace que mi voz suene como una especie de graznido agudo extrañísimo.

A modo de respuesta, él mueve la mano señalando no solo la habitación en la que estamos, sino la casa entera.

–¿Qué ha pasado aquí?

En realidad, la pregunta no me llega como una acusación ni transmite ningún tipo de enfado. Utiliza un tono neutro para conseguir más información sobre los hechos; no me extraña que la gente lo considere un genio de las negociaciones en su sector.

La luz atronadora de la lámpara LED me quema los ojos a medida que me adentro en el salón, aunque voy con cuidado de no acercarme demasiado a él para no invadir su espacio.

–Es que… Yo… –empiezo a decir entre tartamudeos. Paro e inspiro profundamente–. Te lo iba a decir.

«Mentirosa».

Mi padre poco a poco va reajustando su postura y la respiración se me entrecorta en la garganta. No, me he equivocado, sí que está enfadado, está furioso; lo veo en sus movimientos mientras se endereza, la pulsión que veo en sus músculos, los espasmos que le dan en las articulaciones de las extremidades, la manera en la que aprieta y estira los dedos a ambos lados del cuerpo. Su rostro, un bloque de granito listo para ser tallado y cincelado.

–¿Quién te ha dejado así la casa? Quiero saber quién lo ha hecho porque… –Su voz transmite cada vez más fuerza y rabia– Voy a dejarlos igual que ellos han dejado esta casa. ¡Los voy a destrozar!

En ese momento mi padre ve el miedo en mis ojos y se da cuenta del pavor que ha despertado en mí.

–¿Tú sabes el mal rato que he pasado? –me dice con una voz tajante y seca, al igual que los pasos que da para acercarse a mí, mientras la luz proyecta su sombra amenazante a sus espaldas–. En cuanto vi la casa, supe que había pasado algo y, como no me cogías el móvil, he salido a hablar con los vecinos. Y ya te imaginarás el susto que me he llevado cuando me han dicho que hacía meses que no te veían…

–Pero… –le digo mientras alargo el brazo y mi temerosa mano se aventura con anhelo a entrar en el espacio que nos separa, pero él me corta con pesar.

–Pensaba que te había pasado algo y cuando he entrado en casa y he visto el destrozo… –Al revivir el momento, se vuelve a retorcer de la angustia, lo que hace que incluso cierre los ojos durante unos segundos. Después, vuelve a mirarme fijamente muy serio y añade–: Pensaba que alguien te había hecho algo, que te habían hecho daño.

Abro la boca pero no me salen las palabras. Me parte el alma saber que lo he puesto en una situación que le ha hecho sufrir y angustiarse tanto.

–Hasta que no he escuchado tu voz cuando te he llamado y he entendido que estabas bien, no me he quedado tranquilo. ¿Qué cojones ha pasado aquí, Rachel?

En este punto, reúno las fuerzas necesarias para contarle la verdad, al menos sobre la casa; ya es hora de parar esta rueda emocional en la que lo he metido. Recoloco los hombros y respiro hondo durante un buen rato. Quiero explicarle todo esto con calma, con el tempo y el tono que usarían un padre y una hija mientras cenan juntos un sábado cualquiera.

Empiezo, y, con toda la intención del mundo, desvío la mirada a un lado cuando le hablo, concretamente hacia la esquina a la que no llega la luz artificial y queda oculta por la penumbra.

—Le alquilé la casa a una pareja que conozco, bueno, que creía conocer, y resultó que al final no eran tan amigos míos como creía, ya que la usaron para sacar dinero. En vez de quedarse a vivir ellos como acordamos, se la subalquilaron a otras personas pidiéndoles una brutalidad más de dinero.

—Vale, hasta ahí lo entiendo. No me gusta, pero he escuchado que estas cosas pasan, es algo habitual en el mercado. Pero eso no explica por qué la casa parece una zona de guerra.

El último y débil aliento que me quedaba para afrontar la situación me abandona y clavo la mirada en el suelo. Lo que me carcome por dentro es la vergüenza, la vergüenza de haberlo decepcionado. Frank Jordan, un hombre poderoso, me ha dado todo lo que ha podido en la vida para ayudarme y facilitarme el camino, el empujón que cualquier persona joven aprovecharía para labrarse un futuro prometedor. Y, sin embargo ¿qué he hecho yo con todo eso? Decepcionarlo, y no es la primera vez. También lo hice aquel verano.

Mi padre me vuelve a confrontar con una pregunta que no me esperaba:

—¿Cuánto dinero debes?

Levanto la cabeza de golpe, sale como disparada y no sé por qué sigo de pie ni qué me sostiene, porque yo ni siquiera me siento los pies.

–¿Cómo lo sabes?

–Cariño… –«Cariño», me repito en la cabeza e intento aferrarme a la idea–. En mi trabajo he visto de todo. –Mi padre da un paso más en mi dirección y entra en la luz–. ¿Y si no, por qué ibas a poner la casa en alquiler? ¿Por qué ibas a vivir así, que parece que tengas miedo a que te la quiten?

Me froto las manos en el lateral de los muslos, me muero por correr a sus brazos, por sentir el peso que me da su apoyo parental, pero sé que no es el momento. Al parecer, a las palabras que se agolpan en la punta de mi lengua les falta un poco de empuje. Esto se me está haciendo difícil, muy difícil.

–Me metí en problemas por temas de dinero…

–¿Y cómo pasó eso? –gruñe mi padre–. ¿Cómo puedes estar sin un duro en la calle si has estado trabajando y dejándote la piel en alguna oficina de la ciudad? En esos trabajos se cobra muy bien.

–Porque todo eso era mentira –le suelto de malas maneras.

El impacto que refleja la cara de mi padre en otro momento me hubiese hecho callarme, pero ahora mismo he entrado en el camino de la verdad y sé que tengo que llegar hasta el final. «Respira, Rachel, respira».

–Lo intenté, busqué por todas partes, pero todo se torció desde que…

–Murió mamá –me interrumpe para acabar mi frase con tristeza mientras se pasa la mano por la cara.

En parte tiene razón, pero no fue eso lo que me puso contra las cuerdas. Aun así, asiento con la cabeza y le dejo que piense que ese es el motivo.

–Al principio nadie quería contratarme porque había dejado la universidad antes de tiempo y no tenía el título, pero he tenido un montón de trabajos diferentes, en bares, centralitas, he trabajado como repartidora de la compra que la gente hace *online* –le explico y es cierto. Lo he dado todo para poder cubrir mis necesidades básicas–. Pero, en cuanto me quise dar cuenta, ya estaba teniendo problemas con la agencia que se encarga de la hipoteca.

–Y por eso pusiste la casa en alquiler, para intentar pagar las cuotas y poder mantenerte, pero al final resultó que tus inquilinos eran unos ladrones sinvergüenzas que te la jugaron y las personas que metieron aquí eran incluso peores, destrozaron lo que pudieron y se llevaron las cosas de valor para sacar ellos tajada.

Abro los ojos sorprendida de comprobar su viveza y rapidez en entender la situación.

–En el mundo de la construcción estas cosas son el pan de cada día. Uno de mis primeros trabajos aquí en Londres fue con un grupo que también se ganaba la vida robando tuberías de cobre de cualquier sitio que luego vendían a buen precio y sin hacerles preguntas.

–Lo siento, papá –le digo, y mi voz aguda y derrotada retumba por toda la casa.

–Yo sí que lo siento –me responde mientras se masajea la nuca. Se gira tan rápido para acercarse a mí que, sin querer, instintivamente, doy un paso atrás–. No entiendo por qué no me lo has contado antes. ¿He sido demasiado duro contigo que me ves como un monstruo?

–No, para nada –le contesto con un hilo de voz, ya que sentir que mi padre pueda pensar eso, aunque sea un segundo, es demasiado doloroso y se me hace un nudo en la garganta.

De lo que sí tenía miedo, si soy totalmente sincera, es de lo que podría haberles hecho a mis supuestos amigos. Sé la violencia que puede salir de nuestro interior cuando le hacen daño a nuestra gente.

De pronto, sube el volumen de su voz y afirma como un trueno:

—Eres lo único que me queda en esta vida. Lo daría absolutamente todo por ti, cariño, todo.

Entonces abre los brazos y yo me lanzo a ellos. El abrazo que nos damos es intenso y las lágrimas bañan mis mejillas por el alivio que siento y de todo el cansancio que llevo acumulado. Nos quedamos así no sé cuánto tiempo, hasta que mi padre se inclina un poco hacia atrás y me seca un poco la cara con sus torpes manos.

—Debería haber pasado más tiempo contigo cuando tu madre murió.

—Ya estabas conmigo, papá. Me dabas todo el tiempo que tenías, pero también tenías un negocio que sacar adelante. —Ahora que hablamos del pasado y estando entre sus brazos, encuentro la fuerza para preguntarle—: ¿Te acuerdas de Philip, el chico que conocí cuando tenía dieciocho años?

Mi padre deja caer los brazos a los lados y se aleja un poco, entrando en la oscuridad de la estancia.

—¿Philip?

Claro, él no lo conoció y ya hace mucho tiempo.

—El amigo que tenía y que murió.

Al decirlo noto cómo me queman los labios. Mi padre tiene una expresión de confusión y desconcierto en la cara que hace incluso que se le junten las cejas.

—No sé…

—¿Te acuerdas del verano cuando tenía dieciocho años? —le pregunto y se me vuelve a cerrar la garganta. Intento tragar y sigo—: Después de que muriese mamá.

—Nunca olvidaré ese año —me contesta y veo que el velo del fantasma del pasado le cubre el rostro. Por supuesto que recuerda el entierro de su mujer. Aprieto los puños con fuerza cuando siento que un sollozo recorre mi cuerpo para salir. Mi padre levanta la cabeza con la barbilla alta y continúa—: Te refieres al accidente en el que también murió Danny.

Al mencionar el nombre de su amigo, Danny, parece que se entristece. Quiero dar espacio para que él pueda hablar de su dolor o expresarlo, pero para ello tendría que hablar de Danny, y eso sí que no puedo hacerlo.

—Lo que pasó fue muy duro —acaba diciendo con pesar—. La muerte de tu amigo te dejó muy tocada. ¿Y qué te ha hecho pensar en Philip ahora, después de tantos años?

Elijo mis palabras con mucho cuidado, intentando evitar que me mire a los ojos directamente con el movimiento de mis pestañas:

—He conocido a un amigo que Philip y yo teníamos en común, y me ha dicho que no murió aquel año, sino que acaba de fallecer hace poco.

—¿Cómo? —pregunta exaltado y se acerca de nuevo, decidido y resuelto por tal afirmación—. Eso no tiene ningún sentido. Cuando me puse en contacto con su familia, como me pediste, me dijeron que había muerto. —Mi padre se rasca la cabeza, sopesando lo que le acabo de explicar—. No me acuerdo exactamente con quién hablé, pero tengo claro que eso fue lo que me dijeron y que el funeral iba a ser algo privado y que, por eso mismo, no podías asistir.

Proceso todos los detalles que me da, los filtro y llego a la conclusión de que, efectivamente, no tiene ningún sentido. ¿Por qué le iba a decir la familia de Philip a mi padre que había muerto si no era cierto? Noto cómo la sangre me palpita con fuerza en la cabeza y hace que me latan las sienes.

Mi padre me pone sus enormes manos con cariño sobre los hombros; la rabia con la que hablaba antes ya ha desaparecido.

—¿Quieres que vuelva a intentar hablar con ellos, con su familia, para ver qué está pasando?

Es una proposición que no puedo rechazar, le vuelvo

a dar un abrazo, a lo que él me dice al oído para tranquilizarme:

—Vamos a arreglar todo el tema de la casa. Ya no tienes
que preocuparte por esto.

Lo abrazo con más fuerza, llena de gratitud.

«¿Y por qué no le has dicho lo que pasó de verdad
cuando tenías dieciocho años?».

Aun así, decido ignorar el susurro que me lanza la voz
de mi cabeza.

Capítulo 21

Son las cinco de la tarde y Keats se dispone a salir de la oficina. Mira el reloj, apaga el ordenador y coge la voluminosa bolsa deportiva que tiene debajo del escritorio. Me pregunto qué llevará dentro, no me lo veo haciendo pesas y dándolo todo en el gimnasio. Hoy nada se va a interponer en mi camino, ni una llamada de mi padre ni Michael, ni el fantasma de las veintidós trabajadoras ni Sobras, el perro callejero. Nada. No voy a parar porque mi padre vaya a llamar a la familia de Philip, yo también voy a cumplir con mi parte para intentar descubrir la verdad. Voy a conseguir que Keats me dé la contraseña, aunque se la tenga que sacar a la fuerza. Cuando mi supervisor sale del sótano, cuento hasta diez, cojo mi mochila y lo sigo. Paso por el túnel y salgo por la trampilla.

Veo que Michael está en el vestíbulo mientras Keats sale por la puerta principal que hay justo detrás. Con un gesto un tanto exagerado, el CEO mira la hora y luego a mí.

–¿Te vas un poco pronto, no, Rachel? Me parece que aún tienes cosas que hacer en el sótano.

Fíjate qué curioso que ya no habla de «la sala de sistemas».

Aun así, no dejo que su presencia me desanime y me aparte de mi cometido. Ya había pensado que esto podía pasar, así que le contesto:

–Solo voy a salir un momento para comprar un par de cosas que necesito para pasar la tarde con los cursos y ahora mismo vuelvo.

No me replica, me ha pasado tantos vídeos de formación en línea sobre gestión que ya se ha quedado sin más que enviarme, pero aun así quiere que me quede ahí hasta horas intempestivas. De todas maneras, ahora mismo ya me va bien, la verdad.

Por un momento, parece que he perdido mi oportunidad porque no encuentro ningún rastro de Keats mire donde mire. Dejo de regruñir por lo bajini cuando lo veo junto a un poste de bicis al final de la calle, sacándole las cadenas para subirse a una bicicleta que luce bastante deportiva, de color rojo y blanco. La bolsa que lleva parece que hace más vuelto que él cuando se monta en el sillín, y la verdad es que me sorprende verlo en bici. Puede que incluso le preocupe el planeta, lo que explicaría ese *look* tan anárquico, por llamarlo así.

Salgo corriendo en su dirección y le grito:

–¡Keats! ¡Para! ¡Por favor, tenemos que hablar!

Chillo tanto que podría haber conseguido que Lázaro se levantara de entre los muertos, pero, en cambio, Keats no da señales de haberme escuchado. Quizá la capucha que lleva en la cabeza le dificulta la audición o se ha puesto los cascos y va con la música a tope. Otra opción plausible es que simplemente siga cumpliendo su política estricta de pasar de mi cara. Igualmente, decido perseguirlo por la calle. ¡Mierda! Va a toda leche y va a entrar en la calle principal, mientras serpentea con maestría a la gente que hay por la calle. Se me escapa sin poder hacer nada al respecto.

Pero no me rindo, no puedo. Me niego.

Cuando llego a la esquina, tomo la calle principal, donde veo que hay muchísimo tráfico y cruzo los dedos para que Keats se haya quedado atrapado en algún sitio. Pero no tengo esa suerte, sino que lo veo alejarse y perderse entre una línea infinita de furgonetas, camiones, autobuses y coches. Aun así, yo sigo corriendo y chocándome con los transeúntes y la gente que sale exhausta del trabajo y va de camino a casa. Después de cien metros, cuando llego a una intersección con semáforos, me queda claro que lo he perdido por completo.

Los ciclistas me pasan por la izquierda y la derecha, algunos incluso se saltan los semáforos (odio cuando hacen eso y ponen en peligro a todo el mundo) y estoy segura de que Keats no ha dudado en hacer lo mismo. Alguien que va vestido como él tiene toda la pinta de que no va a seguir las normas de circulación. Podría haber ido en cualquier dirección y ese pensamiento me frustra porque soy incapaz de encontrarlo. Vencida, me apoyo en una farola de la calle y me froto los ojos.

Lo único que quiero es que me dé la contraseña para mirar un puñetero archivo que no significa nada para él y que, en cambio, para mí es lo más importante en estos momentos.

De repente, mis ojos se fijan en algo: un poco más allá, en la misma calle, veo algo blanco y rojo, una bici atada a un poste junto a unos restaurantes de comida para llevar y una tienda de cigarrillos electrónicos. Esta vez mi mente no me engaña, es la misma bici, pero al parecer la ciudad está llena de bicis del mismo modelo. De todas maneras, cruzo la calle y le echo un vistazo. Está tan limpia que reluce con un brillo que refleja la obsesión compulsiva con la que un genio de los ordenadores cuidaría su bien más preciado. Además, tiene toques personalizados y lleva pegatinas por todas partes para demostrar que esas ruedas han recorrido las calles de Noruega, Rusia y Japón. Quizá me equivoco, pero mi instinto me dice que esta bici es sin duda el transporte de Keats. En ese momento, me doy cuenta de que saber que ha recorrido el mundo con su bici es el primer detalle personal que sé de él.

Ahora paso a inspeccionar las calles porque tiene que estar en alguno de los establecimientos que hay aquí, así que empiezo mi búsqueda.

En un puesto de comida turca, veo que dos hombres bien vestidos y una mujer hacen cola; en el restaurante italiano de al lado ya hay algunas personas que han decidido cenar pronto, pero ninguna lleva capucha ni gafas oscuras de sol ni pañuelos que le tapen la mitad de la cara. Pero, entonces, de repente, me doy cuenta de algo: cualquiera de esas personas podría ser Keats, al fin y al cabo, no puede comer con todo tapándole la cara. Después de esta reflexión, me fijo mejor en la clientela del restaurante, pero ninguno encaja con el perfil ni la figura de Keats.

Paso al siguiente. En la tabaquería electrónica veo a un chaval menor de edad un poco raro y con la cara llena de granos intentando convencer al dueño del establecimiento de que le venda un filtro. ¿Será ese Keats cuando va por la calle? No, Keats no fuma y este chaval es eso, un chaval, demasiado joven. Casi no me quedan sitios donde buscar… La floristería está vacía y el dueño parece que está a punto de cerrar, también hay una tienda de ropa con un par de clientes, pero ahí estoy bastante segura de que no voy a encontrar a Keats. Al lado de las tiendas y los puestos de comida hay una serie de bloques de oficinas anónimas. Me mareo de tanto fijarme en los detalles, así que sacudo la cabeza para intentar reenfocar la atención.

Al otro lado de la calle veo que hay una lavandería bastante cutre y destartalada. En mi cabeza, a Keats le hace la colada su madre, pero, de todas formas, intento esquivar el tráfico y cruzo para echar un ojo al interior del negocio. Allí, todavía con el uniforme puesto, sentado en un banco mirando cómo la ropa da vueltas y vueltas dentro de la máquina y la bolsa de deporte vacía a sus pies, me encuentro a Keats.

Sin dudarlo ni un segundo, entro y me siento a su lado.

–Hola, Keats. Soy yo, Rachel, espero que no te moleste que esté aquí.

Menuda sarta de tonterías le acabo de soltar. Sabe perfectamente quién soy porque estoy delante de él y por supuesto que le molesta que le haya seguido hasta aquí. Sin embargo, no se gira ni muestra ninguna señal que me indique que me vaya a hacer caso, sino que se queda ahí sentado y sigue concentrado en seguir el proceso de lavado de su ropa como si fuese la serie de televisión más interesante que hubiera visto en su vida.

Vuelvo a la carga:

–Tienes una bici muy chula. Me he fijado en que has viajado por el mundo con ella, ¿no? ¿Viajas con más amigos o vas tú solo?

Sigue sin darme ninguna respuesta.

Me duele la cabeza y tengo la respiración acelerada. Insisto una vez más:

–No quiero marearte, pero necesito que me ayudes con algo. Verás, es que yo tenía un amigo hace diez años, fue un apoyo muy importante para mí en una época muy difícil de mi vida. Philip, así se llamaba. Pues el caso es que murió en un accidente horrible.

Nada, sigue sin responder.

Aun así, yo sigo aquí a pico y pala con mi misión:

–He visto en tu ordenador que estás trabajando en el programa de su funeral, lo que me hace pensar que murió hace poco. –Al decir esto último, el tono de voz se me dispara–. Pero lo que me choca es que murió hace diez años, así que no puede ser, no puede haber muerto hace diez años y ahora otra vez. No tiene ningún sentido. –Estoy tan desesperada porque Keats me entienda y abra esa maldita boca que se empeña en mantener cerrada que me pego tanto que noto el calor de su muslo contra el mío–. Y la otra cosa que me parece de locos es que ya es demasiada casualidad que, en el nuevo trabajo que consigo, el supervisor, que justamente se sienta a mi lado, resulta ser la persona que se encarga de organizar su funeral. Y encima tenía que ser en ese edificio, ¿no? La verdad es que me parece una broma un tanto macabra y cruel.

Aquí ya no estoy siguiendo ningún plan, digo lo que me sale, sin pensar. Quizá estoy sacando lo que llevo dentro para sentirme mejor y no para que me entienda, pero ¿qué más da? Para el caso que me hace…

Ahora ya paso a suplicarle:

–Solo te pido que por favor me pases el documento abierto o que me des la contraseña y así quizá pueda entenderlo. No me sé el apellido de Philip ni dónde vivía, en realidad no sé casi nada de él, solo que era mi amigo. Pero en su momento no pude ir a su funeral, si es que se hizo uno. –En mi cabeza noto cómo las piezas intentan encajar, pero están desperdigadas por todas partes y, a medida que hablo, afloran más emociones–. No se lo diré a Michael ni a nadie. También te agradecería que me explicaras cualquier cosa que sepas, como por ejemplo los datos de la persona que te ha encargado que lo hagas. Tampoco te estoy pidiendo tanto, ¿no? –le pregunto y, de repente, me pongo de pie y noto que me tiemblan las rodillas–. Odio sentir que no soy normal, quiero sentirme como el resto y coger las riendas de mi vida de una vez. ¿Me entiendes? ¿Me puedes ayudar?

Diez años de dolor, sabiendo que he decepcionado a mi padre y a Philip, que no he podido caer más bajo. Parece que me han sacado la piel a tiras y me han dejado aquí sangrando. ¿Por qué Keats no me responde? ¿Cómo puede quedarse ahí sentado, quieto, sin mostrar ningún tipo de emoción después de lo que le he explicado? Algo explota en mi interior y le doy un empujón. En realidad, solo lo toco ligeramente con las manos o, al menos, es lo que me parece, pero él se cae del banco con las piernas y los brazos arriba. Las gafas de sol salen disparadas al suelo, la capucha se le cae y le veo una melena corta de pelo rizado, el pañuelo se le afloja y se le baja hasta la barbilla. Sus ojos, que son preciosos y parecen de ciervo, buscan desesperados las gafas... Parece una mujer.

En ese momento clavo los míos en la cara de Keats y mi mundo se detiene de golpe.

No lleva las gafas de sol puestas ni el pañuelo. Puedo ver el mapa entero de su cara y me quedo sin palabras. No me puedo creer lo que ven mis ojos.

Keats es una chica joven.

Instintivamente, salgo disparada del banco para recogerle las gafas y devolvérselas. Él, bueno, no, ella me las quita de malas maneras de las manos y se las vuelve a poner, y se recoloca la capucha malhumorada. Una vez oculta tras sus prendas, se sienta en el banco como si no hubiese pasado nada y vuelve a fijar la mirada en la lavadora. Sin embargo, noto que los hombros están mucho más rígidos que antes, una tensión en todo el cuerpo que me dice que lo que más querría ahora mismo es desaparecer de allí.

Me quedo ahí plantada y me disculpo con un hilo de voz:

–Lo siento. No era mi intención. –No añado nada más porque no hay nada más que decir–. Lo siento.

Cuando salgo de allí, las lágrimas me ruedan por las mejillas y no son de esas delicadas y cálidas que parece que te acarician, sino las otras que más bien salen a la fuerza e incluso pican y arañan al caer. No sé hacia dónde voy ni lo que hago, ni siquiera sé si sigo aquí. En mi interior noto un nudo, algo que me hace daño. ¿Cómo es posible que Keats me dejase pensar que era la única mujer en aquel océano de hombres? ¿Por qué, siendo una mujer de mi edad más o menos, no me lo ha dicho?

—¡Rachel! —escucho que me llama una voz de mujer a mis espaldas.

Me giro y, con la visión un poco borrosa, veo a Keats en la puerta de la lavandería, llamándome desde la distancia, así que doy marcha atrás y me doy cuenta de que es la primera vez que escucho su voz; es ronca, profunda y a la vez suave. Y lo que más me impacta es la suavidad porque, sinceramente, me esperaba que de ahí dentro solo pudieran salir gruñidos guturales y cavernosos.

Tiene toda mi atención para escuchar lo que tiene que decirme:

—Quítate eso de la cabeza: el problema no es que tú no seas normal, los que no son normales son el resto del mundo.

Me quedo callada unos segundos y luego respondo en voz queda:

—Gracias.

—¿Vas a volver al sótano?

Cuando ve que no le respondo, saca una libreta y un bolígrafo de uno de sus bolsillos y añade:

—Si vas, aquí tienes la contraseña del archivo.

No me lo puedo creer. Le daría un abrazo de la felicidad que siento, pero su cuerpo reacciona y se aleja de mí como diciéndome «Ni se te ocurra».

Por fin me da el trozo de papel en el que ha escrito la clave y me dice:

—Enciende mi ordenador y lo verás, he estado trabajando en el archivo antes. —Da un paso atrás, alejándose un poco más, y vuelve a levantarse un muro entre nosotras—. Y no me pidas más ayuda. Sabes perfectamente que se empieza así y luego no hay manera de cortar el círculo.

—Pero Keats tiene algo más que decirme, así que respira

hondo y acaba avisándome–: Ándate con mucho ojo cuando estés en el sótano, Rachel.

No me da tiempo a preguntarle qué quiere decir con eso porque, cuando intento averiguarlo, ya se ha resguardado otra vez en la calidez del interior de la lavandería. Y yo me quedo ahí, envuelta en el frío de la tarde, sosteniendo entre mis manos temblorosas el trozo de papel que me acaba de dar con la contraseña que necesito.

Capítulo 22

«Ándate con mucho ojo cuando estés en el sótano, Rachel».

La advertencia de Keats me hace entrar en un estado de alerta cuando vuelvo a bajar al sótano y me siento en su silla. ¿Qué me habrá querido decir con eso? ¿Me lo dirá por los zombis y el vídeo que los pillé viendo en horas de trabajo? ¿Me está diciendo que tengo que cubrirme las espaldas y tener cuidado con ellos? La verdad es que el incidente con esos dos zombis parece haber puesto al resto en mi contra. El recibimiento que me dan cada mañana ha pasado de ser frío a glacial. De todos modos, no sé muy bien qué me ha querido decir con eso y ahora mismo no es el momento de intentar averiguarlo.

Las luces azules parpadean, titilan, chirrían hasta que al final explotan; va pasando de tanto en tanto desde que he vuelto. La sala se transforma a mi alrededor y me envuelve en un enmarañado de otra época. El color del sótano pasa a convertirse en un monocromo deprimente y polvoriento de blancos y negros. Las trabajadoras, con las cabezas gachas, volcándose en sus remiendos sentadas en los bancos; las máquinas y los utensilios que tienen las niñas en las manos no hacen ruido, lo único que oigo es el perro en el pasillo que ladra con vehemencia intentando advertirlas de lo que va a pasar. El color que veo está solo en las chicas, en los lazos rojos que llevan en el pelo. El

197

color se mueve, se va fundiendo en el lazo poco a poco y va cayendo gota a gota; es un rojo brillante, espeso y va deslizándose por su cabello hasta llegarles al rostro y, una vez allí, empieza a quemarles la piel, abriéndoles cicatrices en la cara.

Corto esta película que se está montando mi mente para jugar conmigo y me convenzo de que la única mujer que hay en el sótano soy yo. Rezo para que lo que me vaya a encontrar en el programa del funeral me dé la respuesta que necesito a todas las preguntas que tengo porque no quiero volver a este lugar nunca más. Abro el papel que me ha dado Keats y leo la contraseña:

«DéJAmeEntrAR».

Mírala qué graciosa es Keats, qué chispa tiene la tía. Algo me dice que, en cuanto se enteró de que estaba trasteando con su ordenador, cambió la contraseña para reírse a mi costa. Por fin encuentro el archivo y lo abro. Ay, Dios… Ahí vuelven a estar los ojos de Philip mirándome fijamente y me envuelven el corazón en un cálido y tembloroso abrazo. Ay, Philip… No puedo dejar de mover la cabeza y noto cómo las lágrimas se empiezan a acumular en los ojos, pero no llegan a derramarse. Me las enjugo con la palma de la mano y sacudo la cabeza para volver a centrarme. Es hora de entrar en acción, así que focalizo mi atención y me doy cuenta de que el programa es un folleto de cuatro páginas, pero no me paro a analizar su contenido, al menos de momento. Después de imprimirlo, le daré las buenas noches a Michael y haré mi triquiñuela para escabullirme y volver al almacén para dormir. Sé que, hasta que no pueda refugiarme en la soledad de esa habitación olvidada, mi mente no se permitirá sumergirse en todo esto.

Le doy al botón de impresión y voy hacia la impresora, que empieza a hacer ruidos mientras se enciende y hace su trabajo. Noto cómo en mi interior se va creando una gran ola de expectación que cada vez me cuesta más controlar. Roto los hombros hacia atrás, respiro por la nariz y saco el aire por la boca en un intento de calmarme. Se hace el silencio cuando la máquina acaba su cometido y no puedo evitar que la mano me tiemble mientras me acerco a recoger los papeles de la bandeja. Una vez en mi posesión, los miro por primera vez.

Las luces azules brillan con tanta intensidad que tengo que cubrirme los ojos para que no me cieguen. El azul es tan intenso que parece que va a estallar y las luces emiten un sonido tan agudo y ensordecedor que me hace daño en los oídos. De repente, se apagan y me dejan en la más absoluta oscuridad y el sótano se convierte en un abismo invisible pero irrefutable.

Estoy atrapada, encerrada, aprisionada.

Estoy confinada en un ataúd, de pies a cabeza y acorralada entre gruesos muros oscurecidos. El latido que bombea al otro lado de la pared parece hacerlo con más fuerza e ímpetu que nunca mientras el espeso y profundo vacío me envuelve. No hay ni una pizca de luz, lo que significa que no me llega el aire a los pulmones y me es imposible respirar. Inspiro para conseguir oxígeno con todas mis ganas y, aunque estoy asustada, el espantoso sonido que oigo no puedo ser yo intentando recuperar el aliento, sino que debe de ser una criatura aterrada intentando esconderse en algún rincón de la habitación.

Unos toquecitos en la ceja derecha, venga, otros cuantos en la izquierda y, para rematar, unos cuantos más en la parte interior del codo. Aun así, los brazos no me dejan de temblar. Quiero dejar de temblar, por favor, ¿qué hago? Intento evadirme en mi cabeza a aquel paisaje de playa en el que monto a caballo, pero el animal desaparece porque la orilla aquí también se ha convertido en un atronador vacío de oscuridad. Jadeando, mi pobre pecho expulsa desacompasadamente violentos golpes de aire; me voy quedando sin oxígeno, pero lo necesito. Devolvédmelo, devolvédmelo.

No puedo respirar, no puedo.

Empiezo a sudar por cada poro de mi piel. Tengo calor, después frío; parece que me arde el cuerpo, ahora me congelo. No hay luz, así que tampoco hay aire, lo que significa que voy a morir aquí. Voy a morir.

Mezo mi cuerpo con la certeza y la decisión de la persona que se asoma al borde de un puente para poner fin a su vida, pero algo me frena de repente. ¿Qué es eso que oigo? Hay algo más en esta oscuridad. Son susurros.

«Las pobres niñas no hacían más que rezar entre sollozos para que ocurriera un milagro que las sacara de allí».

Eso es lo que se explicaba en la página web de los edificios y casas malditas, eso hacían las niñas del taller clandestino antes de que las llamas las devorasen. ¿Eso es lo que estaba oyendo? Aguzo el oído. No, eso no son susurros pidiendo ayuda, el sonido que detecto lo produce algo mecánico; un traqueteo motorizado, continuo y a la vez entrecortado. Tucutucutú, tucutucutú y sigue. Ya sé lo que es.

Una mezcla de colores del pasado me inunda la mente con un recuerdo y, de repente, me veo a mí de pequeña sentada en la sala de estar de mi abuela Jordan mientras ella cose ropa. Tucutucutú. Una máquina de coser antigua. ¿Eso es lo que estoy oyendo ahora? ¿Es el sonido de las máquinas de coser del taller clandestino? Tengo que salir de aquí y hacerlo cuanto antes.

«Busca la luz, Rachel. Busca la luz».

«Busca la luz».

Estoy desorientada y no sé cómo hacerlo. Necesito luz, pero ¿dónde? ¿Dónde está? Ah, ya lo sé. La criatura que parece estar retorciéndose de dolor ha vuelto con esa respiración agitada que me hace pensar que intenta inflar un globo mientras noto que el aire vuelve a llegarme a los pulmones. Me atrevo a adentrarme en las sombras y palpo a mi alrededor para guiarme por el espacio. El rasgueo que hace el papel del programa del funeral que llevo en la mano contra la pared hace eco en la penumbra. Poco a poco, voy avanzando, sin prisa. Así lo conseguiré.

Algo duro se me clava en la cadera y hace que los músculos de los muslos se me tensen del dolor. Sin embargo, es una buena señal porque sé que mi destino está cerca: mi escritorio donde he dejado la mochila. Me acerco un poco y palpo la mesa buscando hasta que lo encuentro. Sé muy bien dónde tengo el móvil y, con dedos temblorosos, enciendo la linterna del dispositivo.

Se hace la luz y con ello vuelve el aire. Ahora ya puedo respirar. No voy a morir. Ahora mismo me importa muy poco lo cargado y viciado que está el aire aquí, en este punto me parece lo más agradable del mundo y mi lengua hasta lo saborea. Me apunto con la luz para verme, para verme la cara; necesito comprobar que soy real.

Llamo a Michael, pero el teléfono no da llamada. Segundos después me acuerdo de que en el sótano no hay cobertura, así que, aunque lo último que me apetece es salir y tener que recorrer ese lúgubre túnel sola, me doy cuenta de que no me queda otra opción.

No sé muy bien cómo, pero consigo llegar a la puerta de acero, la abro y me adentro en el túnel totalmente a oscuras. Las luces amarillas del pasillo también se han apagado y entonces hago algo que le parecerá bastante extraño a cualquier persona que sepa el pavor que siento al estar bajo tierra: cierro los ojos. De esta manera me sumerjo en una oscuridad que conozco, la mía. Yo tengo el control porque yo la he creado, soy yo la que se cierra al mundo, no el mundo el que se cierra a mí.

Camino muy despacio, con mucho cuidado, intentando descifrar y aprender el patrón irregular que forman las duras piedras bajo mis pies. El frío me cala hasta los huesos, nada que ver con la temperatura que se crea aquí durante el día, ahora hasta me castañean los dientes, aunque quizá el miedo también influya. Mi propia oscuridad me engulle mientras avanzo y me acerco cada vez más a mi meta.

De repente me detengo porque, en la distancia, oigo el crujido de la trampilla al abrirse. Seguidamente, unos pasos fuertes y pesados que bajan por las escaleras primero y luego siguen por el túnel. Cuando abro los ojos, una impactante luz blanca me ciega y me hace querer volver a recluirme en la oscuridad de mis párpados.

–Rachel. –Es Michael. La sombra que proyecta en el suelo y las paredes lo hace parecer un gigante–. ¿Estás bien?

Asiento, aliviada.

–Se han apagado las luces, así que no he podido acabar el trabajo…

–No te preocupes por eso, han saltado los plomos. El sistema eléctrico del edificio es muy antiguo, seguramente hizo la instalación el mismísimo Thomas Edison.

–Pero eso tiene que ser ilegal e ir en contra de las normas de seguridad, ¿no? Es peligroso porque si hay un problema con la luz, podría provocar un incendio aquí abajo.

De repente el CEO me apunta con la linterna en la cara, dejándome claro lo que le genera mi comentario y me contesta:

–Si quieres pagar tú la nueva instalación eléctrica, por mí encantado, adelante. Y ahora, si te parece bien y ya has acabado con tus lecciones de seguridad laboral, vamos a tu escritorio para que puedas recoger tus cosas.

En realidad ni me espera, sino que sale disparado hacia

la sala de trabajo. Me giro para seguirlo, pero, al hacerlo, me acuerdo de lo que llevo en la mano.

Estoy sentada con las piernas cruzadas encima de mi nórdico mientras Philip me mira desde la pared del almacén. En el regazo, tengo el programa de su funeral como si fuera lo más normal del mundo. Me da miedo tocarlo, abrirlo, como si al hacerlo volviera a revivir su muerte, y ya sufrí y lloré lo indecible hace diez años. Iba por la vida como mis compañeros actuales de trabajo, como una zombi programada para cumplir con sus necesidades básicas: comer, dormir y hacer las tareas diarias, pero por dentro me sentía vacía y triste. Me costó horrores intentar ocultarle todo ese dolor a mi padre sacando fuerzas de donde no las tenía para sonreír y mantener conversaciones que se me hacían infinitas; lo último que necesitaba el pobre era cargar con otro duelo más y dejarlo entrar a nuestra casa.

Todo eso da igual ahora, tengo que hacerlo, debo coger el programa y examinarlo para buscar las respuestas que necesito y descubrir por qué me dijeron que lo perdí hace ya una década. Me concentro al máximo y mis ojos, no sin miedo, se clavan en el papel; no me quema ni me corta, tampoco me infecta con el veneno de las emociones propias del duelo que suelen acompañar a la muerte de un ser querido. Ese rostro alegre de facciones agradables me mira en la portada, una réplica de la foto que ya tengo colgada en la pared. Sin embargo, no son esos rasgos que conozco tan bien los que me impiden apartar la vista del folleto, sino la sonrisa natural con la que me mira, asimétrica, incluso un poco traviesa, pero, sobre todo, amable y cálida. Ya sé que suena cursi, pero así era Philip.

Y ahora toca descubrir la verdad, comprobar si el programa contiene la información que necesito: nombres, familiares, directores de la funeraria, el lugar y la fecha en los que se celebrará el servicio. Cualquiera de estos datos me daría la posibilidad de ponerme en contacto con alguna persona que pudiese aclararme qué le sucedió a mi amigo hace diez años, alguien que pudiera explicarme por qué me dijeron que murió. Quiero creer que hay alguien que pueda decir qué está pasando, tiene que existir. Sé que mi padre está intentando hablar con la familia de Philip, pero no puedo dar por hecho que lo vaya a conseguir.

La esperanza cae en picado porque no encuentro ninguna de esta información, ningún dato que me ayude a ponerme en contacto con un amigo, un familiar o el oficiante de la ceremonia. Entre las páginas hay fragmentos de textos, poemas, canciones y testimonios, pero en ningún sitio se indica quién se encargará de cada cosa. Tampoco se aclara la causa de la defunción ni la fecha.

Hay espacios en blanco que Keats ha marcado como «Foto de familia n.º 1», «Foto de familia n.º 2» y «Foto de familia n.º 3», fotos que me vendrían genial para mi investigación. De hecho, ahora que me fijo, hay muchos espacios en blanco en este documento, como si estuviera a medio hacer. Tampoco encuentro nada que me indique quién ha pedido que se haga este programa para el funeral ni de dónde se ha extraído la información. La información del archivo solo me deja ver que Keats se ha encargado del diseño, que ha trabajado en el documento hoy, pero que el archivo en sí se creó hace una semana.

Al final de la última página, se lee una petición para que los asistentes hagan una donación a una fundación para músicos y una organización benéfica para perros callejeros. Se me escapa la risa al leerlo; es un detalle muy suyo, muy Philip, donde él iba, allí que lo acompañaba su guitarra, y tenía un cachorrito al que mimaba con todo su corazón. Ray, así había bautizado al animal. Ray de Rachel. Al pensar en esto, me viene a la cabeza una canción como si me hipnotizara de repente, «Eighteen» de Alice Cooper, la canción de Philip. Cualquier duda que pudiera tener sobre si este funeral es para Philip o no desaparece.

El sonido del móvil me saca de mis pensamientos y del folleto, así que lo cojo y veo que es mi padre.

–Rachel, tienes que venir a casa, a la tuya. Y tiene que ser ahora.

Capítulo 23

Algo no va bien y lo sé en cuanto entro en casa, esa casa que tanto deseo hacer desaparecer de una vez por todas solo con cerrar los ojos. La primera señal de alerta se me activa cuando entro y un halo cálido me envuelve; no lo entiendo, llevo meses sin pagar el gas, así que hace mucho que me cortaron el suministro, lo que significa que no hay calefacción. Entonces, mi mente se pregunta de dónde sale el calor.

Mis ojos, que aún siguen sin creerse nada, por fin se coordinan con el cerebro. Las paredes del pasillo están... Madre mía... Están igual de brillantes y pulidas que cuando me mudé; la barandilla de las escaleras está arreglada y en los escalones hay una alfombra nueva con una cenefa de líneas diagonales. En ese momento, bajo la mirada y me doy cuenta de que el parqué está perfectamente pulido, mejor de lo que lo había visto nunca.

Examino la casa de cabo a rabo, entrando en cada habitación y me quedo en *shock*: hay cosas nuevas y otras están reparadas: la bañera, los grifos, los armarios, los marcos de las ventanas, las cerraduras, los electrodomésticos de la cocina, el lavamanos... El salón, mi estancia favorita, vuelve a estar habitable, no está decorado a mi gusto, pero tampoco nos vamos a poner quisquillosas ahora. De repente, me pongo a dar vueltas cerca de la enorme alfombra que han colocado en mitad de mi querido salón y paro cuando veo a mi padre mirándome desde la entrada con una sonrisa de oreja a oreja.

—¿Cómo? ¿Cuándo? —le pregunto sin atinar a hacerle preguntas enteras—. ¿Has sido tú?

Mi padre se echa a reír.

—Hombre, me extrañaría bastante si me dijeran que han sido unos duendecillos que se han puesto manos a la obra por la noche, la verdad... —me dice y se vuelve a reír, jocoso—. Le pedí a mi equipo que lo arreglara y lo ha dado todo para tenerlo listo lo antes posible.

Nos encontramos a medio camino en el salón y nos damos un fuerte abrazo y, apretada contra su pecho, le repito una y otra vez lo mucho que se lo agradezco. Me alegro mucho de que me tenga agarrada entre sus brazos porque noto que un peso enorme tira de mí, un peso de puro y total alivio. Bueno, no es alivio, sino incredulidad, y la emoción es tan fuerte que lo único que puedo hacer ante ella es derrumbarme por completo.

Mi padre debe sentir por lo que estoy pasando, porque me susurra con cariño como si me estuviese sosteniendo mientras doy mis primeros pasos en el mundo:

—Estoy aquí contigo, cariño, y siempre lo voy a estar, pequeñina mía.

Un rato más tarde estamos sentados el uno al lado del otro, bien a gustito, en mi nuevo sofá; es blanco y tiene unos botones muy grandes rojos que marcan el cojín de cada asiento. En la mano tenemos unas reconfortantes tazas de café que hemos hecho con el agua que ha salido de mi increíble grifo y la tetera de tecnología puntera que lleva hasta un regulador de temperatura al lado, como la que tienen en la luminosa cocina de la oficina justo arriba de la trampilla. De repente, la alegría que notaba en mi interior se calma un poco; lo último que necesito que me agüe la fiesta de la reforma de mi casa es la oscura angustia que reina en el sótano.

–Pensaba que la última vez que estuviste aquí te habías enfadado conmigo –le digo con un hilo de voz.

–Y no te equivocabas. –Mi padre hace una pausa y deja la taza en la reluciente mesa de cristal que tenemos al lado mientras ordena sus pensamientos con calma antes de volver a hablar–: Hace un montón de años, cuando acababa de llegar a Londres con la mochila al hombro como Dick Whittington –y compartimos una mirada cómplice–, encontré un trabajo bastante importante, una obra para un proyecto de gran envergadura. Ya cuando empezamos, me hice amigo de un chico un poco más joven y nos ayudábamos el uno al otro, nos cubríamos las espaldas –me explica, pero de repente su semblante se oscurece–. Pero no pude cubrírsela ni ayudarlo el día que tuvo un accidente horrible...

La intensidad con la que inhalo a lo que parece ser cámara lenta perturba la tranquilidad que se respiraba hace unos segundos en el salón.

–¿Y qué pasó? ¿Murió?

Mi padre vuelve a coger su taza de café, bebe despacio y la apoya en su regazo:

–Se quedó muy mal. Solo lo vi una vez en el hospital y luego supe que su familia se lo llevó, pero nunca más lo volví a ver. –Ahora deja el café en la mesa y continúa–: Así es la vida, a veces puede cortarnos hasta lo más profundo y darnos un giro que no esperábamos en absoluto. Un día crees que estás en una nube y al siguiente te caes en un pozo, con las piernas rotas y sin tener ni idea de cómo has llegado ahí. –Entonces mi padre gira el cuerpo para mirarme a la cara y me dice–: Yo aprendí esa lección cuando era pequeño, y quería hacerte fuerte para que pudieras hacer frente a esos golpes tan duros, pero me equivoqué.

La vulnerabilidad que veo reflejada en su cara, una mezcla de ternura y angustia, hace que abra los ojos de par en par y le conteste:

–Nada de esto es tu culpa, papá. Debería habértelo dicho antes…

Pero él ignora mis palabras y sigue diciendo:

–¿Cómo he dejado que mi única hija acabe en una situación tan dura? Fue un error intentar convertirte en algo que no eras.

–¿Qué quieres decir?

Mi padre parece estar derrotado mientras habla.

–Debí haberme dado cuenta de que la muerte de tu madre te había afectado más. Lo único que podía pensar era que tu madre quería que te hicieras fuerte, que te comieras el mundo, y yo me había marcado unas expectativas muy altas –me explica y sacude la cabeza con un pesar que me transmite más que sus palabras–. No fui capaz de ver que no eran expectativas, sino que estaba construyendo barreras y muros pesados con los que te cargaba cuando tú ya estabas sufriendo. No estuve a tu lado para apoyarte cuando me necesitabas.

–Pero sí que lo estuviste –le aseguro con confianza y una voz sosegada, aunque la verdad es que estaba mucho fuera de casa, tanto como cuando mamá aún vivía–. Como estás aquí ahora. Gracias, papá. –Las palabras me salen del fondo de mi corazón roto. En estos momentos, recurrir a los grandes clásicos siempre funciona.

Mi padre se frota las manos sacando esa parte de hombre de negocios que lleva dentro y añade:

–Vale, veamos, lo primero que voy a hacer en cuanto salga de aquí es ingresarte diez mil libras en tu cuenta. Después, llamaré a la compañía de la hipoteca y zanjaré ese asunto también. Lo demás ya lo solucionaremos la próxima vez que venga a tomar café.

#SaliendoDeLaQuiebra

Se acabaron mis problemas con el dinero, se acabó eso de despertarme en mitad de la noche empapada en un sudor frío. Se acabó, por fin. Se acabó de una vez por todas. Ahora que ya he pasado lo peor y todo ha salido a la luz, me resulta muy fácil sentarme aquí feliz y tranquila, y sentirme una idiota por no haber sacado el valor de haberle contado la verdad a mi padre antes. «Pero tú sabes perfectamente por qué no lo has hecho antes, Rachel —me dice mi voz interior entre risitas—. Sabes que todo esto nunca ha sido solo por la muerte de tu madre».

De repente, al mirar a mi padre, veo que todo su cuerpo se ha tensado como si estuviera mirando la caída justo al borde de un horrible precipicio.

—¿Qué pasa, papá?

—He conseguido dar con la familia de Philip y he hablado con su madre.

El corazón se me cae al suelo recién pulido.

—¿Y qué has descubierto?

Mi padre se pasa la lengua por los labios, no sé si para humedecérselos o para saborear el café que le ha quedado, pero de lo que no me cabe ninguna duda es que mi padre está muy nervioso. Por fin se lanza:

—Me dijo que no murió hace diez años, sino que había fallecido tan solo hacía tres semanas.

Nota mental: «Philip no murió hace diez años». Madre mía… Mi cuerpo empieza a temblar con tanta fuerza que ni siquiera el abrazo de mi padre me puede parar. Aquel llanto desesperado que me desgarró por dentro aquel verano vuelve con la misma intensidad, crece en mi interior y me ahoga, amenazando con saltarme los pocos puntos que he conseguido darle a mi herida en estos años. Aunque en realidad nunca he llegado a curar esa herida, la verdad es que no. Es imposible hacerlo cuando he vivido perseguida y atormentada por lo que sucedió desde entonces.

Al ver mi conmoción, mi padre se pone de pie, dispuesto a salir, y me dice:

—Voy a buscarte algo más fuerte. Tengo una botella de *brandy*...

La voz rota y caótica que sale de mi boca lo detiene:

—No, lo que necesito es saber qué te ha contado la madre de Philip, papá, porque no entiendo nada. No puede ser... Después... —sé lo que ocurrió y tengo las palabras en la cabeza, pero se niegan a salir— después de lo que pasó, te pedí que te pusieras en contacto con su familia y me dijiste que te confirmaron que había muerto.

No estoy acusando a mi padre de nada, quiero que quede claro, pero es que...

—¿Qué no me estás contando?

Sé que hay algo que me está ocultando porque tiene la misma cara que cuando mi madre murió; veo su culpa, como si se sintiera responsable de lo que le pasó.

Mi padre se vuelve a sentar a mi lado y alarga el brazo para cogerme de la mano, pero yo, siendo plenamente consciente de lo que hago, aprieto los dedos en la palma y dejo los puños en mi regazo. Ahora mismo no quiero cariño ni sostén, solo la verdad.

—En aquel momento —empieza a decirme—, su familia, no sé por qué motivo, se negó a hablar conmigo...

—Pero me dijiste que habías hablado con su madre hace diez años —me escucho decir. Las palabras de incredulidad me salen como lava que me quema y siento que me enciendo de pies a cabeza.

—No conseguí convencerlos para que hablaran conmigo y lo único que pude hacer fue investigar e intentar averiguar qué había pasado por mi cuenta, así que busqué a qué hospital lo llevaron. —Mi padre sacude la cabeza y deja escapar un suspiro lleno de pesar—. No me dejaron verlo, pero uno de los doctores me dijo que las quemaduras que había sufrido eran tan graves que el pronóstico era que no pasara de aquella misma noche.

Me tapo la boca, que aún me sigue temblando por la horrible noticia que me acaba de dar. De repente veo en mi cabeza a Philip lleno de tubos por todas partes, postrado en la cama sin poder moverse, inmóvil, en una habitación de hospital destinada solo a los moribundos, sin rastro de la llama que brillaba en sus ojos.

Mi padre mantiene las distancias y se lo agradezco, este dolor que me destroza lo tengo que transitar yo sola.

–Pensé que lo que te dije en su momento era la verdad, cariño. No pretendía ocultarte nada ni engañarte. Lo que pasó es que además tenía que gestionar lo de Danny…

Ahora soy yo la que se acerca, le coge la mano a él y le da un apretón. Me he dejado llevar por el egoísmo de mi propio dolor y se me ha olvidado que mi padre también carga con la pena de la tragedia de su amigo. Se me seca la boca porque me gustaría poder contárselo… Pero no puedo, me odiaría y yo me odiaré a mí misma, así que, en lugar de decir nada, nos quedamos allí sentados un buen rato, no sé cuánto tiempo, pero el suficiente como para apoyarnos el uno al otro.

–¿Y esta vez su madre te ha dicho cómo murió? –le pregunto y me sorprende que me haya escuchado, porque mi voz era casi imperceptible.

Mi padre también me responde casi entre susurros:

–Las heridas de Philip fueron muy severas. Sabiendo lo que me dijo aquel doctor en su día, me imagino que la única razón por la que Philip no ha muerto hasta ahora ha sido su fortaleza…

–La tenía, sin duda –respondo con una tímida pero reconfortante sonrisa en mis labios, que desaparece rápidamente como una estrella fugaz–. Es…, era una de las personas más fuertes que he conocido.

La expresión de mi padre se tensa cuando me dice:

—No sabía que era una persona tan importante para ti. Pensé que solo se trataba de un compañero de trabajo y que querías saber qué le había pasado.

Al escuchar sus palabras, levanto un muro en un segundo. Mi cara le ha dado demasiada información, pero me intento recordar que el hombre que tengo al lado es mi padre, la persona que me cogió de la mano cuando daba mis primeros pasos, así que le contesto con una verdad a medias:

—Philip fue justo lo que necesitaba cuando mamá murió.

Mi padre tuerce el gesto y hay una emoción en su semblante que no logro reconocer.

—Rachel… ¿Tú y Philip…? —me pregunta sin acabar la frase, dándome espacio y con la prudencia de un padre que intenta hablar de estos temas con su hija.

Niego con la cabeza.

—No, nunca tuvimos ese tipo de relación. Y ahora dime, ¿qué le pasó?

Mi padre coge de nuevo su café y se lo acaba de un sorbo, pero no suelta la taza.

—La situación tuvo que ponerse muy mal y ya no podría más, porque se fue a una clínica de Suiza a que le pusieran la eutanasia.

Intento en vano controlar que la boca no se me desencaje y que no se me cierre el estómago. Siento cómo una cascada de lágrimas se abre en mi interior y, por fin, me sacude una oleada de emociones que rompe en mi pecho con todas sus fuerzas. De mi garganta sale un sonido seco y desagradable, sacudo los hombros y, sin poder evitarlo, empiezo a llorar desconsoladamente. No puedo parar y por fin entiendo que no tengo por qué hacerlo. Mi padre me toma entre sus enormes y fuertes brazos, lo cual le agradezco eternamente porque necesito a alguien que me sostenga mientras vivo este momento y descubro algo tan importante.

Cuando ya parecen haberse agotado todas mis lágrimas, me separo de mi padre y le pregunto:

—Me gustaría ir al funeral, ¿puedes hablar con ellos para que me dejen asistir, papá?

Durante apenas unos segundos, a mi padre se le ve en la cara la irritación que le provoca mi comentario y me pilla desprevenida.

—No creo que sea buena idea, Rachel. Sus padres quieren que el funeral sea para la familia y la gente más allegada y tienes que respetar su decisión, como quisieron proteger su intimidad hace diez años.

Tiene razón y lo sé, pero igualmente lo encajo como lo que es, un duro golpe. Mi padre me planta las enormes palmas de las manos llenas de callos encima de los hombros y me gira para que lo mire.

—Tu vida vuelve a estar en el buen camino, princesa. Es hora de dejar el pasado atrás y de mirar hacia delante. Esta es nuestra oportunidad para avanzar juntos y que no haya más secretos entre nosotros. Podemos aprovechar este momento para empezar a ser totalmente honestos el uno con el otro —me dice y después se me acerca para darme un delicado beso en la mejilla—. ¿Qué te parece si hacemos que Rachel y Frank Jordan vuelvan a darlo todo en el ruedo?

En una mano tengo el mechero y, en la otra, el programa del funeral, y estoy en el fregadero. Ahora ya estoy sola y me siento preparada para hacer una de las cosas más difíciles que voy a hacer en mi vida. Aprieto el botón del mechero y la llama que prende me alumbra con su luz dorada de corazón azulado. La mano me tiembla por los recuerdos que bailan en mi cabeza como la llama que me quema el pulgar. Aprovechando que todavía me quedan fuerzas, acerco el fuego al programa.

La llama, que cada vez se hace más grande, me hipnotiza mientras devora y deshace el papel poco a poco. El programa del funeral se va encogiendo y la cara de mi querido Philip se va consumiendo y ennegreciendo, hasta que no quedan más que las cenizas sin vida, que caen y arden en el fondo metálico de mi nuevo fregadero. Mis deudas han desaparecido y Philip por fin descansa, ya es hora de pasar página. Lo siguiente es entregarle mi carta de dimisión a Michael y cerrar así la trampilla de mi trabajo de una vez por todas.

Aun así, conecto de pronto con un desasosiego. Es como cuando todo el mundo está a tope con una canción y cree que es la caña, y tú eres la única persona a la que le parece una canción popera normalucha. Al principio no sé muy bien qué pasa, pero luego lo entiendo: es mucha casualidad que consiga un trabajo en el que justamente la persona que se sienta a mi lado se encargue de preparar el programa del funeral de Philip. ¿Ha sido una coincidencia sin más? ¿Se lo tengo que achacar a la teoría de los seis grados de separación? Es muy raro, lo mires por donde lo mires, ¿o no?

Capítulo 24

–Adiós, Philip, el señor de los dieciocho –digo con una voz dulce llena de amor fraternal–. Lo siento mucho. Siempre llevaré este dolor conmigo.

Un poco más tarde, aquella noche vuelvo al almacén de la empresa y me enfrento de nuevo a la cara de Philip colgada en la pared. Es como si lo estuviese mirando allí, tumbado dentro del ataúd, unos minutos antes de que cierren la tapa y que lo sepulten para siempre bajo tierra. Ya no hay más respuestas que buscar en esta historia. Gracias a mi padre, ya sé lo que le pasó a Philip, que no murió hace diez años y por qué se fue hace tan solo unas semanas.

Todavía se me hace un nudo en la garganta solo con pensar que Philip lo estaba pasando tan mal que decidió ponerle fin a su vida él mismo de una vez por todas. Aún me siento culpable, pero noto cómo la tensión de mi cuerpo se va soltando un poco; si tengo suerte en la vida, quizá algún día desaparezca, en el futuro.

Me acerco y descuelgo la foto con cuidado. Me podría quedar aquí, bajo la luz amarillenta de la habitación, y llorar hasta que sintiera que el corazón se me fuera a romper en mil pedazos, pero ¿de qué me serviría? Las lágrimas que derrame por lo mal que me siento no me lo van a devolver, así que le acaricio la cara con cariño y guardo la foto con cuidado en el bolsillo.

He venido para recoger mis cosas y no volver nunca más. Ya le he escrito una carta de dimisión a Michael y se la enviaré mañana. El hecho de que Keats fuese quien se estuviese encargando de preparar el programa del funeral me sigue pareciendo muy extraño, pero decido verlo como una mera y triste casualidad, y no darle más vueltas.

Recojo mis cosas y, sin mucho orden ni tiento, las guardo en mi mochila; lo único que pliego con mucho mimo es el jersey de lana de Aran que me regaló mi madre. Estudio el espacio con atención y me doy cuenta de las ganas que tengo de salir de esta habitación en la que paso tanto miedo por las noches, de hecho, todo el edificio me pone la piel de gallina. Hoy no oigo pasos en la planta de arriba ni lamentos de ninguna mujer ni el lloriqueo de ningún perro. Sé que lo que oí entre los muros del edificio no fueron imaginaciones mías, pero ahora mismo me es más fácil pensar que sí y convencerme de que solo fueron trampas y engaños de una mente cansada y llena de culpa y dolor por las pérdidas que había sufrido.

Me dirijo a la oficina del sótano, enciendo las luces azules y recojo mis cosas del escritorio donde trabajo. Observo con detenimiento las paredes de este silencioso lugar, porque incluso el tamborileo de su corazón y las bombillas parpadeantes de los dispositivos digitales parecen haber desaparecido. De hecho, más bien me recuerda a esas películas del oeste en las que el vaquero protagonista afirma que los silencios ensordecedores son el aviso de los grandes tiroteos en los pueblos. Y el silencio no reina solo aquí, en lo que solía ser un taller clandestino, sino que parece extenderse por toda la ciudad, como si supiera que algo va a suceder, como si…

De pronto, se oye un estruendo arriba, como si alguien hubiese volcado una bandeja con bebidas y se hubiera caído por las escaleras principales, y mi cuerpo se tensa y da un respingo del susto. Me llega el eco de una voz amortiguada soltando una serie de elaborados improperios y, aunque no puedo estar del todo segura, creo que es una mujer. ¿Será la que sollozaba el otro día? ¿La niña que lloraba? Levanto la mirada, alarmada, y mi cabeza intenta reprimir algo más... La curiosidad, porque me atrapa y se niega a hacer lo que de verdad necesito y dejarme en paz.

Antes de poder convencerme de que esto no es buena idea, ya he salido por la puerta de acero de la sala y avanzo por el túnel palpando la pared. Subo por la empinada escalera con mucho cuidado hasta que tengo que agachar la cabeza para salir por la trampilla. Abro la puerta unos centímetros o incluso menos y echo un vistazo al área de la recepción, que queda un poco iluminada por la luz que entra por la claraboya que da a la calle. Y, evidentemente, no veo nada, ni siquiera sé por qué he venido hasta aquí. ¿Qué pasa? ¿Quiero descubrir quién es la mujer de los gritos?

Un ruido que proviene del otro lado, de las puertas arqueadas de la entrada, me sobresalta y aguzo los oídos. Es un coche que lleva la música de *rock* a tope y, por el sonido que hace el motor, diría que es uno caro. Acto seguido, se oye el sonido de las llaves en la cerradura, lo que me acelera el corazón y me hace cerrar la trampilla y pegar la espalda a la húmeda pared subterránea. Me quedo allí esperando, con las orejas bien abiertas, y detecto unos pasos en el edificio y una voz clara y distintiva que grita no muy lejos de donde estoy, quizá incluso justo arriba de las escaleras:

–¿Mamá? ¿Mamá? ¿Estás aquí?

Es Michael y está... ¿buscando a su madre? Pues eso parece, porque es lo que acaba de decir. ¿Es ella quien deambula por el edificio por las noches? ¿Su madre? ¿Y por qué iba a vivir aquí su madre? De repente me asaltan un montón de preguntas que no tienen respuesta. Los pasos de Michael se pierden por las escaleras y en ese mismo momento otro coche se detiene fuera y el rugido de este segundo motor retumba contra los escalones de madera que tengo bajo mis pies.

Un violento portazo rompe el silencio de la noche en la calle y el repiqueteo que se oye en la puerta principal me atraviesa entera y me impulsa a pegarme aún más en la pared, como si quisiera fundirme con ella. Algo me dice que la persona que está ahí fuera también está llamando al timbre sin descanso, porque desde aquí noto su impaciencia volátil.

Michael vuelve a bajar por las escaleras y, cuando habla, le noto la voz cansada y distingo otro matiz que nunca antes le había oído… Miedo.

—¿Quién es?

Me acerco lentamente y con mucho cuidado a la trampilla y la empujo con las palmas de las manos apenas unos milímetros, lo justo para ver los zapatos negros resplandecientes de Michael y la parte baja de sus vaqueros. Como respuesta a su pregunta solo obtiene otra avalancha de duros golpes en la puerta que hace temblar la ruda puerta victoriana. Los pies del CEO avanzan dubitativos, creo que está mirando por la mirilla y, al hacerlo, da un paso atrás.

—¿Qué quieres?

La ranura de las cartas se abre.

—Michael, como no me abras la puerta ahora mismo, te juro que la tiro abajo y luego vas tú.

De pronto se me comprime el pecho y me quedo petrificada, parece que el aire no puede entrarme en los pulmones. No puede ser. Esa voz, no.

Michael abre la puerta y, de repente, en mi campo de visión aparecen otros zapatos y unas piernas con pantalones de traje gris.

«No puede ser».

Las piernas de Michael se elevan como si fuera un títere que cuelga de las cuerdas y toca el suelo apenas de puntillas. Quien quiera que haya entrado en el edificio ha cogido a mi jefe y lo tiene en volandas.

El recién llegado masculla:

—Quiero saber qué le has dicho a mi hija, porque me está haciendo preguntas sobre la muerte de Philip. Dime tú por qué Rachel me sacaría el tema después de tanto tiempo, ¿eh? Esto tiene que ser cosa tuya o de tu madre. No sé cómo, pero le habréis comido la cabeza.

Pero lo es.

Es mi padre.

¿Qué hace mi padre aquí? ¿Y si…? No, sacudo la cabeza porque no puedo creerlo. Puede que… Quizá ha venido aquí para cantarle a Michael las cuarenta o darle una lección por haberme metido a trabajar en el sótano. Pero la verdadera pregunta es: «¿Y cómo sabe él dónde trabajo?». Nunca le he dicho el nombre de mi jefe ni le he dado la dirección del sitio. En ese momento me quedo mirando el final de las escaleras en las que estoy, que ahora mismo parecen llamarme para que vuelva a refugiarme en el sótano. «Coge tus cosas y vete de aquí», pero una fuerza demasiado potente me hace quedarme donde estoy para averiguar qué leches está pasando aquí.

Empiezo a analizar las palabras que mi padre prácticamente le ha escupido a Michael. ¿Por qué mi padre está tan enfadado porque le haya preguntado por la muerte de Philip? ¿Y por qué cree que esto tiene algo que ver con Michael y su madre, que supuestamente está en el piso de arriba?

El CEO responde:

—¿Rachel? ¿Y por qué iba a hablar yo con Rachel? Si ni siquiera la conozco.

Pues claro que sí, trabajo para él.

Michael deja escapar un grito agónico, el mismo que haría un animal cuando un depredador lo ataca y lo coge por el cuello. No oigo el golpe, pero el quejido gutural que suelta el joven me deja claro que lo ha habido.

—No te hagas el tonto conmigo, bonito de cara. Tú, mejor que nadie, deberías saber lo mucho que me molesta cuando la gente hace eso. Tú, mejor que nadie, deberías saber de lo que soy capaz. Nadie me deja en ridículo, ni en público ni en privado. Y nadie, y cuando digo nadie es nadie, me hace quedar mal delante de mi hija. Acabarás aprendiendo la lección por las malas si descubro que tú o la arpía de tu madre le habéis contado cualquier mentira a mi hija. Te juro que te vas a arrepentir.

Las piernas de Michael por fin tocan de nuevo el suelo, temblorosas. Mi padre lo ha soltado por fin y su voz vuelve a retumbar con odio:

—¿Está aquí tu madre? ¿También le gusta esconderse en esta ratonera?

A mí también me tiemblan las piernas. Estoy en un estado de confusión absoluto, no puedo creer que la persona que hay ahí fuera sea mi padre, que sea el hombre que ha cogido a Michael por el cuello con una violencia animal que rezumaba puro odio. No quiero creer lo que estoy presenciando ahora mismo.

Michael consigue farfullar:

—¿Mi madre? No, no. Está en la casa que tenemos en España. ¿Sabes que tenemos una villa allí? Una cerquita de Málaga. Es muy bonita.

Eso no es verdad, está mintiendo. Sí que está arriba porque he escuchado cómo se le caía algo y lanzaba mil maldiciones al aire. ¿Por qué no quiere decirle a mi padre que su madre está en el edificio? ¿Y por qué mi padre conoce a su madre? ¿Y por qué Michael ha negado conocerme? ¿Qué pasaría si ahora saliera de la trampilla y los sorprendiera a los dos? No lo sabremos nunca, porque no me atrevo a dar ni un paso.

–Me importan una mierda las casas que tengas, idiota –le espeta mi padre, que se niega a rebajar el tono de desprecio.

–¿Por qué no subimos un momento al despacho, nos tomamos un café y hablamos con calma? –le propone este. Parece que Michael vuelve a recuperar sus aires de CEO resolutivo.

Pero mi padre no está interesado en absoluto en sus buenas palabras y le advierte de nuevo:

–No me hagas volver a por ti, Michael, y dile a tu madre que también se vaya con mucho ojo, no me importa lo que piense de mí, no me importa lo que nadie pueda pensar de mí. Pero como me entere de que me está tocando las narices con este tema, comprobará que no tengo manos, sino zarpas, y que las tengo bien afiladas, como has podido ver. Y tú, Michael, no me obligues a acabar contigo. Me sabría muy mal verte en las últimas. ¿Me he explicado bien?

Cuando Michael vuelve a hablar, responde con una mezcla de solemnidad y humillación:

–Perfectamente. No te decepcionaré.

Mi padre se marcha dando otro golpetazo a la puerta principal, enciende de nuevo el motor de su coche y desaparece a una velocidad vertiginosa, dispuesto a quemar su rabia en la carretera. Cuando ya no hay ni rastro de él, Michael sube a medio camino de la escalera, por lo que sale de mi campo de visión.

–¿Has escuchado lo que me ha dicho? –le chilla con fuerza.

–Lo suficiente, sí. Será mejor que subas.

La mujer efectivamente está en el piso superior; la madre, y le responde con un tono neutro, casi monótono. No la conozco, pero diría que lo hace para no mostrarle a su hijo lo que siente en estos momentos, aun así, yo lo capto todo; es curioso lo mucho que se aguzan los otros sentidos cuando no podemos ver… Bajo su intento de sonar indiferente, yo percibo una hostilidad fría y resentimiento. Michael sube y desaparece por completo, pero no oigo más voces, no intercambian más palabras entre ellos. Madre e hijo se han perdido entre los otros secretos que esconde este edificio.

Cuando vuelvo al sótano, todo parece haber recuperado su ritmo y normalidad: las paredes vuelven a latir, las luces azules parpadean sin parar, los dispositivos brillan de vez en cuando y el techo sigue dándome la impresión de que cada vez está más bajo. Dejo atrás esta sala y me dirijo al almacén. Una vez allí, me quedo mirando la pared, saco la foto de Philip que antes me guardé en el bolsillo, la aliso con las manos lo mejor que puedo y la vuelvo a colgar en la pared.

Me quedo aquí y siento como si el fantasma de Philip me hubiese cogido del cuello y me hubiese traído de nuevo. No voy a parar hasta que descubra qué tiene que ver lo que pasó con Philip con Michael, su madre y… Trago saliva… y mi padre. Qué tienen que ver ellos con su muerte, esa que en realidad no tuvo lugar hace diez años, como creía hasta hace muy poco. Aunque, bueno… Visto lo visto, ¿debería creerme lo que me ha dicho mi padre? ¿Decidió Philip realmente hace poco optar por la eutanasia?

Michael le ha prometido a mi padre que no lo va a decepcionar.

Doy un paso atrás, miro a mi amigo a los ojos, y le prometo en silencio que haya pasado lo que haya pasado, yo tampoco voy a decepcionarlo a él. Podría entregarle mi carta de dimisión a Michael, dejar el trabajo y colarme aquí por las noches para buscar las respuestas que necesito, pero no voy a hacerlo. Lo mejor que puedo hacer es seguir trabajando en la empresa y hacer como si nada para que Michael no se huela lo que tengo entre manos.

Cojo mi bolsa, trepo por la cuerda y me pierdo entre la oscuridad de la noche en busca de la persona que creo que puede contarme algo más sobre Michael.

Capítulo 25

El timbre sobresale del marco de la puerta y cuelga directamente del cable, como si fuera un ojo que se ha salido de su cuenca, así que no me sorprendo cuando intento usarlo y no funciona. Así pues, acabo llamando con urgencia a la puerta principal de la casa a la que, hasta hace poco, podía entrar con mi propia llave. La brisa de la noche es comedida, la temperatura perfecta para que la primavera pueda hacer su magia y hacer brotar la nueva vida, pero no a mí; yo parezco un témpano de hielo al que además le han clavado una estalactita en medio del corazón. Michael y mi padre, mi padre y Michael... Y Philip. ¿Qué mierdas está pasando aquí? No entiendo nada.

Vuelvo a llamar a la puerta, bueno, a esto no se le puede decir «llamar», sino más bien que aporreo la puerta con el puño para sacar la frustración que llevo dentro. El aire que sale de los pulmones me llega a las orejas, como si hubiera corrido un maratón. Pero me da la sensación (no, miento... Lo sé) de que esto no es el final, sino el inicio del camino que me llevará a descubrir lo que realmente sucedió con Philip. Estoy muy asustada.

Los golpes rápidos de unos pasos que se acercan hacen que vuelva al presente, enfrente de la puerta. Cuando por fin se abre, aparece Pauline, la profesora que vive en el ático, con su peinado afro un poco despeinado, cosa poco habitual en ella. Me alegro mucho de que sea ella la que ha acudido a la puerta y no Sonia.

–¿Está Jed en casa? –le pregunto.

Lo he llamado sin parar, pero me ha salido todo el rato el contestador y por eso no me ha quedado otra alternativa que volver al sitio al que sé perfectamente que no voy a ser bien recibida.

Pauline tarda un poco en contestar y, además, me echa una mirada de esas que los profesores reservan para los alumnos más inoportunos y molestos, que sin duda me hace recordar la que lie en la cocina. Acabada la reprimenda silenciosa, por fin responde:

–Pues no lo sé. Quizá deberías llamarlo, porque ya es bastante tarde.

Ah, conque esas tenemos, ¿no? Parece que me han denegado la entrada a esta pocilga a la que ella y sus otros compañeros llaman casa. Pues se va a tener que aguantar, porque yo voy a entrar para ver si Jed está aquí le guste o no le guste y, si hace falta, me pasaré la noche entera dándolo todo como Lionel Ritchie.

Creo que mi determinación y convicción deben de verse claramente en los puños que tengo cerrados y bien apretados, porque Pauline abre la puerta y se aparta de mi camino. Paso a su lado a toda prisa, subo las escaleras en dirección a la habitación de mi amigo y llamo a su puerta cuando llego.

–¿Quién es? –me pregunta Jed con una voz relajada, no sé si porque estaba fumando o durmiendo.

–Soy yo.

–¿Rachel? –pregunta, y lo hace con un tono agudo, que va seguido de un montón de ruido y un golpe que me indica que algo pesado se ha caído al suelo.

Cuando por fin me abre la puerta, lo primero en lo que me fijo es en su nariz rota. No me sorprende después de ver la violencia del encontronazo que ha tenido mi padre con Michael, y ahora mismo también me viene a la cabeza el puñetazo que le propinó mi padre a Jed hace cinco años. Un chico con el que había estado saliendo por aquel entonces se atrevió a darme un guantazo en lo que para mí fue una pequeña discusión. Me había quedado bastante tocada y cuando mi padre se enteró fue a darle una buena lección. El problema fue que, cuando vino a mi casa buscando venganza, se equivocó y pensó que Jed era aquel otro desgraciado. Sin hacer ni siquiera una pregunta, mi padre le dio una serie de puñetazos en la cara que lo tumbaron y le dejaron la nariz destrozada. Yo le chillé porque no podía creerme lo que acababa de hacer. Mi padre le pidió mil disculpas cuando se dio cuenta de su error, pero desde aquel día Jed no acaba de sentirse muy a gusto con Frank Jordan, cosa que entiendo perfectamente.

Intento quitarme ese horrible recuerdo de la cabeza y en ese momento me doy cuenta de que Jed está en calzoncillos y que tiene los ojos como platos, con los que mira alerta hacia un lado y otro como si le acabase de pillar robándole maría a otra persona.

–Tenemos que hablar… –le digo y no espero a que me conteste, sino que empujo la puerta con la mano y entro en la habitación. Entonces mis ojos casi se me caen al suelo cuando veo quién está en la cama–. ¡Ay, mi madre! –exclamo y aparto la mirada lo más rápido que puedo.

La madre que me parió… Esta era la última persona que esperaba encontrarme ahí con esa cara de extasiada: Sonia.

Jed y yo salimos disparados al pasillo y nos quedamos uno frente al otro. El calor que siente por la vergüenza hace que se pase los dedos rojos por su alborotado pelo. Sin duda siente que me debe algún tipo de explicación después de lo que he visto.

–No sé cómo ha pasado, pero ha pasado –me dice y

me queda claro que ha pensado concienzudamente cada palabra antes de decírmela–. Mira, es que…

Levanto la mano para pedirle que no siga.

–Jed, te puedes acostar con quien te dé la real gana, me da igual –le aseguro y entonces cojo una buena bocanada de aire para recuperarme del golpe–. Yo he venido aquí porque necesito que me cuentes todo lo que sabes de Michael.

Mi amigo tuerce el gesto de tal manera que casi ni lo reconozco cuando me pregunta:

–¿Michael?

Suelto un resoplido, pidiendo paciencia.

–Michael Barrington, el hombre al que llamaste para ayudarme a conseguir el trabajo.

A Jed parece que se le van a salir los ojos de las cuencas.

–Recuérdame otra vez qué hice para ayudarte…

Todo el mundo sabe que Jed le da fuerte a la botella y fuma más hierba que nadie, lo que significa que a veces no se acuerda ni de cómo se llama, por lo que no me parece raro que no recuerde el nombre de la gente que conoce. Por eso quizá tampoco debería extrañarme que no se acuerde de llamar a Michael para recomendarme para el trabajo.

–Te pedí que si podías echarme un cable y hablar con alguien que pudiera ofrecerme un trabajo en el que pagaran bien y llamaste a tu amigo Michael. ¿Te acuerdas ahora?

De repente a mi amigo se le dibuja una sonrisa en la cara y me dice:

–Pues claro, cariño. A mí siempre me encanta ayudar. –Pero su alegría se desvanece cuando me ve la cara y añade–: Bueno, vale, ¿y qué trabajo te ayudé a conseguir con este tal Michael?

Tengo que contenerme para no coger a Jed por los pelos del pecho y estirárselos para que espabile de una vez.

–Para un puesto en su empresa de consultoría, que es donde trabajo ahora. ¿No te acuerdas de que te di las gracias por conseguirme el trabajo? Y que incluso te dije que te invitaría a cenar con mi primer sueldo.

Aunque ahora me acuerdo de que seguramente no me estaba prestando atención porque en ese momento su cabeza estaba concentrada en buscar la manera de decirme que tenía que irme de casa.

Por fin, Jed levanta un dedo y exclama:

–¡Ah, sí! Ese Michael… ¿Y lo llamé?

¿Por qué me lo pregunta a mí?

–Pues sí, lo llamaste.

Jed se queda con cara de no entender nada y mira al vacío por encima de mi cabeza. Por fin vuelve a mirarme y me dice:

–Pues no sé de qué me hablas, amor. No conozco a ningún Michael que tenga una empresa de consultas de gestación. ¿Cómo iba a conocer yo a alguien así?

De repente siento que un frío me recorre la espalda.

–Venga ya, Jed, pero si conoces a la mitad de gente que vive en Londres.

–Ahí tienes razón. Conozco a un Mike del sur de Londres que es fontanero y DJ, un Mickey de Newcastle que me robó a mi penúltima novia, el muy cabrón…

Pero entonces se pone muy serio, cosa que no suele pasar, y me asegura:

–Rachel, yo no he llamado a nadie para recomendarte para ningún trabajo y no he conocido a ningún Michael Barrington en mi vida.

–¿Por qué Michael me ha engañado para que trabajara en su empresa? –le pregunto a la foto de Philip que tengo colgada en la pared del almacén–. «Y cuéntame, Rachel, ¿quién es Jed?». –Esa fue la pregunta que me hizo Michael en nuestra primera entrevista en la cafetería, yo sigo hablando en voz alta con la foto, aunque sepa perfectamente que no va a contestarme.

De hecho, cuantas más vueltas le doy, más rara me parece la entrevista que tuvimos. Me tragué la trola que me contó de que teníamos que hacer la entrevista en la cafetería porque le estaban arreglando algo en su despacho; lo creí también cuando me dijo que no le importaba que no tuviera experiencia en el puesto; luego me dice que mi despacho en la primera planta ya no está disponible y me manda a un espacio de trabajo que más bien parece una cueva... Me ha engañado una vez tras otra. Una parte de mí, la que está indignada hasta la médula, quiere que me plante a primera hora de la mañana en su despacho y le deje las cosas bien claras, pero mi parte racional sabe perfectamente que si hago eso quizá nunca llegue a saber qué pasó realmente con Philip y cómo mi padre encaja en toda esta historia.

–¿Todo esto está relacionado de alguna manera contigo, Philip? –le pregunto, y en el tono de mi voz se oyen las lágrimas que amenazan con desbordarse.

Por primera vez, me duermo con la foto de Philip, una copia de la que salía en el programa del funeral y que fui tan tonta de quemar, agarrada al pecho.

Capítulo 26

La trampilla hace un ruido metálico al cerrarse como un submarino. Esta mañana siento una mezcla indescifrable de emociones en mi interior después de todo lo que descubrí ayer por la noche. Parece que me vaya a caer en cualquier momento mientras bajo los miniescalones de las escaleras que me llevan al sótano, y no es por las gotas de aceite de CBD que me he puesto debajo de la lengua. Mis pasos resuenan bajo el duro suelo por el que avanzo y las paredes del túnel, como de costumbre, se burlan de mí como si fuera un perro que es capaz de oler mi miedo. Ahora me parece que también quieren ahogarme, que se han convertido en una jaula enladrillada en la que sepultarme antes de que pueda llegar a la puerta de acero. Sé que esto me pasa por llevar a mi cerebro al límite, pero no me ha quedado otra alternativa después de lo de anoche: estoy atrapada en un cepo y no puedo salir.

No he dormido nada. ¿Cómo iba a poder descansar si no podía dejar de pensar en Michael, mi padre y ese dichoso programa del funeral? ¿Ha pasado de verdad todo esto? ¿Estoy dándole vueltas a algo que no tiene sentido y equivocándome por completo? Alargo la mano y dejo que la yema de mis dedos roce el frío helado de la pared. Sí, estoy aquí y existo. Lo que vi anoche fue real y también es verdad que Jed me dijo claramente que no conoce a ningún Michael Barrington. El problema de todo esto es que no sé qué hacer.

Lo que sí tengo claro es que tengo que descubrir qué demonios está pasando aquí, por Philip y por mi yo de dieciocho años. Por eso mismo he vuelto a este lugar que está lleno de secretos y mentiras. Me sacudo el miedo que se empeña en perseguirme y siento que recupero un par de centímetros ahora que he enderezado la espalda. Ahora sé exactamente qué hacer para averiguar más información sobre Michael y qué relación tiene con mi padre... y conmigo.

«Rachel, Rachel, Rachel». Me vuelven a llamar por mi nombre, pero no sé si el eco que lo repite sale de las paredes del sótano o de las de mi cabeza, aunque no me sorprendería que fuera cosa mía, sabiendo la nochecita que tuve ayer.

Otras dos dosis de aceite de cannabis para mi riego sanguíneo me ayudan a relajarme, quizá incluso demasiado, y siento cómo el eco de mi nombre se va alejando hasta que desaparece.

Durante el resto de la mañana, mis ojos no se fijan en mucho más que no sea el reloj digital de mi pantalla.

Las nueve y media.

Las diez menos cinco.

Las diez y veinticinco.

Ya está.

Dejo atrás el mundo subterráneo y salgo por la trampilla.

Me muero de los nervios, no sé cómo actuar con normalidad. Nunca he hecho algo así, nunca me he colado en el despacho de alguien. La búsqueda de la verdad a veces te hace cruzar líneas bastante cuestionables. Por primera vez, me fijo en que la recepción no está tan limpia y brillante como de costumbre, y me recuerda a una habitación de hospital donde la familia reza para que su ser querido no les abandone. Ahora lo que necesito es cruzar los dedos y esperar que el despacho de Joanie esté cerrado o que esté tan metida en su trabajo que no me vea y pueda colarme sin que se dé cuenta. Ya me he enterado de que Michael va a llegar más tarde hoy; de hecho, si echo la vista atrás, parece que nunca viene por las mañanas, sino que suele llegar más tarde.

Subo las escaleras como un fantasma silencioso, con paso decidido y un objetivo claro en mente.

Cuando llego al rellano, echo un vistazo a la cuerda lila con el cartel que indica la zona de acceso restringido para impedir que la gente suba. No me había fijado antes, pero ahora veo que junto a la puerta hay un dispositivo con números para el cual, evidentemente, yo no tengo el código, así que no tengo manera de descubrir qué hay detrás. Así pues, focalizo toda mi atención en el pasillo que tengo delante y avanzo con mucho cuidado y sin hacer ruido hasta el despacho de Joanie. ¿De verdad voy a dar el paso? Y me hago la pregunta de verdad mientras intento calmar mi respiración. ¿Voy a rebuscar entre sus cosas para intentar averiguar cualquier tipo de información sobre Michael? Pero es que, si no lo hago, ¿cómo voy a saber qué conexión tiene con mi padre y con Philip?

Philip.

Él consigue insuflarme las fuerzas que necesito para seguir adelante con mi misión. Cuento hasta tres y paso fugaz por delante de su despacho como si fuese un fantasma que pasase por su tumba. Una vez superado el obstáculo, me pego a la pared y espero, espero… Parece que no sale ni se mueve, así que me dirijo al despacho de Michael. La puerta está abierta, solo unos milímetros, pero es la invitación que necesito para entrar. Londres me recibe con los brazos abiertos en el ventanal que tengo enfrente y, de fondo, un cielo azul raso como una carta, sin nubes, y, un poco más cerca, una sierra desnivelada formada por una mezcla de edificios modernos e históricos.

Empiezo por los cajones de su mesa, que tampoco están cerrados. Casi me caigo al comprobar lo que hay dentro: absolutamente nada, ni siquiera hay un boli o una libreta. No entiendo nada, se supone que este es su despacho pero ¿no tiene nada en la mesa? Quizá es de esas personas tan ordenadas que no les gusta tener nada material.

De repente siento una oleada de decepción porque no encuentro ninguna pista que me ayude a averiguar de qué conoce a mi padre. Busco desesperada en las carpetas que encuentro, intentando encontrar algo, lo que sea, que me ayude a encajar las piezas del puzle. Ojeo los pocos papeles que encuentro y algo me hace fruncir el ceño. Qué raro, los documentos que hay aquí no tienen nada que ver con el trabajo que se hace en una consultoría, bueno, de hecho, no tiene nada que ver con ninguna empresa. Lo que veo aquí son papeles que hablan de jardinería y, sinceramente, parece información sacada de internet al azar.

¿De qué va todo esto? No hay nada en los cajones, en las carpetas no hay documentos de trabajo...

Antes de que pueda seguir analizando la situación, me quedo quieta unos segundos porque oigo a Joanie tararear desde su despacho. Canta muy bien, la melodía y el ritmo son preciosos y un frío me recorre entera porque, sin saber muy bien el motivo, hace que el desengaño que he encontrado en el despacho me parezca aún más fuerte y perturbador.

Acelero el ritmo e intento agilizar el proceso de búsqueda. Este despacho es como una cáscara vacía que hace que la piel se me erice. Las carpetas que cojo de la estantería casi se me caen de las manos de lo poco que pesan. Abro una al azar y, de nuevo, no hay nada. Pasa lo mismo con la siguiente y así cada vez que lo intento.

–¿Me puedes explicar qué haces en mi despacho?

La carpeta vacía se me cae al suelo cuando me giro y veo a Michael Barrington clavándome los ojos desde la puerta.

Los dos nos quedamos en silencio unos segundos. Aquí estamos, Michael y yo. A él parece que le va a explotar la vena del cuello de un momento a otro, y a mí… Yo no me puedo ver a mí misma, claro, pero me hago una idea de lo que está viendo mi jefe: una mujer que representa el mismísimo pecado. Rachel la saqueadora, me han pillado con las manos en la masa. ¿Y ahora qué le digo? ¿Qué hago?

«Piensa, Rachel, piensa. Activa esas neuronas e invéntate una buena excusa que explique qué haces aquí». Desgraciadamente, mi cabeza parece estar tan vacía como el despacho de mi jefe.

–Rachel, te he hecho una pregunta –me dice mientras se dirige a mí y repasa con la mirada el estado de su despacho.

Por suerte, me había encargado de dejar los papeles bien colocados otra vez y cerrar los cajones después de revisarlos. Michael vuelve a clavar los ojos en mí y parece que está a punto de sacar las garras para destrozarme.

De repente una voz se cuela desde la puerta:

–Le he pedido yo que viniera a buscarme una cosa.

Joanie. ¡Ay, gracias, gracias! Pero cuando miro hacia la puerta me quedo de piedra al comprobar que no es Joanie, sino Keats.

Keats se queda allí plantada con el mentón bien alto y una seguridad y un descaro que dicen: «Atrévete a contradecirme». Esta vez lleva el pañuelo debajo de la barbilla y tiene una mano en la botella de agua y la otra en el móvil, como si le fuera a pedir a Michael que se subiera al estrado a presentar declaración.

A pesar de su actitud, no es ella la que va a hacer las preguntas aquí, sino él.

—¿Y se puede saber qué le has pedido a Rachel para que tuviera que venir aquí a rebuscar entre mis cosas? —Lanza cada palabra con un tono lleno de sarcasmo.

De todas maneras, Keats no se achanta.

—Al resumen para Foxbury en el que está trabajando le faltaba una sección, la parte relacionada con la interseccionalidad de la plantilla y la estructura de trabajo, vamos, que no salían los despidos. Y eso es el pilar del resumen, así que pensé que lo necesitaría y por eso le pedí que viniera a ver si lo encontraba en tu despacho.

Nuestro jefe sopesa toda esta información y luego se le acerca y se detiene a un palmo de distancia:

—Sabes perfectamente que yo no tengo nada impreso por política de empresa.

Mi supervisora asiente y responde:

—Aun así, pensé que quizá tendrías una copia de los archivos porque, aunque no quieras usar papel, por algo tienes carpetas en tu despacho, ¿no?

¡Zas en toda la boca! Inhalo sorprendida y disfrutando de esa respuesta con pulla incluida. Una parte de mí espera que Michael le líe una buena para dejarle claro quién es el CEO de la empresa, pero no lo hace y entonces recuerdo que me dijo que era «especial» antes de presentármela, así que quizá simplemente está más acostumbrado a sus respuestas fuera de tono. También me doy cuenta de que Michael debía de saber que era una mujer porque no se sorprende ni lo más mínimo al ver sus rasgos femeninos al descubierto. Las pocas neuronas que aún me funcionan echan la vista atrás y me doy cuenta de que nunca usó el género cuando nos presentó.

Michael cede en esta ocasión y dice:

—La próxima vez, si no estoy en la oficina, no entréis en mi despacho. Si es algo urgente, hablad con Joanie, que para algo es mi asistente. —Y, mientras se dirige a su silla, añade—: Ahora, si no os importa, me gustaría trabajar disfrutando de la privacidad de mi despacho.

No necesito que me lo diga dos veces para salir de allí pitando como si hubiera un incendio. Me recorre un escalofrío al darme cuenta de que mi cerebro podría haber elegido cualquier otra metáfora.

Cuando salgo, veo que Joanie asoma la cabeza desde la puerta de su despacho y parece extrañada.

—¿Todo bien, chicas?

Al final va a resultar que yo era la única palurda que no sabía que Keats era una mujer, ¿no?

—Todo bien —suelta Keats casi a modo de ladrido mientras camina a paso ligero sin ni siquiera mirarla—. Ábrete otra botella de agua con gas y sal a darle una calada a tu cigarrillo sin que nadie te vea.

A Joanie se le desencaja la mandíbula al escuchar el ataque gratuito que le lanza Keats mientras se vuelve a subir el pañuelo para cubrirse la cara. Cuando paso por su lado acelerada, me encojo de hombros a modo de disculpa, pero intento seguir a la persona que me acaba de salvar el pellejo en la peliaguda situación en la que me había metido.

Cuando llegamos a la recepción, le digo en voz baja:

—Gracias…

Keats se da la vuelta de malas maneras, se vuelve a bajar el pañuelo y me suelta:

—No quiero que me des las gracias, no quiero que nadie dé las gracias, ¿lo entiendes? Lo que sí quiero es que me expliques qué estabas haciendo y lo vas a hacer cuando salgamos del trabajo. Tú y yo nos vamos luego a la cafetería que a mí me dé la gana.

La cabeza me va a mil para seguirle el ritmo porque sus palabras han salido como de una ametralladora y sigo procesando lo que me acaba de decir mientras ella se agacha y levanta la trampilla, que cede con extremada facilidad, como si hubiese estado esperando con ganas nuestro regreso.

Capítulo 27

La cafetería en la que estamos sentadas es moderna, está en una plaza georgiana no muy lejos de la oficina y está llena de gente como Keats, no en lo que se refiere a su estilo particular de vestir, sino por la pasión por la tecnología, ya que solo tienen ojos para sus portátiles y tabletas. De fondo suena el clásico de los ochenta de Erasure, *Sometimes*. Sin ningún tipo de mesura, Keats le da un buen trago a la botella de agua con fresas y veo cómo los músculos de la garganta trabajan y se mueven para dejar pasar el agua. Cuando acaba, se limpia la humedad de los labios con el dorso de la mano.

—No quiero ser tu amiga —me dice para empezar nuestra conversación. Parece que la parte más protuberante del mentón se le va a acabar saliendo si sigue apretando con tanta fuerza la mandíbula—. No me gusta la gente y no tengo mucho tiempo para dedicarle. Además, sé que la mayoría suele querer clavártela por la espalda.

—Tú has sido la que ha querido venir aquí, no yo —le respondo.

—Porque quiero saber qué hacías fisgoneando y rebuscando papeles en el despacho de Michael…

Levanto la mano para que no siga y le digo:

—¿Quién ha dicho que yo estaba fisgoneando?

—Yo, lo acabo de decir y es lo que creo. Quizá me tuvieron que llevar a un colegio para niños con capacidades especiales cuando tenía siete años, pero te aseguro que no es porque sea tonta.

Al decir esto, Keats cierra la boca de repente, y el rápido parpadeo que hacen sus ojos me dice que en realidad no quería revelarme ese detalle personal. Me da un poco de pena, ¿quién habría metido una mente como la suya en un colegio así? Fuera cual fuera el motivo, Keats no me da más explicaciones; supongo que todos tenemos nuestras cajas fuertes donde guardamos a buen recaudo nuestros secretos.

Mi supervisora vuelve a hacerme la misma pregunta, aunque con menos desdén esta vez, pero yo contraataco lanzándole otra:

—¿Y tú por qué llevas el pañuelo y toda esa parafernalia?

—¿Me estás diciendo que las mujeres no podemos ir vestidas así al trabajo?

—No, lo que digo es que nunca había trabajado con nadie que pareciera el compañero fiel de Clint Eastwood en una película del oeste.

Le da un espasmo en la comisura de la boca, que espero que sea su intento de contenerse la risa.

Keats se endereza, mueve los hombros un poco y hace que se le vea la clavícula por encima de la camiseta.

—Oda para los que no han sido iluminados: el mundo está lleno de variedad.

—¿Qué es una oda?

—John Keats.

—¿Él es una oda? —le pregunto desconcertada.

Entonces soy testigo de algo que tampoco había visto hasta ahora: Keats se echa a reír. Es como una explosión un poco fatigada, como si los pulmones no acabaran de funcionarle bien, pero sigue como si ahora estuviésemos intercambiando mensajes por el chat y yo no la voy a parar. ¿Por qué no? Pues porque de repente me doy cuenta de que quizá se puede convertir en una aliada.

–La mayoría de sus poemas eran odas, que son un tipo de poema. «Oda a un ruiseñor». Me parece una buena manera de mirar la vida. Algunos decían que era un «poeta cutre de tres al cuarto», pero yo siempre me quedo con ganas de más cuando lo leo.

Me queda claro que le gusta mucho el tema porque por primera vez veo que sus ojos no están entrecerrados ni me muestran la desconfianza que he notado desde que entramos a la cafetería.

–¿Cómo te llamas en realidad?

Me pregunto si su nombre empieza también por «K». Quizá es Kate, Katherine, Kerry, Kali…

Vuelve a cambiar el semblante y a poner en guardia los párpados. Le he hecho la pregunta demasiado rápido, debería haberme esperado a que hubiésemos cogido un poco más de confianza. Hace un ruido con la garganta, como demostrando su molestia, coge la botella y le da un trago incluso más largo que antes. Cuando me responde, su voz es apenas un susurro:

–Depende de lo que signifique para ti la realidad.

–Me refería a cómo te llamaron tus padres.

Su cara me revela algo, pero antes de que pueda identificarlo desaparece, pero intuyo que he perdido otra pieza para entender el puzle de Keats. Teniendo en cuenta que seguramente fueron sus padres los que la metieron en la escuela especial, no ha sido muy inteligente por mi parte meterlos en la conversación.

–Eso no te lo voy a decir, pero me puedes llamar Keats o Sue.

No tiene cara de Sue, la verdad. Sue sería una chica dulce, la típica vecina amable y risueña que los fines de semana hace tartas de manzana deliciosas con su madre.

–Un chico llamado Sue –añade Keats, supongo que porque me ve con cara de no haber entendido nada.

–No lo pillo –le digo, pero no es verdad. Conozco la

canción «A Boy Named Sue»; el grupo de Jed hizo una versión bastante decente como homenaje, pero me hago la tonta porque quiero que siga hablando.

Mi acompañante arquea las cejas, la estoy poniendo muy nerviosa.

—Es una canción de Johnny Cash, busca la vez que la tocó en San Quentin. Es una actuación increíble.

¿San Quentin? No lo había escuchado en mi vida. Debe de ser una sala de conciertos en Estados Unidos. ¿Keats o Sue? No sé muy bien cómo dirigirme a ella, aunque tiene pinta de que ninguno de los dos es su nombre real.

Ahora me toca a mí bajar un poco el volumen, inclinarme ligeramente sobre la mesa y preguntarle algo marcando cada palabra con mucho cuidado:

—¿Cómo has acabado trabajando para Michael?

Una vena se le hincha en el cuello, pero responde:

—Soy autónoma, trabajo en *software* y cosas así. Se puso en contacto conmigo, así que empecé a trabajar en la empresa una semana antes de que llegaras tú. —Me perfora con la mirada—. Y me pidió que controlara tu trabajo, lo que me hace retomar el tema que nos ha traído aquí: ¿qué hacías en su despacho?

De repente, aunque no me lo esperaba, un fuego se me enciende dentro y le contesto de muy malas maneras:

—Y sin duda me controlaste y no dudaste en decirle que hacía un trabajo de mierda sin avisarme o intentar hablar conmigo antes. Y por eso desde entonces me he tenido que quedar haciendo horas extras hasta las tantas…

—Espera, espera, un momento. No te flipes —me dice, y tuerce la boca de una manera extrañísima, pero entiendo que lo que le pasa es que está enfadada—. Yo nunca le he dicho nada así a Michael, aunque, si estamos hablando claro, no tengo ninguna duda de que no tienes ni idea de consultoría.

Ignoro el último comentario y me centro en el principal problema que ha salido a la luz.

—¿No has hablado con él?

Vuelve a poner los ojos en blanco y responde:

—Pues claro que he hablado con él...

—No, me refiero a que no le has hablado de mí ni de mi trabajo.

Keats baja la cabeza y la mueve de un lado a otro:

—Nunca me ha preguntado nada —me dice y aparta la mirada hacia un lado—. Michael sí me pidió que le contara todo con pelos y señales —me explica—, pero yo no soy el topo de nadie, y es lo que le dije, así que quedamos en que vigilaría lo que hacías... a cierta distancia. Como ya sabes, lo de socializar y hacer equipo no es lo mío.

El cerebro me va a mil por hora. Esto significa que, si Michael nunca le llegó a preguntar por mi trabajo, se inventó todo lo que me dijo. ¿Por qué está jugando conmigo así? ¿Por qué me está torturando? De repente parece que las sienes se me comprimen con fuerza y me empieza a doler mucho la cabeza.

—El ambiente en la oficina es muy raro, eso está claro —me dice, y consigue recuperar mi atención—. Por eso te avisé de que fueras con cuidado en el sótano.

—Creo que ha intentado ponerte en mi contra, sabiendo además que tu estilo me haría sentir incómoda, y lo remató todo mandándome a ese sótano malrollero.

En cuanto acabo la frase, me arrepiento de la elección de mis palabras. A nadie le gustaría que le dijesen que su forma de vestir incomoda. Está claro que le he hecho daño, porque a Keats se le hincha el pecho para procesar las emociones que le llegan de repente y me contesta:

—No sé qué te incomoda, porque yo no tengo nada raro. No hay nada de malo en mi forma de vestir. —Usa un tono de voz seco, que casi destila indignación—. Yo soy normal, el problema es el mundo, que ha perdido todo el sentido. Por eso te dejé entrar en mi ordenador, porque tú misma lo dijiste. –No la interrumpo porque quiero escucharla y que siga hablando. Entonces la chica baja la mirada y añade–: «Solo quiero volver a ser normal», eso es lo que me dijiste en la lavandería y sé muy bien lo que se siente.

Y ahí es cuando doy el paso y se lo cuento todo. Bueno, una parte de la verdad, pero, como hace tanto tiempo que solo cuento verdades a medias, ya me parece lo más normal del mundo.

Cuando por fin termino, con el pulso a mil por hora, como si hubiese corrido por mi vida, me la quedo mirando. Espero encontrar en sus facciones una mezcla de miedo y curiosidad, pero no es lo que veo en su cara, sino que está tranquila, incluso diría que calmada.

Después de un silencio que a mí se me hace muy largo, por fin me dice:

–Michael ha sido quien me ha pedido que haga el programa del funeral.

Así que efectivamente Michael tiene algún tipo de conexión con Philip, pero ¿cuál? Entonces Keats hace que la burbuja que acabo de construir explote cuando añade:

–Pero me ha dicho que lo está haciendo como favor para un cliente y que todavía falta que le envíe más información. –Lo que explica que haya tantos espacios en blanco en el programa para las fotos–. Y es cierto que parte de la información que tengo parece que se ha cortado y pegado de otro correo electrónico, así que quizá sí me ha dicho la verdad.

¿La verdad? No, lo único que tengo claro en esta historia es que todo el mundo la está intentando ocultar. Michael está conectado de algún modo con Philip, al igual que lo está con mi padre. Es un triángulo que aún no consigo conectar, pero sé que lo haré.

–¿Cuál era el apellido de Philip?

Qué curioso… Ese verano tan solo éramos Rachel y Philip, no necesitábamos saber los apellidos del otro.

Keats se acerca de nuevo la botella a los labios y se refresca un poco antes de contestarme:

–Solo me dijeron su nombre, Philip.

–Michael me engatusó para que cogiera el trabajo, cada vez lo tengo más claro –le confieso a Keats.

La barbilla le vuelve a hacer ese movimiento raro y me pregunta:

–¿Qué quieres decir con que «te engatusó»?

Y se lo explico todo paso por paso:

Que me engañó diciéndome que conocía a Jed.

Que me entrevistó en la cafetería para que no fuese a la oficina.

Que me hizo creer que no había ningún problema por no tener experiencia en el puesto.

Y que me forzó a trabajar hasta tarde por una mentira que se inventó.

La última parte hace que me plantee algo verdaderamente perturbador: ¿habrá estado Michael jugando con mi cabeza, encendiendo y apagando las luces de la oficina y echándole las culpas al viejo sistema eléctrico? Quizá fue él también quien me encerró en el sótano cuando todos se fueron a comer, pero ¿cómo lo hizo si él ya había salido del edificio? ¿Y por qué me iba a hacer todo esto? Tengo la cabeza hecha un lío.

De todas maneras, aprovecho y se lo pregunto a Keats:

–¿Me encerraste en el sótano?

–¿Cuándo? –me pregunta y, cuando le respondo, niega con la cabeza–. No, no fui yo y es un cerrojo nuevo, así que dudo que fallara.

La creo porque no tiene motivos para engañarme, así que me lanzo a la piscina, ¿ya qué más da?

–¿Me puedes ayudar?

Keats me mira fijamente como si quisiera llegar hasta lo más profundo de mi mente y me pregunta:

–¿Por qué te empeñas en meterte en todo esto? Está claro que el tema te está haciendo mucho daño. Entrega tu carta de dimisión, recoge tus cosas y no vuelvas aquí nunca más.

No me ha preguntado nada que no me haya preguntado yo mil veces antes para intentar entenderme, pero la verdad es que ya hui aquel verano y no pienso hacerlo esta vez.

–¿Me puedes ayudar? –le vuelvo a preguntar.

Keats se pone las gafas de sol de nuevo y se tapa la cabeza con la capucha.

–Sí, pero lo único que te pido es que no te creas que por eso ahora vamos a ser amiguitas inseparables o algo así.

Me parece bien.

–Usa tus dones con el ordenador para averiguar qué relación tiene Michael con mi padre, Frank Jordan.

Keats ladea la cabeza y se me queda estudiando unos segundos, lo que me incomoda un poco, la verdad. Su mirada hace que algo se remueva en mi interior y sus palabras, duras y directas, me calan muy hondo:

–La búsqueda de la verdad es admirable, pero tienes que ser consciente de que también puede hacer que salgan a la luz cosas dolorosas e inimaginables.

Capítulo 28

Hay una historia sobre el demonio en el programa del funeral que hace que la garganta se me cierre y no pueda pasar el aire. Tengo las páginas del programa esparcidas encima de la mesa; después de confesarle a Keats que quemé la copia que imprimí, me ha hecho otra. Michael cree que estoy aquí abajo viendo más (sí, parece mentira, pero al final ha encontrado más) vídeos formativos como una buena chica. Aún no consigo entender el juego que se trae entre manos para meterme en la empresa y hacer que me quede aquí, pero, si cree que me está torturando al obligarme a quedarme aquí hasta las tantas, está muy equivocado. El muy tonto me ha dado el tiempo y las herramientas para que pueda hilar la conexión que lo une a mi padre y a Philip. Aún no lo he descubierto, pero no tardaré en hacerlo.

He colocado una silla en el marco de la puerta de acero para que no se cierre, así oiré cualquier ruido que haya en el túnel o en las escaleras, por muy pequeño que sea. La acústica de este edificio es muy peculiar, a pesar de que la trampilla esté cerrada, hay ruidos en el piso de arriba que se oyen como si estuvieran aquí mismo, mientras que otros quedan amortiguados como si la gente estuviera hablando bajo el agua.

La página web que leí sobre la historia del taller clandestino afirmaba que este antiguo edificio estaba lleno de pasadizos secretos, así que quizá por eso el sonido llega de esa manera tan arbitraria. Todo el mundo sabe que cualquier mansión encantada que se precie los tiene. Aunque en este edificio hay un extra, ya que tenemos a la figura de una mujer invisible pero real: la madre de Michael, ah, y el perro, no podemos olvidarnos del perro, por supuesto. Aunque esté estudiando el programa del funeral a fondo, estoy preparada para salir corriendo en cuanto oiga el más leve susurro, un ligero paso o una lágrima que caiga al suelo. Voy a estar pendiente y alerta para enterarme de todo lo que dicen y seguro que Michael y su madre en algún punto me revelan la verdad, o quizá mi padre vuelva un día de estos y los tres se expongan sin darse cuenta.

Lo primero que he hecho al colocar el programa del funeral en la mesa ha sido analizar detenidamente cada página y aun así no he conseguido sacar más información que me diga dónde o cuándo se va a celebrar el funeral o quién asistirá. Lo único que sé es que a mí no me han invitado. Mi padre me dejó claro que tengo que respetar los deseos de la familia, pero, bueno, a saber si me estaba diciendo la verdad o no.

Me frustra muchísimo ver los espacios en blanco para las fotos porque sé que esas imágenes quizá me ayudarían a entenderlo todo. El servicio no incluye los pasajes y textos típicos, sino poemas, referencias a obras de teatro y fragmentos de libros que no he leído. Quien quiera que haya pedido este documento a medio hacer espera que las personas que van a despedirse de Philip sean cultas y entiendan todas las referencias. O quizá es que a la persona le importa muy poco si los familiares y seres queridos que vayan al funeral las entienden o no. Ni siquiera tengo muy claro si Philip las pillaría.

Y ahí es cuando la historia sobre el demonio capta mi atención: es un fragmento, un pasaje de la historia de

Fausto, de un escritor llamado Goethe. Su nombre me hace pensar en el gótico, pero algo me dice que los tiros no van por ahí... Así pues, lo busco en internet y descubro que es alemán y que tiene una pronunciación bastante complicada. Me cuesta imaginarme que Philip, al que conocí trabajando como manitas y jardinero, supiera quién era ese tal Goethe o que conociera la leyenda de *Fausto*, que al parecer es muy famosa. En ninguna de nuestras conversaciones me dijo que le gustara la poesía alemana o que fuese un ávido lector de los grandes clásicos europeos, aunque sí que se sabía algún que otro poema subidito de tono y algún verso suelto sin mucho sentido. Supongo que este será otro misterio de la vida, la muerte y la otra muerte de Philip.

Yo no conocía a Goethe ni a *Fausto* hasta que Google me ha puesto al día, pero la historia es sencilla: un tipo llamado Fausto vende su alma al diablo para obtener los secretos del conocimiento y el placer. El hombre puede disfrutarlos durante un tiempo hasta que el demonio vuelva a reclamar su alma y, a partir de ese momento, quedará condenado para el resto de la eternidad. Básicamente, de eso va la historia.

Ahora que tengo una mejor idea, me leo el pasaje que han incluido en el programa del funeral esperando más de lo mismo. Sin embargo, y sin saber muy bien cómo, el fragmento hace que el frío y la humedad de esta cueva subterránea me envuelvan con más fuerza a medida que lo voy avanzando. Siento cómo una mano invisible me coge del cuello de mi chaqueta, apartándome de la hoja del programa, y una voz silenciosa me pide que no siga leyendo. Aun así, ya no puedo parar, la historia me tiene enganchada y mis ojos avanzan rápidos para saber más.

Fausto y el diablo van juntos a una fiesta a beber en una bodega. Una vez allí, los borrachos que hay en el lugar buscan pelea con el demonio, pero este utiliza su magia para detenerlos. Al final acaba haciendo más hechizos, vierte vino en los agujeros del suelo y les prende fuego.

Algo se remueve en mi interior, pero no son mis tripas, sino mi corazón, mi alma. Sé muy bien por qué han elegido este fragmento precisamente. No, ¡no quiero volver ahí! Los recuerdos reprimidos y enterrados luchan por encontrar una salida, me patalean y hacen todo lo que pueden, saltándose cualquier norma, para lograr por fin salir del rincón de mi corazón en el que los había escondido. Han perforado mi mente, han intoxicado mi cuerpo y lo han corrompido todo. Ahora, justo en este sótano, salen borboteando y se desparraman por todas partes, como si mi mente no fuera más que una tubería rota.

Capítulo 29

Aquel verano

Rachel no acababa de entender por qué a Philip no le hacía gracia que fuese a trabajar en la bodega, pero después de pasar el primer día allí, que fue el segundo día desde que llegó a esa casa, se dio cuenta de que a ella tampoco le gustaba demasiado. La puerta que conducía a la bodega estaba al final del pasillo, luego había que bajar unas escaleras de madera que daban a un espacio cavernoso y un tanto claustrofóbico, que se expandía debajo de la casa. Había un sinfín de botelleros colocados unos encima de otros, creando torres que ocultaban la luz, así que la mayor parte del lugar estaba a oscuras. Las paredes eran de piedra, por lo que la bodega era un sitio frío y húmedo, aunque el sol de verano estuviese brillando con fuerza en el exterior.

Por supuesto, no había ventanas allí abajo y, en cuanto pasabas la primera columna de botelleros, dejabas de ver las escaleras y la puerta por la que se entraba. En la bodega también reinaba un silencio sepulcral y las sombras que se creaban allí quedaban salpicadas con colores llamativos por los reflejos de las botellas; todo esto hacía que Rachel se sintiera totalmente desubicada. Esos detalles la hacían sentirse como si estuviera metida en un cuento un tanto tenebroso, encerrada en la guarida de un monstruo sin escapatoria, una de esas historias que algunos padres deciden no contarles a sus hijos porque creen que pueden hacer que luego tengan pesadillas.

Al final de la bodega había una mesa donde se sentaba con su libreta y su bolígrafo. Rachel iba fila por fila comprobando los botelleros, contando el vino, separándolos según si eran tintos, rosados o blancos, si procedían de España, de Francia o de Italia. También había cajas esparcidas por todos lados con un montón de vinos que Danny había comprado en subastas y Rachel iba sacando las botellas una a una y colocándolas con cuidado en los botelleros. Aquella colección en concreto tenía algo peculiar, pero la chica no podía decir muy bien qué era exactamente.

Sintió que un escalofrío le recorría la espalda cuando oyó que la puerta de arriba se abría, vio un rayo de luz y empezaron a oírse unos pasos que bajaban por la escalera de madera. Cuando se dio cuenta de que eran Philip y su perro Ray, se tranquilizó, aunque no supo decir muy bien por qué. Su amigo parecía muy serio, algo muy poco habitual en él.

El chico cogió una botella de vino tinto y le preguntó:

–¿Qué, cómo vas?

–Bien. Aunque no he visto a Danny esta mañana, así que no tengo muy claro si lo estoy haciendo bien.

Philip dejó escapar un suspiro:

–Creo que hoy ha ido a una de sus obras.

–Me ha dado un trabajo un poco raro, la verdad.

Con las sombras que había en la bodega, la cara de Philip quedaba oculta en la oscuridad.

–¿Y eso?

–Me parece que no bebe vino. Las botellas están llenas de polvo, parece que las deja aquí y se olvida. Me parece muy raro para alguien que sabe tanto de vino, ¿no?

Philip dejó la botella en su sitio y contestó:

–Sí, ya lo sé. Me parece que quiere que la gente crea

que es un hombre culto con dinero y la gente con ese tipo de perfil suele tener colecciones de vino. Me parece una farsa muy estúpida, la verdad. –De repente cambió el tono y la advirtió–: Mira, Rachel, no quiero asustarte ni muchísimo menos, pero quizá es mejor que no pases mucho tiempo aquí abajo con Danny.

Rachel intentó reírse para quitarle hierro al comentario de su amigo, pero no sonó muy convincente.

–Pero ¿qué dices, hombre? Si es amigo de mi padre, además de mi jefe, ¿cómo le voy a decir yo si puede quedarse aquí o no? Está en su casa. ¿Qué me quieres decir con eso? ¿Que tiene las manos largas con las mujeres o qué?

Philip cogió otra botella de vino y leyó con detenimiento la etiqueta.

–No, para nada. Solo te lo digo porque no me parece buena idea y punto. Tú dile que no puedes trabajar aquí, que tienes claustrofobia y seguro que se lo cree. En su cabeza, todas las mujeres tienen algún tipo de fobia, menos dannyfobia, por supuesto.

La actitud de su amigo y la conversación finalmente hicieron que Rachel se enfadara:

–Ya está bien, Philip, me estás asustando. No me creo que Danny sea así. Mi padre es de los que creen que los pederastas son una plaga que más vale exterminar, así que, si se oliera que Danny me ha puesto la mano encima, lo mataría, y no lo digo de broma. Y seguro que Danny lo sabe, porque mi padre no se calla ese tipo de comentarios, así que haz el favor de dejar el temita de una vez.

–Solo te lo quería comentar, no te pongas así. Seguro que no pasa nada.

Rachel no dijo nada más y Philip se alejó para volver a desaparecer por las escaleras seguido de Ray, que también parecía estar demasiado callado.

Sin embargo, unas horas más tarde, cuando Danny por fin volvió de la obra y la fue a ver a la bodega, Rachel no pudo evitar sentirse incómoda. Danny no dijo nada mientras bajaba las escaleras de madera y el eco de sus pasos retumbaba en las paredes de piedra, tampoco abrió la boca mientras avanzaba serpenteando entre los botelleros y proyectando sombras extrañas en la pared donde la chica estaba sentada anotando la información de los vinos.

De repente, el hombre estaba detrás de ella y la asustó un poco porque había llegado sin que ella lo oyera. En ese momento, la falta de luz natural en este mundo subterráneo le molestó, pero no entendió muy bien el motivo.

—¿Qué tal vas, Rachel?

La chica respondió con resolución:

—Bien, gracias.

Danny estaba demasiado cerca.

—¿Estás bien aquí abajo? Porque, si te digo la verdad, a mí esta bodega me pone un poco los pelos de punta. ¿A ti no te dan miedo los sitios cerrados?

—No. Bueno… quizá un poco.

El hombre se quedó callado unos segundos y luego dijo:

—Vale, pues haz lo que puedas aquí y luego ya te buscaremos otra cosa para hacer.

—Sí, la verdad es que eso estaría bien.

Tuvieron que pasar unos segundos más, que se hicieron muy largos, antes de que se alejara y subiera las escaleras, que crujían y se lamentaban a cada paso que daba. Cuando Danny abrió la puerta de la bodega, Rachel lo escuchó chillar:

—¿Qué haces aquí plantado en el pasillo? Y ya te he dicho que no quiero ver más a ese chucho.

La puerta se cerró con un duro golpe, así que Rachel no pudo escuchar lo que le contestó Philip.

A medida que iban pasando los días, las visitas de Danny a la bodega eran cada vez menos frecuentes. Una tarde de las que se pasó por allí, incluso le admitió que ni siquiera le gustaba el vino y que estaba pensando en vender la colección y convertir la bodega en un gimnasio.

–Supongo que he montado todo esto con la idea de encajar más en la idea que tengo de la gente con este tipo de vida. A mí lo que me gustan son los coches antiguos, Rachel, esa es mi verdadera pasión. Para celebrar tu último día, podría darte una vuelta en uno bien chulo y llevarte a un buen restaurante, ¿qué me dices? ¿Te apetecería?

Rachel hizo ver que le gustaba la idea y le contestó:

–Sí, estaría bien.

–Pues venga, por hoy creo que ya has trabajado suficiente. No pierdas más tiempo aquí.

Rachel no perdió ni un segundo, cogió sus cosas y aprovechó la ocasión para salir de allí.

Al día siguiente por la tarde, mientras Rachel estaba sentada en la mesa de la bodega, Danny fue a verla de nuevo y se quedó justo detrás de ella mientras la chica anotaba sus cosas en la libreta de trabajo. El calor y la respiración superficial que salían de él la volvieron a poner nerviosa.

–Creo que ya has trabajado suficiente por hoy. Vamos a buscarte algo mejor que hacer.

Al escuchar aquellas palabras, Rachel sintió un alivio inmediato, como si el nudo que tenía en el estómago se deshiciera, aunque también se dio cuenta de que la afirmación del hombre había sido apenas un murmullo y de que la peculiar sombra que proyectaba en la pared que tenía enfrente se movía lentamente. De pronto, Danny, que seguía a sus espaldas, apoyó la cabeza en su hombro y se acercó tanto a la joven que la barba de su mejilla le rozó su delicada piel. Esa indeseada cercanía hizo que recibiera una bofetada con los fuertes olores del perfume rancio que llevaba y la gran cantidad de alcohol que había tomado.

Acto seguido, sus brazos se convirtieron en una viscosa serpiente, se abrieron paso por su cuerpo para enredarse en su cintura y le susurró:

—En el piso de arriba tengo una cama con dosel y habría que airearla. ¿Quieres echarme una mano?

La chica se quedó petrificada, las piernas no le respondieron cuando intentó dar un respingo y separarse de un salto ni emitió ningún sonido cuando abrió la boca para chillar. Se quedó paralizada, rígida, como si hubiesen detenido el tiempo en un momento horrible y desagradable.

—¿O eres de esas a las que les va lo duro y prefieren montárselo en la mesa de la bodega? En la sombra y sin salida. Dímelo sin problemas, Rachel, yo estoy abierto a todo.

Hasta que no le metió la mano debajo de la blusa a la fuerza, hasta que no le estrujó los pechos con saña y le provocó un dolor insoportable, Rachel no pudo soltar el grito desgarrador que llevaba dentro.

Estaba encerrada. Atrapada. Sin salida.

Capítulo 30

Tiro el programa del funeral al suelo como si de repente alguien hubiese echado a prender mi cuerpo y me encojo todo lo que puedo para hacerme lo más pequeña y ocupar el mínimo espacio tumbada de lado en el colchón.

–Bórralos, borra esos recuerdos, por favor.

Lo primero que veo al día siguiente al llegar al sótano es al diablo con sus cuernos y su cola sentado como si nada en mi silla. Sacudo la cabeza para quitarme la imagen, sabiendo que no es real. Voy un poco colocada con los betabloqueantes y quizá me he pasado con el aceite de CBD, me siento desorientada, pero sé que esto es lo único que me va a ayudar a pasar el día sin tener que revivir las dolorosas imágenes del pasado que volvieron a abalanzarse sobre mí la noche anterior con una fuerza imparable. Lo que me llama la atención es que no hay ni rastro de Keats, la silla está vacía, el ordenador apagado, igual que la pantalla.

Siento una punzada de angustia al comprobar que la mujer que está dispuesta a ayudarme con todo esto no esté aquí. No sé por qué me siento así cuando ella me ha dejado muy claro que no quiere ser mi amiga. Aun así, sé que Keats tiene un algo, ese *je ne sais quoi*, que me dice que se peleará con quien sea sin pensárselo para

257

combatir todo el mal que hay en esta tumba. ¿Cómo iba a olvidar el duelo en el que se batió con Michael en el dominio de su despacho? Una asesina enmascarada que logró derrocarlo solo haciendo uso de sus palabras.

Tomo asiento y me vuelco por completo en el último informe que Michael me ha asignado. Mi cabeza puede tener delante el informe, pero mi cerebro está en otra parte totalmente distinta: el aceite de cannabis surte su efecto y desinhibe las neuronas para crear en mi mente mil posibilidades que conecten a Michael y a mi padre.

Hablar con mi padre no es una opción, el Frank Jordan que conocí en este edificio me aterroriza. «Tu madre comprobará que no tengo manos, sino zarpas, y que las tengo bien afiladas, como has podido ver. Y tú, Michael, no me obligues a acabar contigo». El nivel de violencia que destilan sus palabras hace que una arcada ácida de bilis me suba a la garganta. Si alguien me hubiese dicho que mi padre, papá, ese hombre tierno y cariñoso al que conozco, se podría comportar así, le hubiese acusado de mentiroso. Pero no es verdad, yo soy la mentirosa e intento engañarme a mí misma porque sé perfectamente lo violento que puede llegar a ser por otros accidentes y cosas que he visto con mis propios ojos. La nariz rota de Jed es una prueba de ello. Además, si intentara hablarlo con él, seguro que me convencería, le daría la vuelta a la tortilla y me diría que todo esto no son más que tonterías y que lo dejara correr porque nada tenía sentido. Sé que en algún momento tendré que encararme con él y afrontar la situación, pero también soy consciente de que ahora no es el momento. Aún no.

Tampoco puedo intentar poner a Michael contra la pared. No me debe nada, así que ¿por qué me iba a contar la verdad? Si me lo imagino, lo veo perfectamente dándome largas, moviendo la mano para despacharme sin más y arqueando las cejas como si el mero intento le hubiese parecido ridículo. Lo peor sería que encima me echase porque, entonces, si no estoy aquí, ¿cómo iba a descubrir la verdad?

Joanie.

Los engranajes de mi mente se detienen de golpe. Esa puerta sí que es una posibilidad real, un camino para plantearse de verdad. Sé muy bien que está comprometida con su jefe, que es una persona leal, pero también siento que me quiere cuidar y proteger. Quizá sí…

De repente veo algo en el ordenador de enfrente que capta mi atención. No me lo puedo creer, ese zombi cabrón ha vuelto a las andadas con sus vídeos depravados. Parece que está viendo el mismo… No, espera, este es diferente. Al mirar las imágenes con atención, el aire se me queda estancado en el pecho, tan caliente que casi me quema. Esta vez la protagonista es otra mujer. No puede ser… Es imposible, pero mis ojos no me engañan. Ay, Dios mío… la chica se parece a mí.

Mi doble está aterrorizada, con la espalda pegada contra la pared, la boca abierta, los ojos parecen que están a punto de salírsele de las órbitas y la chica araña el aire con las manos mientras un hombre enmascarado avanza hacia ella muy lentamente, disfrutando de la tortura que ello le supone a su víctima. El pulso se me acelera cuando me fijo en que, en el techo, encima de la chica, brillan unas luces azules. Rápidamente aparto la mirada de la pantalla y levanto la vista para ver las luces azules del sótano, y seguidamente vuelvo a mirar el vídeo. ¿Son las mismas? ¿Han maltratado y abusado de una mujer en este sótano? ¿A una mujer que es idéntica a mí?

Un escalofrío me recorre de arriba abajo y empiezo a respirar entrecortadamente y muy agitada. La silla del zombi cruje y hace un ruido infernal mientras el tipo se gira lentamente hacia mí hasta que, finalmente, me mira a los ojos, ve mi miedo en ellos y me dedica una sonrisa perversa escalofriante. «Muévete, Rachel, muévete. Sal de aquí pero ya». Pero no puedo, la perversión que hay en su mirada hace que me quede petrificada en mi asiento.

Entonces le da un empujoncito a su silla de ruedas y se acerca a mí, ladea la cabeza y me estudia detenidamente. Con un desagradable aliento a ajo, sin duda el regalo duradero de la comida del día anterior, se vuelca hacia mí y me susurra:

—¿Algún problema?

No puedo negar que tengo muchísimo miedo, pero no pienso dejar que este gusano me vea acorralada o asustada con el numerito que está montando, así que le digo con el tono más frío y amenazante que puedo:

—¿Estáis maltratando mujeres aquí abajo?

Su sonrisa se ensancha de una manera que me da náuseas.

—¿Y qué pasa si lo estamos haciendo?

—Michael ya os ha avisado de lo que pasaría si seguíais viendo esos vídeos.

La cara grasienta del zombi invade mi espacio personal y por primera vez le veo el leve sendero de pecas que se le dibuja en el puente de la nariz, una marca sin duda del demonio.

—Como le digas algo a alguien, más vale que te salgan ojos en la nuca al volver a casa. Una mujer nunca sabe lo que le puede pasar de noche y estando sola…

Esa ha sido la gota que ha colmado el vaso. Me levanto, abandono mi lugar de trabajo y salgo por la puerta de acero.

En cuanto estoy al otro lado, me aferro a las paredes húmedas y frías del túnel, con los pulmones trabajando a mil por hora y el miedo que siento me deja sin respiración y con un sudor frío. No quiero que las amenazas de ese gusano bocazas surtan efecto, pero estoy asustada. Lo visualizo: salgo del trabajo y empiezo a andar y andar sin mirar quién tengo detrás y, en un abrir y cerrar de ojos, aparece a mis espaldas, un hombre o un monstruo que me acecha entre las sombras, se abalanza sobre mí, me mete en la trampilla, me arrastra por el túnel y me encierra en el sótano con su macabra máscara puesta.

«Basta. Eso no va a pasar. Porque vas a plantarte en el despacho de Michael y le vas a exigir que solucione esta situación de una vez por todas». Pero en ese momento vuelvo a pensar en Joanie y en la vez que me dijo que, si tenía cualquier problema, que acudiese a ella.

Encuentro a la mujer en la cocina, vertiendo un poco de leche en la taza humeante de té que tiene en la mano. Instintivamente, la lengua me empieza a picar al recordar el sabor agrio del primer día.

Joanie se da cuenta de que no estoy bien al instante y deja la leche en la encimera.

–¿Qué pasa, Rach?

Seré su Rach y lo que ella quiera si consigue solucionar el problema que le traigo. No me contengo ni un segundo más y le cuento lo que acabo de vivir en el sótano, a lo que Joanie responde abriendo los ojos como platos.

–Pero pensaba que Michael les dijo que no volvieran a hacerlo o los echaría.

Casi le respondo que lo que tenía que haber hecho el CEO era despedirlos en cuanto se enteró, pero me muerdo la lengua llena de rabia y frustración. Lo que hago es respirar hondo y pausadamente para coger fuerzas y darles peso a las siguientes palabras que voy a pronunciar para que calen en mi compañera:

–No es justo que alguien pueda amenazar a una compañera en el lugar de trabajo. Y además, creo que el vídeo se ha grabado aquí.

–¿Aquí? –Me alegra comprobar que Joanie parece tan escandalizada como yo–. ¿Y eso cómo es posible? Cerramos el edificio con medidas de seguridad por la noche. Nadie puede entrar.

Me guardo lo que iba a decir a continuación y todo mi cuerpo se tensa, alerta por algo nuevo. A veces en la vida, crees ir en una dirección, pero, de pronto y sin esperarlo, otro camino más interesante se abre delante de tus narices, y la puerta que me acaba de abrir Joanie me presenta la oportunidad de explorar lo que pasa en este edificio por la noche. Ha dicho que lo cierran con medidas de seguridad. ¿Qué más podrá contarme al respecto?

Ahora intento mantener mis emociones a raya y le digo con un tono seguro y comprensivo:

–Claro, nadie quiere que vuelva a haber otra tragedia en el edificio. La historia que tiene ya es suficientemente dura...

–¿Qué quieres decir? –me pregunta sin acabar de entender y la preocupación que mi afirmación le genera hace que el cuello le crezca unos milímetros.

–La placa que hay en la entrada –contesto y en un susurro añado–: el incendio que hubo en el taller clandestino.

Entonces mueve los ojos y los abre más al entender de lo que le hablo.

–Ah, sí, ese incendio... Qué horrible. ¿Te imaginas, Rach, quedarte encerrada en el sótano mientras las llamas crecen y crecen sin poder salir de allí? –me pregunta, y un escalofrío la recorre entera.

No me cabe duda de que ha visto la bola que me ha salido en la garganta al tener que tragar para pasar mejor las imágenes que me ha metido en la cabeza.

–¿Y qué pasaría si el edificio no fuese tan seguro y hubiese alguien viviendo aquí…?

–¿Qué? ¿Quieres decir por la noche? –exclama y la boca se le queda formando una «O» de la sorpresa que siente.

Me acerco un poco más y le digo:

–Hoy en día, hay mucha gente sin casa que vive en la calle, así que no sería tan extraño. –Me encojo de hombros–. O quizá quien vive aquí por la noche es alguien de la familia de Michael.

Tengo bastante claro que, por muy bien que me caiga esta mujer, creo que la cabeza no le da para pillar mis indirectas y entender hacia dónde quiero llevarla. Con esto no quiero decir que crea que Joanie sea tonta, sino que más bien considero que es una mujer que se enorgullece de no darles tantas vueltas a las cosas, una experta en mirar el lado bueno de las cosas y vivir en un mundo de color de rosa.

Mueve un poco la nariz mientras me mira con extrañeza, hasta que por fin carraspea y me pregunta:

–¿Por qué iba a vivir aquí alguien de la familia del señor Barrington?

Aprovecho la ocasión rápidamente para investigar un poco más:

–¿Y qué familia tiene? ¿Padre… madre?

Pero, de repente, se recoloca los hombros de esa manera tan suya que me indica que va a entrar en modo profesional y me contesta:

–El padre del señor Barrington ha sido la mejor persona con la que he trabajado. Era un hombre con un corazón de oro, que en paz descanse… –me explica–, y que sabía que haría cualquier cosa por mí.

«Venga, continúa. Ahora háblame de su madre».

Pero en lugar de eso, Joanie coge la taza de té y me dice con un tono más neutro:

–Le diré a Michael lo que me has contado, pero no llegará hasta el mediodía.

Y sin decir nada más, desaparece y deja el cartón de leche allí en la encimera, así que, al final, me he quedado como estaba y no he logrado averiguar absolutamente nada sobre la madre de Michael.

Capítulo 31

Me paso el resto de la mañana esperando (y deseando) que Michael vuelva a aparecer hecho una furia en el sótano y que chille al zombi que me ha amenazado para que vaya a su despacho, pero esta vez sabiendo que no habrá más sermones ni avisos, sino que Michael le enseñaría la puerta. Tengo claro que el CEO de esta empresa sigue siendo mi enemigo, pero en esta situación en la que me veo con mi compañero de trabajo, Michael es el caballero andante que puede rescatarme. Es imposible que tolere un comportamiento así hacia una mujer. Por lo menos, ahora Keats ya está de vuelta, aunque tampoco me ha dado explicaciones de dónde ha estado. De todas maneras, me siento más tranquila y segura al tenerla aquí en esta sala llena de hombres.

Así que espero y espero… Y entonces oigo un repiqueteo, «clic, clic, clic, clic», que viene del túnel al otro lado de la puerta. Son pasos que se acercan y el eco que crean a medida que la persona avanza. Sin poder evitarlo, se me dibuja una sonrisa triunfante en la cara; por fin Michael acude a mi llamada para salvarme.

La puerta se abre y, al no hacer ni un pequeño ruido, se crea un ambiente incluso más tenso que si la hubiese abierto de un golpetazo. Sin embargo y para mi sorpresa, quien aparece allí no es Michael, sino Joanie.

La mujer se queda allí plantada en la entrada sin moverse, como una estatua, como si se hubiese transformado en una figura de cera del museo de Madame Tussauds. Aquí pasa algo y no es bueno. Esta no es la misma Joanie con la que he hablado esta mañana, esa mujer alegre y animada, llena de vida, que siempre amenaza con darme un abrazo cuando menos me lo espere. Tiene los ojos un poco rojos, se le ha corrido un poco el rímel, lo que le deforma levemente el contorno, y su mirada es intensa, como si quisiera atravesar a la persona a la que va dirigida.

A mí.

Instintivamente me giro para mirar atrás, pensando que debe de estar mirando a otra persona, pero no: sus ojos están clavados en mí y no los aparta. Se queda ahí mirándome fijamente, lo que hace que mi cuerpo se ponga rígido sin entender nada de lo que está pasando. Un silencio abrumador y electrizante se extiende por la sala mientras el resto de zombis y Keats también son testigos de lo que está pasando. Aun así, nadie dice absolutamente nada.

—¿Joanie? —la llamo con un tono lleno de confusión y tan bajito que mi voz apenas es un susurro—. ¿Pasa algo?

—Lo sé, menuda pregunta más estúpida. Está claro que sí.

Pero parece que no me ha oído. De repente, mi cabeza me hace más consciente de que estoy en una sala bajo tierra sin ventanas ni salida. Estoy atrapada aquí.

Joanie por fin empieza de nuevo el repiqueteo de sus zapatos a medida que avanza por el sótano, pero en ningún momento aparta la mirada. ¿Qué cojones está pasando aquí? En serio… La asistente del CEO sigue acercándose y cada vez está más cerca de mí.

Clic, clic.

Más cerca.

Clic, clic.

Joanie no es una mujer alta ni voluminosa, pero desde

donde yo estoy sentada, levantando la cabeza para mirarla, me parece que cada vez se hace más grande según se acerca a mi sitio hasta que me da la sensación de que ocupa todo el sótano. Cuando llega junto a mí, mi cuerpo está preparado para salir corriendo cuando yo le diga, pero, por suerte, sigue andando y pasa de largo.

Aun así, justo cuando creo que puedo volver a respirar con normalidad, se da media vuelta y, poniendo los brazos en jarras, clava los ojos en mí de nuevo como si fuese un guardia de seguridad que ha de vigilar a un preso al que han condenado a sentencia de muerte. Es más, por la energía que desprende, diría que la ejecución la va a hacer ella. El tono de su piel es una mezcla de palidez extraña bañada con el azul artificial de las luces del techo. El zumbido de las paredes se convierte de repente en un sonido que me perfora los oídos. Me muero, creo que voy a perder la cabeza.

Corriendo, le envío un mensaje a Keats:

¿Por qué tengo a Joanie pegada a la espalda como si le hubiese acabado de robar a mano armada? Parece que ha salido de una película de miedo mala donde todo pasa en el sótano.

Responde muy escueto:

Ni idea.

Keats se para un momento y luego sigue escribiendo, pero no es un mensaje para mí. Joanie avanza un poco más con sus molestos y ruidosos zapatos hasta colocarse enfrente de mí. Madre mía, la cara con la que me mira está pidiendo a gritos una motosierra ahora mismo. La rabia que desprende su cuerpo huele a algo que no acabo de identificar… Veo cómo el pecho le sube y le baja acompañando su fuerte respiración; es corta, dura y agitada como la mía. En ese momento me fijo en que aprieta los dedos y las manos a ambos lados de las caderas como si... como si... No puede ser que Joanie me vaya a atacar aquí delante de todos, ¿no?

Pues la verdad es que no voy a esperar a descubrirlo, así que salgo de la silla con un salto y un gritito ridículo. Sí, sí, sé que parezco un animalillo del zoo, pero ahora mismo no me importa lo más mínimo. No sé qué leches está pasando, pero estoy de los nervios y el mal rollo que me ha generado toda esta situación se ha convertido en un miedo muy real.

Segundos más tarde, unos pasos que recorren el túnel detrás de la puerta a toda velocidad rompen el silencio sepulcral que reina en el sótano.

Michael, con la respiración acelerada, aparece de pronto en la sala y mira a Keats, con quien intercambia un asentimiento con la cabeza, lo que me hace entender que habrá sido mi supervisora quien le ha escrito después de recibir mi mensaje. Por la manera en la que mi jefe abre y cierra la boca, entiendo que está teniendo una lucha interna. Lo observo con más atención aguzando mis sentidos: ¿está enfadado, angustiado...? Quizá es una mezcla. Sea lo que fuera, Michael no tarda en neutralizar su expresión y se acerca con paso firme a la mujer que me tiene atemorizada.

Acto seguido, le pasa un brazo por encima de los hombros y con palabras amables y mucha delicadeza la intenta mover de allí:

—Vamos, Joanie. ¿Qué haces tú aquí? Tenemos mucho trabajo que hacer, ¿te acuerdas? —le pregunta y termina la frase con una risa breve y frágil, que suena como el eco de un cristal al romperse en mil pedazos. Esta vez no le veo los hoyuelos—. Las facturas no se hacen solas, mujer.

La asistente de dirección se quita de encima a su superior con un movimiento brusco de los hombros y se vuelve a quedar allí parada, quieta, pero sus ojos no pierden la fuerza, ese fuego que quema y que quiere llegar hasta el centro de mis entrañas. No puedo soportarlo más, así que abro la boca para decir algo, pero Michael levanta la mano con mucha parsimonia para invitarme a reprimir mi impulso.

Vuelve a hacer un segundo intento, pero esta vez con más decisión, aunque sigue demostrando una delicadeza y un cariño que me desconciertan y me dejan sin palabras.

—Venga, vamos a prepararte una taza de té. Verás qué bien te sienta con esas galletitas de chocolate que tanto te gustan.

Joanie empieza a balancearse ligeramente y suelta los hombros, cediendo que la guíen para sacarla de allí. Entonces, cuando ya está en la salida y su sombra distorsionada se proyecta en ese lúgubre túnel, se gira para mirarme una última vez. Cuando nuestros ojos se encuentran, se me vuelve a cortar la respiración. Ya sé lo que me transmite su mirada: odio. Es un odio visceral.

O quizá solo sea que toda esta pesadilla está volviendo a jugar con mi cabeza.

Después de vivir el capítulo «Si las miradas matasen…», aún me tiemblan las manos mientras intento beberme a trancas y barrancas el vaso de agua que he cogido de la diminuta y cutre cocina que tenemos en el sótano. Todavía sigo sin entender qué ha pasado. ¿Por qué me miraba así Joanie, como si le hubiese hecho algo horrible?

Antes de poder perderme en mis pensamientos y teorizar, Keats aparece a mi lado y cierra la puerta de malas maneras con el talón de sus Dr. Martens. Entonces se baja el pañuelo y se quita las gafas de sol.

–Pero ¿qué le has hecho a Joanie? –me suelta así, sin filtros.

Dejo el vaso de cristal en la encimera con brusquedad, molesta y confusa:

–Nada. Lo único que he hablado con ella esta mañana ha sido que he pillado al zombi asqueroso mirando esos vídeos horribles otra vez y que me ha amenazado.

Pero Keats ya lo sabe porque, cuando llegó pasadas las once, le di el parte con pelos y señales.

Mi compañera me insiste:

–¿Y qué más?

Al escuchar esta pregunta, aparto la mirada, recelosa.

–¿Qué quieres decir?

Keats se acerca aún más a mí, lo que significa que noto su respiración cerca de la cara, porque la estancia en la que estamos es minúscula.

–Sé perfectamente cuando no me estás contando algo.

Resignada, dejo escapar un resuello y la vuelvo a mirar a los ojos para decirle:

–Le he preguntado con mucha sutileza si alguien de la familia de Michael venía aquí a pasar la noche…

Ahora es ella quien demuestra su irritación arqueando las cejas.

–¿Estás tonta? Joanie es a la última persona a quien deberías preguntarle algo así.

–¿Por qué?

–Pues porque tiene muy buena relación con Michael y es muy leal. ¿Ahora qué pasa si le dice que estabas intentando sonsacarle información? Vas a hacer que te despidan…

–¿Tú crees? –le pregunto y agarro con fuerza el borde del fregadero, nerviosa–. Pero sabemos que él quiere que me quede. Los motivos todavía no los sé, bueno, no los sabemos, y tenemos que averiguarlos. Pero por eso mismo no creo que me eche a la calle.

Keats se queda pensando unos segundos y luego me dice:

—Pero de todas maneras, si Joanie se va de la lengua, Michael se enterará de que sabes más de lo que parece…

El sonido agudo de su móvil corta nuestra conversación, Keats lo saca y, después de leer el mensaje, se gira para mirarme:

—Es Michael, dice que vayas a su despacho ahora mismo.

Parece que el corazón me deja de latir. ¿Qué pasa si Keats tiene razón? ¿Si Joanie le ha dicho lo que hemos hablado y ahora sabe que estoy intentando descubrir la verdad?

Me quedo dudando unos instantes fuera del despacho de Michael. ¿Esto es lo que sintió Daniel antes de entrar al foso de los leones? Un miedo atroz con una fina capa de convicción por salir de allí con vida.

—Ya puedes pasar —retumba la voz de Michael a través de la puerta.

Sus palabras me pillan desprevenida. ¿Cómo sabe que estoy aquí? ¿He hecho ruido? ¿Me ha oído mientras subía las escaleras? Nerviosa y un tanto paranoica, busco con la mirada por todas partes porque se me ocurre que quizá hay cámaras instaladas por el edificio para vigilarme y hacerle el trabajo sucio al jefe. ¿Cómo no se me había ocurrido antes? Si se las ha ingeniado para contratarme y hacer que trabaje aquí, el siguiente paso lógico es espiarme. A lo mejor ya sabe que yo, como su madre, también paso aquí mis noches. ¿Me tendrá totalmente controlada y sabrá cada paso que doy? No veo señales que me indiquen que allí hay cámaras, pero igualmente no desecho del todo la idea para otra vuelta con más calma luego.

Ahora mismo, subo los hombros y estiro cada vértebra

de mi columna antes de entrar al despacho. Dentro, me encuentro a Michael de pie, tranquilo como si nada hubiese pasado, mirando por la ventana. La luz natural del día lo baña completamente y deja al descubierto cada imperfección de su rostro, algo en lo que no había reparado hasta ahora. Me fijo en que tiene un poco de ojeras, aunque casi no se le notan, un pequeño bultito en el hueso de la nariz y tiene la piel tersa… Aunque, al mirarlo con más atención, no es que la tenga tersa porque se eche productos caros de calidad, sino que es la tensión de llevar una máscara puesta todo el rato. Y en ese momento me doy cuenta de algo más, y es que está enfadado… Michael también guarda mucha rabia en su interior.

Joanie está sentada en una silla y me da la espalda. No se mueve, está tan quieta que es casi antinatural.

Michael intenta mandar la orden a sus labios para que sonrían, pero mis ojos temerosos lo que ven es una mueca forzada.

Pese a todo, intento encarnar bien el papel de empleada comprometida con su trabajo.

–Querías verme para hablar, ¿no?

Como respuesta, me señala con la palma abierta la silla que hay junto a Joanie y me dice con amabilidad:

–Siéntate, por favor.

A medida que avanzo hacia allí, las planchas de madera del suelo crujen y se lamentan bajo el peso de mis pies. Curiosamente, no me había fijado en este incómodo detalle hasta ahora, pero este tipo de cosas ya no deberían sorprenderme, porque este edificio ha demostrado que no deja de cambiar y de mostrarme nuevas caras cada vez que le viene en gana.

Me siento en la silla y miro a la mujer que tengo a mi lado; tiene las manos estiradas encima de su regazo y la cabeza un poco gacha. Después de unos segundos, por fin me mira y no puedo contener el grito ahogado que me sale. Joanie tiene muy mal aspecto, le veo la cara consumida y desdibujada, como si no le quedara ni una gota de energía en el cuerpo. Me recuerda a un retrato que vi una vez de la reina Isabel I, el que le hicieron para mostrarle al mundo entero el paso del tiempo.

Joanie deja escapar un suspiro desganado y dice:

—Lo siento muchísimo, Rachel. No sé qué me ha pasado.

El remordimiento que hay en su voz la transforma en una especie de graznido.

Por un momento pienso en contestar con las frases típicas para hacer las paces y cerrar un incidente incómodo y decirle «No pasa nada», «No te preocupes», «No le des más vueltas», pero no lo hago. Siento un impulso que me obliga a hacerle entender cómo me ha hecho sentir o, al menos, intentarlo.

—Me he sentido fatal, la verdad. He llegado incluso a pensar que me ibas a hacer algo.

De repente, parece que recupera la movilidad en sus manos y empieza a retorcerlas en el regazo.

—Es que estoy pasando por el cambio, ya sabes… Es una época complicada para las mujeres de mi edad. —Está claro que le da vergüenza hablar del tema e intenta esconderlo con una pequeña sonrisa—. Puedo estar feliz como una perdiz y al rato exploto como si le quisiera arrancar la cabeza a alguien.

En ese momento, me acuerdo de que un día Joanie la llamó «torturapausia» de broma, pero ahora la situación no es tan divertida. Lo que sé de la menopausia, que he de admitir que no es mucho, es que a las mujeres les dan sofocos, insomnio y que sufren cambios de humor, pero no había escuchado nada de que hiciera que la gente se volviera violenta y fulminase al resto con la mirada. Al recordarlo es como si volviera a sentir sus ojos sobre mí: hostiles, fríos y llenos de odio.

Michael interrumpe la conversación sin moverse de la ventana y comenta:

—A mí me hizo lo mismo la semana pasada, ¿verdad, Joanie?

—Así es, señor Barrington.

—Entró aquí mientras yo estaba en una llamada muy importante de negocios —sigue explicándome y levanta las cejas—, y no pude hacer otra cosa que colgar porque realmente me preocupó mucho verla así.

—Sí, señor Barrington.

Las respuestas que le da Joanie parecen más propias de un robot sin emociones que de la mujer que creo conocer. Me da la sensación de que tiene miedo de algo, como si esperara que en cualquier momento alguien le pudiese pegar y, enfurecida e indignada, clavo los ojos en Michael. ¿No le habrá hecho algo este malnacido? ¿Le habrá hecho sentir aún peor por lo que ha hecho, aunque solo se trate de los efectos del cambio hormonal por el que está pasando? De repente siento el impulso de cogerla del brazo, sacarla de allí y llevarla a un lugar seguro.

Sin embargo, Michael no me da tiempo a ponerme la capa de superheroína, se cruza de brazos justo cuando la luz del día deja de caer directamente en el despacho y afirma:

—Pues espero que con esto hayamos zanjado el tema. Puedes estar tranquila, que no volverá a pasar.

Entiendo que con esto me está echando, así que me pongo en pie. Ahora soy yo la que se la queda mirando, pero lo hago porque no quiero dejarla aquí, así que le propongo que nos tomemos un té y unas galletas de chocolate.

Me sonríe y asiente con la cabeza, un poco más resuelta, lo que me deja ver un rayito de luz de la Joanie a la que estoy acostumbrada.

—Estoy bien. Ya nos tomaremos un té en otro momento.

Mientras me dirijo a la puerta para salir del despacho, siento en la nuca que vuelven a fulminarme con la mirada. Esta vez, en cambio, quien me dedica toda esa intensidad es Michael.

Capítulo 32

Aunque estoy arropada con el nórdico, no puedo dejar de temblar encima de la esterilla. Esta noche no hay manera de entrar en calor en el almacén, hasta el último rincón parece el Polo Norte. Lo que daría por encender un poco la calefacción ahora mismo… Quizá no sería mala opción comprarme uno de esos radiadores de aceite que no necesitan electricidad. «La idea no es acomodarse aquí y estar a gustito. Esta no es tu casa». Ya lo sé, lo sé de sobra, pero voy a tener que quedarme aquí hasta que consiga las respuestas que estoy buscando. Me incorporo y me acerco la mochila para sacar otro par de calcetines de lana y ver si me ayudan un poco. Aprovecho y también me pongo el jersey de Aran de mi madre. Vuelvo a acurrucarme bajo el nórdico, pero el frío también se cuela conmigo… Me ha calado hasta los huesos.

¿Oiré a la madre de Michael arriba esta noche? ¿Al perro? ¿Volverán a colarse sus llantos y lamentos por las grietas y las paredes del edificio? Espero que no, necesito un sueño reparador que me dé fuerzas para que mañana pueda continuar con mi camino hacia la verdad. Mi respiración empieza a relajarse y a ser más profunda…

¿Qué ha sido eso? Me vuelvo a incorporar en la esterilla y respiro agitada de nuevo al sentirme en peligro como un pajarillo enjaulado. El ruido que he oído no ha sido ninguno de los sonidos que ya conozco: no ha sido el ladrido de un perro ni el llanto de una mujer. Con cuidado, retiro el nórdico y estiro el cuerpo, como si me hubiese convertido en una pantera dispuesta a saltar a la acción en cualquier momento.

Aguzo el oído y lo vuelvo a oír. Es un arañazo, un ruido metálico, parece algo pesado que se está arrastrando contra el cemento. Ya sé qué es, lo conozco bien… Lo oigo cada día. Alguien está quitando la rejilla de la calle para entrar en el patio subterráneo, la rejilla que protege la entrada a mi hogar provisional.

Entonces me doy cuenta de lo vulnerable que estoy aquí, de que nadie oirá ni siquiera el eco de mis gritos o lamentos.

«Una mujer nunca sabe lo que le puede pasar de noche y estando sola…». El recuerdo de la amenaza que me lanzó esta misma mañana el zombi asqueroso hace que el estómago se me encoja.

Rebusco entre mis pertenencias hasta que encuentro mi navaja. Quien quiera que esté ahí fuera va a comprobar que no me voy a rendir sin antes luchar con uñas y dientes. Noto cómo la persona que está entrando en este mundo subterráneo ahora está suspendida del techo, como un murciélago en mitad de la noche y las sombras, valorando cuándo dejarse caer sobre el empedrado que tiene justo debajo.

De nuevo, vuelvo a concentrar toda mi atención en el sentido auditivo para detectar cualquier ruido que interrumpa el silencio de la noche. Aguzo el oído y ahí está: un leve golpe seco, el intruso ya está dentro. Desenfundo la hoja de la navaja, sabiendo que estoy cruzando una línea y que ya no hay vuelta atrás. Me siento más fuerte, más decidida, pero el miedo me recorre entera. Me quedo allí de pie, en mitad de la estancia, como si mi posición central demostrara más valentía y entereza, y espero. Al intruso no parece importarle que lo escuche, porque avanza con un paso decidido y pesado, cada vez acercándose más a la puerta que nos separa. ¿Lo que oigo es la inhalación y exhalación de su respiración? Sí, oigo cómo recoge y saca el aire de sus pulmones, es como una colección de susurros que avanzan entre las sombras.

¿Esto es lo que siente una hoja cuando el viento la hace temblar? Siento que cada músculo y parte de mi cuerpo se sacude a un ritmo que soy incapaz de controlar. El pomo de la puerta se mueve, gira en un movimiento circular que me hipnotiza y, de pronto, se detiene e, instintivamente, doy un paso atrás. Entonces la puerta se abre sin hacer ni el más leve sonido y me revela una figura vestida toda de negro. Es un rostro sin rasgos, un demonio, pero a este demonio ya lo he visto antes en otra puerta.

Es Keats.

Keats se retira el pañuelo como si fuera una bandolera que ya ha dado con su botín y ya no tiene que seguir escondiéndose.

La mandíbula se me desencaja al verla y le digo:

–¿Qué haces aquí? –Aunque lo más importante es–: ¿Y cómo sabías que estaba aquí?

Poco a poco va dejando las sombras atrás y se acerca más a mí, se quita las gafas de sol y mete una mano en el bolsillo alto de su chaqueta militar.

–Seguramente no te das ni cuenta, pero, cuando estás sentada en tu escritorio, no dejas de mirar a la puerta del sótano que lleva hasta aquí y que parece un simple panel en la pared –me explica con un tono muy tranquilo, de hecho, casi sin ningún tipo de emoción. Y quizá eso es justo lo que necesito, que me hable con su lógica asertiva basada en hechos objetivos–. Así que investigué un poco por mi cuenta y no me costó mucho imaginarme de quién eran las cosas que encontré en esta habitación.

Vuelvo a recuperar un poco la calma.

—¿Y has venido para decirme que has encontrado de qué conoce mi padre a Michael?

Keats arquea las cejas y pone los ojos en blanco exagerando su reacción, como de costumbre.

—Lo que tengo claro es que no he venido aquí a echarles un ojo a las tuberías, no.

Las tuberías. Al escucharla, no puedo evitar que se me dibuje una gran sonrisa en la cara. ¿Quién sino Keats hablaría de tuberías en una situación así? De golpe siento una energía electrizante en mi interior; ya no estoy sola. Keats se quita la capucha mientras se acomoda conmigo junto al nórdico.

Entonces cruza las piernas como si se dispusiera a meditar y empieza a darme el informe:

—Michael tiene otra serie de negocios, así que es cierto que es un empresario y, a decir verdad, con éxito. Aun así, no he podido encontrar nada que lo conecte con tu padre, no había ningún indicio, nada.

La noticia me golpea como un mazo. Menuda decepción.

—Pero tiene que haber algo…

—Pues si es así, alguien está haciendo un trabajo impecable para ocultarlo.

Keats ladea la cabeza de tal manera que me hace pensar que se queda con ganas de añadir algo más, aunque me cuesta decirlo con seguridad porque aún no conozco mucho sus expresiones. Teniendo en cuenta que hace poco que veo sus facciones, es normal que siga intentando aprenderme los gestos y los movimientos que hace con la cara cuando habla.

De todas maneras, intento que sigamos la conversación:

—Tú misma lo has dicho antes, no has venido aquí por las tuberías, así que suéltalo.

Keats deja escapar un leve resoplido y dice:

–Como te puedes imaginar, con la misión que me diste, inevitablemente he descubierto más información sobre tu familia y he encontrado un montón de cosas interesantes sobre tu padre. Los informes médicos de tu madre…

–¡Cállate! –le chillo sin pensarlo, olvidando por un momento dónde estoy–. ¿Quién cojones te ha dado a ti permiso para investigar a mi familia? Yo nunca te he pedido que investigaras sobre nosotros, lo único que te dije es que quería saber de qué conocía mi padre a Michael. –La primera ola de emoción que me azota esta noche es la ira–. ¿Cómo te atreves?

Keats no parece inmutarse en lo más mínimo y, mirándome con una dureza y frialdad que me sobrecoge, me asegura:

–Ya te lo dije, esto es lo que pasa cuando empiezas a indagar en el pasado, debajo de la alfombra hay muchos otros secretos esperando poder salir a la luz.

Recibo su afirmación como una bala directa al corazón e intento controlar el acto reflejo que hace que los músculos que me protegen las costillas se contraigan.

–Eres más fría y descarada que el mismo diablo.

Keats niega con la cabeza y me pregunta:

–¿Entonces qué? ¿Quieres saber lo que he descubierto o te da demasiado miedo saberlo?

Me pongo de pie como puedo y le contesto con otra pregunta:

–¿Cómo te sentirías tú si yo metiese las narices en tu vida para descubrir los secretos de tu familia?

Empiezo a dar vueltas por la habitación y me rodeo las mangas del jersey de Aran como si fuese mi madre, como si la estuviese abrazando y le dijera: «Por favor, no me dejes». Hay cosas de mi pasado de las que me cuesta muchísimo hablar, por supuesto, y mi madre es una de ellas. Junto a mi padre y Philip, ella ha sido la otra estrella que me ha guiado en la vida. Mi madre era… Pero me alejo de la alegría de su recuerdo y la saco de mi mente porque me duele demasiado.

–Estás sufriendo –me dice Keats, como si hubiese introducido los datos de mi perfil en un ordenador y le hubiese dado la respuesta correcta.

–Qué ojo tienes, hija –le respondo con todo el sarcasmo que puedo–. Te van a dar el Premio Nobel por la maestría que has demostrado en la observación del estado emocional de las personas.

Se crea un silencio entre nosotras que se prolonga quizá demasiado y me pregunto si me he pasado. Con disimulo la miro por encima del hombro para que no se dé cuenta de que la observo y veo que se muerde el labio, como si pensara. Finalmente acaba diciendo:

–¿Quieres que te cuente la historia de mi familia? Pues aquí la tienes: mis padres pensaban que estaba rota, que no era más que una niña que se sentaba en las esquinas a mirar fijamente a la gente sin decir nada. Se avergonzaban tanto de mí que ni siquiera me dejaban ir a las fiestas de los otros niños, ni me apuntaban a ninguna actividad extraescolar, nada de lo que suelen hacer los niños.

Mientras me cuenta todo esto, espero a que se le note la rabia que siente, que se levante como yo y que apriete los puños con fuerza al ver lo podrido e injusto que es el mundo a veces. Pero ella no es como yo, no siente así y me lo demuestra el tono de su voz, que es suave y calmado como una pluma.

–Mi familia es de esas que habla hasta por los codos, pero que realmente no dice nada, así que imagínate cómo les sentó que su hija mediana, que se pasaba el día sola, solo hablase para decir verdades. Todos pensaron que estaba loca –sigue explicándome y traga saliva–. Así que, de pequeña, decidieron llevarme a un internado público perdido en mitad de la nada para niños locos con necesidades especiales y dejarme allí como a un perro…

–Lo siento mucho…

La sonrisa que se le dibuja en la cara hace que me calle y ella prosigue su historia:

–Eso fue lo que me convirtió en quien soy hoy. –Al decirlo, una nube negra ensombrece su sonrisa–. Cuando llegué pensaba que estaba rota, que había algo malo en mí, que era un fracaso. Un día, recuerdo que tiré el ordenador al suelo y se hizo añicos y, de repente, sentí un impulso, algo que aún no puedo explicar, que me poseyó para que lo volviera a montar. Y así es cómo entré en el mundo de los ordenadores. Cada vez que colocaba una pieza de ese ordenador en su sitio, era como si arreglase una parte de mí que estaba rota y encontrase su verdadero lugar. No pasa nada porque tengamos heridas, no pasa nada por estar rotas. Es normal y cualquiera que diga lo contrario se está engañando.

–¿Estás dentro del espectro? –le pregunto mientras vuelvo a sentarme a su lado una vez que ya me he calmado.

–¿De qué espectro estamos hablando? ¿El espectro del ser humano? Todas las personas somos diferentes. Mucha gente ha intentado diagnosticarme o hacer que encaje en una categoría, pero no me da la gana. Mis padres no me dejaron ser quien era y soy normal. La diferencia que el mundo no entiende es que esta es mi normalidad.

El discurso que me ha dado me deja sin palabras, escucharla explicarme quién es y cómo se ve. Además, tengo la sensación de que no suele hacerlo, si es que alguna vez lo ha hecho. No sé si sentirme afortunada o si darle las gracias, pero al final decido callarme porque ella ya lo ha dicho todo.

Tras esta pequeña pausa, Keats vuelve a retomar el tema que la ha traído aquí:

–Entendido, solo querías saber cómo tu padre conoce a Michael y punto –dice mientras sus dedos juguetean con la patilla de sus gafas–. Pues venga, vamos a usar la lógica. Tu padre tiene su propia empresa y Michael también está metido en el mundo de los negocios, así que la cosa podría ir por ahí.

Mi mente me lleva de nuevo a la noche en la que mi padre vino aquí y habló con mi jefe.

«Michael, como no me abras la puerta ahora mismo, te juro que la tiro abajo y luego vas tú».

Siento un escalofrío en la espalda al recordar la violencia que transmitía la voz de mi padre. No, lo que hay entre él y Michael es mucho más profundo y oscuro; ese odio no nace solo porque un proyecto no ha salido como esperabas. Además, si fueran cosas de trabajo, ¿por qué mi padre me iba a meter a mí en la conversación? Y eso es lo que le digo a Keats.

–No sé de qué se conocen, pero el tema tiene algo que ver con Philip y conmigo.

Keats se levanta de golpe y me sorprende. Empiezo a rechinar y a apretar los dientes sin poder controlarme cuando veo que se acerca al altar que le he hecho a mi amigo en la pared. Sí, para mí es un altar, no hay flores ni estatuas, no hay palitos de incienso ni velas encendidas, pero ese trozo del suelo que hay junto a la foto pegada a la pared es sagrado. Es el único lugar en el que Philip vuelve a formar parte de mi vida. Aun así, intento no usar la palabra «adorar» porque creo que no es lo que estoy haciendo... ¿O sí?

Entonces me pongo en pie y me coloco a su lado. Keats observa con detenimiento la cara de Philip un buen rato y me pregunta:

–¿Era tu novio?

Y le digo la verdad:

–Lo que sentía por él era mucho más profundo. Era como el hermano que nunca tuve, estuvo a mi lado en el momento en el que más lo necesitaba.

Keats aparta la mirada de la fotografía y se gira para centrarse en mí:

—Sé que no me has contado toda la historia, pero lo mejor para encontrar la verdad es empezar por el principio, así que, dime, Rachel… ¿Dónde empieza tu «érase una vez»?

¿Qué hago? ¿Se lo cuento? Miro a Philip para que me ayude a decidir. Sin apartar la mirada de su amable rostro, le digo en un susurro:

—Los dos trabajábamos en la misma casa durante el verano. En la casa de… —Cojo aire, inspiro hondo y sigo—: Un hombre que se llamaba Danny Hall. Murió. Murió aquel verano.

Keats me imita y vuelve a clavar los ojos en la foto.

—Mañana vamos a hacer una excursión y nos vamos a ir a la escena del crimen. Vamos a ir a la casa de Danny Hall.

Después, Keats desaparece como un murciélago que bate sus alas y se pierde en la espesura de la noche.

Capítulo 33

Mantengo mis emociones encerradas a cal y canto mientras preparo las cosas para la excursión que voy a hacer con Keats a la antigua casa de Danny. Me he despertado en el almacén con un nudo en la garganta y un amargo sabor a terror, que me ha obligado a quedarme envuelta en el nórdico un rato más hasta que he encontrado las fuerzas para salir. Me he obligado a levantarme y he mirado la foto de Philip en la pared; su cara me ha insuflado la energía y el valor que necesitaba para dar los siguientes pasos en este camino que me lleva hacia la verdad de nuestra historia.

Acelero el ritmo mientras recorro el túnel porque las sombras que hoy me persiguen y me acechan desde las esquinas parecen que me sacan la lengua para reírse y burlarse de mí. Ni siquiera el suelo parece sólido y seguro bajo mis pies.

«Rachel, Rachel, Rachel». Escucho susurros que parecen salir de todas partes. Sé que todo debe de estar en mi cabeza, pero el eco de mi nombre flota a mis espaldas hasta que llego a la escalera de la trampilla y luego desaparece.

Subo los escalones con una decisión que no sabía que tenía hasta ahora, abro la trampilla y salgo de allí.

En cuanto la luz natural del día me roza la piel, vuelvo a sentir cómo me entran las bocanadas de aire fresco, que siento como un trago de menta que limpia y abre camino hacia mis pulmones y mi cabeza. De repente me suena el móvil con un mensaje. Las cejas se me disparan cuando veo de quién es: Polly, mi asesora financiera, bueno, mi antigua asesora de deudas porque, gracias a mi padre, mis pagos pendientes habían desaparecido. ¿Qué querrá? Ya le había dicho que había saldado mis cuentas y le agradecí su ayuda. Saco el móvil para leerlo.

«Todavía tengo toda tu documentación».

Ah, claro. «Documentación» es una palabra muy amable para referirse a las cartas con avisos en letras rojas que me han estado atormentando todo este tiempo. Quiere que concretemos un día y una hora para que los pueda recoger, pero, si soy sincera, a estas alturas, por mí como si lo quema todo. Decido no responderle de momento y me guardo el móvil, ahora mismo lo único que me importa es sacarme de encima esta visita a la antigua casa de Danny y acabar con esto lo antes posible.

Me encuentro a Keats sentada al volante de un coche deportivo de carreras, pero con el techo descapotable cerrado a pesar del buen tiempo que hace. Acabo de caer en la cuenta de que, siendo un genio de los ordenadores y trabajando por su cuenta en el mundo de los negocios, debe de tener mucha pasta.

—Vaya cochazo —le digo mientras me acomodo en el asiento de copiloto tapizado con cuero *beige*.

Ella enciende el motor y sin mirarme responde:

—No es mío.

—Anda, pues qué amigos tan amables tienes y qué suerte que te lo hayan dejado con tan poca antelación.

A Keats se le escapa un sonido gutural, como si se atragantase al escucharme y me corrige:

—Tampoco es de ningún amigo. Lo he cogido prestado para nuestra excursión.

¿Prestado? No sé muy bien qué quiere decir con eso…
Uy, espera. ¿No me estará diciendo…? De golpe frunzo
el ceño, contrariada y preocupada a la vez.

—¿Lo has robado?

Keats no se altera ante mi pregunta y mantiene la mirada
fija en la carretera que se abre delante de ella.

—Ya te he dicho que lo he tomado prestado. El señor y
la señora Fenchurch no lo van a echar de menos porque
están de vacaciones. Aun así, es cierto que tienen un dispositivo de localización en el coche, pero he preparado
un código para que aparezca en el garaje si les da por
comprobarlo.

La barbilla se me cae al suelo. Me acaba de explicar
que le ha robado el coche a alguien como si me estuviera diciendo que ha bajado un momento a comprar una
barra de pan.

—¿Y por qué no hemos cogido el tren o un taxi?

—Un taxi nos hubiese costado un ojo de la cara y, con
lo que tarda el tren, te podrías haber puesto nerviosa.

Me molesta un poco que haya decidido señalar lo que
ya es obvio e innecesario, que estoy a punto de explotar,
así que cambio de tema para que el foco de atención no
me apunte a mí:

—¿Por qué decide una mujer esconderse del mundo tras
un pañuelo, una capucha y unas gafas de sol?

No espero que me responda, la verdad, así que no me
sorprende cuando se crea un silencio incómodo entre
las dos, hasta que, de pronto, decide contradecirme en
mi hipótesis y me contesta:

—No me estoy escondiendo de nada. Es mi manera de
intentar pasar desapercibida, de hacerme invisible.

La miro boquiabierta y le suelto:

—¿De pasar desapercibida? Pero, hija mía, si así lo que
consigues es llamar más la atención que un tatuaje en la
frente de un calvo.

—Al principio sí, pero luego todo el mundo me acaba olvidando. Estamos en Londres.

Me paro a valorar lo que me acaba de decir y supongo que, hasta cierto punto, tiene razón. Londres puede ser una ciudad muy impersonal, llena de gente que va a la suya. Si Coco el payaso cruzara una calle en bici con una falda escocesa, nadie le prestaría atención. De repente, Keats saca el móvil con la mano que no tiene al volante, toca la pantalla y va comprobando algo mientras sus ojos pasan del móvil a la carretera. Me encojo un poco por el sobresalto cuando decide tirármelo sin aviso al pecho y se me cae en el regazo.

—Mira las fotos.

Le hago caso y la primera que veo es una foto antigua en color sepia en la que aparece una joven vestida de vaquera, con un sombrero, una camisa, unos pantalones y unas botas. Parece sentirse muy segura con la escopeta que lleva colgada a la cintura y está sentada con las piernas cruzadas en lo que parece un cubo viejo de hojalata. En la segunda sale la misma mujer con tirantes y ropa cómoda y ancha de hombre, en esta también sale sentada y con las piernas cruzadas, pero esta vez en la cama.

Keats se da cuenta de mi cara de confusión total y me explica:

—Se llamaba Pearl Hart. Era una bandida del lejano Oeste. La segunda foto es de cuando la metieron en la cárcel, aunque allí se hizo bastante famosa. —Mientras me lo explica noto un tono de ilusión en su voz, cosa que me fascina—. Es cierto que Pearl era una tía mala, pero es que mírala… Cómo lleva el sombrero ladeado, esos aires de jefaza, se ve y se huele a leguas que es una mujer que hace lo que le da la real gana. Estoy segura de que mandaba a la mierda a cualquiera que le dijera que no se podía poner la ropa que por aquel entonces solo podían llevar los hombres.

Keats se endereza y mantiene los ojos fijos en la carretera:

—Yo salgo con la capucha, las gafas y el pañuelo porque me gusta y punto. ¿Y por qué debería privarme de hacer lo que quiero? —De pronto me mira muy seria y me dice con un tono que me hace entrar en situación—: No sé lo que ha pasado entre tú y ese tal Philip, pero, Rachel, sea cual sea el final de tu historia, no dejes que te arrebate tu luz.

Sé muy bien que tiene razón, pero no es nada fácil romper los grilletes que me pesan y me anclan a lo que viví aquel maldito verano hace ya tantos años. ¿Qué puedo hacer para volver a caminar bajo la luz del sol cuando las nubes oscuras del pasado se empeñan en seguirme allá donde quiera que voy?

Keats me saca de mi mente confusa llena de recuerdos del pasado con un hilo de voz:

—¿Estás siendo sincera contigo misma con todo esto? ¿De verdad estás aquí solo para descubrir lo que le pasó a Philip? ¿No hay otro motivo que te esté haciendo volver aquí y pasar por todo este calvario?

«Porque no quiero decepcionar a mi padre —me grita la voz de mi cabeza—. No quiero decepcionar a Philip ni a mí misma, ¿no?». Pero mis labios no se mueven. No le contesto y no volvemos a hablar hasta que llegamos a nuestro destino.

—Déjame que hable yo.

Keats no tiene ninguna duda de que podemos convencer a la gente que vive aquí para que nos deje entrar en la antigua casa de campo de Danny. Teniendo en cuenta que quiere hacerlo ella, cuando se pasó días sin ni siquiera dirigirme la palabra, entiendo que se ve capaz y con fuerzas.

Mi compañera ha aparcado el coche deportivo cerca

de la puerta principal como si estuviera en su casa. Un poco más apartados, en la misma calle, cerca de unos arbustos de azaleas, están los vehículos de los actuales propietarios de la casa. Un Mercedes en color plata, un lujoso Land-Rover y un viejo sedán que parece que usan diariamente. No me atrevo a mirar la casa ni al trozo de tierra a unos cien metros donde se ven las marcas de los muros que antes se levantaban allí, aunque no quedan señales de lo que pasó.

Me he pasado diez años intentando borrarlo de mi memoria y ahora lo tengo aquí. El miedo me paraliza.

—Keats, vámonos de aquí. Esto es una locura. Se van a pensar que hemos venido a robarles y que queremos entrar para ver todo lo que tienen en casa. Se asustarán y llamarán a la policía y estos se darán cuenta de que hemos robado el coche porque no podrás enseñarles la documentación cuando te la pidan.

Keats no me hace ni caso y se muerde la lengua para no decirme lo que está pensando. Antes de que pueda chillarle para que vuelva, ya ha salido del coche y lo está rodeando para abrirme la puerta y ayudarme a levantarme con cuidado.

Keats se atusa el pelo un poco y entiendo que es su intento de adecentarse para nuestro futuro público.

—Cálmate, nadie va a llamar a la policía. Somos dos amigas ricachonas y hemos venido porque quería enseñarte la casa donde crecí. ¿Qué tiene de malo eso? Tú déjame que yo me encargue de todo.

Se acerca a la puerta principal a paso ligero, así que no me queda otra que seguirla.

Keats por fin llama al timbre y, mientras esperamos, le vuelvo a pedir con voz lastimera:

—Vámonos, por favor…

—Cállate —me espeta, y el tono de voz le cambia radicalmente cuando le abren la puerta—. ¡Ay, hola!

Por unos momentos que se me han hecho una agonía, creía que iba a ser Danny quien nos abriera la puerta. Por suerte, el anfitrión es un hombre de mediana edad que sin duda es una persona de ciudad; toda la ropa que lleva parece ser de marca y muy cara. Primero mira el coche deportivo en el que hemos venido y luego nos echa un repaso rápido a nosotras.

–Hola. ¿Las puedo ayudar en algo?

Keats de repente se dirige al señor como si fuera una mujer de clase alta a la que la familia real le parece hasta un poco vulgar.

–Ay, querido, pues espero que sí. Verá, es que viví aquí una temporada con mi tío Danny cuando era pequeña… Cuántos recuerdos tengo de esta casa… –le explica y de pronto me coge y me acerca un poco a ella–. Mi mujer y yo hemos pasado por la zona, y no he podido evitar pararme para enseñarle la casa en la que crecí.

El señor parece confundido.

–¿Su mujer?

–Sí, somos lesbianas, espero que no le moleste.

El pobre hombre parece visiblemente apurado de que creamos que es un homófobo, así que se apresura en responder:

–No, no, en absoluto.

–¿Podemos pasar? –le pregunta entonces Keats con cara de buena chica.

El hombre duda unos instantes:

–La verdad es que no me cogen en el mejor momento… ¿Quizá en otra ocasión?

Keats saca morritos para demostrar su decepción por la respuesta e insiste un poco más:

–Ay, por favor. De verdad que no vamos a molestarle. Será un segundito solo para enseñarle a mi Harriet la casa en la que viví algunos de los momentos más felices de mi infancia. Nos iremos en un periquete.

Veo que el hombre mira un poco detrás de nosotras y por la carretera, me imagino que preguntándose si tendríamos a una banda armada esperando cerca para intentar entrar mientras lo distraemos.

–Pues es que…

Keats no está dispuesta a tirar la toalla:

–Es que nos acabamos de casar, ¿sabe? Y estamos en esa fase en la que necesitamos saberlo todo la una de la otra. Estamos perdidamente enamoradas –le explica mientras me coge de la mano y me la estruja con fuerza.

–Bueno, está bien, adelante.

Keats deja escapar un gritito de alegría:

–¡Ay, muchísimas gracias! Menudo regalo nos está haciendo, de veras. Ay, disculpe, se me ha olvidado preguntarle cómo se llama…

–Oliver.

–Ay, me encanta, es un nombre precioso. Yo soy Lauren y ella es Harriet.

El hombre se aparta, Keats me hace pasar y me suelta la mano como si nada mientras sigue a nuestro anfitrión por la puerta que nos conduce al pasillo. Mi cómplice exclama:

–Anda, este es el salón. Os ha quedado precioso.

Oliver vuelve a poner cara de confusión.

–Pues la verdad es que no lo hemos tocado, nos gustaba tal y como estaba. De hecho, hacía muchos años que vivía en el pueblo y, en cuanto pusieron la casa en venta, la compré sin dudarlo.

–Eso es lo que quería decir, que lo han dejado tal y como estaba, precioso. ¡Harriet, cariño! Ven, que te voy a enseñar el salón donde mi tío Danny me enseñó a jugar a las cartas.

No estoy con ellos en el salón porque me he quedado en el pasillo, sin poder moverme y no puedo apartar la mirada de un sitio en concreto.

–¿Estás bien? –me pregunta Keats, que está asomando la cabeza desde el salón. Entonces sale y sigue mi mirada hacia el final del pasillo, donde hay una puerta de madera–. Ah, claro, tú lo que quieres ver son las habitaciones donde dormía antes el servicio, ¿no?

Oliver vuelve a unirse a nosotras y la corrige:

–No, ahí abajo está el sótano. El antiguo propietario lo usaba de bodega, pero yo es que no entiendo mucho de vinos. Perdone, pero no sé si su mujer se encuentra bien, no tiene muy buena cara. ¿Quiere que le traiga un poco de agua?

Keats se muestra muy atenta conmigo y me pregunta:

–¿Estás bien, cariño? Es verdad que no tienes muy buen aspecto, amor. Sí, por favor, seguro que un vaso de agua le sienta de maravilla. ¿Podría añadirle una rodajita de limón? Mil gracias.

Cuando el hombre desaparece por el pasillo, Keats me pregunta en un susurro:

–¿Quieres que bajemos a la bodega?

No, lo que quiero es largarme de aquí cuanto antes. Venir aquí ha sido un terrible error.

–Oliver seguramente está llamando a la policía –le digo con un hilo de voz.

–No seas tonta, somos lesbianas, todo el mundo sabe que las lesbianas no roban casas.

¿Qué cojones? ¿Qué sentido tiene eso? La miro molesta, pero Keats ya no me está mirando a mí, sino que tiene los ojos clavados en la puerta al final del pasillo.

–¿Es importante? La bodega, quiero decir.

¿Qué voy a conseguir bajando a la bodega más que echarle un buen puñado de sal a las heridas aún abiertas que tengo? Pero ya estoy aquí. Keats me rodea la cintura y me acompaña por el pasillo hasta la puerta que conduce a la bodega, gira el pomo y la puerta se abre y emite un crujido desagradable. Dentro no se ve absolutamente nada, nos espera una oscuridad total y la temperatura de mi cuerpo se desploma en picado.

Keats tantea la pared con la mano buscando un interruptor y, en un susurro, la aviso:

—Está al otro lado, al otro lado.

Cuando las luces se encienden, ante nosotras aparecen unas escaleras de madera que conducen hasta las entrañas de aquel cavernoso sótano. No lo recordaba tan grande, pero cuando yo estuve aquí estaba lleno de filas y filas de botelleros. Ahora ya no queda nada, solo un par de bicis apoyadas contra la pared y un par de accesorios para el jardín. En el sótano no queda nada más que el suelo de losa y las antiguas paredes de piedra. Keats no está muy segura, pero me guía para que baje por las escaleras como si fuese una viejecita y nos quedamos allí plantadas las dos, en mitad de la humedad y el frío de aquella bodega.

En cuanto mis pies tocan el frío suelo de aquel sitio, me llevo la mano al programa del funeral que tengo guardado en el bolsillo de atrás. Esa cadena de movimientos me lleva directa al pasado.

Capítulo 34

Aquel verano

Ni Danny ni Rachel vieron que la puerta del sótano se abría detrás de las columnas de botelleros, pero los dos la oyeron acompañada del ladrido de un perro. Segundos después, Philip exclamó:

–¿Rachel? ¿Rachel? ¿Dónde estás? ¿Qué pasa?

Durante unos pequeños instantes, Danny levantó la cabeza, alarmado, pero después volvió a mirar a la chica, a la que seguía agarrando con sus grasientos dedazos. Se le acercó a escasos centímetros de la cara y le dijo sin alzar la voz pero con un tono amenazador:

–Zorra idiota, ¿por qué has tenido que gritar?

Los zapatos de Philip resonaban mientras bajaba las escaleras y, a modo de castigo por la intromisión, Danny levantó la mano y le dio un guantazo a Rachel en la cara con tanta fuerza que la tiró de la silla. Con la mano en la mejilla, se levantó de nuevo como un resorte, pero aún seguía en *shock* y no pudo salir corriendo ni volver a gritar.

Danny la agarró del pelo y la obligó a sentarse de nuevo en la silla.

–Cállate, no digas nada y déjame que hable yo para solucionar esto.

Hasta que Philip no emergió desde detrás de los botelleros con Ray a sus espaldas, Danny no soltó a Rachel. Acto seguido, se puso de pie.

–¿Qué quieres? Rachel y yo estábamos disfrutando de un agradable momento, ¿verdad, Rachel? Así que ¿por qué no me haces el favor, te portas bien y te vas a podar los setos o las rosas?

Philip no dijo nada, pero su pecho se hinchó, empezó con respiraciones cortas y superficiales y cogió a Rachel de la mano para sacarla de allí.

–Venga, vámonos.

Durante unos segundos, Danny lo dejó hacer hasta que preguntó con desprecio:

–¿Es este tu Sir Galahad, Rachel? Me esperaba a alguien que encajara más con la imagen de caballero con armadura reluciente en vez de a este mequetrefe –dijo y su tono de voz adquirió más sarcasmo y desdén–. Ya imagino que has vuelto a quedarte haciendo guardia en el pasillo, ¿no, Philip? ¿Así es como pasas el rato y te diviertes? ¿Poniendo la oreja para oír a los demás pasárselo bien? ¿O en realidad te van las espadas en el campo de batalla y entre las sábanas? Sí, yo creo que los tiros van por ahí…

Danny cogió a Rachel del brazo y la volvió a tirar en la silla. Antes de que pudiera decir o hacer otra cosa, el hombre le propinó otro golpe en la cabeza y esta vez la chica sí chilló de dolor, además de por lo inesperado del ataque.

–Siéntate, zorra, que no te vas a ningún sitio. Creo que ninguno de los dos habéis entendido quién trabaja para quién.

Danny se alzó imponente y se encaró a Philip:

–Venga, Sir Galahad, ¿por qué no sacas tu lanza y nos retamos en un duelo de justas? Vamos a ver quién tiene los cojones más grandes.

Rachel por fin sacó las fuerzas para hablar:

–Déjalo en paz. Philip, sube y llama a la policía…

Danny soltó una carcajada:

–¿Que llame a la policía? Sir Galahad no va a llamar a nadie, querida –sentenció y se acercó más a Philip–. Dile a Rachel por qué no vas a llamarlos –le pidió, pero cuando vio que no respondía, volvió a echarse a reír, un sonido diabólico que resonó por aquella horrible bodega–. Venga, guapito, díselo.

Viendo que no conseguía lo que buscaba, Danny estampó a Philip contra los botelleros, lo que hizo que las botellas de vino temblaran, se tambalearan y al final cayeran y se hicieran añicos en el suelo. El líquido granate empezó a desparramarse por las baldosas empedradas del suelo. Ray empezó a ladrar y se abalanzó contra el atacante, mordiéndole en el tobillo con sus diminutos colmillitos.

Enfurccido, Danny masculló entre dientes:

–¡Ya estoy harto de ti también!

Danny agarró al cachorro por el cuello, echó el pie atrás y le arreó una patada con todas sus ganas al pobre animal. Ray salió disparado por los aires y, en ese momento, Rachel se abalanzó sobre el hombre por atrás y Philip cargó contra él de frente. Ray, aún aturdido por el golpe, empezó a correr en círculos alrededor de los tres sin dejar de ladrar y, en el suelo, los tres lucharon y forcejearon hasta que de repente se hizo el silencio.

Rachel aún estaba bocarriba porque Danny la había cogido y mantenido ahí con el codo clavado en el estómago; Philip estaba de pie, aunque se tambaleaba, con una botella rota en la mano, mientras que Ray temblaba sentado pero sin emitir ningún sonido. Danny se fue a sentar en la silla que había quedado vacía con la mano apoyada en la sien mientras un chorro de vino tinto le corría entre los dedos. Rachel no vio el golpe, pero evidentemente había habido uno, Danny sin duda estaba herido, pero al principio no pareció muy grave. Hasta que no se recompuso un poco después del *shock* y pudo enfocar bien, no se dio cuenta de que no era vino lo que ensuciaba las manos de aquel depredador, sino su propia sangre. Toda la violencia de Danny, su rabia y su lujuria parecían estar derramándose y saliendo de su cuerpo junto con la sangre que brotaba de la brecha que se había abierto justo encima de la oreja.

Cuando intentó levantarse, su voz sonó desconcertada e incluso aniñada cuando dijo:

–¿Por qué lo has hecho, Philip? ¿Por qué? No hacía falta. No hacía falta. No iba a hacerle daño a nadie… –Entonces retiró la mano ensangrentada de la herida, la levantó y se la enseñó a Philip como acusándolo, aún sin poder creer lo que había pasado–. ¡Mira lo que has hecho! –chilló y luego se tambaleó y empezó a gimotear–: No tenías por qué haberlo hecho, no…

Poco a poco se fue derrumbando sobre la mesa de Rachel con una expresión de confusión hasta que, finalmente, cayó al suelo.

Y ahí se quedó inmóvil.

–¡Tenemos que llamar a la policía!

Philip estaba de rodillas, intentando tomarle el pulso a Danny:

–No vamos a llamar a la policía.

–Me ha acosado sexualmente, te ha atacado, le ha pegado una patada a Ray. Ha sido en defensa propia, lo van a entender. ¿Qué te pasa? Tenemos que llamarlos.

Philip se puso en pie y chilló:

–¡No vamos a llamar a nadie! ¿Te queda claro ya? –espetó y se le rompió la voz al añadir–: No vamos a llamar a la policía.

Asustada por la voz de su amigo, Rachel insistió:

–Vale, de acuerdo, pero al menos llamemos a una ambulancia, está inconsciente.

La voz de Philip se convirtió en apenas un susurro:

—Está muerto, Rachel, está muerto.

Inmediatamente la chica se tapó la boca con las manos y dio unos pasos atrás:

—No puede ser, ¿cómo va a estar muerto si casi no lo hemos tocado?

Philip tiró a un lado la botella rota que aún sujetaba con fuerza en la mano.

—No lo sé, pero la cosa es que está muerto y no podemos hacer nada para cambiarlo. Ahora tenemos que pensar qué hacemos con él.

El chico se agachó y cogió a su pobre perro, que aún temblaba, por el collar:

—Venga, lo primero que vas a hacer es sacar de aquí a Ray. —La mente de Philip iba a mil por hora en esos momentos y, aunque hablaba en voz alta, parecía que era un monólogo consigo mismo—. Hoy no ha venido nadie más a trabajar, así que nadie sabe que has estado aquí. Esto es lo que vas a hacer, te vas a casa y no le dices a nadie que has estado aquí. Jamás. No se lo vas a decir nunca a nadie. Cuando llegues a casa le dices a tu padre que no has ido a trabajar porque de camino te pusiste mala. No, mejor aún, que se te petó la rueda y ni siquiera pudiste llegar al trabajo. Dile que te paraste en algún sitio cuando volvías para desayunar y que se te ha ido el día sin darte cuenta, pero no le digas dónde paraste para que no puedan comprobarlo. Luego le dices que te fuiste al bosque y que te pusiste a tomar el sol o algo así, cualquier cosa. Y no te olvides: cuando te digan que Danny ha muerto, tienes que sorprenderte, ¿vale?

Rachel escuchó con atención a su amigo, pero sin poder creer lo que le estaba diciendo. Quizá fue por eso o por la serie de acontecimientos horrendos que había vivido hacía apenas una hora, pero de repente la muchacha se echó a reír.

–Estás de coña, ¿no? No voy a hacer nada de eso. Voy a llamar a la policía ahora mismo.

Philip la cogió con toda la delicadeza que pudo y la acercó a él para decirle:

–Rachel, ¿yo te importo? Si te importo, aunque sea un poco, te irás a casa ahora mismo y no le contarás nada de lo que ha pasado a nadie. Te lo suplico. Es lo único que te pido. Y te juro que nunca te volveré a pedir nada más.

Rachel estaba sentada a horcajadas en su bici en el camino justo enfrente de la casa de Danny, llevaba a Ray enfundado en su chaqueta para llevárselo con ella, aunque el pequeñín no dejaba de mirar a Philip y rascaba con sus patitas la chaqueta intentando escaparse de allí.

Hablaron en voz baja como si el tema que les ocupase no fuese más que trabajo. Rachel se despidió y le preguntó:

–¿Qué vas a hacer con el cuerpo?

–No lo sé, pero ya se me ocurrirá algo.

Rachel empujó un poco al cachorro para meterlo bien en la chaqueta y le preguntó a su amigo entre susurros:

–¿Por qué no llamamos a la policía? No lo entiendo, de verdad… Les explicaré todo para que les quede muy claro que Danny era el tío más despiadado y detestable del planeta. Éramos nosotros o él.

Philip no la miró a los ojos, sino que fijó la vista en el horizonte con una mirada llena de nostalgia y se limitó a responderle:

–Tienes que irte ya.

Capítulo 35

–¿Rachel? ¿Rachel?

Vuelvo a la bodega tal y como está ahora. Este lugar ya no existe para mí, pero no puedo respirar, no hay luz, no hay aire, no tengo fuerzas para seguir en pie. El eco de mi respiración resuena dentro de mi cabeza, que ahora además parece que va a explotar.

Entonces le digo a Keats lo más deprisa que puedo:

–Tengo que salir de aquí. Ahora.

La voz de Oliver nos llega desde arriba, en la entrada del pasillo.

–¿Hola? ¿Están ahí abajo?

Keats le contesta:

–Estamos en la bodega, Oliver. Ahora mismo subimos.

Keats tiene que ayudarme a subir las escaleras porque yo no me tengo en pie. Sé que sin su ayuda me caería redonda. Una vez arriba, mi acompañante coge el vaso de agua que le ofrece Oliver y se lo bebe ella misma antes de decirle:

–Harriet no se encuentra muy bien, así que creo que debemos marcharnos ya. Muchísimas gracias por su tiempo y su amabilidad.

Oliver parece extrañado de que nos vayamos tan pronto, pero de todas maneras nos acompaña por el pasillo hasta la puerta principal.

–¿Conocía bien a su tío, el antiguo propietario?

Keats suelta una risita y afirma:

—Uy, sí, qué hombre tan maravilloso. ¡Todo el mundo quería a mi tío Danny!

Oliver asiente con la cabeza y como respuesta resulta muy poco convincente, lo que Keats advierte rápidamente y añade:

—Aunque claro, los niños somos muy inocentes y no nos damos cuenta de ciertas cosas. Aun así, sé que corrían rumores sobre él y algunos eran bastante desagradables… ¿Quizá los ha escuchado?

Ya hemos llegado a la puerta principal.

—Sí, así fue, después de mudarnos.

Keats se olvida de repente del papel de chica pija que está haciendo y le pregunta:

—De acuerdo, ¿y qué ha escuchado exactamente?

Oliver se tensa y contesta:

—Solo eran rumores, por supuesto, que se escuchaban en el pueblo y entre los vecinos, pero seguramente eran exageraciones, sin duda.

Keats mira al hombre con los ojos entrecerrados, como si lo estudiase. Da un poco de miedo porque parece que está dispuesta a sacarle la verdad a cualquier precio.

—No se preocupe en absoluto, lo que le he dicho antes de que era un hombre encantador no es verdad. Vine a vivir aquí por obligación porque mis padres se estaban divorciando y el ambiente era pésimo en casa, y mi madre era su hermana. Cuénteme sin miedo qué dicen los rumores.

Ahora es Oliver quien clava los ojos en Keats y la desafía con la mirada:

—Vamos a dejarnos de tonterías y mentiras, ¿de acuerdo? Sé perfectamente que no es familia de Danny Hall —le dice, a lo que Keats abre la boca para rebatirle sin duda con un plan B, pero el hombre sigue su discurso—. Las he dejado pasar porque pensaba que quizá eran las abogadas de alguna de sus víctimas en busca de alguna prueba para demostrar su caso, cosa de la que estoy totalmente a favor.

Ahora soy yo la que habla.

—¿Qué sabe de toda esta historia?

De repente, su atención pasa a mí cuando responde:

—Que acosaba y abusaba de mujeres, sobre todo de sus empleadas. Todo el mundo lo sabía. Las mujeres que vivían cerca no querían trabajar para él, pero puede ser que todo esto solo sean habladurías, por supuesto. Todo se quedó en rumores y nada se llevó a los tribunales porque ya se encargaba él de silenciar a las víctimas con dinero. Lo que sí diré es que hay gente de por aquí a la que no le supo muy mal que Danny Hall muriera en aquel incendio. Mucha gente pensó que se había ganado a pulso lo que le pasó.

—¿Por qué me mandaste a casa de Danny para que trabajara para él si todo el mundo sabía que era un acosador y un violador?

La felicidad con la que me recibe mi padre por la visita inesperada que le hago desaparece al instante. En cuanto entro por la puerta, la pregunta sale disparada de mi boca como si fuera ácido. De pronto nos quedamos los dos, uno frente al otro, de pie en su enorme pasillo; a escasos centímetros de su espalda, una foto enmarcada de mi madre y él una semana después de que nos mudásemos a esta casa. Mi padre vive justo a unos ocho kilómetros de la antigua casa de Danny, un trayecto que aquel verano hacía tranquilamente en bici y tardaba media hora. Bueno, la verdad es que, sabiendo toda la historia, no quiero usar la palabra «tranquilamente» porque no encaja en absoluto con lo que sabemos que pasó.

Me acerco aún más a él y mi respiración es tan agitada y ruidosa que tengo todo el cuerpo en tensión.

–Todo el mundo lo sabía –le escupo a este hombre al que he querido tantísimo–. Lo sabía la gente que trabajaba para él, lo sabían en el pueblo y todos los vecinos. Incluso Philip lo sabía y por eso me advirtió para que no me quedara a solas con tu amiguito Danny.

Mi padre no reacciona ni se inmuta. No percibo un cambio de color en su rostro, sus ojos tampoco se mueven ni un milímetro, no se le tensan los músculos bajo la camiseta azul ni los vaqueros viejos que lleva puestos. Me parece que ha estado en el jardín, cuidando sus tomates, sus judías verdes y su bien más preciado: sus plantas y árboles de bayas. Yo también creía que era lo que más quería, la niña de sus ojos, ¿no?

Cuando por fin decide responder, lo hace con una voz calmada, como una brisa suave que acaricia con cuidado la furiosa tormenta que he desatado yo al entrar:

–Veo que estás disgustada. ¿Qué te parece si nos tomamos algo en la cocina y me cuentas quién te ha estado metiendo esas tonterías en la cabeza? Y cuando me expliques todo, yo te daré mi versión para que nos entendamos. –El tono con el que acaba hablándome cambia sutilmente; no llega a ser duro, pero hay algo que me avisa de que le falta muy poco para perder la paciencia–. Y si te he educado bien, me pedirás perdón.

Y sin mediar ni una palabra más, se dirige a la cocina con un paso seguro y contundente.

Me quedo quieta en el pasillo un rato, rodeada por el fantasma de mi madre con todas sus fotos. Siento que a ella tampoco le parece bien lo que estoy haciendo, pero estoy segura del paso que he dado. Estoy convencida.

Cuando llego a la cocina, veo que mi padre ya está sentado en la mesa con una botella de *brandy* y dos copas idénticas llenas hasta la mitad. En su día, cuando aún era pequeña, recuerdo que se tomaba el alcohol en tazas y no en copas caras de cristal. Quizá ese es el problema real que hay aquí, que él sí ha ido avanzando y cambiando, mientras que yo me he quedado anclada en el pasado. Si es culpable de lo que le acuso, mi padre está ocultándolo de maravilla. Tiene los ojos clavados en mí y con la postura de mi cuerpo le dejo claro que no pienso aceptar la copa, que me voy a quedar justo donde estoy, quizá para protegerme de «sus zarpas bien afiladas».

–Y a ver, cuéntame, ¿quién te ha contado todas esas patrañas de Daniel Hall? –y me lo dice con una rabia contenida que se nota en cada palabra que pronuncia–. Y que conste que en realidad no era mi amigo, sino mi socio. Los socios no son tus amigos, Rachel. De hecho, más bien al contrario, suelen convertirse en tus enemigos. Recuérdalo bien.

Sin darme cuenta, me mojo los labios antes de decirle:

–Pero yo pensaba que Danny Hall sí que era tu amigo y que por eso me enviaste a su casa para que trabajara el verano después de que…

–¿De que tu madre nos dejara para siempre? –acaba la frase por mí y el esfuerzo que le supone decirlo en voz alta le cambia el color de la cara–. Nos vimos un día en el club de golf y me preguntó si conocía a alguien joven que buscara un trabajo de verano y pensé que podría ser una buena idea para ti porque sabía lo mucho que te estaba afectando la muerte de Carole. Pensé que… –empieza a decir, pero hace una pausa para darle un pequeño trago a su copa y, cuando va a continuar, me fijo en que los labios le brillan por los restos del *brandy*–. Lo hice pensando que te vendría bien salir de casa, estar en otro sitio diferente para que pudieras respirar más tranquila.

Hace apenas un par de días nos estábamos riendo, abrazándonos después de que me ayudara a recomponer mi vida, cuando en realidad quizá había sido él quien me había roto poco a poco.

Hablo con seguridad, pero soy consciente de que también hay fragilidad en mi voz cuando le digo:

—He ido a la que fue la casa de Danny y he hablado con el nuevo propietario. Por lo que me ha dicho, todo el mundo sabía cómo era Danny y lo que hacía, todo el mundo. ¿Y me estás diciendo que tú eras el único que no se había enterado?

En ese momento, mi padre se pone en pie y la fuerza de su corpulento cuerpo hace que las patas de la silla rechinen mientras se alejan de él como si alguien estuviera arañando con rabia una pizarra. De repente, planta con firmeza los brazos encima de la mesa y las largas venas que se le marcan en la piel me recuerdan a la cuerda que me ha ayudado a mantener mi cordura y mi seguridad todo este tiempo. Se inclina un poco hacia mí, pero no lo hace para parecer amenazante, sino para desplegar su poder, que hace palidecer mi presencia en la estancia.

—¿De verdad crees, de verdad puedes incluso plantearte ni aunque sea un segundo, que yo enviaría a mi hija de dieciocho años a trabajar a la casa de un hombre con esa reputación? Es imposible, te habría prohibido acercarte a un hombre así y nunca habría dejado que trabajaras para él. Y de ser así, hubiese cogido un bate, me hubiese plantado en su casa y le hubiese dado una paliza y roto hasta el último hueso. —Ahora veo cómo los brazos de mi padre tiemblan, ya no parece tan fuerte—. ¿Te hizo algo?

No puedo mover los labios, como si me los hubieran cosido. Quiero negarlo: solo Philip y yo lo sabemos. Es nuestro secreto contra el mundo. Pero ya no tiene sentido ocultarlo más, porque esta vez sé, por la cara de horror que pone mi padre, que ya sabe la respuesta, así que doy el paso y le confirmo su pesadilla:

—Sí, me atacó. Philip estaba en el piso de arriba, me escuchó chillar y vino a ayudarme. De no ser por él, seguramente me habría violado.

Con un solo movimiento, pero con toda la furia que lleva dentro, mi padre lanza la botella de *brandy* que hay en la mesa, que sale volando por los aires y se rompe en mil pedazos, derramando su contenido y salpicando un poco la foto en la que aparece mi madre embarazada que hay colgada en el frigorífico. Esto lo ha hecho el otro padre, el padre que agarró por el cuello a Michael y lo amenazó diciendo: «Tú, mejor que nadie, deberías saber de lo que soy capaz», el padre que le rompió la nariz a Jed. Es el mismo padre que me ha demostrado una y otra vez lo violento que es y que me he negado a aceptar que sabía que tenía.

—Tendrías que habérmelo dicho. Eres mi hija... ¿Por qué no me lo dijiste? —exclama mientras se aleja de la mesa y se echa las manos a la cabeza, estirándose del pelo, desesperado—. Si aún estuviera vivo, lo mataría.

Quiero acercarme a mi padre, quiero que él se acerque a mí. Su dolor es real y lo sé, pero... pero aún no soy capaz de entender cómo un hombre como mi padre, al que no se le escapa absolutamente nada, no se había enterado de los rumores y las habladurías que corrían por el pueblo sobre Danny y su depravación.

Vuelvo a preguntarle apenas en un susurro:

—¿Y cómo quieres que te crea si, al parecer, todo el mundo lo sabía?

No sé si es por la luz o por el estado en el que está: los ojos parecen haberle cambiado de color y ahora los veo completamente negros, y la voz también retumba como un trueno:

—Siéntate, Rachel.

Cuando ve que no le hago caso, me chilla:

—¡He dicho que te sientes!

Esta vez obedezco y me siento en el borde de la silla. Se bebe lo que le quedaba en la copa mientras me mira de frente y me dice:

307

–Me imagino que has estado hablando con Michael, ¿no es así? ¿Ha dado contigo?

Aún no sé cómo consigo no mostrar ni un ápice de sorpresa cuando lo menciona, porque mi padre acaba de confesar y confirmarme a la cara que lo conoce. Pero ¿sabe que Michael me ha engañado para que acabe trabajando en el sótano de su empresa? Me decido a poner a prueba mi teoría:

–No sé quién es Michael y te puedo asegurar que nadie con ese nombre ha hablado conmigo.

Mi padre me responde con un resuello lleno de desdén.

–Lo sé todo sobre Danny y Michael. Lo sé todo.

Este giro inesperado de los hechos hace que se me corte la respiración y no puedo evitar preguntarle:

–¿Danny Hall conocía a Michael?

Mi padre vuelve a sentarse en la silla y su mirada se endurece aún más antes de responderme:

–Me pasé años trabajando en muchos proyectos con Danny y lo vi en acción. Es cierto que era un hombre brusco y engreído y a veces se notaba, pero suele ser el perfil normal en el sector, así que ya estaba acostumbrado. Hicimos unos cuantos negocios y por eso me sorprendió cuando me enteré de que había muerto. Sin embargo, poco después, su hijo se puso en mi contra.

Se me escapa un grito ahogado, yo misma lo oigo, pero es que mi cerebro acaba de conectar los puntos y entiendo qué me va a decir.

Las siguientes palabras que salen de la boca de mi padre lo confirman:

–Michael es su hijo. Danny tuvo una aventura con una de sus secretarias y Michael fue el resultado. Por eso, cuando Danny murió en aquel incendio, Michael se volvió en mi contra porque compré una de las empresas de su padre. –Al decir esto, mi padre suelta una risa llena de amargura–. ¿Y encima sabes por qué lo hice?

Pues porque, cuando murió, nos enteramos de que sus finanzas no estaban tan bien, así que en realidad se la compré para echarle una mano a su familia. Pero el tiro me salió por la culata porque, unos años más tarde, Michael me acusó de que la compré por menos de lo que valía, como si me hubiese aprovechado de la situación y, desde entonces, él y su madre, que también está loca de atar, me han estado persiguiendo y amenazándome.

Mi padre parece un poco perdido al relatarme todo esto, pero luego se vuelve a erguir y sigue:

—Pero ¿sabes lo que más me jode de todo esto? Pues que, después de que naciera Michael, Danny los abandonó a él y a su madre y se fue con otra. ¿Y sabes quién los ayudó después de que muriera Danny? ¡Pues yo, claro! Les eché una mano porque pensaba que se lo debía a Danny y no es que quisiera que me lo agradecieran ni nada, pero lo que no me esperaba es que me trataran así.

Mi padre se levanta por fin de la silla, taciturno. Se queda de pie y me parece que incluso ha ganado altura tras la conversación. Pasados unos segundos, se planta enfrente de mí, tan imponente y alto como el edificio de Michael y chasquea los dedos en mi cara:

—Como tampoco esperaba que me dieses las gracias por todo lo que he hecho por ti, pero tampoco me esperaba algo así. —Después apunta con el dedo a la foto de mi madre en la que me protege dentro de su vientre y añade con lágrimas que le empañan los ojos—: Al menos me alegro de que tu madre no esté aquí para ver cómo me has traicionado de esta manera. —Al decirlo, de repente la altura que había parecido ganar desaparece, y mi padre se hunde—. Ahora, si me disculpas, me voy. No puedo más.

La casa se llena de un silencio sepulcral cuando me quedo sola en la cocina. Parece que reina el mismo silencio ensordecedor que se extendió por cada rincón de este hogar la noche en la que murió mi madre. Todo lo que me acaba de contar mi padre tiene sentido y encaja con lo que sé; también explica por qué fue a ver a Michael a la empresa y por qué quería ver a su madre. Pero hay algo que no consigo entender.

Sigue sin entrarme en la cabeza cómo alguien tan astuto como mi padre no conocía la escabrosa reputación que Danny tenía con las mujeres.

El Uber que he pedido llega a la puerta de casa de mi padre, así que cruzo el pasillo a toda prisa para irme. No sé a dónde ha ido, pero siento alivio cuando por fin me subo al coche y salgo de allí.

Mientras el coche se aleja por la calle principal, me doy la vuelta para echar un último vistazo a la casa y compruebo que la luz del despacho de mi padre está encendida. Se hace el ofendido y se ha metido en su guarida, como un pájaro enjaulado. Le digo al conductor que pare en un sitio donde no se vea el coche y yo vuelvo agazapada por donde me he ido.

Cuando llego a la ventana que da al despacho, miro qué está pasando dentro y veo que mi padre está al teléfono; está chillándole a alguien, pero no sé qué dice porque los cristales están templados e insonorizados para protegernos del viento helado que sopla en esta zona. Sin embargo, lo siguiente que dice lo sentencia a tal volumen que ningún vidrio podría enmudecerlo:

—Sabes que yo no hago amenazas en balde. Si no vuelves a ponerte de mi parte, te mataré.

Vuelvo a estar sentada en el coche y, oculta en las sombras, saco el móvil. Es hora de admitir que mi padre quizá no es el hombre que conocía, si es que lo llegué a conocer realmente en algún momento.

El móvil da llamada y en cuanto descuelgan el teléfono al otro lado digo:

—Soy yo. Ahora sí estoy preparada para escuchar todo lo que has descubierto sobre mi madre.

Capítulo 36

A Polly, mi antigua asesora financiera, se le disparan las cejas cuando me ve entrar a su despacho el día siguiente a mediodía aprovechando mi pausa a la hora de comer. La acabo de pillar desprevenida repasándose el pintalabios, una mezcla de rojo oscuro con un toque más claro. Es un poco atrevido para ella, pero me gusta cómo le queda.

–¿Habíamos quedado? –me pregunta, un tanto azorada. Me queda claro que no le gustan las sorpresas.

Mientras cierra el pintalabios y lo guarda, vuelve a mostrarse como la asesora profesional que conozco y ahora es la viva imagen prefabricada de la felicidad veraniega, pero me da igual que sea falsa: cualquier migaja que me acerque un poco a esa emoción me sirve.

–Mis cartas –le digo para recordarle el propósito de mi visita.

–Ay, sí, claro. No estaba segura de si habías recibido mi mensaje.

He venido para aprovechar y distraerme porque las horas se me están pasando demasiado lentas mientras espero para reunirme con Keats y que me cuente por fin todo lo que sabe sobre mi madre. Me estaba volviendo loca trabajando en el sótano, intentando pensar en todo lo que podría contarme, así que aquí estoy, en un lugar seguro para pensar en otra cosa.

Cierro la puerta, pero no me siento para decirle:

–Quería darte las gracias personalmente por todo lo que has hecho por mí.

Las alegres mejillas de Polly se disparan, dibujando una sonrisa en su rostro:

–Me alegro de que al final tu familia te echara un cable.

–Sí, al final mi padre me salvó del apuro.

Al decirlo en voz alta me parece extraño, ya que hablar de mi padre como el héroe que hace el bien ahora mismo me parece que solo puede ser verdad en un universo paralelo.

Rebusco en mi mochila y saco con cuidado y tímidamente un detalle que coloco encima de la mesa.

–No sabía si bebes o no… –empiezo a decir.

Me sorprende que, al ver la botella de lujo de champán con el brillante lazo rosa atado al cuello, a Polly se le congele la sonrisa.

–Me parece un gesto muy bonito y te agradezco que hayas pensado en mí, pero no solemos aceptar regalos.

No había caído en eso.

–Lo siento…

Polly hace un ademán para quitarle importancia.

–Los regalos son un gesto precioso, pero yo los englobo en la categoría que llamo «cosas innecesarias», cosas en las que no hace falta que inviertas dinero, así que la idea es que no empieces tu nuevo camino hacia una mejor economía gastándote dinero en este tipo de producto. Es muy fácil volver a caer y encontrarte en una situación similar. Sé que los dos consejos que te voy a dar ahora tampoco te van a gustar. –En respuesta, lo único que hago es frotarme las piernas con las palmas de las manos, nerviosa–. Lo primero es que quiero que controles cada céntimo que te gastes, y cuando digo cada céntimo es cada céntimo. Además, quiero que vengas dentro de un mes a verme. Diste un salto de fe en ti misma cuando viniste a verme porque reconociste que tenías un problema, así que me gustaría aprovechar esa fuerza de voluntad para asegurarnos de que tu recuperación financiera sigue en buen camino.

No quiero leer entre líneas lo que sospecho que me está queriendo decir, pero no puedo evitarlo: «Tus deudas son solo el síntoma del problema que llevas a cuestas y, hasta que no sepas lo que es, estarás en peligro de volver a caer en la bancarrota y acabar en la calle muriéndote de hambre».

Cuando su voz vuelve a recuperar un tono más alegre y despreocupado, añade:

—Bueno, espera un segundo y ahora mismo te traigo todo el papeleo.

En mi cabeza espero que me lo traiga todo metido en una bolsa, pero Polly lo ha ordenado todo en una carpeta negra que me guardo. Ahora siento en mis manos el peso de la carga que suponían mis antiguas deudas.

—Tenía una cosita… —empieza a decirme Polly mientras abre uno de sus cajones. Pienso que seguramente me va a entregar un formulario para que valore sus servicios, pero me equivoco. Lo que me saca es una postal—. Me encontré esto pegado a uno de los sobres al fondo de tus cartas. Lo aparté porque me imaginé que no querrías mezclar algo personal con lo que ha resultado ser un aspecto más desafiante para ti.

Acepto la postal con el ceño fruncido. Es de Nueva York, una foto del rascacielos Chrysler encendido en mitad de la noche, que destaca aún más el esplendor de su estilo *art déco*. No conozco a nadie que viva en la Gran Manzana ni recuerdo que ninguna de mis amistades haya estado allí de vacaciones, pero, de todas formas, no me sorprende no haberla visto porque ya cogí por costumbre guardar todo lo que me llegaba al buzón sin ni siquiera perder tiempo en abrir los sobres, sino que lo metía todo directamente en la bolsa de las deudas.

Me espero a estar fuera para ver quién me la ha enviado. Cuando le doy la vuelta a la postal y la leo, dejo de sentir el fuerte viento que me azota.

Michael, iré a Old Blighty para la boda de mi hermana. Hace años que no nos vemos, amigo mío. ¿Qué te parece si quedamos un día para recordar los viejos tiempos? ¡Te llamo cuando llegue!

Benny

Michael. Esa palabra se agranda en mis ojos y sale saltarina de la postal. ¿Por qué este tal «Benny» le iba a enviar una postal a mi casa? Pero, bueno, aquí estoy dando por sentado que el Michael a quien se dirige es Michael Barrington. ¿Y si...? Me devano los sesos intentando buscar otra explicación... ¿Y si alguno de los matones que alquilaron mi casa y la destrozaron se llamaba Michael? Podría ser... Pero ¿y si no es así? Me duele la cabeza mientras intento volver la vista atrás y recordar el momento en el que compré la casa. Veo a mi padre lanzándome las llaves entre risas y diciéndome que las tenía encima porque la casa era de un amigo suyo que tenía prisa por venderla. Si ahora aprovecho la nueva información que he descubierto sobre Michael, que es el hijo de Danny, no es descabellado pensar que Danny era el propietario de la casa. Y Michael... Michael... No soy capaz de dar con la siguiente pieza del rompecabezas, se me escapa como una mosca que me zumba al oído diciéndome «Atrévete», pero que no consigo atrapar.

Ahora no solo tengo miedo de descubrir lo que va a contarme Keats sobre mi madre, sino que, de la nada, me ha surgido una nueva preocupación.

¿Michael también tiene algo que ver con mi casa?

Capítulo 37

Hay algo que me frena. En lugar de entrar a la cafetería para amantes de la tecnología que hay en la plaza georgiana, me quedo observando a Keats, que está sentada frente a la ventana, desde la calle de enfrente. Me está costando dar el paso; el miedo me paraliza, ha hecho de mí su presa. Tengo miedo de tener que afrontar cosas que nunca supe sobre mi madre, cosas que quizá sean demasiado duras de asumir. El otro día dejé a mi padre en casa, dolido. He intentado filtrar en mi cabeza la verdad de las mentiras que me ha contado, y estoy aquí porque quiero seguir luchando por descubrir la verdad, lo que incluye la historia de mi madre. Aun así, aquí estoy, maldita sea, incapaz de cruzar la calle y avanzar... Parece que mi pie se ha quedado pegado al suelo en cuanto ha tocado la acera.

Las voces enzarzadas de una pareja de jóvenes al final de la calle captan mi atención. La farola ilumina el río de lágrimas que cae por las mejillas del chico y su cara de sufrimiento se convierte en la de Philip, que me pide en silencio que deje estar todo esto y que salga corriendo. «Rachel –me dice–, sal de aquí». Los músculos y las venas del cuello se me estiran y se tensan mientras abro y cierro las pestañas, abriendo y entrecerrando los ojos sin poder controlarlos. Lo hago por Philip, así que saco las fuerzas necesarias para hacerles frente a los demonios que me esperan en esa cafetería y cruzo para reunirme por fin con Keats.

La canción de Tears for Fears «Everybody Wants to Rule the World» suena de fondo con una energía melancólica. Mi mente me recuerda que la última (y única) vez que estuve aquí sonó una canción de Erasure. Los propietarios del local deben de tener una debilidad por el pop retro de los ochenta. No sé muy bien por qué me acuerdo ahora mismo de esto... ¿Será un mecanismo de defensa, una estrategia para retrasar el momento en el que me siente en la mesa enfrente de Keats y descubra al fin lo que me espera?

En la cafetería solo están Keats y una mujer con un delantal de rayas blancas y azules detrás del mostrador. Keats parece que acaba de salir de la ducha: tiene los rizos empapados de agua o gomina y el único complemento que reconozco de su indumentaria habitual es el pañuelo azul marino, que esta vez lleva debajo de la barbilla.

Cuando me siento en la silla enfrente de ella, me mira recelosa y me pregunta:

—¿Qué hacías plantada en la calle de enfrente mirándome?

No me esperaba que me recibiera así, pero le respondo un tanto molesta:

—Me ha dado mucho calor de repente y el viento fresco me ha venido bien para refrescarme.

Su cara de incredulidad me deja claro que no se traga mi excusa, pero Keats no insiste y se muerde la lengua. Seguidamente le da un buen trago a su botella de agua y saca el móvil para buscar algo.

—¿Puedes usar tus dones para buscar información sobre mi casa? —le pregunto.

—¿Qué información exactamente? —me pregunta mientras sigue buscando en el móvil.

Dudo unos segundos antes de responder:

—Si está conectada de alguna manera con Michael. —Después añado muy rápidamente, como si mis palabras fuesen un tren a toda velocidad en unas vías imaginarias—: No sé si será verdad o no, pero necesito comprobarlo.

Keats asiente con la cabeza y me dedica una mirada llena de honestidad que no me espero.

—¿Qué sabes de la muerte de tu madre?

Ahí está, ese sentimiento incontrolable que siento como una puñalada en el estómago y al que tanto temía enfrentarme. Se parece a lo que siento cuando estoy encerrada bajo tierra e, instintivamente, mis ojos buscan el tubo de luz que hay colgado en el techo del local. La luz insufla aire a mis pulmones y es lo que necesito, aire para respirar. Entrecierro los ojos para disfrutar de la brisa agradable que me llega, como un sabor mentolado que me refresca la lengua y me invade. Me quedo así un rato, dejando que mi cuerpo coja el oxígeno y las fuerzas que necesita.

Cuando siento que vuelvo a coger las riendas de la situación y que estoy preparada para lo que viene, le digo a Keats:

—Estuvo mala durante años, se iba recuperando, pero volvía a recaer. Mi padre la llevó a un sinfín de médicos, pero ninguno fue capaz de diagnosticarla —le explico y sacudo la cabeza, conectando con la pena que siento—. Nadie podía ayudarla y la vi morir delante de mis ojos.

Se hace un silencio entre nosotras y Keats, por motivos que solo entenderá ella, saca las gafas de sol y se las pone; quizá es su manera de intentar ocultar que está tan mal a nivel emocional como yo.

Entonces baja la mirada para echarle un vistazo a la pantalla del móvil y me dice:

—Aquí tengo las copias de los informes médicos de tu madre.

–¿Cómo los has encontrado?

Keats tuerce la boca hacia un lado.

–Secretos comerciales, pero la clínica a la que fue en los últimos años de vida –me dice y me duele muchísimo escuchar esas palabras– debería instalar un buen programa de cortafuegos para proteger su sistema de datos…

–¿Qué has descubierto? –le pregunto para atajar, porque algo me dice que se podría pasar la tarde entera explicándome los entresijos de sus aventuras informáticas.

Keats agacha la barbilla y continúa:

–Vale. He hecho un resumen con lo que he descubierto: tu madre enfermó porque le fallaba el sistema inmune.

–Eso lo sabía–. También estaba viendo a un terapeuta en la clínica…

–¿Cómo? –le pregunto sin poder evitarlo porque no me esperaba ese detalle–. ¿Por qué iba a ir a un psicólogo mi madre? Quitando su enfermedad, ella era feliz.

No sé por qué, saber que mi madre iba a terapia me parece un ataque contra mí, contra mi infancia y nuestra familia feliz.

–Pues parece que no –me corrige Keats sin andarse por las ramas–. O al menos esa fue la conclusión a la que llegaron su terapeuta y los otros doctores que la vieron. Todos creían que enfermó porque en su vida sufría mucho estrés y ese estrés, a su vez, hizo que cayera en depresión y el sistema inmune fue el que se llevó la peor parte. La respuesta de su cuerpo fue empezarse a atacar a sí mismo.

Cuando abro la boca para rebatirle lo que me está contando, un velo de recuerdos borrosos me cae encima, nublando la cafetería y transportándome a la casa donde crecí.

Tenía doce años. Mi padre llevaba fuera por trabajo cinco días y nos tuvo que dejar a mí y a mi madre solas. Cuando volví a entrar a casa después de estar jugando fuera con mis vecinos, vi a mi madre salir del despacho de mi padre muy afectada y con muy mala cara.

–¿Qué pasa, mamá?

Estaba tan tensa que, cuando intentó sonreír para responderme, las comisuras de la boca se le fueron hacia abajo en lugar de hacia arriba. Estaba muy triste.

–Estoy bien, cariño. No pasa nada.

Aun así, al moverse arrastraba los pies, lo cual contradecía bastante sus palabras. Finalmente se tambaleó hasta caer al suelo desmayada. Yo salí corriendo hacia ella como una loca chillando:

–¡Mamá, mamá, despierta! ¡Despierta, mamá!

Llamé a una ambulancia y por suerte no tardó en llegar. Me senté con ella en la parte de atrás, pero recuerdo sentirme muy impotente allí a su lado mientras sollozaba con todo el dolor de mi corazón.

Cuando llegamos al hospital, no quería soltarle la mano, pero las enfermeras y los doctores me dijeron que necesitaban llevársela para poder ayudarla. Nunca había sentido nada tan frío como su mano. Después llamé a mi padre en una cabina, pero nunca me cogió. Cuando el doctor por fin volvió a hablar conmigo para asegurarme que mi madre se iba a poner mejor, le pregunté qué le pasaba, pero no quiso decírmelo.

Recuerdo quedarme allí en mitad del pasillo chillándole mientras se alejaba:

–¿Por qué no me quiere decir qué le pasa a mi madre? ¿Por qué no me lo dice?

Vuelvo a la realidad dejando atrás ese doloroso recuerdo y tomo una bocanada de aire, como si hubiese estado debajo del agua. Me echo la mano al pecho para intentar calmar mi respiración y detener las contracciones y espasmos que estoy sintiendo por todo el cuerpo.

Alguien está llamando mi nombre:

—Rachel, ¿estás bien?

Es Keats. La miro y veo que está preocupada, incluso agitada, y las gafas de sol están tiradas encima de la mesa. Sin pedirle permiso, le cojo la botella de agua y bebo con ansia como si fuera el mismo elixir de la vida.

Ahora, con más calma y cuidado, vuelvo a poner la botella encima de la mesa y la dejo en su lugar. Es hora de afrontar las verdades que yo también me he estado negando hasta este momento:

—Creo que siempre he sospechado que la enfermedad de mi madre se debía a algo más de lo que mi padre me contaba. Quizá estaba intentando facilitarme el golpe para protegerme…

—La terapeuta creía que el origen de sus problemas era su matrimonio.

La interrupción de Keats vuelve a sacudirme con fuerza y me deja destrozada en la silla. Frunzo el ceño de tal manera que la piel encima de los ojos se retuerce y se tensa tanto que incluso me duele.

—Pero no puede ser. Mis padres eran felices y se querían. No había una pareja que se quisiera más que ellos.

Keats alarga la mano encima de la mesa. Es su manera de intentar conectar conmigo a nivel físico.

—Solo te estoy diciendo lo que he leído. Yo tardé años en darme cuenta de que mis padres no se aguantaban el uno al otro, y años más tarde descubrí que solo se casaron porque mi padre dejó embarazada a mi madre y por eso tuvieron a mi hermana. —Ahora es ella la que lucha por recuperar el aliento—. La visión que tienen los niños del mundo es muy inocente y por eso muchas veces no incluye esas partes que confirman lo más doloroso que hay en sus vidas.

Las dos nos damos un momento para recomponernos y poder seguir adelante.

—Muchos creen que tu padre, Frank Jordan, consiguió

construir su imperio a base de crueldad y brutalidad. Hay historias que lo describen como un hombre capaz de hacer cualquier cosa con tal de conseguir lo que quiere. Y cuando digo cualquier cosa es cualquier cosa.

Keats clava los ojos en los míos y me dice con una firmeza desmedida:

—La gente le tiene miedo, tiene miedo de hablar mal de Frank Jordan porque le gusta usar la ley para quitárselos de en medio y los amenaza con denunciarlos por difamación. Ese parece ser uno de sus trucos preferidos, presentar querellas por difamación para acallar a quien se atreva a desafiarlo. Había otra historia en la que se decía que una familia se quedó en la ruina después de que Frank Jordan aprovechase un momento de debilidad para comprarles un negocio que estaba a punto de irse a pique.

Debería estar desencajada y no entender nada, pero no es lo que siento ahora mismo, no después de escuchar cómo mi padre le habló a Michael y a su madre. «No tengo manos, sino zarpas, y están bien afiladas». Además, también me lo confesó el otro día en la cara: «Los socios no son tus amigos, Rachel. Más bien al contrario, suelen convertirse en tus enemigos». De repente mi mente se llena de otros recuerdos y comentarios y no puedo pensar bien: cómo, después de la muerte de mi madre, mi padre era incapaz de decir «mujer», «madre» o «mamá», ni siquiera «Carole». ¿Cómo no me había dado cuenta de que había dejado de decir su nombre? Pensé que sería porque era su forma de pasar el duelo, pero quizá la verdad más dura y simple era que ya no le importaba. Todo mi mundo se está haciendo añicos y yo estoy aquí sentada como si todo esto no fuera conmigo. Como si lo que me estuviese contando Keats fuese la historia del padre de otra persona, de la madre de otra persona, de la hija de otra persona.

–¿Crees –empiezo a decir, pero tengo la cabeza espesa y tardo bastante en formular mi pregunta– que por eso Michael ha intentado meterme en la empresa? ¿Porque está intentando vengarse por lo que le hizo…? –intento decir «mi padre», pero las palabras se me atragantan y los músculos de mi garganta no quieren dejarlas pasar, así que al final digo–: ¿Por lo que le hizo Frank Jordan?

Keats asiente con la cabeza para darme la razón y me doy cuenta de que seguramente por eso se ha estado refiriendo a mi padre como «Frank», para intentar distanciarme de él de alguna manera. La verdad es que se lo agradezco.

–Mi padre…, Frank, me comentó que Danny es el padre de Michael. Quizá Michael es la persona que quiere vengar a su padre después de tanto tiempo, pero no lo entiendo, porque mi padre me dijo que él y Danny no eran amigos…

Las cejas se me juntan de la confusión en la que estoy sumida ahora mismo y me hace arrugar la frente. Eso me dijo la última vez, pero juraría que me aseguró lo contrario cuando me consiguió aquel trabajo de verano cuando yo tenía dieciocho años. Sacudo la cabeza, intentando quitarme de la cabeza esos recuerdos del pasado, porque lo único que hago es confundirme más en lugar de aclararme.

–No estoy del todo segura de lo que voy a decir, pero yo creo que tendría que haber una conexión más fuerte entre ellos si mi padre se sintió en la obligación de comprar uno de los negocios de Danny para ayudar económicamente a su familia.

Keats se vuelca un poco más en la mesa con un poco de urgencia y me dice:

–Yo no me creería ni una palabra que haya salido de la boca de Frank Jordan.

Se moja los labios y luego me intenta remarcar las siguientes palabras con toda la claridad que puede:

—Los doctores de tu madre creían que había algo que les ocultaba, algo que no les decía sobre su vida con Frank Jordan.

Capítulo 38

Algo me está tocando la nariz y me hace cosquillas. ¡Ay, qué molesto, por favor! Remugo y me desvelo un poco. Me palpo la nariz intentando buscar el problema y, soltando un suspiro cargado de frustración, me doy media vuelta. Lo último que quiero es despertarme y empezar un nuevo día; abrir los ojos significa hacerle frente a la verdad sobre la relación entre mi madre y mi padre, abrir los ojos significa que ha llegado el momento de preguntarme realmente quién es mi padre. Después de salir de la cafetería y separarme de Keats, no volví inmediatamente al almacén del sótano, sino que me fui a pasear por las calles de Londres un rato hasta que me detuve junto al río. El Támesis por la noche está precioso, el ritmo de su flujo nocturno es suave y calmado.

Mi gruñido se convierte poco a poco en un lamento quejoso. Sea lo que sea que esté jugando con mi nariz, quiero que me deje en paz de una vez. Me vuelvo a dar la vuelta, pero al hacerlo noto que algo me reseca la garganta, algo agrio y muy fuerte que hace que empiece a toser violentamente. Me acerco las rodillas al pecho y me hago una bola, pero durante un buen rato no puedo parar de toser. Por fin la tos se detiene y estoy tan cansada que parece que no haya dormido nada. Abro un ojo y luego el otro y las manecillas de mi reloj me dicen que están a punto de dar las doce de la noche. Inhalo profundamente y salgo de la cama horrorizada y asustada por lo que detecta mi nariz. Sé muy bien a qué huele:

Es humo.

Y el humo anuncia un incendio.

En ese impactante y aterrador momento en el que me doy cuenta de lo que está pasando, soy incapaz de moverme. Estoy paralizada tanto aquí en el almacén como en otra estancia de mi pasado. Las imágenes de las llamas y el humo me han perseguido todo este tiempo. «¡Muévete, Rachel, muévete!». Sé muy bien lo que me pide mi cerebro, pero también me queda claro que no soy capaz de llevar a cabo la orden que me da. Irónicamente, es el amenazante olor que me envuelve lo que me activa al final, como si me hubiesen puesto una gasa llena de alcohol debajo de la nariz. Doy un salto hacia el interruptor para encender la luz y le doy, pero no pasa nada. Vuelvo a darle al botón, pero sigue sin haber luz.

Palpo el camino a mi paso como buenamente puedo hasta llegar a la sala de trabajo del sótano, pero por mucho que apriete los interruptores de aquí, las luces azules tampoco se encienden. Las luces intermitentes rojas y blancas que normalmente parpadean sin cesar de los servidores y la impresora tampoco dan señales de vida. Incluso el latido del corazón de las paredes se ha callado.

Sin luces no tengo aire.

Sin luces no tengo…

Acallo esa voz de mi cabeza porque me niego a dejar que me engulla y me secuestre. Vuelvo a la oscuridad conocida del almacén y palpo el espacio con mis manos hasta encontrar mi mochila. Cuando por fin la encuentro, me tiro de rodillas al suelo, meto las manos dentro y encuentro mi móvil. Enciendo la linterna y noto cómo un soplo de aire fresco me llega a los pulmones en cuanto la luz aparece ante mis ojos. El aire que necesitaba. Ni siquiera me había dado cuenta de que seguramente había estado aguantando la respiración todo este tiempo. Dejo caer la cabeza, decepcionada conmigo misma; pensaba que había luchado con todas mis fuerzas contra esa conexión que mi cabeza se empeña en hacer entre luz y aire, pero está claro que no ha servido de nada.

Me sacudo la sensación de derrota que me invade y me pongo en pie. La luz de mi móvil alumbra la foto de la cara de Philip y me asusta porque parece una aparición que está a punto de salir de la pared. La arranco y recojo el resto de mis cosas, las meto deprisa y corriendo en la mochila, y me la echo al hombro.

Salgo corriendo hacia la sala de trabajo del sótano y aquí noto que el olor a humo es mucho más intenso. Apunto con la linterna hacia el fondo y, cuando veo la puerta de acero, se me escapa un grito ahogado tan fuerte que me impulso hacia atrás: bajo el haz de luz veo corrientes de humo fantasmal que se mueven sinuosamente. La forma en que se desliza crea una especie de baile hipnótico, se enrolla, se retuerce, gira hacia un lado y otro serpenteante, anunciando un trágico final. Esto es real: hay un incendio en el edificio.

«Veintidós trabajadoras textiles pierden la vida en un incendio».

¿Yo voy a ser la número veintitrés? ¡Ni hablar! Así que me encamino hacia el lugar de donde sale el humo, aunque dudo unos instantes antes de poner la mano sobre el pomo de la puerta. ¿Y si hay un muro de fuego esperándome al otro lado y, al abrirla, se lanza sobre mí? Me vuelvo corriendo al almacén, cojo el cubo de agua y lo cargo aunque me pese. Me pongo el móvil en el cuello y lo sujeto con la barbilla para estar preparada y tener las manos libres para poder defenderme bien con el cubo.

Agarro el mango de la puerta con decisión y me animo a mí misma diciendo:

—¡Uno, dos y tres!

La puerta se abre sin resistencia y el agua sale disparada regando el túnel que tengo enfrente. Se oye un eco por las paredes cuando el agua choca contra el suelo. El humo es espeso, pero aun así no veo llamas ni siento el calor del fuego en la piel. Me ahogo y empiezo a toser con fuerza otra vez cuando el humo me envuelve la cara y pienso que ahora mismo sí que me vendría bien tener a mano uno de los pañuelos que tanto le gustan a Keats.

Me tapo la boca con la mano y salgo corriendo por el túnel. El humo me envuelve en su espesa niebla y me engulle en un abrazo tóxico. Aun así, yo no dejo de correr por el pasillo, sintiendo el picor en los ojos, que me empiezan a llorar.

Por fin consigo llegar al final del túnel hasta las escaleras empinadas que llevan al piso superior. Alzo la mirada y encuentro a mi salvadora: la trampilla. Me cuesta ver dónde piso, pero empiezo a subir. A medio camino casi me tropiezo porque un escalón decide que no le caigo bien y prefiere tirarme; por suerte, con la espalda arqueada, me apoyo con la mano que tengo libre en el escalón y evito el golpe. Reanudo la marcha y cada vez la trampilla se hace más grande a medida que me acerco. Se me dibuja una sonrisa en la cara porque ahora mismo esa puerta en el suelo se ha convertido en la entrada al mismísimo cielo.

Cuando levanto la mano para empujarla, la trampilla, sin embargo, no se mueve. Lo vuelvo a intentar una y otra vez, incluso empujo con las dos manos y saco una fuerza bestial que ni siquiera sabía que tenía. No me lo puedo creer, la trampilla no se mueve ni un milímetro. Hago puños con las manos y empiezo a aporrearla y a chillar, pero nadie acude en mi ayuda.

Aun así, no pienso rendirme, sé que hay otra salida. Esta vez el humo no me ralentiza tanto la marcha y corro más, sigo con el ritmo acelerado y paso la sala de los ordenadores y el almacén hasta llegar al húmedo patio adoquinado que hay en el otro extremo de este mundo subterráneo. Esta noche este lugar está más oscuro que de costumbre, parece que he bajado a las tinieblas. Noto cómo un escalofrío me recorre la espalda y se extiende por todo el cuerpo. Levanto la cabeza y miro a la rejilla que tengo justo arriba, pero no se ve ni un pedacito del mundo exterior: la salida está bloqueada, hay un coche enorme aparcado encima y las pesadas ruedas están justo sobre las barras metálicas para evitar que alguien pueda moverlas. Sé que es de Michael, lo tengo muy claro.

Un sinfín de momentos agonizantes y horribles me inundan la mente y me recorren todo el cuerpo como una corriente eléctrica. Me siento como si estuviera en un coche a toda velocidad, en una carretera en sentido contrario, y supiera que se me acerca un camión enorme de frente. Tengo la sensación de cuando te despiertas en mitad de la noche siendo plenamente consciente de tu mortalidad y te das cuenta de que un día ya no volverás a abrir los ojos. El pavor absoluto que te aprieta el estómago porque te das cuenta de que el momento de tu muerte no es algo distante que te espera en un futuro lejano, sino que lo tienes delante y no puedes hacer nada para huir de él.

Dejo la mochila en el suelo y trepo con mi cuerda para aferrarme a las barras de la rejilla y tirar de mí hasta que acerco la boca al frío y sucio metal.

–¡Ayuda! ¡Asesino! ¡Michael me va a matar! ¡Llamad a la policía! ¡No, a los bomberos!

Mis gritos van perdiendo fuerza hasta que se convierten en gritos ahogados, gemidos y aullidos que parecen salir de un animal herido. Pese a mis esfuerzos, no obtengo ninguna respuesta al otro lado de la calle. Mis dedos se rinden y sueltan la rejilla, bajo por la cuerda y mis pies vuelven a tocar el suelo adoquinado de aquel patio.

Estoy atrapada aquí.

Desesperada, vuelvo a chillar una última vez:

–¡Que alguien me ayude!

Capítulo 39

El humo que llega desde el sótano y el almacén me golpea la cara como un espíritu maligno. Pero al menos eso hace que vuelva a entrar en acción: me pongo en pie de nuevo, voy corriendo hasta la sala de trabajo con mi móvil en la mano y la linterna encendida. Aquí hay otra salida, tiene que haberla, así que examino el espacio con atención. ¿Qué hago? ¿Qué hago? Empiezo a apilar escritorios unos encima de otros y tiro los ordenadores que hay encima al suelo sin importarme lo más mínimo que el cristal de las pantallas se haga añicos y quede desperdigado por el suelo. Es una imagen bastante caótica, pero voy subiendo las mesas poco a poco para llegar a lo más alto. La torre que he construido se tambalea un poco, pero no se derrumba.

No sé muy bien cómo, por fin llego a la cima y hago equilibrios para mantenerme en pie. Allí subida, golpeo y aporreo el techo con el teclado que tengo en las manos. Evidentemente no consigo nada porque es piedra maciza, así que tiro el teclado por los aires y bajo de mi torre con mucho cuidado. Una vez en el suelo, empiezo a darles golpes y patadas a las paredes.

Cada vez hay más y más humo. Casi no puedo respirar. ¿Por qué no me he tapado la cara con algo?

«Párate un momento, Rachel. Piensa, piensa. Tienes que pensar en algo». La cabeza me va a mil por hora y parece que me va a explotar en cualquier momento. De repente, el cuello me da un pequeño latigazo al recordar cómo encontré la entrada al almacén. ¿Y si…? Aprieto los dientes y tenso los músculos para sacar toda mi fuerza y separar la fotocopiadora de la pared. ¡No! ¡No! ¡No! No veo ninguna señal en esta pared que me indique que hay algo más. Hundo la cabeza, aceptando mi derrota, cuando, de repente, se me corta la respiración y noto un nudo en el pecho: ¡hay algo en el suelo!

Me dejo caer de rodillas y, con la luz de la linterna del móvil, veo que en el suelo hay dibujada una forma grande con seis lados exactamente. Los he contado. Un hexágono o una especie de estrella. De las puntas de cada esquina sale una línea que apunta al centro de la figura y, aunque sea durante unos segundos, esta distracción me hace olvidar la pesadilla en la que estoy y me entra la curiosidad. ¿Qué es esto? Nunca he visto algo así, y menos en el suelo. En el centro hay un pequeño trozo de madera y, venciendo mi miedo, lo toco. La figura se abre de golpe como una estrella que revela su interior o un monstruo que abre sus fauces y revela unos colmillos triangulares y afilados: es otra trampilla.

Miro hacia abajo y descubro un espacio rectangular que conduce a otro lugar más abajo del sótano. Siento un escalofrío que recorre cada poro de mi piel; no quiero bajar ahí porque supone que tengo que sumergirme incluso más en las profundidades. Pero ¿qué otra opción tengo? Así que bajo a cuatro patas… Este lugar es húmedo, muy frío y huele fatal. El olor me sirve para distraer la mente y avanzo siguiéndolo, al igual que las volutas de humo. Llego a un punto sin salida.

Estoy atrapada.

Encerrada.

El miedo me atraviesa y me clava sus garras sin piedad en cada parte de mi piel que encuentra desprotegida. No puedo moverme, se me han ido todas las fuerzas. Me voy a volver loca. La cabeza ya no me responde.

«Me voy a morir. Me voy a morir. Me voy a…».

Levanto la vista, buscando mi final, pero, en vez de eso, se me escapa un gritito al encontrar otra cosa: marcada con una pintura que ya está casi borrada, hay otra trampilla en forma de estrella y la empujo de un salto para abrirla. El pasadizo al que da esta puerta continúa hacia arriba. Los peldaños viejos y desgastados de una escalera que están enganchados a un lado de la pared me ayudan a ascender por esta estructura fría y mohosa que me recuerda a una chimenea. Mientras subo voy temblando, la situación me tiene despavorida, no sé cómo aún me funcionan las piernas y los brazos… Los dedos casi no puedo ni doblarlos. El latido de mi corazón tiembla a cada paso que doy y hace que todo mi cuerpo se zarandee. Aun así, no me rindo y sigo avanzando y trepando por los peldaños de madera que me guían por este camino.

Cuando llego arriba del todo veo otra trampilla. Esta se abre y da a un recibidor pequeño donde encuentro otra escalera, diría que ahora mismo estamos en el primer piso del edificio. Pongo las manos en el suelo del rellano, pero no está caliente, tampoco oigo el crepitar de las llamas, pero desgraciadamente también sé, por experiencia personal, que el fuego tiene sus trucos y que siempre hace de las suyas. Este pasaje es más largo que los otros que he recorrido y veo que hay algo que brilla al final de la oscuridad. Cuando llego allí, no encuentro ninguna salida, así que vuelvo a levantar la vista.

Otra trampilla con otras escaleras, así que vuelvo a subir. Mi mente me recuerda que el fuego también sabe trepar, por lo que tengo claro que no me queda otra opción que seguir adelante. Paso por una nueva trampilla que se cierra en cuanto paso al otro lado, pero esta vez no hay escaleras esperándome. Cuando me giro para abrir la trampilla y retroceder, no cede. Le doy una patada. Nada. La luz de mi móvil se apaga de repente y me quedo a oscuras en las entrañas de este maldito edificio. Encerrada.

Sin luz no puedo respirar.

Sin luz no puedo respirar.

Esto es el final. El espacio en el que estoy atrapada es tan pequeño que quepo a duras penas. Es curioso cómo llevo diez años intentando evitar sitios bajo tierra y el fuego, y que vaya a morir justamente encerrada en una caja de cerillas a no sé cuántos metros del suelo dentro de un edificio en llamas. Sé que estoy condenada, así que me derrumbo en el suelo y empiezo a llorar desconsoladamente. Se acabó, ya puedo dejar de luchar, la batalla que llevo diez años librando llega a su fin. Nunca me rendí, ni siquiera en los momentos más oscuros, nunca cedí ante la adversidad. Sin duda he sufrido, pero no han conseguido romperme.

De repente, en la oscuridad, veo la cara de mi madre, que es lo único que ilumina el infierno en el que estoy ahora mismo.

–¿Mamá?

No me responde, no lo necesita, solo con que esté aquí me sirve. Su cara es hermosa y me transmite felicidad y ternura. De repente me siento satisfecha y un poco mareada, pero me invade una gran calma. Estoy preparada para irme porque sé que mi madre me espera con los brazos abiertos. Giro la cabeza rápidamente, escucho arañazos al otro lado de mi pequeña jaula. Al principio no me lo creo, pero vuelve a repetirse y me impacta tanto que me doy un cabezazo contra la pared. Justo en ese momento lo oigo, un ladrido de perro al otro lado de la madera: es Sobras y ha venido a salvarme, como intentó hacerlo con las niñas del taller clandestino.

¿Qué tonterías estoy diciendo? Lo que oigo es real. Vuelven a rascar al otro lado y cada vez es con más fuerza y más claridad. Empujo contra la madera y noto cómo cede un poco. Aunque no tengo espacio suficiente para apoyarme contra la pared y empujar, aprovecho las pocas fuerzas que me quedan y empujo la madera con el hombro hasta que se abre y aparezco de cabeza en una habitación al otro lado de lo que parece haber sido una pared. El perro echa a correr y se pone a dar saltitos a mi alrededor, ladrando como un loco, mientras yo me quedo allí tirada en el suelo bocabajo. Acto seguido se pone a lamerme las muñecas y a tirarme de la ropa con los dientes; parece que me conoce, aunque es imposible, claramente.

Cuando por fin consigo centrar la mirada y enfocar a mi alrededor, entiendo por qué el animal se ha puesto así y ha reaccionado como si me conociera: porque, en efecto, me conoce. Colgando del collar que lleva al cuello hay una plaquita con su nombre.

—Ray —leo en voz alta sin acabar de creérmelo mientras me incorporo.

Ray es el perro de Philip.

Durante unos segundos, dejo de sentirme en peligro: aquí no hay fuego ni humo, solo yo y Ray fundidos en un abrazo, un momento entre dos amigos que llevan muchísimo tiempo sin verse. El animal es un *Yorkshire terrier* que parece llevar una barba marrón con mucho estilo y, aunque sigue siendo muy vivaz y energético, se le nota el paso de los años. Así que no era Sobras, sino Ray, pero lo que no entiendo es qué hace aquí el perro de Philip y por qué aquí exactamente.

Miro a mi alrededor mientras Ray sigue lamiéndome las manos, que después de todo el camino me han quedado maltrechas, y entonces ato cabos y entiendo que debe de ser aquí donde pasa la noche la madre de Michael. Mi cabeza vuelve a hacerse la misma pregunta: ¿y por qué iba a tener ella el perro de Philip? Pero esto no me importa ahora mismo: necesito salir de este edificio en llamas lo antes posible. Moviéndose de un lado a otro mientras continúa ladrando, Ray me sigue cuando yo salgo corriendo hacia la ventana, la abro y me lleno los pulmones con aire fresco. Una vez recuperada, me preparo para chillar con todas mis fuerzas.

Antes de hacerlo, bajo la mirada y dudo porque no veo a nadie al que poder llamar, pero realmente lo que me hace refrenarme es que aquí no hay ninguna señal que indique que haya humo ni fuego en el edificio. Al otro lado del bloque, miro las ventanas que tengo enfrente y tampoco veo ningún incendio. ¿Se habrá extinguido? O quizá había humo pero el fuego no ha llegado a prender... Será Michael jugando sucio otra vez para torturarme, aunque esta vez algo me dice que el hombre realmente pensaba que me iba a sacar de la partida de una vez por todas porque no podría salir del sótano. Desgraciadamente para él, no conoce los laberintos del antiguo taller tan bien como cree.

Mi instinto me dice que me agache, que coja a Ray y que salga de allí lo antes posible; la madre de Michael podría aparecer en cualquier momento. Aun así, no se oye ni un ruido, aquí solo estamos Ray y yo. Deambulo un poco por el piso y compruebo que no hay nadie más, así que aprovecho el momento e investigo por las habitaciones; por suerte, encuentro un cargador y lo cojo prestado para mi móvil.

Aquí hay muy pocas cosas personales, de hecho, el apartamento da la sensación de ser de alguien que, a pesar de haberse mudado hace tiempo, sabe que no va a estar aquí para siempre, como si fuese una especie de *suite* de un hotel. Al principio, busco información desesperada y compulsivamente, empiezo a tirar las cosas al suelo y registro un tocador que me dé respuestas para encontrar o entender mejor a Michael y a su madre. Y a Philip.

Pero no encuentro nada.

En el armario de la pequeña y funcional habitación en la que estoy, encuentro una mezcla de ropa profesional y elegante, y otras piezas más clásicas, pero todas ellas son caras, sin duda. No encuentro nada en los cajones de su mesita de noche y, cuando muevo el colchón para ver si ha escondido algo debajo, me llevo otro chasco.

Ray me observa sin decir nada y, aunque parece preocupado, como si supiera que lo que estoy haciendo no está bien, quizá me quiere demasiado como para interponerse en mi camino. Estudio su carita peluda que, aunque ha envejecido con los años, recuerdo tan bien a pesar del paso del tiempo.

El animal me viene detrás cuando entro en la cocina y se pone muy contento cuando me ve sacar latas de comida para perro de los armarios, pero se lamenta con gemiditos cuando las vuelvo a guardar en su sitio. La madre de Michael no ha podido ir muy lejos. Ni siquiera la maléfica bruja del este dejaría a Ray aquí solo para que se muriera de hambre. Entonces recuerdo su llanto en mitad de la noche acompañado de los aullidos de Ray, dos almas en pena, aunque de hecho éramos tres si me cuentas a mí.

Pierdo las fuerzas para seguir con mi búsqueda. ¿Y si descubro quién es la madre de Michael, qué? ¿Qué pasaría entonces? Según lo que me contó mi padre, fue la secretaria de Danny en algún momento, con quien le puso los cuernos a su mujer y luego la abandonó. Aunque, bueno, de eso no tenemos ninguna prueba, claro. Con razón, ya no me creo nada de lo que me ha dicho mi padre y me pregunto qué iba a ganar si consiguiera una foto de ella. ¿Demostrar que Michael tiene madre? ¿Qué voy a lograr si descubro un nombre?

Abandono mi búsqueda, cojo a Ray y me lo llevo hasta la puerta principal. Para sorpresa de nadie, compruebo que está cerrada. Justo detrás está la escalera que baja al primer piso, donde están los despachos de Michael y Joan. No puedo salir por ahí, así que tengo que salir por donde he llegado. Me quedo sin saber qué hacer unos segundos y los brazos me tiemblan mientras rodeo a este maravilloso y bonito perro. ¿Qué voy a hacer con Ray? No puedo bajarlo conmigo y obligarlo a pasar por todas esas trampillas que recorren el mundo que existe bajo el edificio ni meterlo en un sótano lleno de humo.

Lo vuelvo a poner en el suelo y yo me tumbo bocabajo al lado para mirar a la cara a mi pequeño amigo:

–Escúchame, Ray, te voy a tener que dejar aquí por ahora, pero voy a volver a por ti. ¿Me entiendes?

No estoy muy segura de que haya entendido mi mensaje cuando me chupa la punta de los dedos antes de que me ponga de nuevo en pie. Cojo el móvil y abro la puerta del salón que me llevará al sótano. Ahora que hay luz en la habitación, veo que solo tengo que darle a la palanca para abrir la trampilla que antes se negaba a dejarme pasar. Cuando la abro, Ray se vuelve loco, empieza a ladrarme y sale corriendo hacia la habitación. Desde allí se pone a ladrar y a aullar. ¿Qué le pasa a este ahora?

Voy hasta allí y me encuentro a Ray junto a una pequeña foto enmarcada. El cristal del marco está roto en el suelo; lo habré tirado al suelo sin darme cuenta mientras rebuscaba información. Cuando le doy la vuelta, veo la foto.

Es una fotografía familiar en la que, de fondo, aparece un jardín inglés precioso. Parece que la hicieron en primavera porque hay rosas bien hermosas y abiertas, y las ramas de los árboles están llenas de hojas verdes. En primer plano hay dos chicos que sonríen como si aún no supieran que la vida está llena de trampillas: uno de ellos es Michael y el otro… De repente, se me corta la respiración y se me hace un nudo en la garganta. Philip, el otro es Philip. Y justo detrás de ellos, un poco más a la izquierda, está su madre, que toca a sus hijos con cariño, poniéndoles una mano en el hombro.

Joanie.

Capítulo 40

Joanie es la madre de Philip y de Michael.

Michael es el hermano de Philip.

Joanie vive con el perro de Philip en el piso de arriba, donde lo he dejado.

¡Toma! Tres giros inesperados a falta de uno. Y, aun así, sigo sin saber qué une a esta familia con mi padre, más allá de lo que me ha contado él, claro.

La foto que acabo de encontrar de Joanie, Michael y Philip me quema en la mano. La cuelgo junto a la foto de la cara adulta de Philip en la pared una vez que vuelvo al almacén. Para mi sorpresa, ya no hay humo. Michael seguramente habrá alquilado una máquina de esas que usan en los teatros para asustarme, aunque ahora imagino que no ha sido solo idea de él, sino también de Joanie.

Una ola de tristeza me azota de repente al entender que Joanie nunca fue mi amiga aquí y la verdad es que me quito el sombrero ante ella porque ha interpretado un papelón. Entonces vuelvo a sentir su mirada, la que casi me mata, y recuerdo cómo clavó los ojos en mí con una intensidad y un odio que parecía que quería atravesarme y drenar hasta la última gota de vida de mi cuerpo y dejarme vacía, como un amasijo de carne sin vida en aquella silla. ¿Y por qué? Pues la verdad es que no le encuentro sentido a su comportamiento. ¿Formará parte del plan que tiene con Michael para vengarse de mi padre por haberse aprovechado del mal momento económico que pasaba Danny? No, el odio que rezumaban sus ojos era mucho más personal. ¿Cómo puede odiarme tantísimo una mujer a la que acabo de conocer?

Ahora me centro en la foto de Philip en la pared y le pregunto:

—¿Por qué no me dijiste quién era Danny para ti? Que era tu padre. —Mis palabras están cargadas de emoción. Por primera vez, siento que estoy enfadada con él, muy cabreada, pero luego el tono de mi voz se mezcla con un dolor muy fuerte—. Mataste a tu padre por mi culpa.

Sé que es la verdad y eso me duele tanto que siento que me muero. Sé qué clase de hombre era Danny, pero hacer que su propio hijo lo acabase matando... Yo no soy religiosa, pero sé que ese debe de ser uno de los pecados más abominables que se pueden cometer. «No vayas por ahí, Rachel —me dice la voz de la razón, que parece haber vuelto—. Nunca le pediste que lo hiciera. Philip actuó de aquella manera porque era lo que tenía que hacer. A veces solo podemos hacer el bien haciendo algo malo».

De todas maneras, el peso de esta verdad carga sobre mis espaldas. Mis ojos vuelven a refugiarse en la cara de mi amigo. Mi primer instinto es ir a confrontar a mi padre de nuevo, pero esta vez para preguntarle por qué omitió deliberadamente a Philip de la historia sobre Danny, hacerle confesar por qué no me dijo que Philip era su hijo, que era el hermano de Michael. Mentiras, mentiras y más mentiras.

De pronto se me ocurre otra cosa. ¿Y si mi padre solo estaba intentando protegerme porque no quería que sufriera más con la historia de Philip? Omitiendo esa parte, me ocultaba el hecho de que la sangre de ese maldito violador de jovencitas corría por sus venas. Mi mente está hecha un lío intentando entender qué pinta mi padre en toda esta historia.

Tengo la cabeza como un bombo, así que me echo dos chorritos de aceite de cannabis y me tomo unos betabloqueantes. Con mi dosis en el cuerpo, me dirijo al patio de atrás, pero, como el coche sigue aparcado encima de la rejilla, me quedo allí de pie entre las sombras. Me acerco un poco al centro del patio hasta que rozo con la piel la cuerda que llevo conmigo a todas partes. Lo que sí se cuela desde el exterior es el aire fresco, que me envuelve en una manta fría que me invita a frotarme los brazos con las palmas de las manos para entrar en calor.

Rezo porque este gélido viento me ayude. Si llega el aire hasta aquí, quizá también llegan otras cosas, y espero que eso incluya las ondas, o lo que sea que tiene que llegar, porque quiero usar el móvil. Antes estaba tan angustiada y asustada que mi cerebro no ha hecho la conexión. Conexión. Ese pensamiento me hace sonreír, aunque sé perfectamente que no debería hacerlo en la situación tan horrible en la que estoy.

Saco el móvil y veo que tengo dos barras de cobertura, pero espero que con eso me baste para hablar con Keats. Lanzo un puñetazo al aire de felicidad al oír el tono de llamada. Venga, Keats, contéstame. El móvil da llamada… un tono… otro tono…

–Keats, ya sé lo que está pasando –le digo sin darle ni un segundo a hablar–. He conseguido llegar a la habitación del piso de arriba –le explico, pero no le doy los detalles de cómo lo he hecho–. He encontrado una foto de Michael con Joanie y Philip, Joanie es su madre y ha estado metida en todo esto desde el principio…

Keats por fin consigue interrumpirme para decir:

–Lo sé…

–¿Cómo? –exclamo, totalmente sorprendida.

–Te he intentado llamar, pero me saltaba el buzón todo

el rato –me contesta. Sí, claro, he estado en las entrañas de este edificio y no había nada de cobertura–. Joanie ha estado jugando sucio, fingiendo ser tu amiga y estar de tu parte cuando en realidad estaba compinchada con su hijo mayor desde el principio.

Mi cabeza está hecha un lío y le pregunto:

–Pero ¿cómo has unido tú los cabos para saber que Joanie es la madre de Michael y Philip?

–Tu casa. Todos vivían en tu casa.

–¿Qué? ¿Michael, Philip y Joanie?

Oigo su respiración acelerada y el ruido de los coches al otro lado del teléfono.

–No puedo hablar ahora.

–¿Dónde estás?

Mi mente, que vuelve a estar echando horas extras, intenta inspeccionar y estudiar lo que me acaba de decir como si fuera una arqueóloga limpiando huesos en el campo de mi pasado. Esto me ayuda a atar más cabos. El amigo de mi padre que tenía prisa por vender la casa debía de ser Danny y la casa era la que había comprado para la familia que guardaba en secreto. Pero ¿por qué los echó de allí entonces?

–He cogido prestado otro coche –me explica y me pregunto a quién se lo ha robado esta vez–. Voy de camino a Surrey.

Frunzo el ceño, extrañada al escuchar su respuesta.

–¿A Surrey? ¿Y qué vas a hacer allí?

–Mañana te lo explico todo mejor.

Esa contestación me hace perder los nervios y me frustra muchísimo, así que se lo hago saber:

–¿Y por qué no me lo puedes decir ahora?

–Porque quiero asegurarme de que estoy en lo cierto –me contesta con un tono de nerviosismo en su voz, un cambio extraño al hablar–. Solo puedo contártelo si estoy cien por cien segura. Pero hay otra cosa que quería decirte –anuncia y hace una breve pausa–: Michael ha puesto la empresa a la venta. Me ha enviado un mensaje para decirme básicamente que me echa a la calle y supongo que, si me ha despedido a mí, habrá hecho lo mismo con los otros zombis.

–A mí no me ha dicho nada.

Keats inhala profundamente desde la otra línea.

–Eso es lo que me temía. No te acerques a ninguno de esos dos mentirosos. Quiero que salgas de ahí ahora mismo, ¿me escuchas, Rachel? Sal de ahí. Te llamaré mañana a las ocho de la mañana…

Y en ese momento la llamada se corta. La llamo una y otra vez, pero no consigo que me responda.

Salgo para ir al sótano y usar la única línea fija que hay en el escritorio de Keats, pero me quedo allí plantada: el teléfono que había allí ya no está, de hecho, todas las mesas han desaparecido. Cuando he vuelto estaba tan desesperada que no me había dado cuenta. ¿Será que Michael y Joanie habrán echado a toda «su plantilla» porque sabían que me iban a encerrar aquí abajo? A dejarme aquí sola, sin salida. ¿Querían bloquearme la salida trasera y la trampilla para que me pudriera aquí abajo, dejando que pasaran los días sin poder hacer nada?

Pero yo sé algo que esos dos idiotas no saben: sé cómo salir del sótano. De hecho, he descubierto otra manera de salir de aquí. Algo me dice que este edificio está lleno de otras salidas y entradas secretas. Recojo mis cosas a toda prisa, quito la foto de Philip de la pared y dudo un momento cuando pongo la foto de su diabólica familia encima, hay algo que no encaja, que no está bien… No quiero que la maldad de Michael y de su madre lo toquen, así que pongo la foto de Joanie al fondo de la mochila.

Cojo también el cubo vacío y me cuelgo el asa al hombro, y la cuerda, al cuello como si fuera una serpiente esperando a que alguien la encante. Parece que he salido directa de la canción de Johnny Cash, «A Wayfaring Stranger».

Me dirijo de nuevo a la trampilla en forma de estrella; sin embargo, cuando llego al segundo nivel, en vez de ir hacia arriba, me desvío al otro lado y continúo por un pasadizo oscuro. Quizá me equivoco, pero cuando volvía después de haber estado en el piso de Joanie, vi algo que brillaba al fondo de la oscuridad y, si tengo razón…

La horrible claustrofobia que siento al estar encerrada por estos pasadizos sigue estando ahí, pero ahora no me posee por completo y siento que puedo mantenerla a raya. ¿Quién me habría dicho a mí que tendría que darles las gracias a Michael y a su madre por ayudarme a superar ese miedo? De todas maneras, intento convencer a mi cerebro de que el hecho de que no haya luz no significa que no podamos respirar.

«La luz no es aire. La luz no es aire».

Con mucho cuidado voy poniendo un pie tras otro. El ambiente a mi alrededor es frío y húmedo, y siento el mismo helor en la nuca que la primera vez que me planté delante del edificio. De repente, un fuerte olor a moho se me cuela por la nariz y la boca y hace que empiece a toser. Espero que no haya ratas, pero solo con pensarlo me dan escalofríos. Sé que son animalitos como el resto, pero si una de esas bestias se me acerca demasiado, estoy dispuesta a aplastarla con los pies e incluso a sacar la navaja. El brillo que tengo delante se va acercando cada vez más hasta que por fin lo alcanzo. Levanto la cabeza y veo dos, una a cada lado: dos asas cuadradas de metal. Creo que es otra trampilla.

La posición de las asas me confunde cuando las veo. ¿Por qué hay dos juntas? Solo hay una manera de saberlo, así que las cojo y empujo hacia fuera. No consigo nada, así que mi mente empieza a buscar soluciones. Creo que ya lo he entendido: giro las asas, una hacia cada lado. Con esto consigo que se desplacen hasta quedar ocultas a un lado bajo otra tarima. Miro por el agujero rectangular que se ha abierto y compruebo que estoy en la recepción de la entrada. ¡Qué ingenioso! No sé por qué este antiguo taller tiene tantas trampillas diferentes y pasadizos, pero la verdad es que no me voy a quejar. Finalmente, me incorporo con mucho cuidado para salir con mis cosas encima.

Me quedo allí parada, alerta por si detecto algún sonido en el piso de arriba. Cuando estoy segura de que solo hay silencio, compruebo rápidamente que no hay nadie en la recepción y me pregunto cómo en su día este sitio pudo parecerme bonito y agradable… Cuando paso por la trampilla que usaba cada día, veo que encima hay un armario de madera, cuyo peso aseguraba que no pudiese levantarla. No lo toco para que madre e hijo crean que sigo ahí abajo encerrada.

Mientras me dirijo a la puerta, empiezo a arrastrar los pies porque me ha venido un pensamiento un poco atrevido, o quizá es directamente loco, según se mire. Si Joanie y Michael realmente querían acabar conmigo, creerán que sigo aquí encerrada sin poder salir. Yo sé que no es así, pero ellos no. ¿Y si el lugar en el que voy a estar más segura es el que más detesto en este mundo?

Así pues, vuelvo a entrar por el secreto más reciente que este misterioso edificio me ha revelado, aprieto los dedos para girar las dos asas y cierro la trampilla detrás de mí.

Capítulo 41

No he intentado volver a dormir el resto de la noche ni la madrugada del día siguiente. He estado descansando con la espalda apoyada en esta húmeda y fría pared con la navaja desfundada en la mano. Ya casi son las ocho, así que ha llegado el momento de ir al patio interior y esperar la llamada de Keats. Bueno, eso si la cobertura está de buenas hoy y quiere ayudarme. Si no lo consigo, tendré que salir de aquí por la nueva trampilla que descubrí ayer y así podré usar el móvil.

El maldito coche sigue aparcado encima de la rejilla y no debe ser ni legal la manera en la que lo han dejado. ¿Por qué ningún policía ha avisado a la grúa para que se lo lleven? Los policías de tránsito suelen estar muy atentos en esta zona porque es la salida de la ciudad y está cerca de las tiendas de Spitalfields, Petticoat Lane Market y Brick Lane.

El móvil me suena y dejo escapar un suspiro lleno de alivio y satisfacción. Voy directa al grano cuando descuelgo:

—Dime qué has descubierto.

Lo primero que recibo es silencio y luego me dice:

—Sigues ahí. —No me lo está preguntando y puedo ver cómo Keats agacha la cabeza y aprieta los dientes.

Intento que se le pase el cabreo y le respondo:

—Oye, no tengo tiempo para explicártelo, pero créeme que esta es mi mejor opción ahora mismo.

Vuelve a responderme con silencio y después oigo el zapateo de sus pasos acelerados:

–He llegado a Surrey y ya sé lo que está pasando.

Parece que le falta el aliento, como si estuviera corriendo o hubiera echado una carrera hace poco.

Mi corazón se suma al ritmo de su respiración corta y acelerada, y no me gusta lo que no veo al otro lado del teléfono.

–Keats, ¿qué está pasando?

–No puedo… –me dice y parece muy nerviosa–. Creo que alguien me está siguiendo.

Se me escapa un grito ahogado y se me corta la respiración. Me apoyo en la pared fría del patio porque, si no, siento que me voy a desmayar.

–¿Quién? ¿Por qué? –El volumen de voz aumenta–. Tienes que decirme qué está pasando.

–Estoy escondida en el parquin. Quizá solo está en mi cabeza –me explica, y siento cómo niega con la cabeza–, que tampoco me extrañaría porque anoche dormí aquí en el coche.

–Pero ¿dónde es «aquí»? –le pregunto, aunque lo que quiero es gritarle «¡Dímelo ya de una vez!».

Parece que no me ha escuchado porque me dice:

–Vuelvo a salir porque creo que he despistado al tío.

–¿Hablas de Michael? –le pregunto, porque no se me ocurre de qué otro tío puede estar hablando.

¿Habrá descubierto que Keats me estaba ayudando? ¿Qué piensa hacer si la coge?

–Ni idea. –Es lo único que me dice–. Tú no salgas de allí hasta que llegue yo y luego te lo explico todo. –Por fin parece que vuelve a respirar con normalidad–. Es una historia fea, muy fea, Rachel.

De fondo se oye un inoportuno ruido de coche que acelera y me impide escuchar bien lo que me dice.

–Habla más alto, no te escucho.

–No puedo…

El maldito coche sigue ahí y no me deja escuchar a Keats.

–Habla más alto…

–Rachel, tienes que…

El coche ahora está más cerca, oigo el rugido del motor pegado al móvil y de repente se oye un frenazo en la carretera.

El tono de voz de Keats cambia y de repente es agudo y transmite verdadero pavor cuando dice:

–¿Qué cojones…?

El rugido del motor vuelve a resonar en el móvil, las ruedas chirrían y luego un golpe seco metálico, seguido de un milisegundo de silencio. Otro golpe, esta vez más amortiguado, como si fuera en la distancia.

–¿Keats? ¿Keats?

No obtengo respuesta y me dejo caer al suelo, arrastrando la espalda contra la gélida pared.

Quien quisiera que estuviera persiguiendo a Keats la acaba de atropellar como si fuera un animal en mitad de la carretera.

Me limpio los ojos con la mano. No tengo tiempo para esto ahora mismo. Me yergo intentando recuperar las fuerzas. Aunque pienso en el coche que hay aparcado encima de la rejilla, sé quién le ha hecho daño a Keats: han sido Michael y Joanie. Me pongo en marcha y entro en acción: ya tengo mis cosas recogidas y voy a dejar el cubo aquí, eso sí, la cuerda se viene conmigo porque es mi talismán, el amuleto que me ha ayudado a mantener la cordura durante todo este tiempo.

Salgo por la nueva trampilla deslizante en un abrir y cerrar de ojos, miro la entrada principal y me aparece otro posible obstáculo: ¿y si la han cerrado también? Porque no tengo la llave… Pues si es así, la tiro abajo. Quito el pestillo que hay arriba y luego el de abajo y giro el mango. Dejo escapar un resoplido, aliviada, cuando veo que la puerta cede sin problemas. Cuando salgo no tengo tiempo de saludar a las veintidós, no sabiendo que Keats está tirada en la calle en algún sitio, sangrando, quizá a punto de morir, sola sin una amiga que le sujete la mano. Las lágrimas amenazan con desbordarse, pero no las dejo.

«Piensa, piensa, piensa». Tengo la cabeza hecha un lío, necesito despejarla para saber qué debo hacer.

Primero, rezo para que alguien haya visto el accidente de Keats y haya llamado a una ambulancia, lo que significa que podría intentar averiguar si está en un hospital. Saco el móvil mientras me alejo del edificio y me paro en seco.

El zombi que tenía enfrente, el que vio aquel vídeo tan horrible y me amenazó, está plantado en la esquina observando el edificio. El corazón me da un salto en el pecho, aparto la mirada de él mientras paso por su lado y me alejo. El pulso se me dispara totalmente cuando oigo que otros pasos se unen a los míos. Miro de reojo hacia atrás y compruebo que, efectivamente, me está siguiendo. Mierda. La amenaza que me lanzó prometiendo venganza me retumba en la cabeza:

«Como le digas algo a alguien, más vale que te salgan ojos en la nuca al volver a casa. Una mujer nunca sabe lo que le puede pasar de noche y estando sola…».

Pues parece que no va a esperar a que caiga la noche. Siento que acelera el paso para alcanzarme. A mi alrededor hay más gente, pero no sé realmente si me ayudarán incluso si me pongo a chillar como una loca. La única persona en la que puedo confiar es en mí misma, así que acelero, pero él me imita. Entre el intenso cardio y el miedo que siento, empiezo a sudar y noto cómo la espalda se me empieza a empapar y se me hace un enorme nudo en la garganta cuando el único sonido que me retumba en los oídos es el de sus pasos.

Estoy a punto de echar a correr, pero él me sigue el ritmo. Salgo corriendo y giro la esquina y, cuando él me sigue, me encuentra de frente esperándolo. El hombre suelta un chillido cuando lo agarro por la chaqueta, le doy la vuelta y lo embisto contra la pared. Antes de que le dé tiempo a reaccionar, le propino dos puñetazos con toda mi fuerza en el plexo solar. El malnacido se dobla de dolor y se queja apretando los dientes. Hay algo de lo que me enseñó mi padre que sí me ha servido.

—Si no dejas de perseguirme, voy a llamar a la policía.

Él levanta la cabeza intentando coger aire como puede y me doy cuenta de que lleva el pelo diferente, lo lleva peinado hacia atrás con gomina y lleva unas gafas que le quedan muy bien, pero que no le pegan en absoluto.

—Pero ¿qué…? —me dice mientras se frota la tripa y vuelve a erguirse—. ¿A qué ha venido eso? Yo solo estaba esperando a que viniera Michael para pagarme.

¿Este tío está de coña o qué?

—Me dijiste que me ibas a dar una lección si me pillabas fuera del trabajo, como lo que le hacían a la mujer del vídeo. Cabrón.

Estoy tan enfadada y llena de rabia que vuelvo a levantarle el puño para asestarle otro golpe en esa boca tan despreciable que tiene y para que aprenda lo que les pasa a los hombres que amenazan a mujeres inocentes.

El zombi levanta la mano para defenderse y me chilla:

—Pero ¡eso era parte del guion!

Ladeo la cabeza y lo fulmino con la mirada:

—¿Qué guion?

Aún compungido y haciendo un mohín, intenta estirarse en la pared para recomponerse.

—Venga ya, mujer, que tú también eres actriz, ¿no? —me dice y me guiña un ojo, lo que me vuelve a encender.

Al darse cuenta, añade deprisa–: Puede que Michael se olvidara de enseñarte esa parte del guion…

No le dejo que siga hablando y le pregunto:

–Pero ¿tú quién eres?

–Soy actor, me llamo Teddy. Mucho gusto –se presenta con una pequeña reverencia, aunque eso le saca un lamento de dolor.

Los pelos de la nuca se me erizan con la respuesta. No entiendo nada de lo que está pasando, pero decido matar dos pájaros de un tiro, así que le regalo una de mis mejores sonrisas y le pregunto:

–¿Y tienes coche, Teddy?

Capítulo 42

—Aquí tenemos a la nena —me anuncia Teddy con orgullo.

«La nena» es una furgoneta blanca Renault que parece haber vivido ya lo suyo. El hombre saca las llaves, se dirige al maletero y abre las puertas de atrás; dentro hay toda una colección de ropa que el propietario ha colgado en cada hueco que ha pillado y un colchón con su nórdico bien colocado encima.

Me mira un poco avergonzado y me confiesa:

—Ahora mismo estoy buscando piso y esto está bastante bien para pasar la noche.

Lo entiendo perfectamente porque sé lo que es la vida del nómada.

Mientras me siento en el asiento del copiloto a su lado le pregunto:

—Pero pensaba que a los actores os pagaban muy bien. —Me quedo pensando un momento y le pregunto—: Oye, ¿tú no salías en ese anuncio de los guisantes congelados no hace mucho?

—No, en ese no. De hecho, me presenté a las pruebas, pero al final cogieron a un chico más joven con los ojos verdes, me imagino que para que pegasen con los guisantes, claro… —admite, avergonzado. Sin embargo, segundos después, le aparece un brillo en los ojos y añade—: A mí me cogieron para un anuncio de zumo de naranja.

Quizá te sueno de eso, ¿no? Yo era el chico que salía con el disfraz de naranja cantando: «Si quieres frutas y vitaminas, ¡pon una naranja en tu vida!».

Si me lo hubiese dicho en cualquier otro momento, seguro que me habría echado a reír al imaginármelo, pero la verdad es que ahora mismo no tengo ganas. Lo primero es intentar localizar a Keats.

Así que eso es lo que hago mientras Teddy nos lleva por la M25 en dirección a Surrey. Hasta que la persona que me atiende en el primer hospital al que llamo no me pregunta por el nombre de Keats, no me doy cuenta de que no lo sé. Lo único que puedo decirles es Sue o Keats. Con cada llamada que hago y cada negativa que recibo de los hospitales diciéndome que no han ingresado a nadie que encaje en la descripción de Keats, me preocupo y me pongo más nerviosa.

—¿Qué le ha pasado a Keats? —me pregunta Teddy, que también parece preocupado por nuestra compañera.

La verdad es que me sorprende ver lo amable que está siendo con la mujer que le ha dado un par de puñetazos en el estómago hace poco. Es evidente que no puedo contárselo, así que decido dejar el tema de los hospitales un rato y, como todavía nos queda un buen rato para llegar a Surrey, opto por llevar yo las riendas de la conversación.

—A ver, Teddy, cuéntame cómo empezaste a trabajar para Michael Barrington.

Teddy va cambiando de carril mientras me va explicando su historia y, aprovechando su vena artística, le añade dramatismo a la historia como si estuviera presentándose a las pruebas de un nuevo papel para mi película.

—Si te digo la verdad, yo pensaba que a estas alturas estaría interpretando Hamlet en el teatro, pero tampoco está la cosa para ir rechazando ofertas de trabajo, ¿sabes? Pues el caso es que vi un anuncio en la revista *El Escenario* en el que ponía que se buscaban actores para un proyecto académico ambientado en una empresa. Después, cuando me entrevisté con Michael, me dijo que lo único que quería era que me sentara en un sótano y me pasara allí todo el día haciendo de extra. Lo único que nos pidió fue que no interactuásemos contigo de ninguna manera. Aparte de eso, podíamos meternos en internet o hacer lo que quisiéramos, que él nos iba a pagar cien pavos al día. La verdad es que nunca había tenido un trabajo tan sencillo –admite, aunque luego baja la voz y comenta–: Bueno, aunque, entre tú y yo, estuve a punto de quejarme porque allí no había salidas suficientes en caso de incendio ni nada.

–¿Y entonces? ¿Qué era el vídeo ese que te pillé viendo?

Teddy tose, visiblemente incómodo ante mi pregunta.

–Intento sacarme un sobresueldo haciendo pelis y el primer vídeo que viste era un corto que acababa de hacer…

Me parece inadmisible, horrible, y quiero que le quede claro:

–¿Y tú crees que se le puede llamar arte a un vídeo de una mujer sollozando y temiendo por su vida?

Teddy sacude rápidamente la cabeza:

–Todos los que salíamos en el corto somos amigos: Tess, Leon y Sanjeev. Estábamos recreando una escena de un clásico de terror. –Entonces se gira para mirarme y luego vuelve a fijar la vista en la carretera–. *Pesadilla en el número cinco. ¿No la conoces?* –Por el movimiento y la exasperación que transmite mi respiración entiende que no–. El caso es que estábamos intentando actualizarla un poco, cambiando un poco la ambientación, la dirección, el…

–No te ofendas, Teddy, pero ahora mismo la parte cinéfila no es lo que más me interesa –le digo e intento dejar el sarcasmo a un lado–. Pareces un buen tío, así que ayúdame a entender cómo el trabajo que te dio Michael pasó a incluir que me amenazaras y me metieras el miedo en el cuerpo.

De repente, el chico se pone serio y me pregunta:

–¿Me puedes responder tú algo, Rachel?

Entonces me tenso y le contesto:

–Sí puedo, sí.

Teddy vuelve a mirarme y esta vez lo hace más detenidamente.

–Algo me dice que tú no eres actriz, pero ¿sabías que estábamos haciendo un proyecto en el sótano? ¿Sabías que eso no era una empresa de verdad?

Sopeso en mi cabeza qué hacer y qué decirle, hasta que al final decido seguirle el rollo:

–Pues claro que lo sabía –le digo entre risas, aunque me sale como un graznido raro y feo–. Vamos a ver, estaba claro viendo a Keats con esa ropa, tapada hasta las cejas, que parecía que había salido de una peli mala de vaqueros, y luego Joanie, que un día aparece ahí como si la hubiesen poseído y se planta detrás de mí como si fuese el mismísimo fantasma del padre de Hamlet, ¿eh?

Teddy se echa a reír conmigo hasta que le vuelvo a repetir:

–Aun así, sigo sin entender lo de la película. Supongo que Michael quería darle un poco de realismo al proyecto y la única manera en la que pensó que podría hacerlo era si no me lo decía.

–Claro, es muy típico, la actuación de método –responde Teddy–. Y te lo digo muy en serio, cuando vi tu reacción al ver la película, me quedé sin palabras. Impresionante cómo saliste enfurecida para contárselo a Michael. Cuando nos llamó al chico que tenía al lado y a mí a su oficina, pensé que nos iba a sacar del proyecto, pero al final me dijo que me iba a pagar más para que hiciera otro vídeo.

La rabia que se me enciende dentro al escuchar todo

esto me hace sentir que voy a explotar de un momento a otro, pero aun así dejo que Teddy continúe el relato:

—Así que fingió que nos estaba dando una lección a gritos para que lo escucharais todos en el sótano y me pidió que cuando llegara abajo te fulminara con la mirada con mucho desprecio.

Y debo decir que su actuación fue sublime.

—Después me aseguré de que veías el otro vídeo, que edité para que la actriz se pareciera a ti, porque es lo que Michael me pidió, y que también pareciera que se había grabado en el sótano. La otra directriz que tenía era que, si me decías algo al verlo, tenía que amenazarte. Michael me dijo exactamente lo que quería que te dijese, así que yo solo me tuve que limitar a repetirlo —me explica y se le nota el orgullo en la voz—. Está mal que lo diga yo, pero creo que lo bordé, ¿no?

Me quedo allí sentada en absoluto silencio durante un rato. Michael y su madre han planificado todo este teatro para torturarme desde el primer minuto. Cada detalle estaba pensado, lo que me confirma una vez más que lo que tienen contra mí es algo muy personal.

Cuando consigo salir de mis pensamientos, vuelvo a coger el móvil para intentar dar con Keats. Me quedan dos hospitales más a los que llamar y, si no aparece en ninguno de estos, la verdad es que ya no sé qué más hacer.

La recepcionista al otro lado del teléfono me pregunta:

—¿Una paciente que se llama Keats? ¿Ese es su nombre o el apellido?

—No lo sé.

La mujer suelta un resuello, molesta, haciéndome saber que cree que le estoy haciendo perder el tiempo.

—No sé si voy a poder… Espera, dame un segundo —me dice finalmente y me deja allí colgando. Al cabo de un rato vuelve y me dice—: Al parecer sí que ha ingresado una paciente llamada Priscilla Green según su carné de identidad, aunque en otros documentos que llevaba encima aparece como Keats.

Por fin.

La recepcionista que hay en el mostrador de la zona principal del hospital me sonríe, pero es una de esas sonrisas que aparecen muy rápidamente y se esfuman como una estrella fugaz. Es evidente que está estresada y no la culpo, el hospital Tomlington está a tope, la sala de espera está llena y la gente sigue llegando sin parar. Ni se molesta en preguntarme en qué puede ayudarme, porque es obvio que la gente se acerca al mostrador para eso.

–Quería ver a Priscilla Green, ¿me puedes decir dónde está?

La otra mujer murmulla el nombre que le pusieron a Keats sus padres mientras comprueba los datos en el ordenador y me dice:

–Está en el pabellón del templo, en la cuarta planta.

Me da la sensación de que el ascensor va lentísimo y parece que llevo una piedra gigante en la mochila porque siento que me hundo. El ambiente del pabellón al que me han mandado es tan silencioso que parece que hemos entrado en la morgue, donde solo se entra para no volver a salir. Este pensamiento hace que me tense y las paredes completamente blancas e impersonales que me rodean tampoco me ayudan demasiado.

Una voz que suena como un susurro tan quedo como este lugar interrumpe el estudio que estaba haciendo.

–¿Puedo ayudarte?

Es un enfermero y parece que tiene ganas de echarme una mano.

–Estoy buscando a Priscilla Green, pero también se hace llamar Keats.

–¿Sois familia?

La pregunta me pilla desprevenida, tendría que habérmelo pensado antes.

–Soy su… hermana. Soy Rachel.

Eso me hace pensar en sus padres, los que metieron a su hija, que es un verdadero genio, en un colegio especial lejos de ellos y el dolor que eso le ha causado y le sigue causando a Keats a día de hoy.

Ahora alguien la ha vuelto a herir.

–¿Dónde está?

–Está en la unidad de trauma… –dice, pero su voz se va apagando como una ola que llega a la orilla.

Mi cerebro desconecta al escuchar la palabra «trauma» y las implicaciones que ello conlleva. Está mal, muy mal. Algo muy grave le ha pasado a Keats. Me esfuerzo todo lo que puedo para tranquilizarme y sosegar los músculos de mi estómago, que ahora mismo se están contrayendo y parece que dentro tengo alambre de espino de lo mucho que me duele.

Me dirijo a su habitación muerta de miedo y me quedo unos segundos fuera sin atreverme a entrar.

Cojo el mango de la puerta pero no lo giro porque tengo demasiado miedo a lo que me voy a encontrar al otro lado. «Si tú tienes miedo, ¿cómo crees que está Keats ahora mismo?». Finalmente abro la puerta y… De repente, tengo el impulso de llevarme la mano a la boca al enfrentarme a lo que tengo delante y, en ese momento, me doy cuenta de la emoción que he estado llevando dentro y que me abruma: es la culpa. Todo esto es por mi culpa. Keats está aquí por mi culpa.

Tiene un montón de tubos metidos por todas partes. Mi cabeza sabe que la están ayudando para que pueda recuperarse y salir de esta, pero mi imaginación también me dice que parecen tentáculos de algún monstruo que está intentando alimentarse de ella y absorbiéndole su energía vital. El ritmo de las líneas de color que veo en el monitor y el sonido constante del latido de su corazón son las únicas señales que me demuestran que sigue viva. Keats está totalmente inmóvil, inmersa en una quietud que acongoja y que la sumerge a ella y a su cama en un mundo suspendido del que nunca despertará. Me acerco a ella intentando hacer el menor ruido posible en esta habitación sumida en el silencio.

Me quedo a un lado de la cama sabiendo que ella odiaría estar aquí, rodeada de desconocidos que pueden mirarla a la cara, esa cara que ella decide enseñar u ocultar cuando quiere. Tiene media cabeza cubierta con vendajes y su barbilla, siempre tan expresiva, ahora está hundida en el collarín que le han puesto. No detecto más contusiones graves así a la vista, pero sé que las debe haber. Casi no oigo su respiración de lo débil que es. El dolor que siento ahora mismo al ver esta imagen hace que contorsione el gesto… Esto se lo he hecho yo.

Alguien entra en la habitación, otra enfermera. Al verme, frunce el ceño y me mira preocupada.

—Sé que no es el mejor momento…

No digo nada y dejo que haga su trabajo sin ponerle ningún inconveniente. Espero un poco y, cuando creo que es el momento, le pregunto:

—¿Qué le ha pasado?

—La gente que vio el accidente dijo que la atropellaron y el conductor salió corriendo.

Malnacidos. ¿Cómo han sido capaces de hacerle esto a Keats?

—¿Está muy grave?

—Ha sufrido un traumatismo en la cabeza y creemos que fue por el impacto cuando la atropelló el coche, no por la caída al suelo. —Mi cerebro me proyecta una posible versión de los hechos—. Por suerte, una de las personas que estaba allí y vio lo sucedido era enfermera y pudo ayudar a tu hermana para que siguiera respirando y además se aseguró de que nadie la moviera. El equipo ahora mismo está comprobando que no haya sufrido otros daños en algún otro órgano interno y que no haya problemas más graves en los vasos sanguíneos.

La enfermera me da tiempo para procesar toda la información que acaba de darme antes de añadir con un tono de voz que me avisa de que aún tiene más noticias desagradables:

—Lo que nos preocupa de verdad es el traumatismo de la cabeza. Desde que Priscilla…

—Keats —la interrumpo con cierta brusquedad—. Así es como quiere que la llamen, Keats.

La enfermera asiente con la cabeza y continúa:

—Desde que Keats ha llegado al hospital, no ha recuperado la conciencia y eso puede indicar que su cerebro ha sufrido alguna lesión, así que estamos esperando a que el equipo de neurología venga y le haga algunas pruebas.

—¿Va a recuperarse? —le pregunto; se me corta la respiración pensando en si me da una respuesta para la que no estoy preparada.

—Tenemos que dejar que los médicos hagan su trabajo. El equipo de neurología tiene muy buena reputación, te diría que tiene casi el mismo prestigio que nuestra unidad de quemados, así que puedes estar tranquila. Te aseguro que está en buenas manos.

Dicho esto, la enfermera me deja a solas con mi pena.

Me quedo ahí y dejo que las lágrimas me rueden por las mejillas y me quemen la piel a su paso. La culpa es una carga demasiado pesada, incluso aunque se sepa que lo que ha pasado ha sido en busca de la verdad y haciendo lo correcto. Aun así, no voy a negar mi responsabilidad y exculparme, porque tengo muy claro que yo he sido quien ha puesto a Keats en peligro. Michael y Joanie le han hecho esto, han intentado acabar con ella. La rabia se muestra en diferentes formas: puede ser ciega, explosiva, incontenible, reprimida... La que siento yo ahora mismo por este dúo diabólico está en un nivel de «Todo me importa una mierda», por lo que me prometo a mí misma que voy a encontrarlos, aunque sea lo último que haga en esta vida.

Antes de irme, le dejo mi amuleto, mi cuerda, debajo de la almohada.

En el pasillo, cuando paso por la recepción de nuevo, la misma enfermera que ha hablado antes conmigo me dice:

—Uno de los doctores me ha dicho que se ha acordado de que vio a tu hermana en el mostrador justo un poco antes por la mañana, y fue una suerte porque el accidente no fue muy lejos de aquí.

Al escucharla, me paro en seco.

—¿Había estado aquí antes? ¿Y qué hacía aquí?

Los dedos de la enfermera pasan por encima del papeleo que tiene en la mano.

—Supongo que venía a ver a alguien.

Los engranajes de mi cabeza empiezan a girar a toda máquina y las piezas del puzle se mueven para encontrar su lugar. Pues claro, Keats dijo que iba a Surrey para confirmar lo que había descubierto.

Entonces... ¿Lo que había descubierto estaba en este hospital?

Capítulo 43

He vuelto al vestíbulo principal de la planta baja y estoy avasallando a la recepcionista a preguntas:

—Mi hermana ha venido esta mañana. ¿Me puedes decir a quién había venido a ver?

La mujer arruga la frente y me responde:

—Llevo trabajando las últimas tres horas. ¿Seguro que ha sido en esta parte del hospital?

—¿Cómo? ¿Qué quieres decir?

Me explica con paciencia:

—Tenemos un anexo al hospital para personas convalecientes, quizá tu hermana ha ido a ver a alguien que está allí.

Después de indicarme hacia dónde debo ir, cruzo el aparcamiento y, un poco después, el suelo pavimentado con cemento del hospital se convierte en un jardín bastante bien cuidado y muy bonito con flores veraniegas que lo decoran con diferentes colores. El jardín está en la parte trasera de un pequeño edificio muy limpio cuyas cristaleras brillan y reflejan los rayos de sol.

Debería ir hasta la recepción para preguntarle a alguien, pero veo que hay una puerta de cristal justo a un lado y me llama para que me cuele por ahí. Al final, decido hacerle caso a mi instinto, camino a paso ligero y entro en una sala rectangular donde encuentro un rinconcito con libros, unas mesas impolutas y unas sillas que parecen muy cómodas. Aquí el aire que se respira es muy diferente al fuerte olor a desinfectante que impregnaba el ambiente en el hospital principal; este anexo desprende un dulce aroma a naranja que está pensado para deleitarse con él. Supongo que esta es la sala donde los pacientes pasan el día y hacen actividades.

Echo un vistazo a ver qué se esconde tras la puerta y compruebo que hay un pasillo, largo y con una tenue luz que dulcifica las paredes que están pintadas de un pálido color lila. He conseguido llegar hasta aquí, sí, pero sigo teniendo un problema: aún no sé si Keats vino a esta parte privada del hospital y, aunque así fuera, no sé a quién quería ver. Con suerte, y tendría que ser mucha suerte, encuentro una pista en una de las habitaciones de este pasillo. Pues venga, vamos a ello.

La primera habitación está cerrada, al igual que la siguiente. La tercera es la habitación de un paciente, pero la cama no tiene sábanas ni nada y noto un olor fuerte y desagradable. Trago saliva con esfuerzo porque algo me dice que alguien acaba de morir aquí y, de repente, la imagen de Keats postrada en su cama me revuelve las tripas. Cierro la puerta de golpe y, al instante, me arrepiento por si el ruido alerta a algún enfermero y me descubren. Voy comprobando habitación tras habitación, pero no encuentro nada. De hecho, descubro que aquí no hay nadie.

Al llegar a la penúltima habitación, la voz de mi cabeza me dice que estoy perdiendo el tiempo, pero no le hago caso. La puerta de esta habitación está entreabierta, la empujo con los dedos un poco y con mucho cuidado para echar un vistazo al interior. Ahora no hay nadie, pero parece que aquí sí que reside un paciente. Entro y cierro la puerta detrás de mí. Está decorada con mucho gusto y estilo, las paredes son de color crema, hay un sofá de dos plazas con un respaldo arqueado que te abraza y te invita a quedarte allí, un armario que me llega hasta la cadera lleno de libros y discos antiguos. Además, hay una cama de matrimonio decorada con un montón de cojines que parecen muy gustosos, colocados con delicadeza encima de una gruesa colcha blanca. Cerca de la cama hay una mesa pegada al suelo con unas ruedas, está colocada a un lado y tiene un portátil encima.

Después de mirar de reojo hacia la puerta y cerciorarme de que no entra nadie, me acerco al ordenador y lo giro para poder ver la pantalla.

Aquí delante tengo… Sacudo la cabeza y lo hago con fuerza porque la verdad es que no puedo creer lo que ven mis ojos. A pesar de mis esfuerzos, la imagen que tengo enfrente no ha desaparecido: es la cara de Philip, una réplica de la foto que he tenido colgada todo este tiempo en el almacén. En la pantalla del portátil sale la foto de la portada del programa del funeral y este descubrimiento me cae encima como una bomba: he encontrado a la persona que ha creado el programa. Paso los dedos por la pantalla y me muevo por el documento, cuando, de repente, se me escapa un grito ahogado al ver el contenido del programa: esta versión tiene dos de las fotos que faltaban en el documento que tengo yo.

Las imágenes que encuentro me hacen apoyarme en el borde de la cama: en la primera aparece Philip cuando aún era un bebé. Era una monería con su pijama de corazones y el pelo negro como el azabache. La criatura le está dando la mano a un hombre, que, aunque el cuerpo y la cara no salen en la foto, puedo adivinar quién es: Danny, el padre de Michael. La otra foto me revuelve las tripas y hace que me dé un vuelco el corazón porque Philip sale sentado con su guitarra apoyada en la rodilla, acariciándola con un cariño que esperaba que algún día también pudiera demostrarle al amor que deseaba que encontrase. Aparto la mirada porque me duele demasia-

365

do… Toda esa energía, toda su alegría desperdiciada. Y recuerdo que quizá fue Philip el que tomó la decisión hace poco para acabar con su agonía en Suiza.

Entonces encuentro otra foto de familia que me pone el mundo patas arriba. No. Esto no puede ser. Es imposible… De repente me invade tal sensación de amargura y desesperación que quiero dejarme caer y quedarme allí tumbada en la cama. Quiero cerrar los ojos y hacer que el mundo desaparezca porque no quiero creer lo que acabo de ver. Inhalo profundamente y vuelvo a mirar la pantalla con los ojos muy abiertos: aunque no es lo que quiero, es cierto y sigue ahí delante de mí.

La cita que hay al pie de la foto me llama la atención. Es Goethe y ahora sí recuerdo perfectamente quién es. Es una cita de su libro *Fausto*:

«Y aun así la muerte nunca es una invitada a la que se espera con ganas».

Al leerla es como si alguien me cogiera del cuello y me arrastrara a la fuerza al pasado.

Capítulo 44

Aquel verano

Ray no dejó que Rachel se pudiera marchar corriendo de la casa de Danny porque, cuando se dio cuenta de que dejaba a Philip atrás, el perro se puso a luchar desesperadamente para salir de la chaqueta donde lo había metido y volver con su amo lo antes posible. La chica pedaleaba unos cuantos metros y tenía que detenerse para recolocarlo en la chaqueta y obligarlo a que se quedara quieto.

Al final lo cogió del collar, se lo acercó a la cara y le dijo:

—Ya basta, Ray, no me hagas volver. Te lo pido por favor, esta locura es idea de Philip. Yo tampoco quiero hacerlo, yo quería quedarme y llamar a la policía, así que te pido por favor que te portes bien.

Durante unos segundos Ray pareció entenderla y, cuando Rachel volvió a reanudar la marcha y se alejó en su bicicleta por la carretera principal que conducía a casa de su padre, Ray por fin se quedó allí quietecito. Sin embargo, en el momento en el que la joven colocó las dos manos con firmeza en el manillar para girar, el perro aprovechó la ocasión para saltar al suelo. Una vez libre, se giró para mirarla y lanzar un ladrido a modo de celebración. Después de eso, salió corriendo en dirección a la casa donde aún estaba Philip.

Rachel dejó escapar un par de improperios y dio media vuelta.

–¡Vuelve aquí ahora mismo!

La chica salió en su busca, y entre el esfuerzo físico y la concentración que necesitaba para moverse, la mente se le fue aclarando y empezó a procesar todo lo que acababa de vivir. Mientras le iba a la zaga, el perro se salió del camino y entró en el campo de hierba serpenteando para zafarse de ella. Rachel se agachó y lo cogió con una mano mientras la otra aguantaba el manillar de la bici, que amenazaba con descarrilarse, hasta que al final no pudo más e hizo que ambos cayeran al suelo. Incluso en el suelo, Rachel no lo soltó y lo miró fijamente. El animal estaba claramente decepcionado por su fuga frustrada.

–Ray, tienes que ayudarme.

Sin embargo, mientras la chica sacaba la correa para poder controlarlo mejor y hacer que no se separase de ella, un destello azul y naranja apareció en su campo de visión, a lo que le siguió una fuerte explosión. Totalmente sorprendida y asustada, Rachel giró la cabeza hacia el garaje desde el que salía una nube de humo negra y espesa que trepaba rápidamente hacia el cielo.

«Philip».

–¡No! ¡No!

Ray se le escapó de las manos y salió disparado hacia allí, y Rachel se subió de nuevo a la bici y se dirigió a toda prisa hacia el garaje al que las llamas estaban devorando.

–¡Philip! ¡Por Dios, Philip! ¡Contéstame!

No hubo respuesta. Rachel tiró a un lado la bici, se echó la chaqueta a la cabeza y entró por las puertas que habían volado por los aires con la explosión. Si su amigo estaba ahí dentro, sin duda estaba muerto, así que ¿para qué entrar a buscarlo? Un humo espeso y corrosivo la envolvió, lo que hizo que empezara a toser violentamente. Trozos de ceniza caían desde el cielo como una lluvia de fuego y el techo hacía un ruido espantoso que avisaba de su derrumbamiento inminente.

Volvió a gritar el nombre de Philip, pero fue más un lamento que un intento por encontrarlo y salvarlo. Solo había entrado unos pocos metros, pero Rachel no podía más, el humo, las llamas y aquella completa pesadilla acabaron por superarla y la muchacha entró en pánico. No se veía prácticamente nada allí dentro, casi no podía respirar y le pareció que también ella iba a morir allí.

Avanzó un poco como pudo, pero se tropezó y cayó con algo quemado que había allí. Cuando miró al suelo para ver qué era, se dio cuenta de que ese algo tenía una mano. Un poco más lejos oyó el ladrido de un perro, así que agarró el brazo que tenía al lado y siguió el sonido de los ladridos para sacarlo de allí con todas sus fuerzas hasta que consiguió salir del garaje en llamas.

Una vez fuera, el techo se derrumbó y las paredes también cedieron a los pocos segundos.

Si hubiese tardado un poco más, ella también hubiese muerto allí enterrada y devorada por las llamas.

El cuerpo de Philip descansaba sobre el césped, pero el joven atractivo que una vez fue estaba irreconocible después de este nefasto incidente. Su piel estaba ennegrecida, quemada y chamuscada. Aun así, el muchacho, que parecía no haber perdido la conciencia, levantó el brazo retorciéndolo de una manera antinatural y dijo en un susurro:

—Márchate, Rachel. Pronto llegarán. No le digas nada a nadie.

En la distancia, las sirenas se empezaron a oír. Ray se quedó al lado de su amo y se puso a aullar y a sollozar. Cuando Rachel intentó cogerlo, el animal la mordió, enfadado. Philip intentó reír, pero le salió solo un lamento de dolor.

—Déjalo aquí conmigo. Tú vete.

Rachel tardó horas en recorrer los ocho kilómetros que

tenía hasta su casa. Cogió la bici, pero no se subió, sino que iba caminando a un lado y se paraba cada pocos metros y se ponía a llorar incontrolablemente. «¿Cómo he podido irme de allí y dejarlo así?», se repetía una y otra vez. Cuando por fin llegó a casa, su padre no estaba allí, cosa de la que se alegró porque así se ahorró tener que darle explicaciones de por qué volvía con la ropa quemada y la cara y el pelo negros y llenos de ceniza. Se llenó la bañera con agua y se quedó allí sentada un rato, después salió, se vistió y cuando bajó encontró a su padre que acababa de entrar por la puerta.

El hombre la miró extrañado y le preguntó:

–¿Dónde has estado, Rachel? Te he estado llamando. ¿Por qué no has ido hoy a casa de Danny?

Ahí fue cuando le dijo la primera mentira, como le había pedido Philip:

–No fui al trabajo porque había quedado con unos amigos.

–Bueno, pues casi mejor. Me temo que tengo malas noticias: ha habido un incendio en casa de Danny y ha muerto. Y se ve que no solo ha sido él, sino también el joven que trabajaba en su casa.

La voz de la chica fue apenas un susurro cuando preguntó:

–¿Philip ha muerto?

–No lo sé –le dijo Frank, que entrecerró los ojos–. ¿Conocías bien a Philip?

Rachel negó con la cabeza, ya que durante unos segundos le fue imposible hablar.

–No mucho, pero me caía bien. Trabajaba en el jardín, así que tampoco lo veía mucho. De todas formas, ¿puedes intentar averiguar cómo está?

–Por supuesto –le aseguró, aunque parecía bastante desorientado y confuso con toda la situación–. Se ve que ha sido todo muy raro porque los paramédicos lo han encontrado tumbado en la hierba, lejos del fuego y con un perro al lado que parecía que se había vuelto loco. No entendían cómo lo había hecho para salir de allí, teniendo en cuenta su estado. Si tú no estabas por allí, solo ha podido ser Danny o el chaval. Al parecer, no había nadie más en la casa, y sin duda no fue Danny el que lo sacó.

No pudo volver a engañar a su padre una segunda vez, ni siquiera por Philip.

—Quizá alguien que lo quería lo sacó y lo salvó de las llamas.

Su padre se quedó aún más sorprendido con la respuesta de su hija.

—¿Alguien que lo quería?

Rachel se dio cuenta de que había hablado de más y se excusó:

—Voy a tumbarme un rato.

Sin esperar a que su padre dijera nada más, se fue y se derrumbó en cuanto se quedó sola en su habitación.

Un par de días después, cuando su padre le dio las malas noticias de que Philip había fallecido, aquella fue la primera noche que Rachel cogió un cubo lleno de agua y lo puso junto a su cama para poder dormir.

Capítulo 45

De pronto oigo un ruido que me hace volver al presente y dejar atrás el horrible pasado que me cambió la vida, y me hace apartar la mirada del programa del funeral y de esa puñetera foto. Es la puerta de la habitación, que se está abriendo. Me levanto y me quedo de pie y preparada, lista para conocer a la persona que ha estado planeando el funeral de Philip y jugando con mi cabeza. Lo primero que veo son las ruedas y luego la silla que las acompañan. Mis ojos ignoran a la persona que empuja la silla de ruedas porque solo pueden mirar a la persona que está sentada en ella.

La cabeza me empieza a temblar con tal ímpetu que no sé cómo no se me cae al suelo directamente. De golpe, los oídos me empiezan a pitar con fuerza, las piernas se me doblan y me caigo como un peso muerto en la cama.

—¿Philip?

Quizá este es el resultado de pasarte con las gotas de aceite de cannabis y de comer betabloqueantes como si fueran caramelitos de menta: que acabas teniendo alucinaciones. Esa es la explicación que me da mi cerebro.

—Rachel.

Ay, Dios mío, esto es real.

Tengo una neblina tan fuerte y espesa en la cabeza que parece que me va a explotar de un momento a otro. No sé qué hacer con las manos, si acercarme para tocarlo o apretarme la boca con los dedos. Parece que no voy a hacer ni una cosa ni la otra porque no me responden, se me han quedado inertes en la manta que hay en la cama. Mientras yo estoy ahí inmóvil, veo que la persona que lo empuja lo lleva hasta la cama y se va para dejarnos solos. Ahora solo tengo que alargar el brazo para tocarlo y, cuando digo «lo», me refiero a Philip. Una ola con otras mil emociones me cae encima y me deja totalmente empapada y descolocada. Horror, incredulidad y una completa y total confusión. Aun así, la que gana por encima de todas es la felicidad.

De repente me echo a reír como si no hubiese un botón que pudiera hacerme parar mientras exclamo:

–Philip… Philip… Philip.

Su amplia sonrisa despliega todo un mapa de cicatrices, quemaduras e injertos de piel. Qué historia llena de dolor y sufrimiento me cuenta ese pobre rostro, con lo hermoso que era cuando lo conocí.

–Hola, Rachel. –Me habla de una manera que me hace sentir como si la última vez que nos hubiésemos visto hubiese sido ayer mismo, en vez de hace diez años–. Qué sorpresa y qué alegría me da verte aquí, aunque en realidad quizá no debería ser así…

Le interrumpo y la voz que me sale está rasgada:

–Pero no lo entiendo. ¿Por qué me hiciste creer que habías muerto en el incendio hace tantos años? –le pregunto y noto el sabor amargo de mis palabras en la lengua–. He vivido con la culpa todos estos años, por haberme ido así y dejarte allí. Pensé que te había decepcionado.

Él agacha la cabeza y se mira las manos huesudas, y ahí es cuando me doy cuenta de lo delgado y demacrado que está mi amigo. Tras unos segundos vuelve a alzar la vista y me dice:

–Mírame, no soy algo agradable de ver. Y no lo digo como una afirmación que hable de mi ego o mi vanidad, sino que es una verdad objetiva. Al principio me pasé en el hospital muchísimo tiempo, y no solo estaba intentando recuperarme de las heridas físicas, sino también mentales. Tardé tanto tiempo en recuperarme y volver a sentirme bien que no quise meterte en todo esto. Quería que estuvieras bien, que vivieras tranquila y en paz.

Si él supiera lo lejos que me había quedado de sus deseos, pero en vez de explicarle todo mi dolor, me pongo la mano en el pecho y le digo:

–No sabes lo feliz que me hace saber que estás vivo.

Su cara ya no es ni la mitad de expresiva que cuando lo conocí, pero veo que mueve una ceja y repone:

–Hoy casi todo el mundo ha venido a verme: tu amiga Keats ha venido, mi padre, mi madre y mi hermano Michael. Supongo que tú eras la única que faltaba. Ha sido como si me estuviese despidiendo en mi lecho de muerte –me explica y se echa a reír, pero se le escapa una mueca de dolor–, y supongo que, de alguna manera, es así.

Me levanto de la cama para darle un abrazo, pero de pronto él alza la mano que lleva cubierta con un guante blanco que me recuerda a un guante de cocina.

–Mejor que no. No me quedan muchas partes en el cuerpo que no me vuelvan a quemar con el roce, pero podemos abrazarnos en la distancia, lo tengo que hacer todo así ahora.

Entonces mi cerebro entiende lo que acaba de decirme y le pregunto:

–¿En tu lecho de muerte?

Philip intenta sonreír cuando me responde:

–Sí, me temo que se acaba mi tiempo. Los doctores puede que digan otra cosa, mi madre no lo quiere aceptar, pero no me queda mucho –me explica y se toca el pecho con cuidado y con el guante blanco–. El incendio me dañó mucho los pulmones, el milagro no es que sobreviviera, sino que haya aguantado todo este tiempo.

Me han dado unos meses como máximo antes de que empiecen a fallarme por completo, pero la verdad es que no me importa. Ya he tenido suficiente, para mí ya llevo muchos años muerto. –Y me señala al portátil–. Por eso estoy preparando las cosas para mi funeral…

–Tú eres el que lo ha organizado todo.

Al escucharme, se le ilumina la cara.

–Imagínate que tienes la oportunidad de prepararlo todo, las cosas por las que de verdad quieres que te recuerde la gente en vez de dejar que sea tu familia la que intente adivinar qué querías. Quiero que la gente se acuerde de mí por lo que soy y a mi manera, no que lo organice nadie más. Aunque he tenido que hacerlo con mucho cuidado, si mi madre se hubiese enterado de lo que estaba escribiendo, me lo hubiese borrado todo –me dice y hace un movimiento con la mano buena–. Además, así estoy entretenido hasta que venga a por mí la silenciosa parca y un par de camilleros me lleven a la morgue en mi último paseo fuera de esta habitación.

Estoy destrozada. Me acabo de enterar de que Philip está vivo, pero también de que voy a volver a perderlo. Vaya remate se ha marcado la vida conmigo otra vez. En ese momento, veo la tristeza que hay en su cara y quiero ayudarle a cargar con ella, pero no puedo tocarlo porque no quiero echarle encima mi dolor.

Entonces me pregunta:

–¿Al final Keats te ha podido poner al día de todo? Es una chica interesante…

Durante un rato me había olvidado de Keats por completo, pero ahora vuelvo a recordar su accidente y se me hace un nudo en la garganta. No le quiero contar lo que le ha pasado en caso de que se sienta culpable, por lo que le miento:

–No, no, todavía no…

De repente mueve un poco el cuerpo mientras se recoloca y se acomoda en la silla.

—Pues empecemos por el principio, ¿no? Vamos a ver, mi madre y mi hermano Michael os echaron la culpa a ti y a tu padre por lo que le pasó a mi tío Danny.

¡Toma ya! Esa sí que no me la esperaba y está claro que se me ve en la cara.

—¿Danny Hall era tu tío?

Philip asiente despacio y sigue:

—Era el hermano pequeño de mi madre y lo quería muchísimo, por eso le importaba tanto cuidar su reputación también. Cuando mi madre se enteró de que tu padre se había dejado de hablar con mi tío por un tema de negocios, de que tú estabas trabajando con él y, después, de que mi tío había muerto en un incendio muy sospechoso, pues os echaron la culpa a ti y a tu padre. Obviamente, yo les dije a mi madre y a Michael que eso no tenía ni pies ni cabeza, pero tampoco les podía explicar la verdad, ¿no? Eso sería una locura… Oye, Rachel, ¿estás bien?

La verdad es que no. La cabeza me va a explotar. Está claro que aún no se ha dado cuenta de que he visto la foto, así que giro el portátil apuntando hacia él y la señalo con el dedo.

—¿Qué hace mi padre en esta foto contigo, con Joanie y Michael?

Espero que se aleje de mí, pero no lo hace, sino que me mira fijamente y me responde:

—Mi madre fue su amante durante muchos años y Michael y yo somos sus hijos. Está en la foto porque él también es mi padre.

El golpe no me llega porque una parte de mí ya lo sabía. Creo que todos esos años atrás, cuando mi padre se pasaba días fuera, a veces incluso semanas, «por trabajo», seguramente estaba con su segunda familia. ¿Eso es lo que mató a mi madre en vida? ¿Por qué lo descubrió?

Entonces me doy cuenta de lo que le dije a Keats cuando le hablé de la relación que tenía con Philip:

«Era como el hermano que nunca tuve». Y era la pura verdad, Philip es mi hermano, bueno, mi hermanastro.

Y él quizá me está leyendo la mente, porque me dice con un nudo en la garganta:

—Pero tú ya lo sabías, ¿verdad, Rachel? Alguien te lo habrá dicho, ¿no? ¿Cómo no ibas a saberlo? —Entonces se echa a llorar y las lágrimas le cubren la cara, creando ríos que se abren en todas direcciones siguiendo las cicatrices de su piel—. Ay, Rachel...

En ese momento siento que el muro que estaba aguantando las mías se derrumba y empezamos a llorar juntos, por lo complicadas y lo injustas que han sido nuestras vidas. Por esos dos jóvenes de dieciocho años que acababan de llegar a su adolescencia y querían perseguir sus sueños, pero que, en cambio, solo encontraron una horrible pesadilla.

Philip me ha echado la mano con el guante blanco por el hombro y me besa la mejilla con sus labios maltrechos.

—Tú no te preocupes por nada, todo va a salir bien. Keats me ha dicho lo que ha pasado y hoy he hablado muy claro con mi madre, mi padre y con mi hermano. Toda esta locura se va a acabar de una vez. Eso sí, te pido que no seas muy dura con mi madre y Michael, solo estaban intentando vengarse por lo que creían que había pasado con mi tío Danny y conmigo. Les dije desde el principio que no era tu culpa, pero supongo que al saber que me iba a morir se habrán vuelto locos con toda la que han armado con la empresa y las mentiras. Supongo que querían hacerte sufrir como he sufrido yo. No seas muy dura con ellos. La venganza siempre ha estado ahí, es casi una condición humana que nos impulsa a intentar enmendar el mal que nos han hecho.

Mi voz es casi robótica, está rota, tan rota como yo:

—¿Por qué no le contaste a Joanie y a Michael la verdad de lo que pasó en la casa de Danny?

Philip ríe con pesar, aunque sé lo mucho que le duele hacerlo.

—¿Y cómo iba a hacerlo? ¿Decirle a mi madre que su querido hermano era un violador asqueroso que no sabía apartar sus zarpas de las jóvenes que tenía cerca? Por eso no podía llamar a la policía en aquel momento, porque no quería que mi madre se enterase de quién era realmente su hermano. ¿Y cómo crees que habría reaccionado si le llego a decir que fui yo quien lo mató? Y que luego intenté quemarlo para ocultar las pruebas y por eso acabé quemándome yo también... No podía hacerlo, Rachel.

Siento que me aprieta con más fuerza con la mano enguantada, pero por la mueca que hace entiendo lo mucho que le está costando.

—El caso es que he hablado con mi madre y mi hermano, y les he dicho que tienen que parar, así que mañana volverán a la ciudad y cerrarán la empresa falsa. —Entonces hace una pausa para elegir con detenimiento sus siguientes palabras—: Pero lo que tienes que recordar es que, bajo ninguna circunstancia, puedes dejar que nuestro padre descubra lo que tú sabes, porque está obsesionado con su reputación.

Este comentario me hace pensar en lo que me explicó Keats sobre cómo mi padre elimina a su competencia, cómo aprovecha la ley a su favor para proteger su nombre.

Philip sentencia con un tono muy serio:

—Y si se entera de que sabes lo que ha llegado a hacer...

La confusión que siento debe verse reflejada en mi cara cuando le digo:

—Pero no lo entiendo, la verdad... Tener una familia en

secreto tampoco es el peor crimen del siglo. –De golpe, mi expresión cambia por completo–. Eso quiere decir que ha hecho algo más, ¿verdad? ¿Qué te estás callando?

Philip aparta la mirada y repone:

–Te lo he contado todo, pero hazme caso cuando te digo que Frank Jordan es capaz de cualquier cosa. Es un psicópata, Rachel. Ha venido a verme cada semana desde que estoy aquí porque creo que le gusta, que disfruta viéndome porque cree que soy idiota y que me merezco lo que me pasó. Te lo digo en serio, es lo que piensa –me dice y ahora se gira para volver a mirarme–. Tú eres la niña de sus ojos, su querida Rachel. Si piensa que has descubierto toda la verdad, corres peligro. Eres la única persona que le importa de verdad, ¿lo entiendes? No le importamos ni mi madre ni Michael ni tu madre ni yo. Solo tú.

¿Qué es lo que no me está contando Philip? Pero no voy a obligarlo ni a presionarlo para que me diga la verdad porque suficiente tiene este pobrecillo con afrontar su propia muerte.

De pronto me acuerdo de algo:

–Si tu madre y Michael van a volver mañana, me preocupa Ray. Cuando me fui de allí, no había nadie para cuidarlo. ¿Qué pasa si nadie va a buscarlo?

La cara de Philip empalidece por completo cuando me dice:

–No vas a volver allí. Te lo digo en serio. Estás en peligro. Si me quieres y te importo, júrame que no vas a volver allí. ¡Te lo pido por favor!

Las marcas de su martirio personal se ven por todo su cuerpo, son el precio que ha tenido que pagar por aquel día hace diez años en el que vino a por mí para salvarme de las garras de Danny.

Seguramente tiene razón y su madre habrá ido a por Ray, pero de todas maneras tengo que comprobarlo.

Con mucho cuidado, le cojo la mano, la retiro de mi hombro y me levanto de la cama.

–Tengo que marcharme ya.

El dolor de Philip se ve claramente en su rostro, ya de por sí atormentado.

–¿Rachel? ¿Rachel? ¿Has escuchado lo que te he dicho? ¡No vuelvas a ese edificio! ¡Te lo prohíbo!

Mi amigo mueve las ruedas para bloquearme la salida con la silla, pero yo cojo el pomo de la puerta y lo aparto con cuidado. Aun así, no se rinde y, temblando, intenta levantarse de la silla y da unos pasos, quiere tocarme y agarrarme con la mano enguantada, pero no lo consigue y se cae al suelo. Debería ayudarlo, pero tengo miedo porque sé que, si me quedo con él, me convencerá para que no vuelva al antiguo taller.

–¡Rachel! ¡Rachel! ¡Hazme caso!

Mientras salgo corriendo por el pasillo, echo la vista atrás un segundo y veo a Philip arrastrándose por el suelo mientras sale de la habitación y sigue chillando:

–¡Rachel! ¡Rachel!

Unos cuantos enfermeros y otros pacientes empiezan a aparecer por allí, alarmados por los gritos. Los médicos pasan corriendo junto a mí para ver qué está pasando, pero yo sigo adelante, caminando hacia la recepción, sin volver la vista atrás hacia el pasillo donde los gritos de Philip retumban contra las paredes como si viniesen del más allá.

Capítulo 46

Mientras estoy sentada en la parte trasera del taxi, pienso en mí, en los diez últimos años de mi vida, en mi caída en picado hacia la bancarrota, en mi cuerda y mis cubos de agua y mis baños de agua fría. En el pavor que le tengo al fuego y a los sitios bajo tierra por lo que pasó en la bodega y en el garaje; en la culpa y la angustia con la que cargo cada día.

Entonces pienso en la cara deformada y llena de cicatrices de Philip y recuerdo lo que me ha dicho: mi padre es su padre. Somos hermanastros, Philip y Rachel. ¿Fue la sangre lo que me hizo sentirme conectada a él de inmediato, aunque yo no lo supiera? ¿Nos serviríamos de espejo el uno al otro? Quizá veíamos el reflejo de otra cara... La de Frank Jordan. Tengo un sentimiento horrible que me nace en la coronilla y me recorre entera hasta llegar a los pies que me dice que hay algo más en esta historia llena de mentiras; que la familia secreta que tenía no era lo único que ha intentado ocultarme mi padre. Sé que hay otra mentira que me desvelará una verdad que acabará conmigo.

Antes de poder indagar más en esta teoría, me suena el móvil. Dudo unos instantes porque, si es mi padre, voy a tener que empezar a inventarme mi propia sarta de mentiras. Quiero confrontarlo y echarle en cara su doble vida cuando lo vuelva a tener enfrente, pero resulta que no es mi padre, sino Jed, que me llama por Skype, lo que me hace soltar un gruñido. Quiero muchísimo a mi amigo, pero no estoy de humor para hablar con él ahora mismo. Aun así, me aguanto y le cojo la videollamada.

Jed aparece en la pantalla, que le deforma un poco la cara y hace que su pelo ya de por sí alocado parezca que está desafiando la gravedad.

—Hola, amor, ¿qué tal estás? Parece que has pasado la peor noche de tu vida.

—Pues no andas muy desencaminado…

De pronto le cambia la cara, que acerca a la cámara y veo que se pone más tenso cuando me dice:

—Es por el trabajo ese en el que estás metida, ¿verdad?

Frunzo el ceño y toda la cara se me tensa. ¿Cómo sabe él las condiciones en las que he estado trabajando?

—¿Por qué dices eso?

—Después de que me hablases de ese tal Michael, he pensado que no quiero que mi Rachel trabaje para un tipo así. Vamos, que si te ha engañado y te ha hecho creer que me conocía, a saber qué más se habrá inventado, ¿no?

Jed es más avispado de lo que creo; a veces lo subestimo, y me doy cuenta de que quizá le debería haber pedido ayuda mucho antes, que podía haber vivido todo esto conmigo como Keats. Sí, claro, pues mira cómo ha acabado ella… Si le hubiera pasado algo a Jed nunca me lo hubiese perdonado.

—Gracias por decírmelo…

Pero mi amigo me interrumpe y me dice, preocupado:

—¿Te acuerdas de cuando me contaste que hubo un incendio allí en el taller clandestino hace mucho tiempo?

La verdad es que no, abro y cierro los ojos, intentando echar la vista atrás.

—¿Qué pasa?

De repente, Sonia aparece detrás de él y pega la cabeza con demasiada ternura a la de Jed, lo que me hace entender que siguen juntos. No puedo negar que me sorprende, no esperaba que durasen más de dos días y me choca más aún ver que los ojos de tortolito enamorado ahora los tiene Jed más que ella.

—Ya sabes que a mí no se me dan muy bien los ordenadores, así que le pedí a Sonia que investigara sobre el tema.

Sonia me mira y me dedica toda su atención, pero, viendo el mohín que hace con la boca, la frente arrugada y la mirada que me echa, entiendo que sigue creyendo que soy una mala influencia para el hombre por el que ha estado coladita durante tanto tiempo.

—Cuando he intentado buscar informes o registros sobre el incendio en internet, solo pude encontrar una página web que hablase de él, una que habla de los edificios malditos de Londres.

Hasta aquí, la informática no me está contando nada que yo ya no sepa, pero no pierdo la paciencia y la dejo que continúe.

—Todo me pareció muy extraño porque, aunque hace muchos años que pasó, un incendio en el que murieron tantas personas hubiese constado en el registro histórico, así que investigué un poco más la web en concreto y descubrí que la acababan de crear hacía tan solo tres semanas.

—Así que es nueva, pero, vamos, no es raro, se crean páginas web cada día.

Jed y Sonia me miran tan serios que me doy cuenta de que el día de hoy, que me parecía horrible, va a empeorar aún más, por difícil que me parezca.

—Dilo de una vez.

Pero es Jed quien decide dar el paso:

—La placa conmemorativa que hay en el edificio no la puso el ayuntamiento local.

Contengo la respiración, esperando a que me aseste el golpe final.

–Nadie murió en ese edificio, ninguna niña, nadie. Alguien se inventó toda esa historia y la colgó en la página web. El incendio del taller clandestino es una mentira, nunca ocurrió.

Capítulo 47

Observo detenidamente la placa que hay colgada en la pared del antiguo taller; otro truco para jugar conmigo. Estoy tentada de intentar arrancarla con mis propias manos, pero no lo hago, sino que levanto la vista para mirar el edificio, que muestra todas las cicatrices que el tiempo le ha ido dejando a lo largo de los años.

Me sorprende ver que la puerta está entreabierta. Dudo unos instantes antes de entrar para buscar a Ray. Lo oigo ladrar como loco, el eco retumba por todas partes, pero no lo veo. Entro un poco más en el vestíbulo y me quedo allí plantada en el centro, como una isla solitaria y me quedo totalmente quieta. No parece que los ladridos vengan del piso de arriba, parece que ladra y llora a trompicones. No quiero, pero... Me acerco a la trampilla y compruebo que el armario que habían colocado estratégicamente encima ya no está por ningún lado. Sé perfectamente que bajar al sótano es lo último que quiero hacer en esta vida, pero no pienso dejar a Ray ahí abajo.

Me agacho para coger el asa y abrir la trampilla con un movimiento de la mano. Eso sí, la dejo abierta porque quiero que entre la luz de fuera para poder ver bien mientras entro en las profundidades del edificio y también recordar que aún existe un mundo ahí fuera. Me quedo quieta al principio de las escaleras porque las veo amenazantes y demasiado empinadas, pero decido hacer caso omiso a mi instinto y uso el fuerte latido de mi corazón para guiarme a cada paso que doy mientras apoyo la palma de mi mano contra la fría y desigual pared. El túnel está lleno de sombras en las paredes y el suelo, y de grietas en el techo.

Nunca me he sentido segura en este pasadizo subterráneo que atraviesa Londres, y mi inseguridad aumenta con cada paso que doy hacia el sótano. Ray está ahí dentro, así que acelero hasta que coloco la mano en el mango de la puerta de acero. Por fin la abro, aunque me quedo al otro lado: frunzo el ceño sin entender nada. Allí no está Ray, no lo veo, así que entro un poco más.

La puerta se cierra a mis espaldas y me asusta. Cuando me doy la vuelta, deprisa, la vista se me nubla, siento un punzante dolor, veo una luz blanca y entonces caigo en la oscuridad más absoluta.

Es el fuerte y asfixiante olor a gasolina lo que me despierta. Arrugo el gesto y se me escapa una mueca de dolor, y me llevo la mano a la cabeza. No entiendo nada… ¿Por qué me duele la cabeza? ¿Y dónde demonios estoy? Poco a poco voy parpadeando y mis ojos van recuperando la visión, aunque sigo viendo un poco borroso, los tengo entelados, veo muchas sombras y unos haces de luz azul.

«Rachel, Rachel, Rachel». Una voz tenebrosa repite mi nombre a mi alrededor y me crea un nudo en la garganta.

«Rachel, Rachel, Rachel».

Pero es el zumbido que oigo lo que hace que se me tense el cuerpo, es el latido del corazón de piedra de las paredes del sótano. De repente, recupero la visión y mis ojos enfocan a la perfección.

Estoy tendida en el suelo, empapada de gasolina, de arriba abajo, la ropa y el pelo, y además han dibujado un círculo a mi alrededor, como si fuera un sacrificio virginal para un ritual satánico. Apoyada contra la pared, veo a Joanie, que me mira con la cabeza gacha. Desde donde estoy parece un espíritu maligno, tiene los ojos hundidos, unas ojeras muy oscuras alrededor y una cara desencajada que no parece de este mundo. Otra vez me dedica esa mirada asesina, como los ojos enfurecidos y locos de una muñeca diabólica. A sus pies veo el bote de gasolina y en la mano tiene un mechero que va encendiendo y apagando, la llama va apareciendo y desapareciendo, amarilla y azul, con su baile hipnótico. Menos mal que Ray no está por aquí para presenciar este momento tan macabro.

La mujer abre la boca y dice, llena de desdén:

—Rachel, Rachel, Rachel…

Así que no eran imaginaciones mías ni los efectos secundarios de los betabloqueantes ni el aceite de CBD.

Me cuesta muchísimo levantarme, pero la voz extrañamente pausada y calmada de Joanie me detiene.

—Quédate ahí. Yo que tú no me movería —me amenaza y levanta el mechero, cosa que entiendo perfectamente—. No te preocupes por Ray, está a salvo en mi casa. Solo necesitaba esto para que vinieras a mí.

Y me señala la antigua grabadora que tiene a su lado, y entiendo que era de ahí de donde salían los ladridos de perro que había oído antes.

—Joanie, no sé qué película te has montado para hacer todo esto, pero estás equivocada.

Con mucha calma, la mujer le propina un puñetazo a la pared, y lo que más me asusta es la tranquilidad con la que lo hace. La forma en la que actúa la madre de Michael no es natural, como si ella también se hubiese pasado con el aceite de cannabis.

Por fin vuelve a hablar.

—Nació a las seis menos cinco de la mañana —dice y se

le dibuja una sonrisa preciosa en la cara–. El sol estaba saliendo y proyectaba una luz preciosa que me entraba por la ventana, anunciando la llegada de mi maravilloso hijo. Encajaba a la perfección entre mis brazos. Ya había pensado cómo lo iba a llamar, Jacob, pero cuando lo miré a la cara supe que no era su nombre, así que le puse otro: Philip. –De repente, el ritmo de su voz cambia y pasa de la dulzura a la brutalidad en un segundo cuando sentencia–: Y tú lo mataste.

–Pero no está muerto. Acabo de verlo…

–Tú lo ma-tas-te.

La manera en la que mueve su cuerpo ya no transmite calma en absoluto, sino que se tensa completamente, se ensancha y me avisa de que Joanie está lista para abalanzarse sobre mí en cualquier momento.

–¿Tú crees que le puedes llamar vida a lo que ha tenido que pasar durante estos malditos diez años? Después de lo que le hicisteis Frank y tú, no ha sido más que un despojo, una sombra de lo que fue. Perdió toda su alegría y pasión por la vida.

Entonces lo escucho en su voz: es una pena atroz, horrible, desgarradora. Esta mujer está poseída por un dolor tan inmenso que le ha hecho perder la cabeza. Sé que no debería, pero la verdad es que siento lástima por ella. Sé muy bien lo que es eso, cómo el dolor puede destrozarte por dentro y romperte el corazón en mil pedazos.

«Ve con mucho cuidado, Rachel. Vigila».

–Sé que eres la amante de mi padre y que es el padre de tus hijos.

–¿Amante? –me espeta Joanie, molesta con mi afirmación. Oigo sus pasos hasta que veo su figura sobre mí, mirándome desde las alturas–. Frank y yo no hemos sido «amantes» –y se asegura de mostrarme el desprecio que siente al pronunciar esa palabra– desde que quemó vivo a su propio hijo. Los dos intentasteis matarlo.

Intento mirarla a los ojos, pero ella está demasiado inestable y no hay manera de conectar con ella: está enloquecida y tiene los ojos inyectados en sangre de la rabia que la mueve.

—Yo nunca quise matar a Philip…

—Mentirosa…

—Yo no tuve nada que ver con el incendio…

—Mentirosa…

—Fue un accidente. Nadie quería que pasara, pero pasó.

Aquí es cuando debería contarle toda la verdad, pero no puedo dejar de pensar en lo que Philip me ha dicho, que su madre se desmoronaría si descubriera la verdad, la verdad sobre su hermano y, lo más importante, si supiera el papel que tuvo Philip en la muerte de su querido Danny.

Joanie vuelve a chillar:

—¡Mentirosa, mentirosa, mentirosa! —Y me rocía con más gasolina, pero esta vez en la tripa—. Y como sigas intentando mentirme, voy a hacer que te tragues la gasolina que me queda para quemarte esa boca tan sucia que tienes. —La mujer hace una pausa y da un paso atrás—. Ha sido muy fácil manipularte. No nos costó nada saber que estabas totalmente endeudada, así que pensamos que podíamos hacerte un favor y ofrecerte un buen trabajo. Y una vez que te tuvimos en nuestro terreno, decidimos que era hora de jugar un poquito con nuestra querida Rachel.

—¿Querías matarme?

—¿Matarte? —exclama y niega con la cabeza, pero se mueve tan nerviosa que el bote de gasolina también se zarandea de lado a lado—. Matarte sin más hubiese sido un final demasiado bueno para ti. Te merecías algo peor y sufrir tanto como Danny y Philip. Quería que volvieras a sentirte como cuando estuviste en la bodega con Danny. Desde el principio queríamos que pensaras que tú misma te estabas torturando por la culpa que sentías, así que empezamos con algo pequeño; con el té y la leche agria. Así pudiste probar tú misma el sabor tan amargo que hemos tenido que tragarnos nosotros todos estos años. Quería que supieras lo que es estar encerrada, como Philip se sintió cuando se quedó atrapado en el incendio en el garaje de Danny.

—Fuiste tú la que me encerró aquí cuando todos los demás se fueron a comer, incluido Michael. Pero fuisteis vosotros dos los que os inventasteis el fuego del taller clandestino porque eso también es una mentira, nunca pasó.

Joanie me enseña los dientes, victoriosa.

—Y caíste de cuatro patas, te comías cada una de nuestras mentiras, Rachel. Cada vez que venías aquí a trabajar al sótano, quería que te asustaras pensando que podía haber un incendio en cualquier momento y que te sintieras atrapada y desesperada sabiendo que no tenías salida. Eso es lo que debió de sentir Philip en el garaje de Danny...

Decido interrumpirla antes de que siga con su tormento:

—Pero no habéis podido romperme, ¿eh? Jugabais conmigo y me atacabais una vez tras otra, pero yo seguía viniendo y no me rendía.

Se queda mirándome unos segundos con la cabeza ladeada como si fuera el verdugo y se estuviera preparando para darme el golpe final con su hacha.

—Eres dura de pelar, sin duda, como Frank. ¿Sabes que fue Danny quien me lo presentó? Nos conocimos en una fiesta, yo acababa de salir de un divorcio muy turbulento, justamente era el señor Barrington, aunque he estado usando a Connor para cubrirme las espaldas, y Frank me vino de lujo para salir de aquel bache. Era muy divertido, me prometió la luna y todo fue de maravilla hasta que apareció tu madre. Tendría que haberlo dejado en ese momento, pero no pude. Nunca fuimos su segunda familia, fuimos la primera, pero luego viniste tú y mis hijos de repente se convirtieron en ciudadanos de segunda…

—Piensa en tus hijos antes de…

—¿Y qué crees que estoy haciendo? —me espeta como una energúmena—. Siempre supe que Michael iba a estar bien, se montó su negocio en cuanto salió de la universidad, pero Philip… —al decir esto su cuerpo se encorva, como si se desinflara de golpe—. Philip es el artista, es más sensible y no le importa el dinero. Lo único que le gustaba hacer era tocar la guitarra y alegrar al mundo con su música. —Entonces vuelve a erguirse monstruosa sobre mí y acaba diciendo : Pero tú tuviste que arruinarlo todo.

Ahora decido ir a por todas, porque después de todo este tiempo ya me da igual todo. Me lanzo a la yugular sin filtros:

—Tú eres la que ha estado intentando matarme. Tú a mí. Tú me has encerrado aquí y me has dejado en el sótano para que me pudra…

De repente se yergue de nuevo y suelta un resuello lleno de rabia e indignación y ruge:

—¿Por qué vuelves a mentir? Después de que intentaras matar a mi hijo y enterrases vivo a mi hermano, ¿tú crees que yo sería capaz de matar a alguien?

—¿Y entonces qué me dices del humo? ¿Del coche que tapaba la rejilla y del armario que había encima de la trampilla para evitar que pudiera salir de aquí?

Joanie de repente retrocede y su cara es un verdadero poema. Su expresión me deja claro que no entiende nada de lo que le digo y lo que me responde a continuación me lo confirma.

—No sé de qué diantres me estás hablando —me dice y

sacude la cabeza, horrorizada ante tal idea–. ¿De qué humo hablas?

–Si no lo has hecho tú, ¿quién ha sido?

Nuestra atención va directa a la puerta porque de repente se abre y Michael entra en el sótano.

Capítulo 48

Joanie es la que lo ataca primero para cuestionarlo:

–¿Qué has estado haciendo a mis espaldas?

Michael, lleno de culpa, aparta la mirada de su madre y replica:

–No sé a qué te refieres. Tú eres la que casi lo echa todo a perder cuando decidiste saltarte el plan por completo y fulminarla con la mirada como si estuvieses poseída.

–Esta –le explica Joanie a su hijo apuntándome con un dedo acusador e ignorando la pulla que le ha lanzado– dice que alguien la encerró aquí abajo y le bloqueó todas las salidas.

Michael vuelve a mirar a su madre y se queda petrificado por un momento.

–Mamá, ¿qué estás haciendo? Esto no formaba parte del plan.

En ese momento la mujer se encoge y contesta:

–¿No lo entiendes? La vida sin mi hijo ya no tiene sentido, no se lo encuentro, así que he pensado que ya es hora de que su asesina y yo desaparezcamos de la faz de la tierra. Frank es demasiado astuto y no voy a poder atraparlo, así que me voy a tener que conformar con su cómplice.

Por primera vez desde que entró al sótano, el hijo mayor de Joanie se da cuenta de lo que está pasando: ve el mechero, el bote de gasolina y a mí tendida en el suelo y empapada del fuerte e inflamable líquido. Y entonces, asustada, me fijo en algo en lo que no había reparado hasta ahora, y es que Joanie también se ha rociado con gasolina.

Michael da unos pasos atrás, horrorizado con la escena.

—Mamá, pero ¿qué estás haciendo?

Ella no le responde, sino que le lanza otra pregunta:

—¿Qué has hecho tú, Michael? Cuéntame lo del humo y por qué bloqueaste las salidas, porque yo nunca accedí a nada de eso.

Entonces el hombre estiró el cuello y dijo contundente:

—Ya era hora de que pagara de verdad por lo que había hecho. Ojo por ojo.

De repente, el bote de gasolina se le resbala de las manos y Joanie mira a su hijo como si fuera la primera vez que lo viera.

—Lo has hecho por él, ¿verdad?

—No sé de qué me hablas.

Pero yo sí la entiendo. Mi cabeza hace clic y sé que al otro lado del teléfono, cuando vi a mi padre hablar en su oficina, estaba Michael, fue a él a quien amenazó… ¿Cómo le dijo? «Si no vuelves a ponerte de mi parte, te mataré».

—¡Frank! —le chilla la mujer—. Tu padre. ¿Ya te has olvidado de cómo nos echó a la calle como si fuésemos perros para regalarle la casa a su querida niñita?

Si hubiese estado de pie en vez de en el suelo, me hubiese tambaleado y caído, seguramente. El dueño de mi casa nunca fue Danny, sino mi padre. ¿Cómo le pudo hacer eso a sus propios hijos? No me extraña que Joanie lo odie y ahora entiendo que el odio que siente por nosotros va más allá del incendio que destruyó a Philip y que se ha convencido a sí misma de que lo desatamos nosotros.

La mujer sigue gritándole a su hijo, ya desatada:

—¿Ya te has olvidado de que no se gastaba dinero en

nosotros porque lo quería guardar todo para su puñetera hija? ¿Te acuerdas de ese invierno que tenías agujeros en los zapatos y le supliqué que me ayudara para comprarte unos nuevos? Yo solo le pedía la mitad de lo que me daba antes, pero ¿qué me dijo entonces el todopoderoso Frank Jordan? «Pues búscate un trabajo a media jornada, Joanie».

Escuchando todo esto, siento que quiero llorar y empaparme la cara de lágrimas para que acompañen a la gasolina que recubre mi cuerpo y mi ropa. ¿Qué derecho tiene un hombre de llamarse «padre» si amenaza de esa manera a sus hijos, a su propia sangre? Las arcadas que siento ahora mismo no son por el olor tan fuerte a gasolina.

–¿Qué te ha prometido? –le pregunta Joanie a su hijo.

De pronto, una voz atronadora le contesta desde la puerta:

–Lo que le es legítimo por derecho, ya que es el heredero de mi imperio.

Mi padre, Frank Jordan, entra a grandes zancadas en el sótano como si el lugar fuera suyo. Entonces deja escapar un exagerado resoplido y me mira desde las alturas.

–Esto es lo que pasa cuando te metes en asuntos que no son tuyos. Deberías haberme dicho que estabas trabajando para ellos y te hubiese avisado para que salieras corriendo.

Joanie nos sorprende a todos cuando se acerca a su hijo y sin previo aviso le propina un certero y sonoro guantazo.

–¡Eres idiota! Frank solo utiliza a la gente, es lo que sabe hacer. ¿Le dijiste que Rachel trabajaba aquí? –le pregunta y, al ver que no le responde, le chilla–: ¡Que me contestes!

Michael se frota la mejilla aún caliente por el golpe.

–Papá me llamó después de que ella lo confrontara y

le pidiera explicaciones sobre el tío Danny. Me dijo que podría trabajar con él, que me cedería el negocio porque soy su primogénito.

Su voz transmite la verdadera desesperación que siente por conseguir a toda costa el amor y la validación de su padre.

Joanie le espeta:

—Manipula a todo el mundo, incluso a sus hijos.

«Manipula a todo el mundo, incluso a sus hijos».

De repente el aliento me golpea con fuerza en el pecho y mi cerebro se dispara intentando echar la vista atrás e hilando momentos del pasado. Lo que Philip no tuvo el valor de decirme.

Entonces clavo los ojos en mi padre.

—¿Qué pasó entre tú y Danny Hall y ese negocio del que todo el mundo habla?

—¡Se lo robó a mi hermano! —grita Joanie.

Mi padre le dedica una mirada llena de desprecio a la que un día fue su amante y le dice:

—En algún momento fuiste una mujer hermosa, pero te has convertido en una arpía insoportable que no sirve para nada. En los negocios solo puede haber un ganador y tu hermano y yo le habíamos echado el ojo al mismo premio. Y en los negocios, como en el amor, todo vale, así que se tienen que usar todas las armas de las que se dispongan.

Ahora sí me pongo en pie, ya me dan igual las amenazas de Joanie. Si quiere, que me prenda fuego, porque la siguiente pregunta que le voy a hacer creo que me va a mandar directa al infierno.

No aparto la mirada de los ojos de mi padre cuando escupo con toda mi rabia:

—¿Y eso es lo que hiciste? ¿Usar todas las armas de las que disponías contra Danny Hall?

Mi padre ladea la cabeza, lleno de arrogancia ante mi

pregunta y abre la boca, pero vuelve a sellar sus labios. Ya me lo ha visto en la cara y comprende que por fin lo he entendido.

Él no va a admitirlo, así que debo ser yo quien una las piezas:

—Cuando tenía dieciocho años, me mandaste a trabajar para Danny sabiendo muy bien lo que hacías. Habías escuchado los rumores, sabías que era un violador y que sobre todo le gustaban las jovencitas. —Ante mi afirmación se oye un sonido desgarrador, que entiendo que es el grito de Joanie al escuchar por primera vez la verdad sobre su estimado y «maravilloso» hermano, pero ahora mismo no podrían importarme menos sus sentimientos—. ¿Cuál era el plan, papá? ¿Dejar que me atacara, que abusara de mí, que me violara y luego, cuando yo llegase a casa y te lo contara, llamar a la policía para que lo arrestaran? Y así, sin tener que hacer nada —le digo chasqueando los dedos—, habrías eliminado a tu competencia para conseguir uno de los contratos más importantes de tu vida.

Ahora me viene a la cabeza lo que me dijo Keats cuando emprendí este camino y me golpea con fuerza: «La búsqueda de la verdad es admirable, pero tienes que ser consciente de que a veces también puede hacer que salgan a la luz cosas dolorosas e inimaginables».

El corazón se me desgarra y se rompe en mil pedazos mientras le digo:

—Todos estos años he pensado que te había decepcionado cuando en realidad habías sido tú el que me había decepcionado a mí. Tú fuiste quien me colocó como un peón en la peor situación que he vivido en mi vida.

Mi padre intenta rebatirme:

—No sé de qué estás hablando…

—Pero tú no contabas con que Philip estuviera allí, ¿verdad? —Y entonces mi cerebro conecta una nueva idea y entiende algo más–. Philip me dijo que lo fuiste a ver ayer. Fuiste tú quien atropelló a Keats.

En ese punto mi padre deja de perder el tiempo en fingir y me dice:

–La escuché hablando con él y metiendo las narices donde nadie la había llamado, así que la seguí.

Antes de que me dé tiempo a procesar todo lo que está pasando, se oye un eco que retumba por el túnel con un ritmo extraño: algo metálico que se arrastra por el suelo y luego un golpe, un arañazo y un golpe. Cada vez está más cerca y sabemos que alguien ha llegado a la puerta. Esperamos unos segundos y por fin el mango se gira.

–¡Philip! –chilla su madre con preocupación y sale corriendo para cogerlo en brazos. Y menos mal que lo hace, porque mi amigo tiene un aspecto horrible.

Los golpes eran de la muleta que lleva para mantenerse en pie, pero está tan delgado que la ropa le baila en el cuerpo. Tiene la cara desencajada, lo que hace que aún destaquen más todas sus cicatrices y las operaciones a las que ha debido someterse durante estos diez años.

Philip tranquiliza a su madre con cariño y le pregunta:

–¿Cómo es posible que nadie me haya invitado a la reunión familiar?

«En mi empresa somos como una gran familia». Eso es lo que me dijo Michael en nuestra primera entrevista, al menos sí que fue de frente con algo desde el primer momento.

Puede ser que el cuerpo de Philip no le responda con la rapidez de antes, pero sus ojos analizan el panorama en un segundo y reprende a su madre:

–Mamá, ¿cuántas veces te he dicho que Rachel no tuvo nada que ver con lo que me pasó?

Entonces Joanie lo mira suplicante:

–¿Es verdad lo de tu tío Danny?

–¿Que atacó a Rachel y que no era la primera vez que

hacía algo así? Desgraciadamente, es la cruda realidad –le confirma y apoya la muleta en la pared.

Joanie se queda compungida, se estremece, empieza a llorar y un reguero de lágrimas le cae por la cara.

–¿Por qué no me lo dijiste?

–¿Cómo iba a hacerte eso? Además de mí y de Michael, tu hermano era la única persona que te quedaba en el mundo –le responde e inhala profundamente. Aprovechando la exhalación, añade–: No quería matarlo, pero fue la única manera de pararlo. Él ya le había pegado a Rachel y ella no tuvo nada que ver con el incendio: yo decidí quemar su cuerpo. De hecho, si no llega a ser por ella, que fue quien me sacó del garaje, yo también habría muerto allí.

La verdad siembra un campo de silencio en el sótano. Por fin ha salido a la luz, como debería haber hecho hace tantos años.

Philip nos dice a todos:

–Creo que lo mejor es que nos vayamos de aquí ahora mismo –y añade mirando a su madre–: no me gusta lo que he visto aquí y estoy preocupado por ti, así que, si me das las llaves de esta puerta, que algo me dice que las tienes tú, me quedaría mucho más tranquilo.

Con manos temblorosas, Joanie rebusca en su bolsillo, saca la llave y se la entrega. Juntos salimos del sótano, una familia que no podría estar más alejada del significado de esa palabra.

Cuando ya vamos por la mitad del túnel, Philip anuncia:

–Me he dejado la muleta en el sótano. Papá, ¿me puedes coger del brazo y acompañarme para recogerla? Me siento muy débil ahora mismo.

Mi padre lo mira con un asco que parece que le va a decir que vaya él solo, pero finalmente hace lo que su hijo le pide a regañadientes. Nos quedamos allí esperando en silencio mientras los vemos desandar sus pasos.

Joanie aprovecha ese momento para decirme con un hilo de voz:

–No me di cuenta, Rachel. De verdad que pensaba que…

–No voy a deciros que no estoy dolida porque he sufrido mucho. Lo que tú y tu hijo me habéis hecho pasar ha sido horrible. Aun así, sé que el dolor a veces puede llevarnos a lugares realmente oscuros.

De repente, oigo un sonido metálico al fondo del túnel y luego el grito de mi padre:

–¡Abre la puerta!

¿Qué leches está pasando ahora?

Entonces escuchamos la voz de Philip que responde:

–No pienso abrirla. Toda esta historia no es más que el resultado de tu maldad y tu codicia. Usaste a Rachel como un simple cebo con Danny, cosa que ya entendí hace años, luego imagino que pusiste a mi hermano en contra de la única persona que lo ha querido de verdad. Trataste a mi madre como si fuera basura en vez de besar el suelo que pisaba como se merece. Nos echaste a patadas de casa una semana antes de Navidad y, encima, mientras crecíamos, mamá tuvo que pelear con uñas y dientes para que le dieras algo de dinero para que tuviéramos ropa y comida en la mesa. Para ti no somos más que un daño colateral.

–Te he dicho que abras la puta puerta.

Se oye un golpe y un grito de dolor que sin duda sale de Philip.

Joanie sale disparada hacia el sótano e intenta abrir la puerta, pero no hay manera de moverla, así que se pone a aporrearla.

–¿Qué le estás haciendo a mi hijo? ¡Déjalo en paz! ¡Si lo tocas, te mato! ¡Te juro que te mato!

Michael y yo nos unimos a ella a los pocos segundos, y volvemos a oír más gritos desgarradores.

Philip le grita:

—¡Hazme lo que quieras, me da igual! Ya tengo los días contados…

Ahí es cuando me doy cuenta del plan que Philip tiene en mente y se me revuelven las tripas. Se está volviendo a sacrificar por mí y no, no pienso permitirlo otra vez. Nunca más.

Aporreo la puerta:

—¡No lo hagas, por favor, Philip! ¡Te lo suplico!

Se me corta la respiración al oír lo que estoy segura de que ha sido una patada.

—Abre la puerta ahora mismo —ruge mi padre.

—No voy a permitir que vuelvas a hacerle daño a nadie más. Rachel, ¿me escuchas? Aférrate a la vida con las dos manos y sé feliz.

Acto seguido, es mi padre quien brama enloquecido:

—Pero ¿qué haces? ¿Te has vuelto loco? ¡Déjame salir de aquí!

Mientras chilla, intenta abrir la puerta con el mango una y otra vez, desesperado.

Y entonces entiendo por qué mi padre se ha vuelto loco: Philip ha prendido fuego al sótano y ha cerrado la salida. Todos empezamos a golpear la puerta con todas nuestras fuerzas, una y otra vez sin descanso. De repente, el humo empieza a colarse por debajo de la puerta.

La voz de Philip se convierte en una luz en medio de aquella pesadilla y repite una cita del programa de su funeral:

—«Y aun así la muerte nunca es una invitada a la que se espera con ganas».

El calor abrasador que se genera en el sótano hace que la puerta de acero empiece a quemar y nos obliga a alejarnos de ella. Pocos segundos después, comienzan los gritos… Y no paran.

Los pies de Joanie se elevan un poco del suelo. Michael

la ha cogido en brazos y empieza a decirle entre susurros:

—Lo siento mucho, mamá, lo siento mucho…

Entonces les digo a los dos:

—Tenemos que llamar a la ambulancia, si no…

Los alaridos agonizantes que salen del sótano nos siguen
por el túnel mientras salimos corriendo hacia la trampilla.

La cara de Joanie está desprovista de cualquier tipo de
emoción mientras su cuerpo, sentado junto al mío, tiembla envuelto en una manta que el equipo de paramédicos
le ha echado sobre los hombros. Michael está en el suelo,
a sus pies, y no deja de balancearse hacia delante y hacia
atrás. Somos testigos de cómo los bomberos luchan por
apagar las llamas que siguen devorando el edificio, hasta
que, de pronto, la parte trasera de lo que en su día fue
un taller de trabajo en el que nunca había habido un
incendio, se derrumba e implosiona, y luego emerge una
fuente de llamas, chispas ardientes de luz, escombros,
polvo y una columna enorme y negra de humo.

Philip ha desaparecido para siempre, lo sé. He sentido
cómo su alma abandonaba este mundo; me ha embarga-
do una sensación muy cálida y llena de ternura que nacía
de mi interior y me abrazaba fuerte, muy fuerte. Después
ha desaparecido y me ha dejado un frío desesperanzador
y un vacío abismal. Esa era la señal que debería haberme
servido para saber que no había muerto hace diez años,
no había sentido a su alma desvanecerse y marcharse de
este plano.

¿Por qué siempre se van primero los mejores?

Joanie se apoya en mí y empieza a sollozar. Ahora entiendo que el llanto que oía cuando pasaba las noches en el
almacén no era fingido ni una parte más de su elaborado
plan, sino que era real. Eran las lágrimas que derramaba
por su hijo y ahora llora porque sabe que nunca más lo

volverá a ver con vida. La cubro con mis brazos con toda la delicadeza que puedo. Yo en cambio no lloro por mi padre. En realidad, mi peor amenaza no era Joanie, sino que siempre había sido mi padre, Frank Jordan. Él era el verdadero monstruo de esta historia.

Capítulo 49

Tres días después

Keats está sentada en la cama con las gafas de sol puestas. Después de que la atropellara un coche y se pasara horas inconsciente, lo primero que me dice con una voz ronca y seca es:

—Me puse el pañuelo y una de las enfermeras salió corriendo como si hubiese visto a Frankenstein.

Una frase muy propia de ella, así que no podría estar más contenta al escucharla. A continuación, hago algo que sé que no le va a gustar: la abrazo con delicadeza y aprieto los ojos con la fuerza con la que me gustaría poder estrujarla entre mis brazos, pero que contengo para no hacerle daño. Ella me sorprende al dejarse hacer sin quejarse en absoluto.

Después de compartir este momento, me acomodo a un lado de su cama y le pregunto:

—¿Cómo estás?

No me hace falta verle los ojos para saber que los ha puesto en blanco.

—Pues, al parecer, he tenido mucha suerte porque solo me he hecho un par de cortes y unos moratones que duelen como puñales. Además, se ve que debo de tener la cabeza muy dura porque no me he hecho nada grave.

Ahora me toca a mí sentir que la culpa me echa los brazos encima y me aprieta.

–Lo siento muchísimo…

–Tú no tienes la culpa de que tu padre esté como una puta cabra…

–Estuviera –la corrijo y trago saliva–. Está muerto.

Le cuento todo lo sucedido en el edificio victoriano y Keats no me dice que siente lo de mi padre, de lo cual me alegro porque la verdad es que aún estoy procesando todo esto y no sé muy bien lo que siento hacia él ahora que ha muerto. No puedes dejar de querer a alguien automáticamente como si le dieras a un botón, aunque haya hecho cosas horribles. Ojalá pudiera, porque le daría sin pensármelo.

Ahora que todo esto ha terminado, he conseguido entenderme un poco mejor.

–Cuando empecé a trabajar en el sótano, no había nada que odiase más que esa trampilla, pero ¿sabes de qué me he dado cuenta? Lo que viví hace diez años me hizo crear mi propia trampilla en mi cabeza y he vivido así durante demasiado tiempo. Esconder todo lo malo que nos pasa acaba convirtiéndose en un veneno que lo único que hace es crecer y crecer.

Keats me pilla desprevenida cuando la veo coger el móvil y empieza a trastearlo. De repente me mira muy seria y anuncia:

–Philip me envió una cosa…

–¿Qué? –exclamo sin poder contener mi sorpresa.

–Cuando fui a verlo, le di mi correo porque quería que acabase el programa de su funeral. Lo primero que me pidió es que no usara la palabra «funeral», sino que prefería que lo llamara «celebración». Quería que fuera una celebración de la vida de Philip Barrington –dice Keats, que hace una pausa e inspira hondo–. Y quería poner esta foto en la portada del programa.

Entonces me pasa el móvil y observo la foto. Es una *selfie* que Philip nos hizo con Ray acurrucado entre nosotros cuando estábamos en la glorieta del jardín de Danny durante aquel verano. El primer trabajo remunerado que tuvimos como personas adultas. Salimos sonriendo, felices, y el paisaje que se ve al fondo parece el lugar más inocente del mundo. Paso el dedo por la pantalla, acariciándole la cara con todo mi amor, mientras las lágrimas se me acumulan en los ojos.

—No lo hagas —me ordena Keats con una asertividad compasiva.

—¿El qué?

—Llorar —me aclara y lo dice con un tono que me deja claro que le parece un verdadero castigo—. Se acabaron las lágrimas, Rachel. Philip no quiere que lo recuerdes así, sino que te quedes con los momentos tan bonitos que pasasteis juntos.

Keats tiene toda la razón del mundo. Philip siempre será mi hermano y siempre lo llevaré conmigo en un rincón de mi corazón.

—¿Qué planes tienes ahora? —me pregunta cuando le devuelvo el móvil.

Me paro un segundo para meditar mi respuesta.

—La verdad es que no he tenido mucho tiempo para pensar en nada. Se puede decir que he hecho las paces con Michael y supongo que con Joanie también. Supongo que ahora Michael se convertirá en el cofundador de la empresa de mi padre y yo le dejaré que gestione las cosas del día a día. Por lo demás… —le digo encogiéndome de hombros— a saber.

Keats agacha la barbilla y mueve los labios sin mediar palabra, como si estuviera hablando consigo misma, lo que me deja un poco confundida con la situación. Pocos segundos después, me dice:

—He estado pensando y creo que voy a dejar de trabajar como *freelancer* y voy a montar mi propia empresa. Quizá me meto en el mundo de los videojuegos. Tengo el dinero para montar la empresa en una buena zona de la ciudad, pero no sé si sería mejor empezar en mi dúplex.

Arqueo las cejas y exclamo:

—Ah, pero ¿que tienes un dúplex?

Mi pregunta parece que le ha inflado el ego.

—Pues sí, al lado del río, en Wapping. Tengo unas vistas increíbles del Tower Bridge, la verdad —me dice y de repente vuelve a mascullar algo entre dientes para sí misma. Entiendo que está repasando lo que quiere decirme, así que me imagino que le estará costando lo suyo dar el paso—. Pagaría un buen sueldo…

—¿Un buen sueldo? ¿Por qué?

—Ya sé que ahora estás forrada, pero ¿te gustaría ser mi asistente de dirección…? —me pregunta, pero parece que quiere añadir algo más. Se muerde el labio, nerviosa, y finalmente carraspea y me dice—, ¿amiga?

De repente se me dibuja una amplia sonrisa en la cara, como hacía mucho tiempo que no me pasaba, la misma sonrisa que me sacó Philip hace tantos años cuando lo conocí.

—Acepto el puesto encantada.

Epílogo

Seis semanas después

Todos estamos de pie formando un círculo alrededor del nuevo olivo que hemos plantado en el jardín de la casa de Joanie. Estamos Michael, Keats y yo, bueno, y Joanie también, claro. Ya he solucionado las cosas con mi hermanastro y su madre; no ha sido un camino de rosas, pero el mundo no necesita más odio y rencor después de todo lo que hemos vivido. No creo que Joanie y yo lleguemos a ser grandes amigas, pero la respeto por ser la madre de Philip.

La policía encontró los restos de Philip en el edificio, pero no los de mi padre. De todas maneras, le hice un funeral en una iglesia cerca de donde vivía. Como la policía entró a investigar el caso, se filtraron noticias de lo ocurrido y muchos de sus socios decidieron apartarse de su empresa. Me negué en rotundo a enterrarlo junto a mi madre, ella se merece descansar en paz de una vez, ya que no pudo hacerlo mientras estuvo casada con él.

Acabamos de llegar de la iglesia en la que Joanie ha enterrado a su hijo. El programa que preparó Philip ha sido el guion de todo el evento y, después, Joanie nos invitó a unos pocos a que volviéramos a su casa para poder cumplir con la última y sencilla petición que hizo Philip. Lo que quería era que plantásemos un olivo para que su madre pudiera seguir viéndolo crecer. En la cara de Joanie veo ríos desmaquillados por las lágrimas que le han caído, pero ahora me parece intuir que una débil sonrisa aflora en sus labios mientras observa con cariño el pequeño arbolito. Ray está tumbado junto al olivo moviendo la cola de lado a lado, pero sin emitir ni un sonido. Quizá él también sabe lo que simboliza este olivo.

Y, por último, para cerrar esta celebración, le hago un gesto con la mano a Jed y a su grupo, que han estado esperando pacientemente a nuestras espaldas, en un rincón del jardín. Cuando por fin empiezan a tocar «Eighteen», los demás asistentes nos unimos y cantamos juntos lo mejor que podemos la canción de Philip.

Agradecimientos

¡Muchas gracias por leer *La habitación de las voces*! Espero que lo hayas disfrutado. ¡A mí me ha encantado escribirlo!

Adoro que mis lectores me escriban, así que, si te apetece decirme algo, no dudes en escribirme por Facebook, X o a través de mi página web. También me gusta saber qué os parecen mis libros: ¡no dudéis en dejarme una reseña!

Índice